谨将此书献给先父邓水成先生

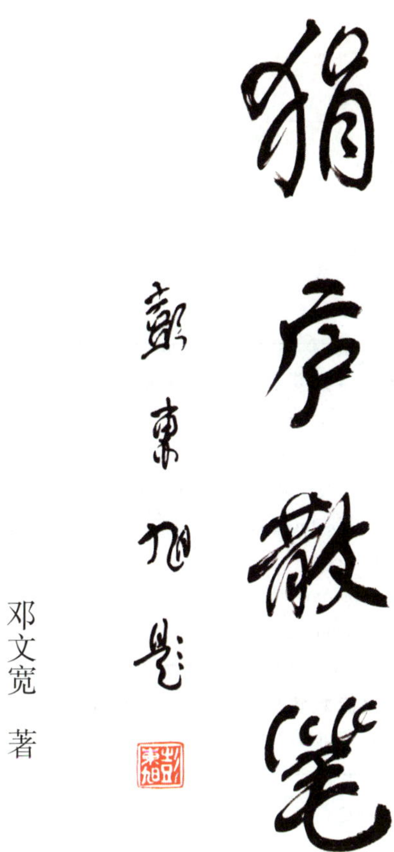

邓文宽 著

图书在版编目（CIP）数据

狷庐散笔 / 邓文宽著. -- 太原：山西人民出版社，2023.2

ISBN 978-7-203-12530-3

Ⅰ.①狷… Ⅱ.①邓… Ⅲ.①散文集－中国－当代 Ⅳ.①I267

中国国家版本馆CIP数据核字（2023）第001998号

狷庐散笔

著　　者：邓文宽
责任编辑：魏美荣
复　　审：崔人杰
终　　审：梁晋华
装帧设计：怀帅红

出 版 者：山西出版传媒集团·山西人民出版社
地　　址：太原市建设南路21号
邮　　编：030012
发行营销：0351-4922220　4955996　4956039　4922127（传真）
天猫官网：https://sxrmcbs.tmall.com　电话：0351-4922159
E－mail：sxskcb@163.com　发行部
sxskcb@126.com　总编室
网　　址：www.sxskcb.com

经 销 者：山西出版传媒集团·山西人民出版社
承 印 厂：山西新浪印业有限公司

开　　本：787mm×1092mm　1/16
印　　张：23.75
字　　数：400千字
版　　次：2023年2月　第1版
印　　次：2023年2月　第1次印刷
书　　号：ISBN 978-7-203-12530-3
定　　价：89.00元

序

● 胡戟

文宽是我在学界结识的朋友中最亲的人。那一年分别后，他是第一个远道来家里看我的。一开门，见他眼睛唰地一下红了，兄弟情谊尽在不言中。

和文宽兄初识的机缘是 1981 年的丝绸之路考察，而且考察是他、赵和平和我三人具体操办，能把那一次没有一分钱经费，没有发通知的图章，没有可用的学会名义的"三无"考察顺利办下来，现在难以想象。

和平和文宽当时是北大历史系的研究生，说起来我们是前后同学，我们的老师也基本上是一茬人，但因"文化大革命"的耽误，他们读研比我晚了十四五年，文宽又说学问八年一代，他们正好比我小八九岁，所以一直称我为老师，却之不恭，也就随便他叫了。我还有个特殊待遇，就是他说的："别人交办的事可办可不办，胡老师交办的事，立刻办！"譬如 1983 年后我做唐史学会工作，那时书少，学会给大家复印。西北大学图书馆只有近卫本的《唐六典》，规定讲师以上才能借阅。我找文宽借来他的更好的广池本《唐六典》复印，是最受欢迎的一种。王永兴先生也来为他的研究生要书，只剩最后几本，我又降了 2 元，以每本 6 元都给了王先生。现在才知道，文宽的新书拆开印完后，再装订时页码都搞错了，他都没生气怪罪我，一直连说都没说过。

文宽这篇批评写得很妙肖，感觉把对我的批评写成表扬了。我还真是得罪过他。记得其中一次是1996年在威海开隋炀帝讨论会时，文宽在大会上发言讲唐太宗知错能改，举了踣碑的例子。我去魏徵墓前看过那块碑，现在空无一字，知道所谓“复立所制碑”不是事实。文宽还按《通鉴》所写的说，我便在下面座位上大声说不对，非常失礼，文宽也很生气，当时回怼了我几句。后来好像什么也没发生过，依旧亲密相处。至今写文章，还以“率真”“童真”原谅我这个“老顽童”。我有点意见的是他和我两个外孙女相熟，她俩也叫我“老顽童”，弄得我颜面全无。

文宽毕业后一直在国家文物局古文献研究室工作，一直专心做敦煌文书里的天文学，这是把他读研前曾在天文台工作的优势用上了。敦煌学者里没有第二位有这本事，他做得很好，书一本本送我。我明跟他说看不懂，他说看不懂也送，算是汇报他的业绩。很佩服他能一辈子忍受寂寞做绝学，做出让世界学术界赞扬的成绩。

2016年我们中国敦煌吐鲁番学会丝绸之路专业委员会和北京石刻艺术博物馆合办丝绸之路十三国建筑与石刻艺术展，开幕式把文宽也请去了。见他拄着拐杖还去捧场很感动，心里也很难过，给他搬了把椅子让他坐着。又想起1996年办唐史高级研究班，我们从泰山走下来时，他走不动，由小霞搀着，他一路喊“生不如死”！我也是此生唯一一次膝关节越来越疼，女儿明罂搀着艰难下山。记得就是那次乘大轿车在山东转一大圈考察时，有一天司机开着车瞌睡了，盯在前面的文宽发现了，大吼一声，司机惊醒，要不是他这一吼，都在昏昏欲睡的一车教授或许就不知所终了。我是活动的组织者，责任重大，回想起来都后怕。最近和文宽说起救了全车的那声吼，他都不记得了。他是个疾恶如仇的率直人，却又是自己做了好事不记的人。

仅以这小序表示对文宽的敬意，感谢他40年来对我的诸多支持和宽容。祝愿他健康长寿。生总比死强，因为活着就有机会做点事，有更多一点奉献。

2022年8月16日

自序

圈子里的人都知道，这几十年来，我主要从事出土文献，尤其是敦煌吐鲁番出土文献研究，而且其中的天文历法文献一直是我的主攻方向。由于它属于纯学术研究，既专且窄，所以不少同仁说“看不懂”。这一点都不奇怪。诚如有人说过的那样，学术研究处在人文学科的塔顶，所以它只能是“小众文化”，多数人看不懂，也就不足为奇了。

但是，我也是一个生活在现实中的人，而且是性情中人。喜怒哀乐、爱憎怨怼、人之常情我一样都不缺少。所以，在进行学术研究之余，我偶尔觉得有所感悟，便随手写了下来。并且，随着年岁的增长，阅历日多，对许多人生哲理也获得了自己的认识，就想写出来，与同代人交流，供后来者参考。日积月累，便有了眼前这本小书。

这本小书中，有对师友和亲人的怀念，更有对童年生活的追忆；有对岁月长河中受助于人的感恩，也有对自己既往人生的检讨；有对一人一事的追忆，也有对人生无奈的感叹。但无论怎样写作，都源自真情实感。没有真实的感知，并非发自内心的胡诌，我是无论如何都不愿意命笔，也是写不出来的。其中的一些篇章，我每读一次，都会泪流满面。我相信，如果连我自己都感动不了，就更不可能感动别人，那还写它干什么？

之所以取名“狷庐散笔”，是因我生性迂执，为人狷介，不善交际，更鄙视趋炎附势，以至于被某些老前辈视作“孤傲”，在我则带有自嘲和自赏的意味。长时间以来，由于某种原因，一些个性突出的人，总被认为是“清高”。但在我看来，“清高”总比“浊低”为好，这甚至成了我自作宽解的理由。江山易改，本性难移，那就让“狷介”成为我的标签吧。“散”者，散文；“笔”者，随笔。当然，“笔”字也有书写的意思。这样，“散笔”于我又有了散文写作的意涵。

问苍茫大地，悠悠长天，看世间万物，情归何处？如今，过了73岁的我，可以说已经走过了人生的大部分时间，夕阳西下。如果说从那些冷冰冰的学术文字中，只能窥见我的学识；那么，从眼前这些充满真情的写作中，便能看到我血肉之躯的本貌。我不仅愿向后人留下自己的学术文字，供他们镜鉴和批判，而且也想让他们知道，原来那家伙的人生经历和情感世界是这个样子的。当然，经过岁月的淘洗和时间老人的选择，也许最终这二者都没有存在下去的必要。若此，那就让我这份真情伴着我的骨灰随风飘去，飘向遥远的天际。

2022年8月18日

目录

感世篇

向学篇

情思篇

乡愁篇（外二篇）

◎ 怀人篇

他始终是自己

——怀念先师邓广铭先生

生存在这个地球上的人，每个人都是自己，但由于种种原因，许多人在很多时候又不是自己。这里我要怀念的，就是一个始终是自己的人——一代宗师、著名历史学家邓广铭先生。

我与邓先生认识始自1972年。那年我以工农兵学员的身份进入北京大学历史系学习。上学时只觉得知识不够，很希望多学点东西。孰料入学才8个月，便受到党内党外的批判，理由是“用红口袋装知识”“白专道路”。邓先生知道我大概是从这个时候开始的。记得他给我们讲宋辽金史的第一句话便是：“这是此生最后一炮！”事实当然并非如此。因为后来我再次考入北大历史系读研究生时，他还给我们讲过专题课，又带出一批博士、硕士研究生来。我体会，先生当时之所以说那句话，恐怕是对教育领域混乱状况不满的发泄之词。

我同邓先生真正建立起友情是在1974年左右。历史系组织师生搞《论衡注释》，邓先生与我暨另外两位同学分在一个组，负责其中的几篇。说来好笑，我居然还是组长。考虑到先生年事已高，而且家中藏书较多，使用方便，因此这个组的活动多在邓宅进行。去过几次之后，我发现在先生那里看书太方便了。于是，即便没有小组活动，我也跑到他家读书查资料。有时，我早晨去得太早，先生尚未用早餐，我便自己找个地方静坐读书。当时少不更事，也没想过这是否会给他的生活带来不便。日子久了，先生对我颇有好感，工作间隙也同我谈些心里话。比如，鲁迅先生在一篇文章中肯定了他的一个观点，他是如何给胡适之先生当研究生和秘书的；等等。其时先生和我都还是烟民，而我又是穷学生，常常断炊。先生有几次将他的恒大烟送我几包，我十分感激。当然，这全是我们私人之间的事，不可外传。1975 年，我第一次离开北大，常回校去看已故师友李培浩先生，培浩师其时随先生治宋史。他私下对我说，邓先生对他说过，不管老师们受多少批判，你对老师都是十分有礼的，他心里有数。

1979 至 1982 年，我考回北大历史系读研究生，师从张广达教授。其时，邓先生任系主任，私下里也表示希望我学习宋史。但我兴趣在隋唐史，方向已定，故而未能遵先生之命研习宋史。不过，因我是研究生班长，所以同先生又有不少交往。他曾对我谈起，在西南联大时，同陈寅恪先生住楼上楼下。吃饭时寅恪先生常说些掌故轶闻，包含不少学问，可惜手懒，没记下来，不无遗憾。

北大历史系的师生和学术界同仁都知道，邓先生为人狷介，刚直不阿，疾恶如仇。对此，我深有体会。一次他告诉我，在讨论学校领导体制时，他说，就应该是教授治校，专家治厂。这话显然不合时宜。会后便有好事之徒向上面汇报，上面居然还派人找先生核实。于是，先生对来人讲，此话确实出自他口，他仍然认为没有错。又有一次他问我："你读过《十三经》没有？"我说："没有系统读过。"他说，有人送他一本书，是研究朱熹的，所引《十三经》错误百出，"这种书还有用吗？"我当时听了如芒在背，暗暗告诫自己："别偷懒，要尽量避免这样的错误！！"先生虽然言辞激烈，但对学生他是真正有深爱的。我的导师张广达先生就对我说过，他从 1958 年被划"右派"后，邓先生始终对他爱护有加，这个深恩他一辈子都不会忘记。

邓先生对我的厚爱我也终生难忘。1982 年我自北大研究生毕业后，去了国家文物局古文献研究室工作。北大历史系那时已建立了中国中古史研究中心，储备人才，邓先生任中心主任，广达师任副主任。三年后的 1985 年，一次在张师家，他对我说："邓先生和我商量了一下，发现我们犯了一个错误，不该把你放走。现在我们希望你能回来。"闻听此言，我着实吃了一惊。我太没有思想准备了。我对师父说："非常感谢老师们对我的关爱。但我希望有了副高职称后再回去。”此事也就暂时作罢。然而世事无常，之后，广达师去国谋生，一切也就不了了之。但此事却让我没齿难忘。文宽出身寒苦，又有何能何德，值得两位老师如此垂爱？我此生虽未回北大任教，但与北大的情怀，尤其是与老师们的情谊，是历久弥新的。

邓先生是个风趣幽默的人，有时我独自去看他，开始会有点沉默，但稍待片刻，先生便谈兴骤起，纵论天下，直至家务琐事，我便借机抽烟喝茶，洗耳聆教。

研究生毕业后，我基本坚持每年春节都去给先生拜年并问安。1997年春节，也即先生辞世的前一个春节，我们一家三口去邓宅拜年。一进门，先生小女邓小南教授就告诉我说，当天大清早先生就念叨：“怎么邓文宽还没来呢？”先生得知我女儿在北大法律系上学，便说：“一家子全是北大人。希望你好好念书，将来做个有用之人。”那年春节先生精神特别好，我们还合影留念，没想到几个月后，先生就住进了医院。

先生去世已一年有余，可是他的福相和音容笑貌仍旧时时浮现于脑际，如在眼前。当我得知先生仙逝的消息后并未过分难过，只是觉得他走完了生命的驿站，画上了一个没有遗憾的休止符，但其生命之光依旧熠熠。一年多来，我读到七八篇怀念先生的文章，但我的感受与别人略有不同：先生的成功除了他在学术事业上的巨大成就，更在于他高尚的人格。他不谄不媚，不向任何恶势力屈膝，一生始终是他自己。在他身上所体现的正是中国传统文化人的优秀品格：传承民族文化事业，同时又担当社会楷模和民族脊梁的重任。值此世纪之交，一些人心灵过分物化，先生的人格就更显魅力，历时愈久，愈益光可鉴人。毫无疑问，“始终是自己”是先师邓广铭先生留给我们的宝贵精神财富。我深愿以先生为榜样，激励并要求自己努力践行。

1999年3月18日写于北京麦子店家

深切怀念周一良先生

一代史学宗师、著名历史学家周一良先生，以88岁高龄溘然长逝。虽说先生算得高寿，亦获天年，但作为曾经就读于北大历史系的我，仍存几丝怆然。先生的音容笑貌，不时浮现于眼前。今忆及几件往事，以见先生之风采，并以此作为对先生永久的怀念。

20世纪80年代，我在北大历史系攻读硕士学位时，曾经选修田余庆老师的魏晋南北朝史专题课，记得那是1980年的冬天。田先生这门课的最后一堂请来周一良先生主讲。1981年元月9日周师上课。其时正值深冬，周先生虽已近古稀之年，却很健康。他腰板挺直，身着马裤，虽华发满头，却神采奕奕。他不时在黑板上写字，讲解时则双手后背，边说边在黑板前踱来踱去，一副大家风范。他又不时穿插着讲一些治学要领。在说到如何读书时，周师突然冒出一句英语："Read Between the Lines."（读书得间）由于我是头一次听到这个英语成语，于是心中反复默念，以致后来先生又讲了些什么，全然未能听进。从此以后，这个英文成语便在我脑海中生根，并成为我读书做学问的重要门径之一。20世纪80年代后期，我同周先生谈及此事，并老实地说："那堂课，别的内容我全忘了，就只记住这么一句。"周先生笑着说："记住这一句就够了。"可见他十分看重这句话。我们仔细品读一下先生的《魏晋南北朝史札记》一书，三百四十几条札记，在在多所发明，而所据则是常见史料。之所以如此，正是先生"读书得间"的具体反映，也是先生为我们如何读书做出的示范。

周先生生于1913年1月19日，1993年是先生80华诞。为此，学术界同仁、师友撰文，出版了《周一良先生八十生日纪念论文集》。大约在

1993 年 1 月 10 日前后，我们十来个学生又共请周先生夫妇聚餐，以为庆祝，并请田余庆、祝总斌二师作陪。席间，周先生在谈到自己的学问时，不无幽默地说："我一生只是个匠，是小伙计，不是师。"这句话虽也有自谦的成分，但又不能不认为是他的肺腑之言。以先生之才学，本应构筑更宏伟的大厦，但由于种种原因而未能如愿。像《魏晋南北朝史札记》这样有分量的学术作品，在我辈看来可圈可点，但在先生看来，恐怕只是构筑大厦的砖瓦木石而已。

说到"大师"，现如今可谓多矣，也不谓不滥矣。以我之浅见，大师应该是能影响一个到几个时代的人。像王国维提出的"二重证据法"，迄今人们仍难跳出其法数；像陈寅恪先生的"独立之精神，自由之思想"，迄今依然光芒四射！而眼前的知识界，既缺乏值得后来者遵循的法数，更鲜见靓丽的思想光芒，"大师"却所在皆是。这实在可叹。

周一良先生自我定位为"匠"，其深意颇值得品味。他精通日语、英语，亦懂法语和梵文；在日本史、中日关系史、魏晋南北朝史、隋唐史、佛教史、"敦煌学"等众多领域均有建树，却不敢自许为"师"。相较之下，某些能耐不大，却乐于被他人捧为"大师"的人，宁不汗颜？我们这个时代未免太浮躁了些，"著名"太多而"名著"太少，已成为不争的事实。但愿有更多的人能像周先生那样自况自评，则学术幸甚，民族幸甚。

许多人都知道，周先生晚年心情不是很好。在造成这种心情的诸种因素中，陈寅恪先生对他的看法是重要因素之一。无论是认为陈先生"目我为'曲学阿世'"（《我的"我的前半生"》），还是认为自己应该受到陈师"破门之罚"（《向陈寅恪先生请罪》），都说明大梦初觉的周先生十分看重陈寅恪先生对自己的看法，更看出他对陈先生的服膺与景仰。也由于此，周先生在辞世的前两年写了《向陈寅恪先生请罪》一文并公开发表，承认错误。1999 年，中山大学召开"第三届纪念陈寅恪先生国际学术会议"，周先生因病未能赴会，托人带去了这篇文章。文中讲述了当年在批判陈寅恪先生的高潮中，他也写过一篇文章，校样都已看过，又因故未发表。虽然如此，周先生仍觉得对不住陈先生，因此要向陈寅恪先生公开"请罪"。

当我初次看到这篇文章时，自觉题目过于沉重了些。于是，在 2001 年春节与妻子孙雅荣同去周府拜年时，曾请教周师：“为何要用这么沉重的一个题目？”周师对我说：“我这样写了，心里就没有负担了。”我的疑问涣然冰释，并对周先生由衷地更增敬意。简言之，周先生是在十二分真诚地进行忏悔。

周先生并不认为自己完美无缺，尤其在对待陈寅恪先生和“文化大革命”中的一些事情上，他都有文字公开检讨并忏悔，以求心灵的宁静。不过，在我这个晚辈看来，这世界本无完人，大概每个人都有缺憾以致需要忏悔的事情，问题在于能否面对。我敢说，周先生是敢于直面的，而直面是需要勇气的——从而也证明他心地是坦荡的！2001 年 5 月 30 日《中国文物报》第二版发表署名“灏流”的《尊重良知就是最好的纪念》，讲的是建筑学家梁思成先生的事情。梁先生生前十分寂寞，尤其是“文化大革命”中遭受批判，门可罗雀；而自平反后“香”起来起，“不仅纪念活动、纪念文章频频不绝”，而且“以深得恩师正传徒子徒孙自诩的更是蓦地涌现出一大片来”。于是作者才不无感慨地说：“尊重良知就是最好的纪念。”对照建筑学界某些人对待梁思成先生的做法和态度，再去仰望陈寅恪先生的亡灵，我真不知道该说什么……

我只想说，周一良先生是尊重良知的：他该忏悔的忏悔了，该宽恕的宽恕了，该看穿的也洞彻了。总之，周先生心灵十分安静，不再有任何负担，于是，他不需经受任何痛苦，在睡眠中辞别人世，为生命画上了句号。

2001 年 12 月 31 日写于北京麦子店寓所

先师周一良教授二三事

转眼间，先师周一良教授辞别人世已 11 年有余了，而明年（2013 年）的 1 月 19 日，又是周先生的百岁冥诞。真真是白驹过隙，苍狗白云！蒙周启锐、赵和平二学兄不弃，望我能写点东西，这正合在下心意。于是，我同周先生相处的几件往事又一一浮现在眼前。

赵和平学兄和我是 1979 年考入北大历史系读硕士研究生的。最初入学时，我本想在隋唐史上用力专修。但入学后，在导师的引导下走入了“敦煌学”领域。实在说，此前我们对这门学问所知甚少。次年，王永兴先生便命题让我们二人写关于王梵志诗的文章。经过一个暑假的用力，我们草拟了《敦煌文书王梵志诗校注》一文。王先生建议我们呈周一良先生阅批。周先生阅过后，除了就文章中的一些具体问题提出意见，特别提出关于题目的问题。他对我俩说：“文书一词在英文里是 document，指公私档案一类，所以不能用指诗歌；而英文称写本为 manuscript，指手抄件，所以这里当用写本，而不是文书。你们这样用文书一词，别人会笑话的。”实在说，就我们当时的水平来说，还未有这样的辨别能力，用“文书”一词也仅仅是跟随着别人的文章泛泛使用而已。经周先生当头棒喝，我们才知道用概念要十分小心，必须明确其内涵与外延，不能轻率。大家还知道，周先生一直不赞成“敦煌学”这个以地名学的概念，认为它有许多缺点，若不得已而用之，则需加上引号。可是，直至今日，我们还找不到一个比它更好的名称，因为它本身不是单指一个学科，而是一个学科集群，无奈，只好勉强地称为“敦煌学”。不过，近二三十年来学术界的情况，却让我看到了它的负面影响。“泉州学”“法门学”“故宫学”等名目先后出现，不一而足。每当我看到这些骇人听闻的名目时，便会想起周一良先生认为“敦煌学”这个名称有缺陷的教导。殊不知历史已经证明，不仅“敦煌学”一称本身自有其不足，而且它所包含的负面因素还在扩散与发酵。由此也可看出，周先生等老一辈学者在使用概念时是多么谨慎，足为后学师法。

众所周知，“文化大革命”过后，周先生因“梁效”一事而受到审查。他心情沉闷，却未消沉。1985 年 8 月，中国敦煌吐鲁番学会在乌鲁木齐市召开国际学术研讨会，周先生和王永兴先生共同与会。当时我曾与赵和平学兄分工，由他具体负责保护周先生，我负责保护王先生。今天掐指算来，那年周先生已 73 岁了，年逾古稀。但我清楚地记得，周先生在行李箱里装了一双运动鞋。我问周先生：“怎么出远门还带运动鞋呢？”周先生说：“早晨起来要跑步。”果不其然，虽然在乌市只待了几天，但周先生每天早上都去乌鲁木齐大街上跑步，和平兄紧随其后进行保护。在人生际遇处于逆境的情况下，先生并未消极沉沦，而是积极向上。他的一些重要学术著作都是在“文化大革命”后的晚年完成的。为了保障他的学术事业，先生又采用跑步这种方式进行健身。据我所知，后来他又改骑自行车，直至 80 岁前从自行车上摔下来，手腕受伤才停止。“老骥伏枥，壮心不已。”其情可感，其志可铭。

这里顺便记一件发生在周先生身上而又十分感人的师生故事。就在乌鲁木齐会议即将结束的时候，周先生对我说，敦煌石窟非常有名，可是自己没去过，很想返回时顺便去看看。我说由我去找樊锦诗老师谈。樊老师是北大历史系考古专业 1963 年毕业生，时任敦煌研究院副院长。我对樊老师一讲，她十分高兴。但提出了一个条件是：“留下买路钱。”我问她“怎么讲”，她说就是做一次学术报告。我向周先生禀报后，周师说：“没问题。刚在日本做过报告，有的讲。” 会议之后，我乘飞机直接回了北京，樊老师便接周先生去看莫高窟。后来传说，周先生在莫高窟参观时，樊老师亲自为周先生端椅子，周先生走到哪里，樊老师就把椅子端到哪里，让她的老师坐着听讲解。我想，樊院长为自己的老师在莫高窟上上下下端椅子，这在她的生命史上，即使不是绝无仅有，恐怕也是为数不多的吧？这又怎能不是一篇师生情谊深的人间佳话？

我们大家还知道，作为学人，书籍对我们非常非常重要，有人曾用“书是学者的半条命”来形容。正由于此，我们大家不仅从牙缝里抠出钱买书，而且更是十分宝爱已经到手的个人藏书。但是，每个人的藏书又不可能十分齐备，于是，又会出现互相借书使用的事情。藏书人将书借出去后心里不安，担心借者不能按时归还；借书者用书时十分着急，用完后又可能因诸事纷繁而未及时归还，以至于遗忘。当然，也不排除个别用心叵测者，一开始借书就不准备归还！

20世纪90年代初，我曾撰写《敦煌吐鲁番文献重文符号释读举隅》一文，其中要参考日本藤原佐世《日本国见在书目录》一书。我向周先生借用此书。周先生将书递给我，然后又递给我一个笔记本并说：“你在这里登记一下。”我当时有点愕然，但还是在周先生的借书本上做了登记。由于我在周先生处借书有登记，所以用过后很快就归还了。随着时间的推移，我越来越认识到周先生的做法十分稳妥。

曾记得有人在文章中说，他借用了经济学家顾准先生一本书，半个月后顾先生即来索书，让他不快；也还记得，王永兴先生讲授“敦煌学”课程时，有人借用了他的《敦煌掇琐》一书，一直未还，王先生又记不起是谁借的，十分生气，还问我是否用过；又曾记得一位同事，将其家中的一本专业书借给圈子里一位同仁使用，而她先生急用此书时，书却不在手头，她只好又来借我的用，以解燃眉之急。当我碰到最初那位借书人时，问他为何不及时还书给人家？他说，事情一忙就忘了，其时自己也买了这本书。实在说，这就更不应该了。所有这些事情，都是由于没有借书登记手续造成的。如果像周先生那样有明确的借书手续，这些矛盾和不快，就全然不会存在了。

我一直主张，要让书籍最大限度地发挥作用，因此，一本书最好多有几个人阅读和使用。但是，如前所述，大家都很忙，没有借书手续，借出者和借用者，都可能忘记。有了借书登记手续，即便书不在手，我也可以知道，某年某月某日被谁借去了，如急用则可以催要；而借用者则需明确，你不仅有义务爱惜别人的书籍，而且更要及时物归原主！正是从周先生那里受到启发，认识到借书登记的必要性和好处，我也搞了一个专门的借书登记本，即使我的女儿从我书库里拿走一本书，她也要登记，免得我用书时不知书在何处，徒然着急。可以说，在借书问题上，周先生为我们做出了榜样，大家不妨一试，准能体会到它的好处。

周先生，您在那边可好？作为亲炙过您教泽的学生，我不免做这样的感想：您既当过“座上宾”，又被视作“阶下囚”，品尝过各种人生况味。因此，您的人生是完整的、丰富的。您更大的幸福则是拥有众多的学生，这不仅见诸您的追悼会和遗体告别仪式，因为那天去的人基本是以北大历史系毕业生为主的；而且，在您身后和百年冥诞时，还有那么多学生和学人命笔怀念您。在我看来，您有福了。

一个学人，如果能有像样的学术成就留与后学，又能被后学所铭念，足矣。周一良师大概就是这样的学人吧 。

2012 年 12 月 3 日午后于半亩园居

我与周大德的忘年交

转眼间，周绍良大德驾鹤西去已经两个多月了。老人仙逝后，我曾到黑庄户双旭花园周府吊唁，并再三嘱咐周家长公子启晋兄："先生已得天年，按照中国传统习俗当属喜丧，不必过分悲伤。"虽作如是说，但对于周老的逝去，心中仍不免怅然。忆及自己以一介平民子弟，得与周大德相交23年，恐怕也只能认为是佛家所说的缘分了。

1982年，我从北大历史系读研毕业，分配到时属国家文物局的古文献研究室工作。其时，我国的"敦煌学"事业刚刚复苏。以周老为首，学术界的一批前辈如张政烺、周祖谟，以及当时尚在壮年的沙知、宁可、宋家钰等先生，拟着手将敦煌文献分类整理刊布，方便学林。这一项目在国家哲学社会科学基金方面获得支持，并由古文献研究室负责日常工作，组织协调。于是我被派作秘书，担负起跑龙套的角色。不久，周老被大家公推做主编，我这个小秘书便与老人结下了不解之缘。

"敦煌文献分类录校丛刊"1983年立项，至1998年由江苏古籍出版社将10种12册出齐，历时16年之久。周老作为主编，为这部书的形成与出版劳心费力，厥功难于尽述。在周老主持下，沙知、宁可、宋家钰三位师长，加上我这个"小萝卜头"，不知开过多少次会！记得有许多次都在餐馆边吃边谈，饭后概由周老埋单。也有不少次，我要向周老汇报请示，他便在电话那头说，几点钟到某个餐馆见面。于是，由于工作关系，我跟着周老几乎吃遍了半个北京城。次数多了，我实在过意不去。一次在王府井北头吃过饭后我主动去结账，周老笑着说：“你还跟我客气。”更使我永生难忘的是，几乎每次用餐，周老都事先带一个饭盒，将剩下的饭菜装盒带走。我们知道，周老出身豪门，可他却有如此的节俭美德，令我由衷地感动，钦敬不已。

周老的和气，极像菩萨，这是大家公认的，但他却是一个非常有原则的人。在“敦煌文献分类录校丛刊”的出版计划中，有一部书稿原本是要纳入的。但写出后，先是由周老看，后来又由荣新江和我分别再审，大家提了许多意见，希望编者修改。不承想，三个月后书稿又送来了，但改动很小。如何办？周老认真思考后，有一天突然给我打来电话说：“文宽，退稿！”我遵嘱执行。后来，该书由一家地方出版社出版，学界对其质量议论较多。我提这件事，只是想说，周老很和气，但并非老好人，他对学术事业是认真负责的。他以学术为生命，这一点，与大多数学者无区别。

周老在学界受到普遍的尊敬，也是没有异议的。1997 年，是他老人家 80 华诞。从 1995 年起，白化文先生就约我共同努力，为周老出版庆寿文集。经过众多学人和中华书局张忱石先生的共同努力，《周绍良先生欣开九秩庆寿文集》于 1997 年 4 月初先生生日前按时出版。为了表达对先生的敬意，4 月 6 日，在东华门一家饭庄为先生开了一次生日宴会。为此，柴剑虹、孙雅荣、白化文三位与我，齐心协力，使宴会办得十分成功。次日上午，周老专门给我来电话表示感谢。我十分吃惊。我说：“周老，我是晚辈。这些全是应该做的，千万别说感谢的话。”他说：“我是垂暮之人，还有何求！”看得出他当时心情确实不错。

由于哮喘，周老晚年搬到朝阳区黑庄户双旭花园居住，以便少吸城里的汽车废气。那时我还住在城里，因事到双旭花园找周老，他多次高兴地说：“这里真空旷啊！”两年前，我也有了到乡下居住的念头。于是，同孙雅荣一起到双旭花园看房，想同周老做邻居，以便论学聆教。周老听后十分高兴。我们本已在双旭花园看好一套房，但因价位偏高，最终落脚在周老东北方向的东旭新村，与双旭花园相距三公里，成了不太远的邻居。相对于居住在城里的学界同仁，我便是距他最近的了。这样，周老一有需我帮助的事，我便同孙雅荣驱车奔到周宅，接受他的吩咐去办事情。虽然具体办过的事情不是很多，但我们总是随叫随到，从未让老人失望。孙雅荣比我细心，她知道周老喜欢吃“八先生”的芝麻火烧。一次我们就从麦子店买了20个送给老人家，他十分开心。周老是一位佛学专家，自然对禅宗经书《六祖坛经》十分关注。晚年他写就《敦煌写本坛经原本》一书，想附上敦煌所出五种“坛经”的照片，但年事已高，不易办理。于是，他打电话向我求助。我遵命给他解决了全部照片问题，使该书顺利出版。周老为此专门送我一本并写道：“文宽同志：感谢你对于此书之出版给予的莫大帮助，并乞赐予批评指正。绍良拜呈。九八年新正。”我写这件事别无他意，只是想说，他老人家礼数十分周全。这一点与其堂兄周一良师十分相似。而我们当代学人（包括我自己），不知是真忙，还是漠视他人，常常不顾基本礼数，显得缺乏教养。

在与周老交往的23年中我感触最深的概括而言有三点：

一是他十分豁达。周老并非绝对不在意名利，但相对而言，是看得很淡的人。大家知道，他刚过40岁不久，便因被“拔白旗”而提出退休。这绝非仅仅因为他经济充裕，也还有一个如何看世事的问题。他曾对我说：“随遇而安而已。”这便是他的处世之道。不争不抢，不计较，自然就会有一份好心情。这与人们常说的“知足常乐”相距并不遥远。

二是性情温和。无论何时何地，他都不急不躁，温和处理，从未见他疾言厉色。20世纪90年代，他担任中国佛协副会长兼秘书长，每天到广济寺上班。我有时去找他，看到和尚、尼姑排队等候见他，我只好到一边等待。等到周老可以同我谈事了，他笑着说：“你看，什么人都来找我！”我还他一笑：“您不是中国佛教界的头儿么！”相比周老，我性情火暴，容易发怒，遇事欠冷静，自叹弗如。我也希望自己性情能好一些，但总也改不了，深为自己难过和愧疚。

三是勤学不倦。周老的勤学是众所周知的。且不说他年轻时曾将《册府元龟》誊抄一过，就是他的唐代墓志释文稿件，我见过的就有尺半厚的两大捆。他告诉我，他一般工作学习到凌晨两点，喝点酒，吃一小碟花生米才入睡。他70多岁在佛协工作时，精力旺盛，抓紧一切时间看书写作。佛协为方便他休息，在他办公室套间放了一张床。周老对我说：“我反对在办公室放床。”只见他的床上、桌上，乃至地上，到处是书，而且多是展开的，说明他随时都可以进入工作状态。辞世前一年多，他行动不便，便在书房写字台后面放了一张单人床。每次看他，他都睡在床上，歪向一侧看书。直到去世，他的购书热情依然不减。2005 年 3 月，他得知文物出版社出版了《新中国出土墓志》的重庆卷和河北卷，便要我帮他购买。我遵嘱办理。这颇像周一良师，临终前不久还让保姆推着轮椅去书店购书。二位周先生让我觉得，中国的读书人啊，你就是告诉他明天将是大限，只要今天能去书店，他也是不肯耽误的。

周大德以其完美的一生辞别了俗世。我曾对许多人说，他这一辈子是工作没少做，成果没少出，好饭也没少吃，令我艳羡。如今，他老人家已往生西方极乐净土，登上彼岸。我愿大德在彼界欣欣然，怡如然，并以此小文寄托我对他老人家的深切怀念。

2005 年 10 月 28 日于半亩园居

平生不解藏人善

——为季羡林先生85岁华诞而作

我同季羡林先生的交往，应该说不是很多。我虽有幸两次在北京大学就读，但季先生是著名学者，我是一个普通学生；季先生在东方学系工作，我在历史系读书。因此，他的大名虽早已如雷贯耳，但在校读书期间却无缘谋面，同他有交往还是后来的事。

1983年，成立了中国敦煌吐鲁番学会，季先生出任会长。我因忝列于此一国际显学的队列，故在多次会议上看到季先生，或主持会议，或发表演讲，意气风发，句句感人。但我自己却不善交际，尤其对待名人，更缺乏靠拢的主动性，季先生也就不认识我，以致在给我的一封信中称“文宽兄”，令我十分惶惑。后来在一次饭桌上，王邦维先生特别向季先生说明我也是北大毕业生，季先生才把我当作学生看待了。

在同季先生的有限交往中，使我终生难忘的，莫过于他为我和荣新江合作的一本书所作的序。

我和荣新江先生是同门师兄弟，先后受业于张广达教授。在经过长期的准备之后，1992年起，我们决定共同整理敦煌市博物馆藏敦煌本077号《禅籍》。经过三年的艰苦努力，写出了《敦博本禅籍录校》一书的书稿。这时我想到，应该向季先生求一个序。

我向荣新江先生表达了这个想法，他认为问题不大。这是可以想见的。因为荣新江同季先生交往很多，且很受器重，应该是不难的。至于我，因同季先生交往很少，不免想得较多。主要考虑的是，虽然我不出面也能得到这个序，但书是我们二人写的，我必须向老先生表明我的愿望。这样，在一次和季先生共同步入餐厅的路上，我对季先生说：“我仰慕您的学问和人品，很看重您为我们的书写一个序。”季先生愉快地答应了我的请求。

几天以后我便去香港中文大学访学。大约在我同季先生谈过后的一个多月，荣新江托人将季先生的序文复印件带给了我。我拜读之后，既激动，又不免紧张。这是由于季先生的序文中有如下一段话：

眼前这一部邓文宽先生和荣新江先生共同校勘的《敦博本禅籍录校》，是在众多的国内外学者，在长达几十年内对敦煌禅籍的校录的基础上的集大成之作。这两位学者认真严肃，方法精密，既继承了中国朴学考证校勘的传统，又参照了西方的校勘方法，融会中西，贯通古今，因此我称之为集大成之作。最值得称道和重视的是，他们读书得间，细入毫发，对一些以前从未有学人注意到的敦煌写本的书写特点阐幽发微，公之于世，为斯学做出一大贡献。这一点，我相信，凡读本书的学人都会同意我的意见的。我由于有此书而感到愉快，感到骄傲。如果要讲爱国主义的话，写出这样的书，能在国际学林中占一席之地，这就是最具体的爱国主义行动，比一千句一万句空话都更有用。

作为后学，作为北大毕业的学生，读了这段文字，我能不激动吗？激动的是，我们这本书得到了像季先生这样的大学者的“印可”；紧张的是，我们果然像季先生称扬的那样成功吗？尤其是“融会中西，贯通古今”，我何人也，岂敢当之？清夜自问，久久难寐。不过，反复体味季先生的序文，我一方面感到老前辈对后学的爱戴和提携，另一方面也感到其中包含着对我们的严格要求。那些使我难安的词语，我只能当作今后努力的方向了，只怕是“融会中西，贯通古今”这一条，我今生今世也难得企及了。

由于深切地体会到季先生对我们的高标准要求，书稿虽然在 1995 年初就交到了出版社，同年夏，我们又要了回来，再加修订，以期将错误减少到最低限度。

其实，季先生对后学的策勉何止我和荣新江二人，他曾为众多中青年学者的书籍作序，如今已汇编成序文专辑。季先生在为王小甫学兄的《唐吐蕃大食政治关系史》一书所作的序文中说：

在这一个学术梯队中，非常值得一提而且必须提的是中青年学者的茁壮成长。这种成长决不限于西域古代史地的研究，在整个所谓东方学的范围内，都可以这样说。因为我现在谈的是西域古代史地研究，所以将中青年学者也仅限于这个范围。为了给人们一些比较具体的印象我想举出几个人的名字：张广达、耿世民、林悟殊、刘迎胜、蒋忠新、余太山、胡海燕、段晴、王邦维、林梅村、荣新江等等（原序下文有云：“我想把王小甫也归入这些学人中”）。这个名单不一定很全，仅就我记忆而及，不过举出几个例子而已。这些人的特点就是中西兼通，基本上掌握所需要的西域古代语文。他们又都能通解汉文古典文献，这就如虎生翼，可以与外国同行逐鹿学坛了。我绝不是说，他们都已十全十美。为学如逆水行舟，任何人，任何时候，任何年龄，任何国家，都要不懈地努力，他们也绝不能例外。但是，无论如何，这些人是中国新一代的学人，前途是未可限量的。

仅是在这篇序文中，季先生就褒勉了十多位研究中亚史和中外关系史有成就的中青年学人。一方面，他对晚学的殷切期望跃然纸上；另一方面，又要求大家“都要不懈地努力”。这话在为我们那本书作的序中虽未明说，但我想对我同样十分适用。

“平生不解藏人善，到处逢人说项斯。”这是唐人杨敬之的两句诗，曾传遍天下，以至产生了“说项”这个词。季先生在为我们那本书作的序中引用了这句诗。我想，要想达到这样的境界，恐怕也并非易事。只有将学术事业看得高于个人名利的人，只有智慧双修、学行并重的人，只有站在学林之巅、俯瞰人生的人，才能做得到。值此季先生 85 岁华诞之际，我借用季序中所引的这句话，表达对他老人家的景仰之情，也许还是很恰当的。

1996 年 3 月 28 日于北京麦子店家

史大佛，您一路走好

那个方面大耳，胖胖墩墩，面相如佛的史树青先生驾鹤西去了。读到报纸上的新闻，我虽觉突然，但并未有过分悲伤之情，因为人终归要死，佛究竟涅槃，都是必然之事。

史先生与我同在文博系统工作。但论年龄，我们属于两代人；论工作，我们又不在一个单位，而且平时几乎没有交往。严格说来，我同他只见过两次面，本来是没有多少话要讲的。可是，对于已经归入净土的史先生，我总觉得必须说几句话，否则心口堵得慌。

我第一次见史先生，是1983年中国敦煌吐鲁番学会在兰州召开成立大会的会议上。那天，会长季羡林先生主持全体大会，好像要大家就一个文件发表意见，以便表决通过。史先生举手要求发言，得到允许。他站起来说："人材的'材'字应有木字旁，现在用刚才的'才'字，恐怕不对。"季先生解释说："这个地方都能用。"史先生就此作罢。这是我第一次同史先生谋面。如今算来，他当时已61岁，年逾花甲，可是却如此认真，几乎像一个小学生在提问。史先生的认真程度在我心中留下了极为深刻的印象，而且油然生敬。

过了两年或三年，是我同史先生的第二次见面，也是最后一次见面，掐指已是20多年前的事了。在一个夏日的星期天，中国历史博物馆举办古籍图书展，我由于住在天安门东南角的前门东大街14号楼，得地利之便，便骑车去看展览。我快到公安部西门时，看见老先生正从博物馆东门漫步过来。

于是立即下车，推着车往前走。我到了史先生面前，便主动问候，说："史先生，您好！您还认得我么？"史先生笑着说："怎么不认得！你不是古文献室的邓文宽么？你很会写文章啊！"我说："您过奖了。"我们就此分手。史先生显然是看过我写的那些初涉学术的习作，才有他自己的看法。这20多年来，我自己坎坎坷坷，一路走了过来。在这漫长的岁月中，史老那句话一直温暖着我的心，给我以力量和鞭策。

1998年初，国家文物局高级职称评审委员会评审1997年度的正高职称，我在被评审之列。其时，我供职的中国文物研究所实际主政人吴加安副所长也是评委。那次申请正高，我提交了新出版的4本书，其中之一是台湾新文丰出版公司出版的论文集《敦煌吐鲁番学耕耘录》。老吴事后跟我讲，那天会上，史树青先生说了许多褒奖我的话，甚至半开玩笑地说："他的学问我们做不了。他申请的是研究员，而我们是研究馆员，多一个'馆'字就不一样。"最终，我以高票通过正高职称评审。诚然，史先生这番话我岂敢当？我怎么可能比史先生强？这只是他老人家在着力提携后进而已。据说，史先生一席话后，有人开始抄我在"自序"中的治学心得。职称评完后，这本小书也未见退回，不知落在哪位同仁手里了。我心想，谁拿去都没关系，说明他看得起我，不必介怀。

坦率地讲，史先生同我的交往就这么多。他当面对我说的话，以及在会议上对我治学发表看法的话也就那么几句。可是，他对我的激励之重何止千钧？更何况，我与他老人家并无深交，但他却对我奖掖再三。面对已经作古的学术前辈，夫复何言？只有潸然泪下了。

读者从上述小事可以看出，作为一位德高望重的老学者，史先生除了坚持做好本职工作外，又是如何积极自觉地为国家提拔人才的。当然，我本人尚未像史先生所说的那样好，但他的赤子之心却可光鉴日月。

"史大佛"是一些后学对老人家的敬称和戏称。如今我想说的只有一句话："史大佛，您一路走好。您会继续活在晚生心里的。"

2007年12月9日于半亩园居

“席泽宗星”依然翱翔

——忆念席泽宗院士

那个面相富态的科学史家、天文学史的一代宗师、中国科学院院士席泽宗教授，辞世已经快5年了。每每想起同他交往的点点滴滴，我迄今犹感暖意融融。今草此小文，以表达我对先生的深切怀念。

我认识席先生始自1975年9月。那年我第一次从北大历史系毕业，被分配到中国科学院北京天文台古天文组工作。其时，席先生供职于中国科学院自然科学史研究所。这是两个单位。那我们是怎么走到一块的呢？说来滑稽，因江青发出指令：中国古代天文学很发达，要组织人力进行研究。中国科学院立即组织了一个“中国古代天文学史整理研究小组”，从事这项工作。“整研组”的成员来自中国科学院的北京天文台、紫金山天文台、陕西天文台，还有南京大学天文系，再就是自然科学史研究所。科学史研究所当时参加的有席泽宗、薄树人、陈美东、陈久金和刘金沂5位先生（除陈久金先生健在，余均故去），自然都是业务骨干。其中席先生资历最老，名望最大。等我去天文台时，这个组已经形成并开始工作。我去到那里后，成为其中最年轻的成员之一。我就是这样认识席先生的。

坦白地说，在“整研组”工作的4年里，我与席先生交往并不多。但从卢央、徐振韬二位老师口中得知，席先生因“中、韩、日超新星星表”在国际学术界享有盛名，我发自内心景仰。作为一个历史系毕业生，我对天文学史既无常识，也无太多兴趣。不过，在那个年月，“服从分配”是极端重要的。当我认识到自己别无选择后，就赶快抓紧补充知识。我的好学是各位老师有目共睹的，以致卢央老师说：“小邓势头不错。”作为一个学者，席先生自然也喜欢好学的人。再加上他原籍是山西垣曲县，我是山西稷山县，算是“小同乡”了，席先生也就比较看好我。有一次，小组里一位外地同仁想调到北京，到科学史研究所工作，托我找席先生说情。我跟席先生说过后，没想到席先生这样回答我：“你来可以，他来不行。”这话让我吃惊，但也确实无法向那位同仁回话了。现在我已想不起这件事是怎么糊弄过去的，反正是不能将席先生的话照端，因为这会伤了那位同仁的。虽然我说话很直，但也不会没心少肺到这个地步。

我同席先生真正亦师亦友的情谊，是在 1982 年后建立起来的。1979 年，我考回北大历史系读研究生。当时的想法是，我是文科出身，缺少必要的数理知识，在天文学史这个领域干不出多大名堂来。于是，准备回归历史学界，才去读研究生的。但在导师引导下，逐渐步入敦煌吐鲁番学研究领域。此时，才发现该领域有一批天文历法资料，而研究工作却十分薄弱。犹豫再三，又决心回到天文学史领域中来，并以敦煌吐鲁番天文历法研究为自己的主攻方向。1982 年 9 月，我到国家文物局古文献研究室工作，次年便着手敦煌吐鲁番天文历法文献的整理研究工作。

原本我的天文历法知识就十分粗浅，此刻又要进入一个十分专门的领域，实在说，对于自己能否做成，心里并没有多少底。这时我想到，我需要席先生的指点，否则我会走弯路或者撞墙头的。于是，我经常到席先生府上聆教，并把自己整理的东西呈上，请席师斧正。席先生十分耐心，经常耳提面命，使我着实受益匪浅。比如，敦煌本 S.2620 号的定名问题。原件前部残失很多，已经失名，我感觉很难把握其性质。席先生比照清代《时宪书》的卷首内容，立即确定它是“年神方位图”。由于有了这个正确方向，我再做考释工作就顺畅多了。后来，我们又合作撰写了《敦煌残历定年》一文，刊登在《中国历史博物馆馆刊》总第 12 期上。席先生愿意让我这个晚辈同他联名发表文章，其奖掖后学的拳拳之心，于此可见一斑。

经过近 10 年的艰苦努力，在席先生的关怀指导下，我完成了《敦煌天文历法文献辑校》一书的撰写，并索序于席先生，他慨然应允。1992 年 3 月 23 日，席先生在为拙作撰写的序文中，除了对此书的学术成就给予肯定，同时还说："文宽同志和我相识已近17年，平时相处深知其为人诚实，说话真实，做学问踏实。今逢其《敦煌天文历法文献辑校》完成付印之际，愿为序。"其奖掖提携后学的殷切情怀溢于言表。我知道自己是一个有很多缺点的人，但席先生对我为人的认可，犹同于本师张广达先生的评价："文宽为人过于忠厚。"可以说，不管我有多少缺点，但为人忠厚，绝不害人，是我一贯坚持的不二原则。知我者，席先生和本师也。

新世纪之初，席先生获得了出版自选集的机会。有一次他给我打来电话，希望我帮他洗印一份敦煌本S.3326号星图的照片，编自选集时使用。因为他知道我有一套完整的彩色底片。我先是到宣武门新华图片社送去底片，又按时取回照片，再送到城北苇子坑席先生家里。席先生将洗照片的费用给我，我未拒绝。但我立即提出共进晚餐，由我请客。记得那天我点的菜有一条蒸鱼，吃饭时席先生说："文宽，你给我搛一块鱼，我眼睛看不见鱼刺了。"我当然从命。但也觉得年过七旬的席先生确实老了，心中不免怆然。饭后，看着他缓步向家中走去，心里好生难受，只是默默地祝他健康长寿。

《古新星新表与科学史探索——席泽宗院士自选集》于2002年10月出版。席先生得到样书后，打电话要我到他家去取一本。那天中午，我骑着自行车到了席宅。席先生已备好一册，并在扉页上手书曰："文宽同志：谢谢您多年来的合作，永志纪念。席泽宗2003.07.04."他总是这样谦恭有礼，让我这个晚辈心生暖意。我拿到书后，席先生望我写一篇书评文章。我对天文学史和科学史才知道多少，岂敢去评论席先生的著作？后来，我仅就自己相对熟悉的天文文物部分写了一篇读后记，登在《中国文物报》上，算是向他老人家交了卷。

这里还有一件事值得说说。我于1975—1979年同他共事期间，席先生的大学同班同学、"中国科普之父"郑文光先生也在"整研组"，行政关系与我都在北京天文台。好像是在1976—1977年这一时间段，他们二位合作出版了《中国古代的宇宙理论》一书。这本书的资料是席先生收集的，但写作基本上是由郑先生进行的。正式出版前，席、郑二位为署名先后产生了一段趣事。看校样时，署名是席前郑后，席先生改为郑前席后，郑先生又改为席前郑后，最终席先生改为郑前席后，并以此署名次序出版。今日两位先生均已作古，但其高风亮节，可以光鉴日月。

近三年来，作为《席泽宗文集》的编委之一，我在尽心竭力地工作并积极出主意，得到主编陈久金先生的肯定。可以说，我是带着对席先生的深深敬意进行这项工作的。席先生是有自己的价值判断的。当然，由于性格差异，他不像我那么激烈，但我敢肯定地说，他和我的心是相通的。

席先生去世十分突然，上午他还和一些人坐在一起说话，谈笑风生，下午就因脑出血而遽然辞世。我接到过科学史所的通知。但当时因患病，行走困难，未能最后去送别，总觉得歉疚。不过，换一个想法，他已年入八旬，虽不算很老，但也不再年轻。突然故去，总比疾病缠身，长期忍受病痛要好。或者，这也是他修来的福分，因为不需要经受太多痛苦就能谢幕，这是多数人想得而得不到的。

席泽宗院士的学术成绩已为国内外广泛瞩目。国际天文学会将一颗小行星命名为“席泽宗星”，便是对他人生的最好评价。此外，还需要再多说什么吗?

斯人已去，“席泽宗星”却依然翱翔。

2013 年 10 月 22 日于半亩园居

芳草地上留芬芳

——怀念沙知教授

农历鸡年的三月二十七日（公历 2017 年 4 月 23 日），著名“敦煌学”家和历史学家沙知教授，在北京东直门外芳草地家中辞别了人世。然而，芳草地上却留下一片芬芳。

我同沙先生相识于 1981 年夏天。那年，中国唐史学会组织了一个“丝绸之路考察队”，沙先生与我同在其中。但出发时我们却未见到他，因为当时他正在日本访学。只是到了吐鲁番，我们夜间上火车时才见到沙先生的身影——他是访学归来后立即去追赶考察队的。隔年，我从北大历史系读完硕士学位毕业，沙知先生又成了我论文答辩的外聘专家。按照中国人的习俗，沙先生是我的“座主”之一，是“一日师”，自然也就有了师生情分。

1982 年秋天，我到国家文物局古文献研究室工作后，又有了与沙知先生更多接触的机会。按理说，他是中国人民大学历史系的教授，我的单位隶属于国家文物局，相隔较远。可是，一种机缘却将我们连接在了一起。1983 年，中国敦煌吐鲁番学会成立后，学界同仁立即行动起来，发誓要将在国际上已经落后的中国“敦煌学”迎头赶上。当然，首要任务是将资料整理公布。于是，学界的一些先进联合成立了“敦煌文献编辑委员会”。因大家不在一个单位，开展工作难免有不便之处，就公推由国家文物局古文献研究室承担具体事务。沙先生是编委会成员之一；而我当时刚步入“敦煌学”领域，年富力强，便成了该编委会的秘书，说得直白一点，就是跑腿办事的。这就使我有了继续同沙知老师交往的机会。佛教讲因缘，看来我同沙先生是有缘分的。

此后直到20世纪之末，编委会的工作一直在进行之中，最终由江苏古籍出版社出版了“敦煌文献分类录校丛刊”10种12册。编委会的主要成员是周绍良、沙知、宁可、宋家钰四位前辈学者和我这个“小萝卜头”。一般来说，有问题需要讨论决定时，我们五人在一起开会，会后的具体落实便由我去操作。这项工作前后进行了近20年，是我向各位师长包括沙先生学习、请益的良机。如今，四位先生已先后作古，当年还是年轻人的我也已年近古稀——岁月真是无情啊！

数十年相处，使我感到，沙知先生是一个儒雅、温和的人，与他相处绝不会有累的感觉。他总是笑着同你说话，即使是使他不愉快的事，他也是笑着说。那种不疾不徐的言谈方式，我是绝对学不来的，但很欣赏。当然了，这也是一种个人修养，或许同样包含着他的家学渊源，不是随便就能效仿的。

从当教师、做学问的层面来讲，沙先生是十分敬业、刻苦和严谨的。他对我讲过，年轻时给学生上课，由于教室不在一起，他从一个教室上完课，三轮车夫已在门外等候，他立即跳上车去奔向下一个教室。在那套“敦煌文献分类录校丛刊”的10种书里，他那本《敦煌契约文书辑校》是最细致严谨的，受到普遍好评。后来他与英国图书馆东方部原主任吴芳思女士，合作编校出版的《斯坦因第三次中亚考古所获汉文文献（非佛经部分）》，上下二册，煌煌巨编，令人刮目。为此，沙先生在年过八旬之后，又数次赴英，付出的辛劳可想而知。

在追求学术真理方面，沙先生是有胸怀的。斯坦因第三次中亚考古所获汉文文书中，有一件仅存二行的历日残片。编书时，他们只给了一个大致的年代范围。我用自己专攻的历法知识再作研究，考出了它的绝对年代。对此，沙先生很高兴。有些人学问做得很好，但只许捧场，不许提商榷意见，对于学术以外的事情想得太多，甚至在在表现出霸气。沙知先生却大异其趣，反而更受人尊敬。

2012年春天，我参加的一个吐鲁番文书整理项目要结项，项目评审组邀请沙先生参加评审。由于年轻人大多不认识他，自然，接送包括吃饭、如厕，都由我陪伴、看护。当年他已87岁，考虑到他的健康并且年事已高，吃晚饭中途我对他说：“您如果累，咱就先走。”沙先生说：“那就走吧。”于是，我一直将他送进他在芳草地的居室门槛里才离去。此后也只是在 2013 年的“中国敦煌吐鲁番学会成立三十周年国际学术会议”上打了个照面，连说话的机会也未获得。这之后，再未与先生谋面。原因是，一则先生年事已高，我生怕打扰他；二则我自己疾病缠身，行走不便。但我仍多次通过别人了解他的情况。不承想，他却溘然辞世了。

听说沙先生生前对家人有交代：身后不开追悼会，不搞遗体告别。家人确实是这么做的，实现了他的心愿。又得知，生前他将自己的藏书分为两部分处理：3000 册捐赠给家乡江苏省泰州市图书馆，其余送给中国人民大学历史学院。而给历史学院的那些书刊，他又亲自动手逐册盖上了藏书印（想必给泰州市图书馆的那些书也是这样处理的）。这让我感到，作为一个知识人，一个学者，沙知先生活出了生命的自觉。他知道死亡是生命之必然，任何人都无由超越，正确的做法是坦然面对。但他却不去追求身后的“哀荣”，而是选择静静地离去。不久前，台湾女作家琼瑶女士公布了自己给儿子和儿媳的一封信，信中说道：身后“不发讣闻、不公祭、不开追悼会，私下家祭即可。死亡是私事，不要麻烦别人，更不可麻烦爱我的人——如果他们真心爱我，都会了解我的决定”。我个人认为，只有到达人生大境界的人，才会这么淡然地安排身后事——莫要忘记，一些人不仅生前过分地追逐功名利禄，而且身后也由其家人或生前就授意家人去要求悼词中的某句肯定之词（有必要吗）。只有生命意义得到升华的人，才能真正视名利若浮云。更有甚者，据沙先生大女儿沙鸥女士对我讲，他老人家还要求捐献遗体，只是未获同意而作罢。而这，又有多少常人能够坦然为之？

爱因斯坦活了 76 岁，去世前说：“我尽到了自己的本分，是该离开的时候。”纵观沙知先生的作为，何曾不具有这样的生命自觉！更何况，沙先生活到了 91 岁，属于高寿之人——先生您有福了。

斯人已去，但我依然能嗅到芳草地上的芬芳。

2017 年 6 月 12 日晨于半亩园居

我与本师张广达教授的交往点滴

我的受业导师张广达先生，原是北京大学历史系教授，现为台湾“中央研究院”院士。

我与师父初次谋面，是在1972年第一次进入北大历史系学习的时候。但直至1979年考取他的研究生，读硕士学位，我们之间连一句话也未说过。原因在于，他是“摘帽右派”，被剥夺了上课的权利，仅是历史系世界史专业的外语辅导教师，而我却在中国史专业学习。师父外语出色，这是人所共知的。

师父与我初次交心，是在北大25楼我宿舍里。我们1979届的男研究生，最初住在北大25楼一层，每间四人。那天，宿舍里只有我自己，师父突然来访。我们两人谈了很多，迄今已经过去了34年。此后几年，张广达这个名字连同他的学术水准，日益受到国内外学术界的认可和推崇。此时，师父已年过半百而“知天命”，知道深浅，所以谨言慎行，给人以谦谦君子的印象。1983年8月，中国敦煌吐鲁番学会在兰州开成立大会，我与师父一起赴会，他被选为首届学会副秘书长之一。一天夜里，我去师父房间闲聊，不会拐弯的我竟对师父说：“您看人家现在这么推崇您，咱们可得冷静啊！”师父对我说：“你放心，我不会翘尾巴。我要是翘起尾巴来，张广达就不是张广达了。”自那时至今，30年过去，师父到处受人尊敬。这除了他的学术水准外，谦虚谨慎，时刻注意尊重别人，不能不是一个重要原因。受本师的影响，我决心永不膨胀，永不发酵，永不冒泡。低调产生吸引力，膨胀产生排斥力，这个道理我会永记心间。

师父是一个自我期许很高的人，总是希望自己能有出色的成就面对世人。但自 27 岁至 47 岁，这 20 年的黄金年龄段，他却因各种原因不能正常发挥。1987 年，日本东京大学教授、著名“敦煌学”家池田温先生，邀请师父赴日访学三个月。那时国门初开，能够出国访学是一件很有面子的事情。但师父回国后却情绪低落，十分悻然。我问他为什么，他说：“池田先生和我同庚，已是著作等身，可我就是那么几页纸，这算什么！”实在说，师父的宝贵光阴被浪费和耽误了。谁之过？对自己不满意是不少知识分子的自我要求，比如陈寅恪先生、周一良先生，晚年对自己都不太满意。

1989 年 6 月 17 号下午，我骑车到中央民族学院师父家里与他相见。我问他在做什么，他说在清理借北大和北京图书馆的书。我猜测，本师此番出国开会可能不再回来了。因为他将于 6 月 25 日赴巴黎参加《中亚文明史》第三卷的编委会会议。开会只是几天的时间，如果回来，用不着立即清理所借的书籍。不过，这层窗户纸我们谁也没有捅破。平日里我们师徒总能敞开心扉，可是那天师父心情坏透了，不愿意多说话。我待了大概 20 分钟就告辞了。下楼后，我在楼门口点燃一根烟（1996 年我才彻底戒烟），边抽边想：“这可能是我与师父的诀别，以后能否见面谁知道！”念及此，当时心情黯然，神伤至极。

果不其然，与师父这一别就是 11 年。虽然我一直同他保持着联系，但毕竟难得一见。2000 年 8 月 25 日，我赴加拿大蒙特利尔市出席“第 36 届亚洲北非研究国际会议”。当时师父正在美国普林斯顿大学任客座教授，也去开这个会，我们约定在会上相见。27 日下午是会议开幕式。那天开会之前，我来到会场外面，刚乘电梯升到顶层，左顾右盼地寻找入场门口，突然有一个人从后面将我拦腰抱住。我回头一看，正是师父，我顿时热泪涌出。师父劝慰我说：“别难过，别难过，你看咱们不都是好好的吗？”

当天开幕式后，师父随我来到我下榻的饭店。就在这次私谈中，师父说“文宽为人过于忠厚”。那时师父在国外游走讲学，十分牵挂他在国内的小儿子。师父希望我给予关照，我含泪向师父做出了承诺。如今又过去了 13 年，我对师父的承诺一刻也未敢忘记。

在七天的会议期间，师父只要一遇到他在海外的熟人就介绍说：“这是我徒弟某某某。”那天师父同我，还有旅居德国的季羡林先生女弟子胡海燕等几人在会场外闲谈，师父谈得十分兴奋，我们也听得非常入神。师父兴致骤起，在我的笔记本上写了如下三行字：“宠利勿居人前，德业莫落人后。尽人事，听天命。”我当然十分高兴。海燕女士立即拿我的笔记本去复印这三行字，并表示，回德国后要加以珍藏，随时看看。实在说，这三行字正是先生的人生写照，也足以让我们这些弟子和后来人师法。

会议就要结束了，师父邀旅法华裔学者郭丽英教授、首都师大郝春文教授，还有我，共四个人聚餐一次。坐定后，师父说他有点事，要我们等一下。过了20来分钟他才回来。原来他去买了三包西洋参送我们三人。有趣的是，这三个包大小不一样，是两大一小。师父将大的送给郭、郝二位，将小的一包送我，我感动得差点流出泪来。因为这个行为语言中已包含：文宽和你们不一样，他是我的弟子，属于晚辈。如果我连这个都读不出来，还配做张广达的学生吗？师父，您让我好生感动。

2002年，在刘进宝兄的帮助下，甘肃教育出版社出版了我的第二本论文集《敦煌吐鲁番天文历法研究》。为此，师父从大洋彼岸为该书作了一篇长序，最后一段谈及我的为人，目我为“近乎孔夫子所说的狂狷者流——狂者进取，狷者有所不为也”。我知道自己是一个缺点很多的人，但能得到师父这样的鼓励，也算是三生有幸了。

进入新世纪后，联络方式多样化，方便了许多。我或用电话，或用电脑，同师父暨师母保持着联系。师父在香港大学教书，我女儿从北京去港公干，她按照我的嘱咐在香港招待了师父和师母；后来我女儿去香港工作后，曾去台北开一天会，我也要她带着吃的去看望二位老人。虽然我缺少直接与师父相聚的机会，但通过不同方式，向身在远方的师父传达着弟子的一份绵绵情义。

2009年，在俄罗斯圣彼得堡召开国际“敦煌学”会议。其时师父仍在台北讲学。台湾著名学者郑阿财、朱凤玉夫妇，还有赵和平学兄与我，均去参会。就是在这次会上，我们四人商定，在本师80华诞时出版一部庆寿文集，表达对师父的敬意暨良好祝愿。回台后，郑、朱夫妇和汪娟学妹积极策划，出力良多，又得到新文丰出版公司总经理高本钊先生的鼎力相助，最终出版了《张广达先生八十华诞祝寿文集》，煌煌上、下二册，既表达了学界对师父的崇高敬意，也希望能给他带来一份好心情。

这里我想多说一句，师父是值得尊敬的。别的不说，仅就他的勤奋而论，很多人就难以企及。这些年，师父一直处在流动之中，首先得为生存费心和奔波。但就我所知，他又把《资治通鉴》细读了一遍。一次他从美国回到巴黎，第一件事就是把《王国维全集》摆上案头，准备再读。我想问，我们这些生活相对稳定的人，有几个做得到？作为弟子，我真觉得有些汗颜。

为了能与再次分别十多年的师父会面，2012 年 3 月，我报名参加旅行团到台湾一游。我先是沿岛往南，再向东向北转了一圈，最后到达台北。3 月 22 日是自由活动日，次日即返回北京。我一早便到了先生在台北的临时寓所。师徒再次相聚，师父紧紧抓住我的手不放，足有十来分钟。我在师父那里待了七八个小时，才含泪告别。这一天自由活动，是让大家逛台北市的，由于我一直和师父在一起，台北是啥样子我全无概念。但我十分满足，因为在分别 12 年后我们师徒能再次见面，这不能不说是幸事。

上个月，师父做了一个小手术，在腰部和臀部血管里各植入一个支架。我从北大陈明处得知后，立即去电话问候。我劝师父，要正视已进入老年的现实，把节奏放慢一些。我说：“乌龟之所以长寿，是由于它节奏慢。”师父接我的话说：“在所有动物中，乌龟心跳是最慢的，所以它能长寿。老鼠死得快，是因为它老在蹦跳。”我们约定每日都要走路一小时，进行有氧运动。因为不管怎么说，师父都已进入 83 岁，属于耄耋之年了。

师父，来日方长，愿您健康长寿。这是徒弟要对您说的话。

2013 年 8 月 5 日于东旭花园半亩园居

父 亲

——我心底的一座丰碑

此刻，手中的笔重若千钧。

这个题目在我心底已经埋藏了20年之久。但是，我一直没有勇气将它写出来。因为我害怕，害怕触动我内心深处那根最痛的弦——终生的愧疚与不能释怀。可是，如果不将它写出，随着岁月的积累，我将会更痛。

于是，我决定鼓足勇气，将我要说的话写下来。

父亲邓水成先生一生务农，目不识丁，于1969年4月26日（农历三月初十）辞世，终年57岁。

父亲去世那年，我20岁，还在山西运城师范上学。他在世时，很少同我交流。所以，关于我的家世多是从邻居们的闲聊和我母亲的话语中得知的。

我家祖上曾经行医，祖父（不知其名字）开过药铺。我小的时候家里有一只大木柜，以及称药用的戥子，便是当年药铺用过的遗物。伯祖父邓家礼曾是郎中，还会武功，在当地小有声望。儿时，孩子们从大人那里听来一些传说，添油加醋，最后简直将伯祖父说成了一个神人。但是，据可靠的说法，1943年日军放火之前，在我们胡同口上方，悬挂着当地乡民送给我家的一块匾额——表彰我家行医惠民的美德。同时也说明，我的先人曾经比较富有，并未像后来那样穷愁潦倒。

似乎我的祖父母去世都比较早。父亲只有一个姐姐，祖母将她许给了我们村北面吕梁山中一个姓尚的青年，结婚后她便随夫进了大山。此时家中尚有我的母亲——与父亲未成婚的童养媳。由于母亲比父亲小12岁，未到成婚年龄，祖父母去世后，她便又回到了在我们西面10里地的娘家（村名叫“狼凹沟”）。我们这个家就只有父亲——一个二十岁上下的青年了。

此刻家里有土地，有牲口，有十几间房产，父亲哪里弄得了？于是，他同邻居裴长安（唐朝著名宰相裴耀卿的后人）便搭伴过日子。长安比父亲大十几岁，亦未婚娶，两个小伙子便在一起过了十几年。裴长安婚后一直住在我家，直至1943年房子被烧。

我不知道父母是哪年结婚的。但我哥哥出生于1943年，而且此前母亲还怀过一个孩子，不幸夭折了，所以估计是在1940—1941年间。据堂伯父在我成年后对我所言，母亲是不愿意嫁给我父亲的，因为年龄相差12岁。但后来他们还是结婚了。而且，小姨也随我母亲一起来到我家生活，原因是她们那个家也没别人可以依靠了。成年后，小姨是从我家出嫁的。

父亲年轻时不仅不善于经营祖上留下的产业，而且不知起于何时，他染上了赌博和吸毒的恶习。据母亲告诉我，年轻时父亲雇过长工，让长工干活，他自己则去赌博，有时两三个月也不回家。到了收棉花的时节，他一手提一杆秤，一手提半口袋铜钱，站在胡同口，招呼人跟他去摘棉花，然后论斤付工钱，绝不拖欠。他不仅不欠工钱，而且赌博输了也不赖账。输了，他半夜里便从牲口棚拉走一头骡子给人；又输了，他便将场院的麦秸垛连同场院一起卖掉。一次，我母亲去场院拔麦秸生火用，裴永顺的母亲说：“你别拔，那不是你家的。”母亲极为吃惊，问：“怎回事？”人家说：“你们家早卖给我们了。”我幼年时，母亲经常骂父亲是“毁业的人”，恐怕同这段历史不无关系。

赌博、吸毒，都是在中国民间流行已久的恶习。可惜父亲早失父母，无人管束，年纪不大便全沾染上了。他又不是个聪明人，于是，没过多久，家道便败落下来。1943年冬，日军又放了一把大火，这个祖上曾经行医并开药铺的殷实之家，便由此彻底地败落了。

可是，世事无常，瞬息万变。4年之后的1947年，“打土豪，分田地”。他们根据政策划定阶级成分，分配土地，所据是土改前三年的经济状况。1947年的前三年便是1944年，正是日军放火、我家彻底败落后的次年。毋庸置疑，我家被定为“贫农”成分。而且因土地少，质量差，又从富农张才平家分得 6 亩水浇地。那个曾经既用过长工，又用过短工的农民邓水成，居然成了贫农！我少年时就听很多人为此鸣不平。他们经常在私底下议论："你说那人做得对，还是不对呢？"父亲不仅阴错阳差地获得了贫农成分，而且，土改时，民兵强制性地收缴了他的烟枪，使他彻底戒了毒——这些都是共产党给他的好处。

虽然我家从真正的水深火热中解放了出来，但我们的日子并未好转。农业合作化的前一年，父母用几年的积蓄买了一头牛，转眼又成了生产队的公共财产。自我记事起，这个家就是一个字：穷。

父亲当时才四十几岁，年岁不大，但体质很差。他除了跟随别人在生产队里干农活，唯一的手艺便是进山割荆条，编成筐到集市上出卖，换几块零用钱。我七八岁时，他去化峪镇赶集卖筐子，有时也带着我。筐子卖了后，他便花一角钱买一小盘凉粉让我吃（我喜吃凉粉的习惯便是这时候形成的），而他自己什么也不吃。回家后，母亲问我："你爹让你吃啥了？"不会说谎的我便以实相告。于是，母亲便同父亲大吵一次。后来，我就不敢跟父亲到集上去了，免得他们吵架。

邻居们又普遍认为，父亲是个好吃之人。人们说他挣的钱都吃了。实在说，那年月普遍贫困，一年才能吃一两次肉。父亲干活虽苦，但他却偶尔要从馆子里买一碗肉，让全家人吃。在我五六岁时，他与几个年轻时的好友在化峪集上一起吃馆子，饭后付账都不主动，有一个人说应该由我父亲付，因为他带着孩子。他们最终如何解决的，我记不得了，但当时那个人的话我是听懂了的。成年后，几个人在一起聚餐时，只要有可能，我都会主动结账，根由便在这里。

我小时跟父亲赶集或走在路上，若是父亲遇上了年轻时的朋友，他们会笑着互骂几声，调侃一下。但是，这是他难得一见的笑容，因为我太少见过父亲的笑脸了。他不时地唉声叹气，长吁短叹，被生活压得喘不过气来。在我看来，一年中他感觉最有面子的事情便是大年初一吃过羊肉大葱馅饺子后，他领着同样穿着新衣服的哥哥和我，到村子北边我的堂伯父邓春成（字顺才，一生以字行）家，去给我们祖宗磕头。我祖父和伯祖父邓家礼是亲兄弟，祖父是过继到前面开药铺的邓家的。所以，在我们张开西村邓氏大家族中，我们两家最近。不过，我每年初一除了能从父母手中各自得到一毛钱的压岁钱，再未得到过任何人的一分钱，虽然我趴在地上给他们磕头行了礼。

前面说过，我祖上曾经行医。但到我堂伯父邓春成和我父亲这一辈，医道确实中断了。我父亲唯一学会的是推拿术。幼年时，记得曾经有人用手帕裹两三个鸡蛋，让父亲给做推拿，否则总是肚子痛。他也从未向我哥哥和我传授，也未说过他是从哪里学来的。改革开放后，大家族同辈中有人以祖上是医生、有家传秘方为名在外“行医”。我只能十分遗憾地说，我家悬壶祖业早已失传。不过，近年来，我却无师自通地给我家那只老猫——12 岁的毛毛进行推拿，帮助它消化与排泄。毛毛非常满足和受用。但我绝不敢拿它去给人治病。

父亲是一个很爱孩子的人，但却不善言谈和交流。他对我说的话多是：“闷（我乳名闷儿），去，把什么给我拿一下。”便又自顾自地干他的活去了。但是，中年以后的他却不是个懒人。为了持家，他默默地承受着一切压力。除了在队里干活，他偶尔要离开几天，住在山里我姑姑家，白天割荆条，夜晚在姑姑家住宿。有时当天上山当天下山，同伴便是我们对门的郭文生叔（又名老七，是他的拜把子排行）。有一次父亲一人上山，说好了当天回来的，可是直到夜晚都未见人影。我和母亲怕极了，害怕出什么意外。第二天中午他才回来。他说，本想多干点活，可是刚捆好条子，天就黑下来了，找不到下山的路，只好困在山上。又怕有野兽，于是生了一堆火，围着火堆熬了一夜。我父亲为养家付出的辛劳，由此可见一斑。

父亲一生最大的成就便是供我上学，使我成为有用之才。

1962 年，我从高小毕业了。张开西、张开东两个村有几十个孩子参加稷山中学的入学考试，考上的只有我一人。稷山中学是我们县最好的学校，能考上无论如何是一件好事。但父亲脸上却一点笑容也没有。因为这的确给他出了个难题。根据录取通知书，除了学费和书本费，每月要缴 8 元伙食费，对还没有走出三年困难时期的这个穷家来说，实在是沉重负担。正在父亲犹豫不决时，本家与父亲同辈的一位老人邓小安伯伯来到我家，对父亲说：“小蛋（父亲乳名，终生以乳名行，当地人不知其大号是邓水成），古人说‘寒门出贵子’。娃考上了，不容易，让娃去念吧。”正是因了这句话，父亲才决心让我到稷山中学上学的。邓小安伯伯不仅劝我父亲供我上学，次年，他从改嫁多年的儿媳手中争回了孙子邓宝兰，也供考上稷山中学的宝兰去上学。宝兰父亲邓来虎是我本家一位老哥，去过延安，1949年后首任稷山县公安局局长，旋即病逝。所以宝兰享受着烈士子女的优待。这些均是题外话。

决定让我上稷山中学后，父亲便开始为我筹措学费和饭费，除了上山，我们还能干什么呢？父亲领着我连续上山割荆条。其时，8月份条子还有些嫩，可是我们顾不得那么多了。父亲编成筐后，我们去化峪集上卖了几次，总算凑够了进稷山中学第一次要缴的费用。

对于终生生活劳作在吕梁山脚下的农民来说，父亲将儿子去县城上学看得很重。他不仅为我准备学费和生活费，甚至花钱从商店给我扯了白府绸布，让终生未嫁的加婉香姑姑（父亲要我这样称呼她）给我做成一件白上衣。我入校后穿在身上十分显眼。后来常听人们说刘姥姥进大观园如何如何，我进稷山中学又何尝不是这样？

不用说，每月8元的伙食费无疑成了父亲的紧箍咒。我每月回家一次，多次因拿不到饭费而哭着回校。更有甚者，对于供我上学一事，父母意见并不一致。我不知道父亲是否因认同“寒门出贵子”的古训，才决定让我上学的，因为他没说过；而我的母亲态度却十分明确，认为让我上学是完全错误的决定。她脾气暴躁，骂声不断。但我父亲从不反驳，一切都默默地承受着，仅是唉声叹气而已。

那时正是我长身体的年龄。我自小个子就高，所需养分自然要多。学校那点饭常常不够吃。所以，有时返校时，家里也给我烙几个玉米面饼子当零食。那年月，牲口都是生产队统一管理，使用不便；再者，我们手头所有也就是几斤玉米。于是，父亲便用石础子在一个石碓里将玉米捣成面粉，母亲再烙成饼让我带走。不消说，常常能从中吃出小石头渣子来，可对我来讲，已经十分难得了。

从1962年至1965年是我艰苦求学的三年。父亲并非不关心我的学业，而是他不善交流罢了。记得有一次回家，父亲在院子里一边编筐子，一边问我：“你在学校书念得怎样啊？”我才有机会向父亲禀报。那几年，我的学业十分出色，每个期末都在前两名。如同父亲不善交流一样，那时候我也很少与人沟通。但在我内心深处，深深知道父亲供我上学的艰辛，哪敢不用功不努力？详细情况我已写入《稷中忆往》一文，这里不再辞费。

由于家寒，1965年初中毕业后，我就不再考高中了。接受了数学老师邓象图先生的建议，我以优异成绩考入运城师范。这样，就不再要家里为我出伙食费了，因为中专生国家管饭吃。

我的父亲邓水成先生为了让我上学，吃尽了苦头，受够了屈辱。按理说，他是有资格得到我的回报的。2007年，我在兰州大学“敦煌学”所主持5位博士生和9位硕士生的答辩。开场我就说：“我注意到你们在后记中都谈到了对父母和家人的感激。我相信你们是真诚的，并希望你们以实际行动回报亲人。”可是，读者朋友，你做梦也不会想到，在回报父亲一事上，我曾经犯下大错，以致愧悔终生，不能释怀。

事情是这样的。1966年“文化大革命”开始时，我是运城师范一年级学生（相当于高一，属于“老三届”）。我曾积极投身运动，并曾经担任过某个组织的小头目。后来，大概是1967年冬，我们被赶出运城，流落在临汾近两年之久，其间的波折在这里无法详说（将来我会写入自传）。1968年年底，我的同届同学均已毕业并分配到工作岗位。我因安全得不到保障，所以未能及时回校办理离校手续。但在1969年春节前不久，我回到了老家张开西村。其时父亲已不在家里，他到三里地之外的路村庄伺候他生病的三舅（我称为“老舅”）去了。我老舅早年丧妻，无儿无女，孤苦伶仃一生。晚年生病了无人照顾，便捎话要我父亲照顾他。我回来后，就往返于两个村庄之间，帮助父亲伺候老舅。在我们的服侍下，老舅的病好了，但我父亲却生病了。腊月二十三那天，我和哥哥用平板车将父亲拉回了家。父亲大口地吐痰。据母亲说，父亲年轻时患过肺结核，此次可能是旧病复发。我很着急，去找偏方给父亲治病。可是我母亲却毫无耐心，说些不三不四的话，使我父亲生气，以致大年初一我同母亲大吵了一架。

初五过后，我看父亲一点也不见好。于是，对他说，我去运城办理毕业手续，很快就回来。天晓得，这却成了我们父子的永诀！

到运城后，我先住在一个叫建平（想不起他的姓了）的小青年家里，让他帮我了解外面的情况。由于两派对立十分严重，我们受压，我的安全没有保障（此前我已被对方抓过一回）。我该怎么办？按理说应该回家伺候生病的父亲，可是我却北上去了临汾，从此，同家里中断了联系。3个月后，我收到一封在路上走了20天的家信，哥哥告诉我父亲已经去世。闻听噩耗，我号啕大哭。我太不懂事了，怎么也没想到我亲爱的父亲已然离我而去。

半年后我回到家里，母亲告诉我，父亲临终时说："这娃骗了我。"走笔至此，我已泣不成声。父亲责怪得对，是我让他失望了。上苍有眼，连我都不能饶恕自己的罪过。

自1969年至今，已经过去了44年。父亲临终时的责怪如同大山一样压在我的心里。父亲临终时我未能守在他的身边，对于我那恩重如山的父亲，我是不孝子，是有罪之人。前些年看一部电视剧《帕米尔医生》，那位医生在父亲临终时，由新疆回到江苏，背着父亲进进出出看病，我看得泪流满面。我多么希望自己也能那么做，但生活再也不会给我这样的机会了。为了弥补自己的过错，以便赎罪，对我那个患老年痴呆症的哥哥，我尽心竭力地供养了4年，详情已写入《那矮个子是我兄长》一文。哥哥临终前一年多，头脑还有些清醒时曾说："世上像你这样有良心的人也少有。"这或许多少能减轻我的负罪感。

人生一世，谁都会犯错误，但有些错误犯得起，有些错误却犯不起。我对父亲所犯的错误便属于犯不起的那种，以致我连祈求父亲在天之灵原谅的勇气都没有，只能向我心底的那座丰碑叩头谢罪了。

我之所以说父亲是我心底的一座丰碑，是因为我的一切成绩，都是他用生命铺垫的。不管出于什么原因，他毁掉家业正当其时，虽然我们受了许多贫困和煎熬，但在政治上却避免了被划入"黑五类"；而且，在讲阶级成分的那些年月，贫农出身为我提供了很多机会。在我们经济条件那样艰困之时，他咬着牙供儿子读书，渴望儿子成才，最终，儿子成为一个二级教授——在这个意义上说，父亲是事业有成的。但是，至他临终一天也未进过医院，而且感到失望，这像一把尖刀一样插在儿子的心上，儿子终生愧悔，不能释怀，而且将带着它告别人生舞台。

由于我父亲生前受尽了痛苦，却未能接受儿子的分文回报，我一直想用一笔钱设立"邓水成教育奖学金"，让人们知道，有那么一个农民，为了培养儿子，受尽苦楚，应该受到尊敬。同时要以我为鉴，要及时地、尽心尽力地回报亲人，以免留下永久的遗憾。

父亲，为了减轻儿子的负罪感，请您安息吧。看来，儿子只有到了那边才能孝敬您了。

心香泪酒祭父亲。爹，儿子给您磕头了。

2013 年 5 月 21 日于北京麦子店家中

那矮个子是我兄长

转眼间，大哥辞别人世就快三年了。一直以来，我都想写点东西怀念他。可是，我总有几分害怕，害怕由此触动我那根疼痛的神经。但最终，我还是鼓足勇气提笔而书，哪怕此刻手中的笔有千钧之重，否则，岁月将会继续啮食我的心口。

父母养育了我们三个子女：我行二，上有一兄，下有一妹。据说，祖上曾是当地稍有名气的中医世家。“礼”字辈的祖父开着一个中药铺，而伯祖父是中医，武功也好生了得，在当地颇有声望。但到了我的父辈，因赌博和吸毒而家道中落，后来日军又放了一把火，由此便彻底败了下来，以至“土改”时被划为贫农成分。祖上的经历可置不论，但到了我们出生时，家境切切实实地是一个字：穷。

哥哥长我6岁，1943年出生，属羊。童年时母亲告诉我，哥哥甫一出生，日军就来杀人放火，她只好抱着我哥在吕梁山中“跑反”，东躲西藏。大人常常饿肚子，哪有奶水哺育他？由于营养不良，哥哥一直没“发”起来，长大后身材矮小，而我一直到四岁多才断奶。这样，从外观上看二人就差别很大，大哥勉强有1.6米多，而我年轻时是1.85米的大个子。即使如今年过六旬，躯体收缩，也还有1.82米之高。

不过，我这大个子的人生，在很大程度上却是由我那矮个子兄长促成的。可以说，如果没有他，也就很难有今天的我。

20世纪50年代，我们曾一同在本村小学上学，他高我三个年级。如果说他是被父亲送进学堂上学的，那我进校门就完全是一出“闹剧”。我本来有几个儿时的玩伴，他们要么长我一岁，要么长我两岁，都在1955年进了小学。而我因年龄比他们小，不能同时上学。于是我十分落寞，一点也不开心。父亲看我郁郁寡欢的样子，便对我说：“要么我找老师买书本，你也进学校玩去吧。”我高兴地同意了。因为学校距我家不足百米，上学容易得很。不过，我是真真正正地进学校“玩”去了。孩提时代的我，简直闹翻了天，真是“七八岁狗都不待见”的样子。至于学习，与我何干？胡闹了一年，升级考试自然很差。考试出榜后，父亲问我：“考了第几？”“倒数第六！”我满不在乎地说。这时，正在一旁吃饭的哥哥却说：“那么多人，你考倒数第六还好意思？”我立刻不再言语。

天晓得，哥哥这句话却让我吃了心，并且管了我一辈子。如果他当时不说那句话，我恐怕仍是淘气鬼，是一个不争气的货。可是，我却认真了。由此我才懂得，学习不好不是好事。人要有脸面，要争气才行。此后，我踏上了一条奋发进取之路，而发动机便是大哥的这次批评。好在小学的那点课程不算什么，我一用起功来，很快就上去了，四年级时已是正数第四；高小毕业后报考县城第一中学，两个村数十个学生，仅仅录取了我一人。

但是，我在稷山中学的三年，却是我人生中最最痛苦的三年。每个月8元的伙食费，便愁煞了我的父亲和哥哥，我多次因拿不到饭钱而哭着走出家门。更大的悲剧是，1963年时，大哥已20岁。按照当时当地的习俗，他该结婚娶妻了。可是，我们家境过于贫寒。无奈之下，父亲给他娶了个二婚头，且带着个10个月的婴儿。如果人品好也没什么，但那人却不易相处，哥哥由此坠入了终生痛苦的深渊。几十年后，当我回味这件事时，方才意识到，我的父亲邓水成先生曾经遇到了两难：他实在无力兼顾我的学业和大儿子的成婚。在痛苦的抉择中，他舍弃了老大而去保老二……走笔至此，我已泪流满面，觉得自己既为难了父亲，也对不起哥哥。

整个六七十年代，农村是集体经济，我家几乎每年缺粮半年。我从运城师范毕业后，曾回乡教书两年半。那时父亲已经去世。哥哥一家自己过，我和母亲、妹妹过。我每个月仅有29元工资，剩不下钱，对大哥和他的家帮不了什么。而我多数时间在学校工作，做自留地、挑水、分东西等，全是哥哥的事。我的母亲脾气不好，生活上虽则关心，但又不时地数叨他，他几乎从不吱声，一直忍受；同时，他也很难从自己的小家获得温暖。这些姑且不谈。

再往后，我到了北京，先后两次就读于北京大学历史系，获历史学硕士学位。我在北京有了自己的家。由于自己是第一代进城的人，没有根基，所经历的辛酸一言难尽。虽然如此，我一直惦着让哥哥来一次北京，哪怕仅仅是开一下眼界也好。这样，1987 年我搬家时，因脚跟骨质增生，行走困难，便让哥哥来北京帮忙。事前，我特别嘱咐妻女：要尊敬他。他是农民，一些习惯不一定合乎文明要求，但他是我哥哥，大家要包容一些。实在说，妻女的表现都很不错。

但是，出我意料之外的是，哥哥再次向我提出了要求。那天我带他去逛前门大街，走着走着，他突然对我说："你上了那么多年学，要成为专家才是。"而且他把这句话讲了两遍。成年的我这次仍未说话，但却牢牢地刻在了心扉。

说实在话，大哥第一次来北京时，我已在京城生活了 15 年。上学、工作，尤其是生活，使我深感疲惫。虽然说，一直以来，都有我在小学升级时大哥的那句批评的话垫底，不敢懈怠。但 1987 年时，我真的是累了，难免有一点松懈。恰在此时，来自兄长的这句话，再次给我加油鼓劲。可以说，这次的发动机仍是我那矮个子兄长。

自 1987 年至今，已过去了 22 年，我年过六旬，且已退休。其间在学界如何奋斗，以及如何抗击来自各方面的压力，都可略去不谈。俗气一点地说，我于 1997 年晋升正高职称，2008 年又被评为正高二级。无论如何，我在自己的研究领域都占有一席之地。兄长，这可否达到你对我的期待和要求？但愿这能成为你痛苦人生中值得一笑的风景，否则，我用什么告慰你和父母的在天之灵？

哥哥的晚年是不幸的，也是幸运的。自 20 世纪 80 年代末开始，他和全国的农民工一样，四处流走打工。他先后到过荆门、大同、北京、太原、运城等地干活，每年过春节也就回去个把月。直到 2002 年 3 月 26 日，我突然接到他的电话，得知他在工地上得了脑血栓。我要求立即送医院治疗，当天就汇钱过去。半年后我回家见着他，他人已很瘦，走路都打飘。那年他 59 岁，农村有“过九不过十”的习俗，我就势带他来京，为他过了个 60 岁生日，他很开心。由于他夫妻关系一直不和，为了使他生活获得保障，我又同他子女商量，让他单独开伙，我按月寄钱。从每月寄 150 元、180 元、200 元，到 2004 年底时，已是每月寄 250 元。这样，好歹让他有保障而安静地生活了两年。谁知，在 2004 年底，他来电话说头痛得厉害。于是，我安排他来京治病。到达的当天晚上，我为他洗衣服、袜子，倒了几盆黑泥汤，以致年近九旬的岳父说：“这是怎么了？厕所的水变成黑的了呢？”我一边为他洗衣服，一边流泪，他实在需要有人照顾呀。再观察他，吃完饭，他连自己睡觉的房间都找不到了。我意识到，这人的记忆出了问题。三天后，约定到他大女儿在京的临时家中去住，我每月给 300 元生活费。临送他走时，我特意写了 8 张小卡片，装在他的不同口袋里，内有他的姓名、年龄、籍贯，他女儿的电话，我的电话。为了引起发现他的人注意，我特别写上“弟弟，某某某教授”，虽有几分大言不惭，但仍是怕他丢失。

不出我所料，他从女儿家走失了两次。第一次走失后，同女儿一起做事的几十个人都去寻找，我则到北京人民广播电台交通台播出悬赏启事寻人。最终，是民警从他口袋发现我写的卡片才与我联系上的，否则，真可能是生不见人，死不见尸。找到后，我又在饭店设宴答谢那些帮助找他的人。满以为不会再出事的，谁知一个月后发生了二次走失。无奈，只好送他回山西老家，中间又经历了好多痛苦和波折。在他的家人不再管他的情况下，我又专程返乡去安排他入住敬老院。可是，仅仅 4 天，他就不住了；敬老院也不愿意再留他，因为他实在影响别人的正常生活。万般无奈，我只好把他交给住在同村的我的妹妹代管，我每月给 500 元生活费。直到他去世前 5 个月，费了许多周折，才把他交给他的家人，我每月仍付 500 元。

我妹妹曾说：“你要是大哥的儿子，也不过如此吧。”2004 年初，我女儿从美国留学归来也曾问我：“你为啥对我伯父那么好呢？”我对她讲：“如果我不把他管好，我将如何面对我的父母？”女儿立即表示理解。那年给大哥过 60 岁生日时，大哥感叹地对我说：“你看我把你拖成了什么样子！”最后一次他来北京，意识还较清楚时，他又说过：“世上像你这么有良心的人也少有。”哥哥感念我对他晚年生活的照顾。但实在说，真正应该感谢的却是我，在我的人生经历中，不仅有成为重要动力之一的来自大哥的批评和要求，更有他的诸多牺牲和奉献：他牺牲了人生本该有的幸福婚姻；他和妹妹一起侍奉父母，代我尽孝；尤其重要的是，父母过世时我都不在身边，虽然事后我也承担了相应的经济责任，却是由哥哥带着妹妹安葬双亲的。在他们面前，我是那么渺小和不足道，我头上那些虚幻的光环还有几多分量？

哥哥，我那矮个子兄长，但愿你在天国能享些福，以弥补你在人世时经受的不尽痛楚，弟弟这厢为你叩头祈福了。

2009 年 6 月 5 日于半亩园居

怀念田哥

这里我要怀念的是田哥，而非田歌。因为田歌虽入名人之列，同我却没有一丁点儿的关系。

田哥名叫田国发，是我儿时的伙伴，也是我青年时代的朋友。我小的时候，两家相距不过 10 米，在一起玩耍十分方便。他是 1947 年生人，属猪，年长我两岁。可是，我们并不是一起始就认识的。他们田家原本是乡宁县人，对于我们这个背靠吕梁山、与乡宁县毗邻的稷山县张开西村来说，他们就是“外来户”了。在我三四岁，刚有记忆的时候，邻居吉福锁去世了，无儿无女，所娶的河南老婆也回了原籍，他的院子连同两间西房由其兄长卖给了田家。田哥一家搬进去住，我和他才成了邻居暨玩伴。

那年月上学，年龄不像现在要求那么严格。所以，我们虽差两岁，上学后却在同一个班。田哥自小懂事，学习非常刻苦，四年级时还拿过全班第一呢。而我自幼淘气，混打混闹，起初学习很不好。只是在挨过我哥哥的批评后，才用起功来。田哥考第一的那次，我也只是第四名。遗憾的是，从上高小（五年级）起，田哥就不再上学了，我们此后也就不再做同学。所以，我们之间给我留下难忘印象的，并不是上学那档子事，我经常忆起的事都是与上学关系不大的。

农村小孩不比城市孩子那么娇气。上学之外，七八岁就要帮助家里干力气活，割猪草、拾柴火、喂兔子，都要去做。在记忆中，我们几个玩伴里，田国发、加克科（已故）、加克锁、裴宽锁和我，田哥是最能吃苦的，而我干力气活最差。当然，这几个孩子当中，我年龄也最小。多数时候是我和田哥一块去干活。他手脚麻利，很快就能把自己的事情弄完，回过头来就帮助我弄。很多次，都是他已经弄好了，而我才弄了一半。要是没有他，我真弄不成样子。除了割草，因我们紧挨吕梁山，上山打柴是必须做的事。上山时，我们每人拿一把斧子和一条扁担，而不拿绳子。捆柴的“约”（方言，作用相当于绳子）是用山上的荆条现扭成的，比麻绳还结实。要不是田哥帮我弄这些事，我根本就从山上回不来。半个多世纪过去了，如今，进入老年的我，也只能说一声：“国发哥，兄弟谢谢您了。”

1959 年我 10 岁，是我儿时很苦的一年。由于父亲生病，哥哥又不在家，家里最基本的一件事——吃水，就无法解决。从年初起，父亲脖颈上长了一片恶疮，流脓化水，疼痛难熬，肩上自然也不能挑担子。于是，挑水就成了我必须去完成的事情。我家连水桶也没有，邻居只有田哥家有一副挑水用的木桶。在成人眼里，这副水桶大小也许正好；但在 10 岁的孩子眼里，可就是两个大物件了。不但木桶重，而且水担也太长。我必须把一头水钩向左，另一头水钩向右，在水担头上各挽一下，才能让水桶离地。自然，水桶里也不能盛太多的水，只放小半桶，否则就太沉了，我挑不起来。虽然这事多数时间是由我一个人去做，但记忆中田哥帮我的次数也不在少数。

1962 年，我考进了稷山第一中学，住校学习，每个月才回家一次，与田哥相聚的机会少多了。两年后，17 岁的田哥应征入伍，到河北省张北县当兵，一去就是 5 年，中间没有回过。1965 年，我又去运城师范上学。但每次回来，我都要到田大妈那里坐坐。田大妈喜欢我，还给过我一块钱。记忆中有两件事很突出。一是听说田哥出门当兵时，临走前，到邻居各家都去磕了个头。这在我小时候当地人是没有过的。成年后我才明白田哥的用意。中国农村对外来人口（客户）常有排挤乃至欺负的现象。17 岁的田哥临行前逐户磕个头，一是告别，二是“拜托了”。可见田哥多么懂事。二是他每年都寄回一张“五好战士”的奖状，家里人贴在墙上，很有面子。自然，这也说明他在部队里是恪尽职守、好好干过的。

再次见到田哥是 1969 年冬，我 20 岁，他 22 岁。快到年末了，村主任接到田哥从县邮局打来的电话，说他已转业，回到了县城，让家里来人接他一下。这时，我已由运城回家，在本村学校教书，接他的事就非我莫属了。

我骑着自行车匆匆忙忙赶到县城，看到田哥站在邮电局门口的台阶上，背上有一个简单的行李，手里提一个尼龙网兜，左右看人，十分着急的样子。这时，天都快黑了，他能不着急么？我的突然出现，让他十分高兴。我俩紧紧地握手，互致问候。在西关饭店简简单单吃了一点东西，便摸黑往回走。20多里上坡路，步行要两个多小时，到家都快晚上10点了。

7天后，田哥举行了他人生的重大仪式——婚礼。实在说，这点他比我强。我虽然后来在北京成家，但连一个正式的婚礼也没有，使我终生愧对妻子。自然，这都是后话。

怎么回事呢？这5年多田哥不是一直在河北当兵，从未回过家吗？怎么回来7天就办婚事呢？前面说过，田哥一家是乡宁县人，他们知道自己在本村的地位，因此，不想同本地人结亲，连他大哥所娶也是仍在乡宁过日子的姨家表妹。田哥在当兵期间，家里也从乡宁给他相了一个未婚妻，比他小三岁的郑贤惠。由于贤惠母亲去世了，她父亲便让她提早下山，住进田家，反正将来是要当田家媳妇的，早去晚去都一样。所以说，我认识田哥的媳妇比他自己还早几年哩。田哥回到家的第二天就对我说："昨天同贤惠聊了一会儿，人不错，过几天就结婚。"天哪！天下的事情原来也可以这样简单。不少城里人谈恋爱没完没了，但一到结婚就后缩了。因为他们心里太复杂，也缺少担当。上苍有眼，郑贤惠的确是一个好姑娘、好媳妇、好女人，直到田哥辞世，他们都一直相亲相爱，和睦相处，共度人生。

休完假后，田哥将田嫂留在家里，自己到绛县一个建筑队去报到上班了。后来我才知道，他是抹灰工。那年月，能有这么一份工作，能拿工资，可比当农民强多了。加上他人实在，能吃苦，不惜力，我能想象得出他是一个多么出色的工人。

这以后的20年，我俩几乎没有见面。1972年我到北京上学，后来留京工作，结婚成家。上有老，下有小，基础又十分薄弱，各种人生况味我都尝过，但也只能咬牙前行。估计田哥差别也不会太大。他同郑贤惠生了两个儿子：田吉军和田吉东，又要侍奉老人，养老送终。所有中年人要经历的苦痛和责任，我们都经历过了。可是，自1992年起，我们却在北京相聚了几次，这也是我们此生最后的聚首。

1992年，我接到田哥一封信，说他们建筑队在北京西南郊一个地方施工，想来见我。我当然十分高兴，约他到前门东大街14楼804号的家里做客。记得他一共来过两次，每次都带一只烧鸡，第二次还带了大儿子田吉军，因为吉军也跟着他在工地干活。当时，他就告诉我，他腰痛，所以不再干活了；领导照顾他，让他看工地大门。1994年秋天，按理我会像往常一样，邀他在国庆节来家做客的。可是，由于节后我要去香港中文大学访学，办手续又不顺利，所以没有写信邀请他。谁知，我们此后就再没有见面的机会了。三个月后，我由香港回京，立即给他写了一封信，说明没请他来的原因并请原谅。但接到他的回信说，他病了，是肝炎；即便我邀请他，他也来不了了。我很吃惊！再一打听，他已回了原籍稷山，在那里治病。一个多月后，他便去世了，只活了47岁。安葬完后，郑贤惠带着二儿子田吉东，还有当时只有三岁的养女，来北京他的单位办理后事。我请他们来我家做客安慰，并协助办理后事。这些都是应当应分的。在我家时，妻子收拾了一包旧衣服，想送田嫂，却被她婉拒了。她表示要靠自己继续生活。事实证明，田嫂和她两个儿子都是好样的。他们不依赖，不伸手，坚决依靠自己，积极生活，据说过得还可以。6年前，我回家给我哥哥送葬，特别对田嫂说，如有困难，请随时告诉我，可至今她一句都没提过。这让我既敬佩又感动。

我的田哥像许许多多普通中国人一样，善良、吃苦、诚实，既享受过人生的点滴乐趣，更承受过大把的苦痛与无奈，最后，无声无息地离开了这个世界。不过，据田嫂告诉我，田哥最后是由她抱着，在她怀里咽气的。这真是田哥的福分，恐怕大多数中国男人是享受不到的。

从田哥去世到如今，过去17年都多了。两年前，比我年长两岁的本家侄子、稷山县人民医院小儿科大夫邓克家教授，也辞别了人世。克家口碑极好，的确是个好医生，生前也是田哥的好友。但和国发哥一样，他们都先走了。这让我觉得很孤独。这两个人有一个共同特点，就是做事极为认真；为了他人和家人，自己格外吃苦，以至于吃饭都很节省。可是，节省一顿两顿还可以，日子久了，不就把身体亏了？或许这也算是一个教训吧。

按照佛教的说法，人是可以转世的。果真如此，我想对田哥说："好哥哥，下辈子我还愿意和您住邻居，做玩伴，成朋友。"

2012年6月12日午后于半亩园居

矢志不渝是炎平

我原来基本上是不读历史小说的，更不看以历史事件或人物为题材的电视剧。可是，当我读完刘炎平、解艾玲伉俪合作的《千年吴越》后，却不禁耳目一新，心潮激荡，掩卷沉思，浮想联翩。

刘炎平是我青年时代的朋友之一。40 多年前，炎平是山西康杰中学的高三学生，我是山西运城师范的一年级学生。“文化大革命”中因为在同一个组织，于是便有了长达三年的交往。其时他刚 20 岁出头，我还不到 20 岁，都刚刚进入青年时代，比较懵懂，易受社会大潮的裹挟。

不过，这只是问题的一个方面。而另一方面却是，青年时代的刘炎平给我留下了极为深刻的印象和记忆。他好学深思，才思敏捷，写一手漂亮的时评文章。今天，当我拜读《千年吴越》时，炎平那铿锵有力、干净利落的文字功夫，再次跃入我的眼帘，几乎又将我带回到记忆深处的那段年月。读这样的历史小说，不再觉得沉闷，反而变成了一种享受，也许从此便改变了我不读历史小说的习惯。当然，必须是有充实的内容，又有深厚的文字功底如《千年吴越》者，我才去读，否则，作者应该宽谅我的挑剔与不敬。

自 1969 年 10 月分别后，我再未能与炎平谋面。依我浅见，像炎平这样的人应该在文史领域才会有更大更好的发展。然而，阴错阳差，造化弄人，本来被录入北大理科的我，因红绿色盲，改入北大历史系，先后两次就读北大共六年半，成为一名史学工作者；而炎平却赶上了被推荐而无选择的末班车，进了天津大学的工科专业，从此不能与他心仪的文史专业结缘。这真让我不免产生浩叹：中国文化史上遗漏了一位本该站足的学者，甚至是可能的大手笔。惜哉！

然而，是金子总会发光的。自 20 世纪 70 年代末迄今 30 余年，炎平经历了好几次转折：先在山西国防工办从事宣传工作，48 岁时又去了加拿大（其时解艾玲于加拿大做博士后），以后又与爱妻一起到美国去谋生。要知，他出国时已年近“知命”，英文也未过关，又无特殊的专门技能，其谋生之艰难可想而知。但各种困难都没能难倒炎平。他拿得起，放得下，不拒“贱役”，用自己的双肩挑起了生活的重担，从而挣得了男子汉的尊严。不过，读者若认为我对他的尊敬仅在于此，那就未免大错特错了。

职业改换，环境移易，都可以接受。只有一样绝不改变：那就是自青年时代起炎平即已产生的对吴越历史的热爱。从《千年吴越》的首、末文字可知，虽然未能专事文学创作，生活条件也曾经十分艰苦，炎平却从未放弃对吴越历史进行资料收集和研究。迄今他收集的资料有 10 余箱，由中国而加拿大，由加拿大而美国，这些如同生命般宝贵的资料，一直伴随他走遍天下。在 40 余年的准备之后，约三年前，炎平在工作之余开始了他的文学创作活动，其成果便是如今置于我案头的《千年吴越》上下二册，88 万字的作品，洋洋洒洒，蔚为大观。好友刘炎平的才华终于有了一个出口，我由衷地为他高兴并祝福。

我还记得，炎平在打腹稿时，有一个不同常人的习惯：他总是把头埋进一床棉被的两折之中，不知是在打腹稿，还是在假寐？而他“醒”来后，用不了太长时间，一篇好文章便被“炮制”了出来。不知他在写作《千年吴越》时，是否依然—— 一笑。

前面说过，我自 1969 年以来再未与炎平见面，也未能与他直接联系过，仅从另一共同的朋友杨洪杰大哥处，知他已于 90 年代初去了加拿大。2010 年的 7 月 9 日，手机铃声响起，接听后才知是老友刘炎平。我问他在哪里，他说是在美国的家里，是从杨洪杰处得知我的电话。这么多年未联系，突然听到来自美国的炎平的声音，而且乡音未改，还是山西芮城口音，我真是兴奋莫名。他也十分激动，谈了近 1 个小时还不愿放下电话。要知，分别 40 余年后，如今我们均已年逾花甲，步入了老年行列，能够听到来自大洋彼岸的老友的声音，怎能不如同听见天籁？苍天有眼，让我们在有生之年取得联系，并互诉衷肠，也算得上人生中的一宗幸事。一个月后，炎平便托其内兄将《千年吴越》寄给了我，我也期盼我的自选集能够早日出版，呈现在他的案头。

炎平希望我能为《千年吴越》写一篇评论文字。思忖再三，觉得此事于我不甚妥当。我是一个史学工作者，而且以考据见长；而文学评论却完全是另一个行当，不容我随意僭越和置喙，我只能谈谈读后的感想而已。

历史小说首先是以“历史”为前提的。如果事实压根儿就不存在，完全杜撰，便可归入“武侠”之类，而与历史无缘。而中国古代的吴、越两国，却是历史的真实。因此，若以它们的历史为题材，再以小说的形式进行描写，首先要进行历史研究。而这种研究，又不同于一般的史学研究，端因历史事件与人物的活动舞台，是以其时各门类的文化、知识、习俗等搭建起来的，由是必须具备同一时代的多学科知识，才能从事历史小说的写作，这也正是炎平兄广泛搜求、充分阅读的原因之所在。其中，上古历史“国之大事，在祀与戎”。战争和祭祀是当时国家和社会生活的主题，映现其时的面貌也不得不具备这两方面的知识。可以说，炎平是花了大力气的。炎平在电话上说，起初以为打仗以骑兵为主，后来才发现其时主用战车。我顺便言及，马镫是魏晋南北朝后才有的，故此春秋战国时不可能有大批骑兵作战。与祭祀活动相关联的术数知识也是作者所不可或缺的。该书在第185页有如下一段描述：

（吴国都城）南方两处称盘门和蛇门。盘门像淇水之盘曲，蜿蜒缭绕，状似游龙。吴国和越国同在东南方向，以阴阳五行之说，属辰巳之位。辰为龙，巳为蛇。吴国已占龙位，越国自然只能属蛇了。这便是盘门与蛇门名称的来历。蛇门上刻有木蛇，其首向北，以示越之臣服于吴。其寓意非方内之人绝难明白。

即便以我挑剔的眼光去看，这段描述和解释也是正确无误的。在画成方形的中国古代方位图中，东卯西酉，南午北子，在卯（东）与午（南）之间的方位便是辰与巳（子、丑、寅、卯、辰、巳、午、未、申、酉、戌、亥）。而就吴、越两国来说，吴在越北，于是吴便为辰（龙），越便居巳（蛇）了。

可以说，这样的解释已不属小说内容，而属于必不可少的知识范畴。炎平兄所花力气之大，由此可见一斑。

诚然，世间没有绝对完美的事物。炎平为创作该书，通过多种途径收集资料，达10余箱之多，但还是未能“竭泽”。我在电话中告诉他，敦煌文献中有一篇《伍子胥变文》可参，他说知道有，但未见到。我说我手头齐备，他十分高兴。如今我已复制一份送他，或许对他的研究工作会有些许帮助。

走笔至此，使我想起上世纪80年代的一件小事。那时，我的单位仍在北京沙滩红楼四层办公。一日，有一位中年女士来找我的一个同事。恰逢同事外出，我便让来访者坐了一会儿。她说是从美国回来。70年代末，积极设法出国，经过努力，改变了自己的处境和生活条件。可是，突然间却失落起来，不明白活着的意义是什么。我想，这份愁绪和烦恼，对于同样生活在大洋彼岸的刘炎平兄是不会存在的，因为他用自己的经历和《千年吴越》告诉我：

人首先必须活着，但仅仅活着是不够的。只有具有某种精神且矢志不渝者，才能将生命史撰成一个大写的“人”字。

2012年6月4日于半亩园居

学校改变了我的人生

——兼悼陈长年老师

我出生于一个极度贫苦的农民家庭。虽说祖上曾经以医为生，享有过一丝荣耀，但至我出生时已家道中落，穷愁潦倒。如今我已年近66岁，以学者的面目呈现于人世，检讨既往，的确是学校改变了我的人生。

我在初中阶段所经历的苦痛，已写在《稷中忆往》一文中，这里没必要重复。1965年初夏，也就是初中毕业前夕，我确实陷入了迷惘和痛苦之中。我很想继续上学，学业也很出色，但那个极度贫困的家庭再也无力供我上学了。父亲和哥哥以及全家人为我上学忍受的煎熬，我一句话也没说过，但全都看在眼里，心和他们一起煎熬着，真不知道路在何方。这时，我的数学老师、福建三明人邓象图先生私底下对我说："要是家里实在供不起，就念中专吧，国家管饭吃。不然你学业这么好，就可惜了。"邓老师的话真如黑夜里的一盏灯，给我指明了一条可以走的路。实在说，此前见识很少的我不知道还有中专这种学校，并且公家管饭吃。只要公家管饭，我就不需再向家里伸手要钱了。于是，当年允许报考7个志愿，我全部填的是中专，最终以高分被录进运城师范75班。无论如何我没有辍学，是因为国家有中专这种学校的设置，它是为贫困生开的一道门。我进了这道门，才使学业不中断，所受其惠是终生都不能忘怀的。

后来我教过书，当过公社干部，这都可以不论。1971年冬天，由于一些变故，我又萌生了外出求学的想法。那时，我在稷山县化峪公社西段村下乡。村里出了一个案子：有人从麦田割麦苗喂家畜。这完全是破坏生产的行为，是要被判刑的。可是案子却破不了。县革委副主任尹树勋亲自挂帅来破案，我和他一起睡在一个土炕上。我虽只有22岁，但失眠严重，尹主任很奇怪，就问我："结婚没有？"我回答说"没有"。他说他认识不少女知青，可以给我介绍一个对象。我告诉他，不是想结婚，而是想上学。他说："那就说说你的条件看。"我简单回答他说："22岁，贫农，共产党员，运城师范毕业。"尹说："好啊！条件不错。回去我就向你们公社推荐。"由此我上大学的这趟车就启动了。

真正决定我来北京并且进入北京大学求学的是已故陈长年老师。1972年初春，第二批工农兵学员招生工作开始了。正好，我在稷山中学念书时的政治教师董贻庸老师此刻已在运城地区招生办工作。我专程去了一次运城，还在董老师家住了一宿，就是要向他表达我想上学的愿望，希望得到帮助。大概到了4月份，我接到一个从稷山县招待所打来的电话，说是北大的招生人员要与我面谈。我匆忙骑上借用的我二姨家的那辆破自行车，来到招待所。这是我与陈长年老师的初次见面。陈老师表示，他是从地区招生办知道我的，要我当面自我介绍一下。而后，他要我口译几句英语，我都顺利完成了。他表示满意。后来在北大我才知道，他也只大我四岁多，是北大西语系英语专业的"老五届"留校生。但此刻，我能否上大学，能否进北大，他却有很大的决定权。

不久，便要进行体检了。那天，参加体检的人都先到县教育局集合，然后到县医院进行体检。突然，一个我不认识的年轻人在院子里大声叫我的名字。我应答后，他把我叫到角落，告诉我，他是北京师范学院的招生老师，此刻陈长年老师正在晋东南招生，来不了。陈老师要他转告我，不要报别的学校，只报北大就行。他手里拿着我的志愿表，我自己填的第一志愿是北大，第二志愿是北京第二外国语学院，第三是复旦大学。这位师院老师说："北大已经决定带你走，你怎么还报别的学校？全改成北大！！"他几乎是在命令我，我只好一一照办。实在说，我很想学英语专业，初中时我英语就很出色。若不是陈长年老师的坚持，若是我当年去学英语，我的人生恐怕就是另一番面貌了。

第一次在北大三年多，我和陈长年老师只在路上见过几次面。我们历史系在 36 楼，他们无线电系在 35 楼，他还是系总支副书记，整日地忙碌。再说了，那年月人际关系也很简单。他认为把我带到北大只是一宗公事，我也没觉得这是多大的人情。加以运动不断，谁还有时间去拉扯个人关系？但说来有趣，7 年之后，陈长年老师和我又变成了同班同学，而且我还是班长。这岂不是造化弄人？

1979 年，我从中国科学院北京天文台（即今之国家天文台）考回北大历史系读隋唐史研究生；陈长年老师也放弃了从政，投考到历史系读中国近代史的在职研究生，我们自然就会合到一块了。但师恩难忘，我对他总是毕恭毕敬的。有的同学很奇怪，私下问我为什么对他那么尊敬？我叙述了原委，他们才知道陈师对我有过知遇之恩。在从 1979 到 1982 年的三年间，陈老师患过一次胃穿孔，住北医三院。作为班长的我与系领导商量，由我们几个同学轮流护理他。自然，系领导并不知道我同他有这层关系。这样，我曾在北医三院值班一夜，照看他，这是我对陈老师的唯一回报。1982 年后，我到国家文物局古文献研究室工作，工作和家都在城里，而陈老师住在北大，见面的机会就少了。记得有一次在北大去他家，还和他们夫妇在一起急匆匆地吃了一顿中饭。1994 年 12 月，我在香港中文大学访学，接到家里的电话，说是陈长年去世了。这实在是太突然了，因为此前连他生病的消息也未听到过。当时立即与他妻子苏谊女士通了个电话，表达哀悼之情，此后也未再同他家人联系过。后来我向我哥哥谈起此事，哥哥责怪我，说应该到他家去看一下。此事我未做，也只能是自责不已了。再往后，同学李世愉先生出面张罗，将他的一部中国近代史讲稿出成书，我也参加了一些编辑工作。掐指算来，陈老师辞世已经 20 年了，去世时才 48 岁；若活着，也还不到 70 岁。这是多么可惜的事情！他是河北省人，农家子弟。在北京落脚后，他还将妹妹带到北京谋生，其间所经历的苦辛和不易，同样是农家子弟的我全能体味，还需多说么？

学校，尤其是北京大学完全改变了我的人生，而关键节点是陈长年老师促成我进入北大。所以，我对他是深怀感激的。从他把我领到北京始，迄今已过去了 43 年，也是我人生的大部分时间。虽然说，我未能成为大家或者大手笔，但也一直是积极向上、努力有所作为的。我在自己的学术领域占有一席之地，这也是国际同行们认可的。就这一点，年过八旬、仍旧健在的董贻庸老师很是满意，我自己觉得也没有辜负陈长年老师的知遇。如今我虽然已进入老年，但仍旧不断学习，勤奋工作。我始终有一个想法，那就是：父母生养了我，国家和人民培育了我，我只有努力工作，多出成绩，才能心安。也许在一些人看来，这个认识未免简单，可它的确是我的真实思想。一个不知感恩的人路是走不远的，尤其像我这样来自社会底层的草根。所以，不管别人怎么看，我都会永远感谢我的祖国和人民给予我的恩惠，包括已故陈长年老师的知遇和提携之恩。

2015 年 3 月 4 日于半亩园居

怀念侄子邓克家教授

这一转眼，克家辞世就已经5年了。由于我自己行走不便，即使想回山西到父母坟上进一炷香，也变得不可能，遑论见见他的家人。每念及此，心中便有些怆然。

克家是我本家侄子，生于1947年，年长我两岁。我家在张开西村邓氏家族中，虽然由于家道中落而穷愁潦倒，但辈分却大，至今我还有一位年过八旬的侄子邓建生健在。克家的父亲邓连中与我父亲年龄相仿，即便比我父亲小，也小不了几岁。于是，我自小便叫他哥哥，直到他去世。自然，克家的母亲也被我"嫂嫂、嫂嫂"地叫了很多年。如今，这哥哥、嫂嫂、克家和他的儿子（应该是我的孙辈人），都已辞别人世而往生了。

少年时代，我们在张开西村上学时，克家高我一个年级，但考初中他未被录取。根据他父亲也即是我老哥的要求，他又回校补习了一年。那时开西村没有完全小学，高小在张开东村。于是，他便在我六年级时与我在开东高小同学了一年。1962年夏，我考进稷山中学，他则考进化峪中学，我们就又分开了。1965年，我考入运城师范，他则入了稷山卫生学校。这样，进入工作领域后，我是一个小学教师，他便成了一个赤脚医生。1969年我在张开西村教学时，他在付家庄村做村医。不久，《山西日报》便以整版篇幅报道了赤脚医生邓克家的优秀事迹。那时经济凋敝，买一辆自行车也要凭票证。付家庄村得到一辆自行车票证，全村公认该给克家，算是对他的肯定和奖赏吧。

又不久，也就是 1972 年，我们又同时外出求学，我上了北大历史系，他则进了山西医学院。他在医学院的情况我不很了解，我只知道开西村民对他赞不绝口。无论是上学前，还是放假回乡探亲，由于他是医生，主攻儿科，人们只要一有病就找他。据我哥哥跟我讲，克家是随叫随到的。有时他去挑水，走在街上，人们唤他给孩子看病，他把水担扔在道上就立即去了。祖国医学讲“大医精诚”，现在叫“为人民服务”，这不光是说说而已，而是要践行的呀！我敢说，我的侄子邓克家不仅做到了，而且做得十分出色。简言之，他和我都有草根或曰百姓情结，他则尤其突出。

1975 年后，克家一直在稷山县人民医院小儿科工作，做到主任医师（教授），还当过儿科副主任。如果他仅仅是平凡地做一个医生，管好自己一家人也说得通。可是，2000 多口人的张开西村村民，凡是去稷山县人民医院看病的，尤其是住院的，几乎都去求助于他，而他几乎是有求必应，绝不推辞。我曾经说：“克家不仅是他家的，也是大家的，人人都可以指挥他。”他真是一个大大的好人哪。自然，他也就不免太累了。可是他从无怨言，认为应该应分。写到这里，不要说开西村民，连我自己也被他深深地感动了。同时，我为有这样的晚辈而骄傲。

人们常说“善有善报”“积善余庆”。可是，苍天打盹，将苦难降落到了克家头上。1998 年，他的儿子因车祸亡故，这个灾难几乎将克家打倒。经过一番挣扎和自我调整，他又活了过来。此后，他女儿在稷山县医院做护士，儿媳和两个孙女也在稷山。后来，儿媳带孩子去了运城市，100 平方米的房子也是克家帮助购买的。

克家的妻子是我们同村的，没上过学，自然也就没有工作。于是，生活重担几乎全落在他肩上。他是真真地不易啊！

2010 年 5 月 10 日晚，电话铃声响起。我拿起后，他说：“我是克家，我病了。”我没听清楚，于是又问：“病的是你本人吗？”他说是他自己，而且是消化系统的病。我便猜着几分，怀疑是胰腺的病。由于次日上午有一个预定了的会，散会后，我立即带着水果乘地铁奔解放军 301 医院。到了他租住的院旁小旅馆，说是人已走了。我与他通电话，知道他已入院和病房号，又立即奔往病房。此时他躺在床上，由儿媳、女儿和女婿守着。为了消除他的紧张情绪，我还和他开了几句玩笑。然后我带几个孩子出去吃饭，只能将他留在病房了。

第二天我又接到电话，告知13号上午手术。那天一大早，我们夫妻二人便乘地铁往医院奔。手术前，大腿上要套一个网状的护腿。他女儿一直弄不好，我妻子便上去帮助套好。此时此刻，救命要紧，还管得了辈分大小！

克家进手术室后，我们一直在家属等候厅看电视屏幕，了解手术进展情况。几个小时后，突然广播响起："邓克家家属立即到三楼电梯间窗口来。"我们几个急奔窗口。此刻窗户已打开，主刀副院长细声细语地说："邓克家胰腺癌已经大面积扩散。如果直接割掉胰腺，怕是连手术台也下不来。另一个办法，是在胃和肠之间接一根管子，还可以维持几个月。"我们自然选择了第二种方案。

回到等候厅，稍加冷静后，我对几个晚辈说："看来情况不好，我们该考虑他的后事了。我认为要尽早回稷山。如果在北京去世，那一切要在北京办，家里人要来，问题很多。那时若想将遗体运回去，国家是不允许的。回到稷山，他是本地人，工作单位也在那里，一切都好处理。所以，要尽快同稷山人民医院联系，接他回去。"孩子们都同意了我的意见。克家从手术室出来后，我去看了他一下，安慰了几句，便告辞了。

过了两天，也就是16号，我又去医院看他。本想从家里做些吃的给他带过去，又觉太远，我腿脚又不方便，只好当他面给她女儿500元，让给他买些他想吃的东西。又得知，他们已安排4天后即20号乘飞机回运城，稷山县人民医院去车接。而20号我却要飞往上海，无法送他。当我走出他的病房后，立即泪流满面，口里只是"我侄子，我侄子"地说了几句，连自己都不知道说得是什么——永诀亲人的痛苦使我失态了。

一个多月后的6月下旬，我在乌鲁木齐出差工作时，打了一下他的手机电话。他说正在路上散步，饭比生病前都吃得多了，显然他比较乐观。可我知道此病难医，也没敢多言。最后他说："你对我最好了。"这是我们之间的最后一句话。

当年11月的一天，我正在中国科学院自然科学史研究所开会，克家儿媳梁琴女士来电话告诉我他去世了，听得出这个儿媳哭得嗓子都哑了。当天我同克家女儿静妮通电话，了解办后事的想法和安排。两天后，村里一位与他同岁，又与我们二人同过学的人来电话，约我和他们几位当年的同学合伙给克家送一个纪念物，表示哀悼。这个提议被我谢绝了。因为我与克家不仅同过学，而且是同宗叔侄关系，怎能以同学对待？根本不是那么回事嘛！

我委托我的中学同学、好兄弟赵万才在稷山帮我准备了一个鲜花花篮，在克家下葬的头天晚上送到张开西村他的灵前。挽联上谨书："吾侄克家教授安息""中国文化遗产研究院邓文宽"。我相信，去为他送葬的亲戚、村民、同事都会看到，克家是受到他本家这位长辈尊敬和怀念的。实在说，克家这一生是当得起我这个鲜花花篮的。

我在开西村有几个童年伙伴：田国发、加克科和邓克家。而这几个人在我看来，都是好人，然而却都过早地离世了。这几年我不时和妻子讨论：为什么好人反而不长寿？她认为好人心善，屈己以从人，为别人想得多，有时又过分克己，自然身体上要吃亏。这恐怕不无道理。不过，尽管折寿，我还是主张要做好人的。如果恶满天下，又很长寿，那有何意义？

有道是："死而不亡者寿。"吾侄克家教授即堪当之。

2015 年 10 月 3 日晨于半亩园居

我与好友白瑞南（Paul Brennan）

我对白瑞南建议说：“以后你再向中国人做自我介绍时就说：我是白求恩的孙子。”逗得他忍俊不禁，捧腹大笑。

白瑞南是加拿大人 Paul Brenna 的中文名字，也是与我相交已 40 年之久的好朋友。我认识他始于我们在北京大学学习的时候。1972 年，我入北大历史系学习，时称“工农兵学员”。1974 年初，历史系安排我与这个加拿大留学生“陪住”（并非今日的“三陪”），从此，我与白瑞南结下了深厚情谊和不解之缘。

上世纪 70 年代初，国家在招收工农兵学员的同时，也从世界各地招了一些留学生。他们到中国后，先在北京语言学院（今北京语言文化大学）学习一年中文，然后再根据个人爱好，分到不同的学校学习专业知识。白瑞南，还有今日法国社会科学院的兰克利教授，分到了北大历史系学习中国史；马克・卡琳诺斯基（现为法国高等实验研究学院教授）分到复旦大学历史系。如今，马克、兰克利均是法国著名的汉学家，也都是我的好朋友，而白瑞南则在另一个领域干得十分出色，容我后面再述。

在那批分到北大的留学生中，加拿大学生有十来位。我被安排在北大 26 楼二层北侧、向东、靠会议室的那间屋子，与白瑞南同住一室，便于关照他的学习和生活。可以说，20 出头的小白是他们那批人中个子最高的，1.92 米；而我是中国陪住学生中个子最高的，1.85 米。我猜想，这也许是北大历史系领导让我与他同住的原因之一吧。但无论如何，小白当时都是一个大帅哥：高高的个子，白皙的皮肤，日耳曼人的高鼻蓝眼，大鬓角，再加上开口就笑，直觉就会给人留下美好的印象。我虽然没有问过，但给我的感觉是，他是他们那十几个加拿大留学生的核心人物。

白瑞南很好学。他主修中国近代史，所用为中文教材。当然，由于修习汉语时间不长，所以有些汉字他还不认识。这时，他总是端着书，站在我背后等机会。他从不主动打断正在读书的我，多数时候都是我发现了他，急忙站起，问他有什么问题，再给他解答。

他也很进取。记得当时他背一个蓝色帆布包，比较旧。他告诉我，这是第二次世界大战时，他父亲作为同盟国士兵在欧洲打仗时用过的，有纪念意义。那时学校有专门的留学生食堂，伙食当然比普通食堂要好。为了能多接触中国学生，了解中国，他每周都要到我们的大食堂就餐两次，而且很喜欢吃中国面条。但“条”字的声调他发不准，说成是“面挑”。我一听他这个发音，就会笑。

开始时，每个周末他都要拉我去下馆子。去了两次后，我就不敢去了。为什么呢？我每个月只有 19 元助学金，饭费 15 元，4 元零用钱。我总不能只吃他的而不回请吧？可是，我却没有这份钱，老吃他的成什么话？所以，去过两次后，一到周末我就躲起来了，让他找不着。后来，他在我面前表现出失望的样子。可我有什么办法？我至少还需要一点脸面吧。

尽管我们之间经济条件不对等，但是，两颗年轻、诚恳的心却互相温暖着对方。1975 年 7 月，我第一次从北大历史系毕业，被分配到中国科学院北京天文台古天文组工作。9 月初，我到天文台报到后，由于距离北大很近，我借了一辆三轮车去北大取我的行李和书。记得那天小白一直帮我推车，直到中关村，才依依不舍地返回北大去。

就这样，我们二人同室相处有 14 个月之久。几个月后，白瑞南也结束了他在中国的留学生活，去往他的祖国加拿大。但是，自那时迄今 40 年来，我们一直有联系，而且是很要好的朋友。

在白瑞南就要回国的前几天，我去北大同他告别，他将自己已经用过的一个蓝色铸铁台灯送给我做纪念。那年月，这是极为简易的一盏台灯，价值最多 2 元人民币。小白已经用了很久，此刻他要走了，送给好读书的我正是一件有意义的纪念品。实在说，这盏台灯对我发挥的作用可能比对他的主人白瑞南还要大。我刚到北京天文台时，后勤组长张福祥将我领到中科院 63 楼一层的天文台招待所，让管理员周恒章给我安排了一张床，并且对我说："先暂时住一下，过几天就给你安排房间。"天晓得，我被放在招待所里，再也无人过问了。北京天文台有沙河、兴隆等几个工作站，很多工作人员回京都临时住在招待所里，人来人往，打牌下棋，很难安静。但我每日晚饭后，都拧开这盏台灯，苦读中外书籍。那半年多，几乎每晚都是由小白送的这盏台灯伴我度过的。顺便说到，我在招待所住的那段时间，包括地震后我暂时无处可去，带着生病的母亲临时住在招待所里，周师傅都待我不错。虽然过去了这么多年，我仍记得他的音容笑貌，而且我要对他道声谢谢。

白瑞南将台灯送给我，我走出北大 26 楼时，遵从学校的规定，特意到 26 楼门房，给看门的老头打了个招呼，让他知道，这是别人送的，而不是我随便拿的——因为我不想让人怀疑我。

三年后，白瑞南率领加拿大蒙特利尔市加中友好代表团访华，住在北京饭店。他联系到我，希望我去见他。当时国家对同外国人来往管理得很严，所以我必须经过请示并获得同意后才能去。于是，我从鼓楼西大街甲 58 号我们古天文组的办公室，给位于中关村的天文台业务组打电话请示，那边说要研究一下。过去了两个小时仍无答复。可是，我同小白约定上午 10 点半见面，只剩半个小时了，我十分着急。于是又给天文台打电话。他们说，已请示中科院外事局，还未答复。这让我怎么办？我当时的直接领导是来自南京大学天文系的卢央老师。他看我着急的样子，就说："你去吧，别管他们。"这样，我才去北京饭店见到小白。回来后，因为此事惹了许多麻烦，此不详述。

大概是 1981 年，小白又到中国来了，住在北京外国语大学英国专家柯鲁克先生家。由于柯鲁克夫人也是加拿大人，所以，白瑞南在北京学习时，就同这夫妇二人交往很多。一个周六的晚上，我在柯鲁克家与白瑞南会面。

1986 年，小白又来过北京一次。此后，我们有 14 年之久未能谋面。他除了在加拿大工作，还在印度尼西亚、津巴布韦等地工作过。但他每年圣诞节都要给我写一封信或明信片，我也及时回复。那时，他与夫人苏珊娜（比白瑞南晚一年的北大哲学系留学生）育有一子一女，孩子尚小，工作繁重，中年人所经历的辛劳和酸楚，他们与我都未曾幸免。

公元2000年8月下旬，我们有了重新见面的机会。我以学者、教授的身份，受邀到加拿大蒙特利尔市出席“第36届亚洲北非研究国际会议”。而这些年来，白瑞南虽然一直在首都渥太华工作和生活，但蒙特利尔是他的故乡。他父亲虽已辞世，母亲和妹妹一家都住在蒙特利尔市。那时，我还不会使用电脑，同他的联系，一总由我女儿用电脑进行。

当年8月25日，当地已经入夜。当我还在传送机旁等候行李时，小白拍了一下我的肩膀，他们夫妇二人从渥太华驱车200多公里，专程来接我。当夜住在他母亲家里。作为好面子的中国人之一，离开北京前，我与夫人专门为他们夫妇各备了一件杭州丝绸面料的睡衣。苏姗娜试穿时，高兴得跳了起来。白瑞南问我：“你有吗？”我一时无言。直到今天我也没有啊。次日，他们又开车带我游览市区。下午，将我安顿好后，他们才又赶回渥太华。我在蒙市开了7天会，会后，他们夫妇又开车来接我去渥太华家中小住了一个星期。经济状况逐步好转的小白，在安大略湖畔买了几十米岸线，要盖一处湖滨别墅。我同他们二人一起去清理地基，搬挪废树墩之类，至今回忆起来，余味无穷，情谊绵长。

那天，在渥太华时，约定他们全家外出，我去逛市区。预计我先回来，所以小白给了我一把钥匙。下午四点左右我先回到家。在楼上卫生间洗过澡后，我想去厨房弄点水喝。刚到厨房，就发现地上有他家的狗狗柯柰尔拉的一大脬屎。我赶快找了两个塑料袋，一个套在右手上抓屎，一个接屎，及时将狗屎清理出去。小白回来知道后，对我说：“你现在已是教授了，没想到这事你还能做。”我对他说：“我是一个农民的儿子，从小受了很多苦，这不算什么。再说，这事总得有人做。我不做，不是你也要做吗？”我们分别时，他对我说：“我已将湖滨别墅图纸做了修改，专门给你留了一间房。”遗憾的是，迄今已经过去了13年，我却再未去过加拿大。但老友的深情厚谊，却让我终生铭记心间。

9月11日，我要离开加拿大，去法国访学了。那边有马克和兰克利两位好友迎我。在渥太华住过一周后，小白因公干回蒙特利尔，我们便一起回来。去法国的机票是他为我代买的。为了省钱，一是机场离蒙市很远，二是航班在下半夜。没想到，那天晚上他送我去机场时，正逢下那么大的雨。到了巴黎我好几天心都不安，不知把我送到机场后，小白是否平安回到家中？

2010 和 2012 年两个秋天，与中国阔别 24 年之久的白瑞南，又两次来到北京进行相关合作项目。我作为朋友和地主，自然要请他吃饭。他说想吃烤鸭，于是分别去了“大董”和“鸭王”这两家北京最有名的烤鸭店。但让我十分失望。钱没少花，实际吃得太不如意，远不如 2008 年苏珊娜来时，我们在乡下住家附近“世纪美食”烤鸭店吃得好。我想，以后不图虚名了。今年（2013）11 月初，小白还要来，届时我就在“世纪美食”招待他，让他吃得开心，我也高兴。

上面说了那么多，那么，白瑞南这几十年都在从事什么职业呢？

简言之，小白（如今已是老白）所从事的职业，都与帮助发展中国家有关。上世纪 80 年代，他曾在印度尼西亚、津巴布韦等国做过短期工作，在津巴布韦大概有三年的时间，而且是全家人一起去的。据他夫人告诉我，小白在印尼曾染上过地方病，具体内容我说不上来。大概在进入 90 年代以后，他就开始在加拿大社区学院协会（Association of Canadian Community Colleges）工作，如今已是其主要负责人之一。

该协会成立于上世纪 70 年代，迄今已有 40 年的历史，是一个全国性的非盈利机构，蜚声加拿大全国和国际社会。协会的宗旨，在于确保社区学校的利益，促使社区学校为社会做出贡献。它在加拿大全国及国际范围内为社区大学提供信息、联络和研究服务，并以之作为协会成员的交流对话平台。现在，其成员包括 130 间公共拨款的高等教育机构，大部分都成立于 20 世纪 60 年代，致力于为所在社区提供职业服务。协会的董事会成员是 12 所社区大学的总裁，以及包括来自雇主团体在内的其他组织的代表。其下属的工作组分别负责职业研究、学生交换、处理偏远地区学校面临的挑战和国际活动等。协会总部设立于加拿大首都渥太华，有 65 名正式员工。1997 年，该协会作为国家性教育组织，最先取得 ISO9001 认证，认可了其一贯的服务素质。在国际方面，协会帮助加拿大大学与其他国家的对等机构建立联系，并通过与加拿大国际开发署及国际开发银行合作，来促进发展中国家的高等职业教育。通过协会，加拿大政府和大量国际组织，可以一站式地与加拿大各地总计 130 间公共机构，以及超过 1000 间大学校园取得联系。协会已经在 96 个国家组织开展了 700 多个项目，涉及金额 4.5 亿加元。

作为曾经在中国留学，自称“工农兵留学生”的白瑞南，对于中国怀有深厚的情感。他长期致力于中加教育合作项目。1984—1996 年间，应中国政府要求，加拿大政府通过该协会，为中国从计划经济向市场经济转型提供“中加管理培训项目”，涉及金额 1250 万加元。为落实这一项目，中国方面开辟了四个管理培训中心，其中成都中心就由该协会负责。协会为此联系了 34 间加拿大大学，组织师资来成都工作。成都中心后来发展为中国 39 间政府和机构的培训及联络中心，目前已成为成都西华大学的组成部分。

进入 2000 年后，协会的目标更加侧重于消除贫困和提供普及教育，并积极投身到联合国教科文组织为此组织的各项活动中。例如，2003 年至 2008 年间，与成都教育局合作进行的“偏远地区教师培训项目”，其中便涉及加拿大两所大学。该项目旨在提高四川省幼儿园及小学教师的素质。2008 年的汶川大地震摧毁了几所合作小学和幼儿园校舍，加拿大合作对象迅速为灾区学校展开了筹款活动，将所筹得的款项用于建造一个计算机远程教学中心。

这些年来，除了中国，白瑞南的足迹遍及世界各地的发展中国家，例如尼加拉瓜的绿色小企业项目、马里的青年就业技能项目、布基纳法索的社区警察项目、海地的护士培训项目等，到处都留下了他的足迹和他挥洒出的辛勤汗水。

2000 年我在渥太华时，我们两人谈过许多许多。后来白瑞南吃惊地说：“咱们这么多年不在一起，为什么看问题比办公室同事还一致呢？”去年（2012）10 月我们在一起边吃边谈，发现对许多国际问题、中国的现实问题，看法都很接近或者完全一致。而且，小白还告诉我，他的基本人生观和价值观，都是在北大形成的。这就不能不使我思考，原因究竟何在？最终，我的看法是，人类虽然有肤色不同和文化差异，但作为人，都具有人类的基本内涵，也就是人性，比如怜悯心、同情心、报恩心，以及自由、民主、人权这些最基本的需求。

40年过去，送别了一万多个日日夜夜，我和好友白瑞南的情谊却历久弥新，如一杯醇酒，日益甘浓。就白瑞南这个人来说，我说他是“白求恩的孙子”，当然是一句玩笑话。可是，这仅仅只是一句玩笑话么？

2013年8月8日于东旭花园半亩园居

初到罗马

——怀念富安敦（Antonino Forte）教授一家

有道是：条条大路通罗马。出生在黄土高坡乡村的我，此生有幸两次造访意大利首都罗马。这里说说我初到罗马以及与富安敦教授一家人的交往。

掐指算来，那已经是18年前的事情了。1998年4、5月间，我受法国巴黎高等研究实验学院（索邦大学）第四系马克·卡林诺斯基教授的邀请，到该校任客座教授讲学一个月，并到法国国家图书馆东方珍本部阅读敦煌文献原件。为了充分利用这一个月的时间，我的讲稿都是事先在国内就准备好的。剩余的时间，除了阅读敦煌文献，我很想多看看外面的世界。或许这也是人之常情吧。我16岁之前从未离开过原籍山西省稷山县；16岁半到运城师范上学，才初次见到并坐上火车。那时也胸无大志，只是希望此生能到省城太原看看。不承想，后来居然在首都北京定居下来，一住就是几十年。此前虽到过香港，但严格说来，此番去法国访学，则是我第一次真正意义上的出国，而且时年已49岁，也不知未来是否还有再出国的机会。所以，我除了安排去荷兰阿姆斯特丹一日游，就是再利用一个周末去罗马了。

可是，罗马对我来说，是个完全陌生的地方，而且除了富安敦教授一家，我不再认识任何人。就是富安敦及其家人，我也是此前五年的1993年在洛阳开会时相识，并无深交。于是，我请教在巴黎定居多年的法国远东学院华人教授郭丽英大姐。郭大姐是个热心人，她主动给富安敦教授家里去电话。据富安敦夫人里拉女士告知，富安敦先生不在家，我若住在她家不方便。于是，郭大姐请她在她家附近为我订一个旅馆房间。郭大姐将详情告诉我，并提醒我，咱们中国人要自尊，尽量不要给别人添太多麻烦。我一口应允了她。因为我原本就是一个要脸面的人，不愿意让人觉着讨嫌。

就这样，马克教授帮我买好火车票后，我独自一人出发了。经过一夜又半个白天的旅行，我在罗马的一个车站（记不得站名了）下了车。第一眼看到的就是富安敦教授夫人里拉女士和他们的女儿莫妮卡小姐。我先问她们是否为我订到了旅店？不料母女二人异口同声地表示，不必住在外面，就到她们家里住。这让我十分愕然。郭大姐不是告诉我，富安敦夫人认为先生不在家，住在家里不方便吗？现在怎么全变了呢？我虽然不解，但人生地不熟，只好随她们母女二人，倒了几次地铁，才来到市中心的教授家里。

这是一所比较古旧的房子，属于文物类型。据里拉告知，如果要维修，必须经过批准才行。我问她买房用了多少钱，她拿了一张纸，写下前面的数字后，后面挂了一串零。由于意大利币同人民币比价极大，我一时也没搞清合人民币是多少钱，反正数额极大。至于让我住的地方，居然是她女儿莫妮卡小姐的闺房。为了让我住得舒服，女儿临时搬到了另一个房间。唉，这让我这个"老土"如何是好？当天夜里思绪联翩，久久不能入睡。

下午，里拉和女儿莫妮卡陪我去逛商店。印象最深的，一是给我女儿买了个项链，坠上的字母为D，因为我姓邓嘛；再是花27万里拉（合人民币近1200元），给妻子买了一个牛皮手包。这是我此生第一次为妻子买得还算像样的礼品。不承想，回国后，妻子一口咬定这是中国造的，被我当作意大利货头了。我除了懊丧，夫复何言！

第二天上午，莫妮卡带我去看罗马古迹。为了便于我了解罗马，她们事先为我买了一本中文版的罗马文物介绍。我印象最深的是在街边看了儒略·凯撒的养子奥古斯都大帝的陵墓。到了晚上，富安敦教授回来了。他是在那不勒斯大学任教的，每周乘飞机往返一次。当晚，教授请来了他的学生、莫妮卡的男友等人，举行家宴，宴请我这个中国来的学者。由于去罗马是临时安排的，我事先未准备下礼物，只是临时从街上买了两瓶红酒送给富安敦教授。现在想来，实在欠妥。

第三天上午，富安敦和夫人又带我逛罗马市。我们先是去了万神殿。进门后，我正为它的巍峨惊叹，富安敦发现我头上还戴着帽子，立即帮我摘了下来，足见神灵在他们心里的位置。之后，最主要的是看闻名遐迩的斗兽场。再后，我们在一个地方准备用餐。坐好后，教授对我和他夫人说，要我们等一下，他有点事。十多分钟后他回来了。他告诉我，他去给母亲打了一个电话。此前我早就知道，富安敦原本是西西里岛人，但我不知他的母亲仍然健在。我问他母亲生活来源如何解决？他告诉我，母亲年轻时就积累了养老保险。当下我们变革中的中国也正往这条路上走，而在西方这早就是成熟的制度了。虽然老人在经济上不需要儿子，但富安敦抓住机会给母亲去一个问候电话，也让我感触良多。

下午，我要回巴黎了。富安敦和夫人送我去车站。走在街上，我要进商店买点车上用的食品，却被他们阻止了。他们说，已经全为我准备好了。我依依不舍地辞别了我的这一家意大利朋友。

回到巴黎，我立即与郭丽英大姐通电话。当我问起富安敦教授的夫人和女儿不让我住旅店，而要我住在她们家的原因时，郭大姐说，我上火车后，她又接到里拉的一个电话，告知，富安敦教授知道我去罗马后，电话上给他夫人说："邓教授来，怎么可以让他住旅店？一定要住到家里来！"我当即感动得泪流双颊！在罗马参观时，莫妮卡也对我说，1993 年与我在洛阳初次见面，她就觉得像是多年的老朋友！我除了觉得这家人的友谊格外真挚，还能再说什么？

两年后，富安敦来到了北京。我请他到建国门"鸭王"烤鸭店用餐。那个店有"一鸭四吃"，我们就吃的这个。富安敦告诉我，他一到北京就感冒，所以很少来北京。饭后走到楼下，他快活得像个孩子，几乎跳了起来。临别时，他同我紧紧相拥。可是，谁也想不到，这竟是我们的永别。几年后，他就因癌症在日本京都去世了，享年 68 岁。我知道后，立即去电话向他夫人和女儿表示问候。

1998 年之后，我与富安敦的女儿莫妮卡在北京见过几次面，几乎每次都请她用餐。富安敦去世后她又来过一次，好像是在 2008 年。据说她在罗马找到了工作，但婚姻却不太顺利。后来我退休了，又住在乡下，腿脚也不灵便。转眼就过去了 7 年，再未得到她和她母亲的消息，很是想念。如今我也是快奔 70 岁的人了，忆昔与友相聚时，不觉涕泪沾袄襟。

我把这段人生经历写下来，就是想表达一个意思：人世间有许多事情可以忘记，但别人对你的好却不能忘！富安敦教授一家就是我此生不能忘记的人。对于这样掏心掏肺、情谊真挚的朋友，我只能遥祝他们一生平安了。

2015 年 7 月 25 日“三腿翁”于半亩园居

一对伟大的农民工夫妇

我是轻易不使用“伟大”这个词的，尤其是在谈到人物时。因为在我67年的人生阅历中，看到那些生前自封“伟大”的人，一旦历史的幕布被拉开，原来他们却格外渺小；也有一些很希望被称为“伟大人物”的人，历史老人却不肯给他这样的封许。

然而，今天我却将“伟大”这个词毫不吝惜地送给一对农民工夫妇，或者说送给以他们为代表的那个草根群体。

这是由我今年的一段特殊经历引起的。我经历了8年多的腰椎间盘突出症折磨，久治不愈，在朋友们的劝说下，终于决定做最后一搏——开刀手术。在女儿朋友的帮助下，我先是于3月15日住进空军总医院“中西医结合骨伤治疗科”，主要采用中医疗法，但几乎无效。医生说我的病只有手术一条路可走。于是在3月24日转入同一医院的西医骨科病房，准备进行手术。我刚放下东西，后面便跟来一男一女两个人，问我是否有家人陪同？如果没有，就必须雇护工。我女儿远在香港，老妻已68岁，谁还能24小时陪我？只能同意用护工。他们立即领来一位来自河南三门峡市郊的杨姓护工。两天的实践证明，这位不仅经常随意离开，不知去向，而且夜间咬牙打鼾，睡得很死，咋叫也叫不醒。无奈，我只好向陪护中心提出换人。26号下午4点，中心领来一位面貌清瘦，一只眼有点斜视，中等身材的中年人。他对我讲的第一句话是：“我和他（指杨姓护工）是同行，这有碍人家的饭碗吧？”我说：“我和你们谁都不认识，我是向陪护中心提的要求，你没必要担心。就用你了。”我心中暗自思忖：“能有这样心性的人大概错不了。”

事实证明我没有看走眼。

他叫姚正堂，甘肃省镇原县新集乡新庄村人，住在半山区。家有年迈的父母，两个儿子分别在苏州大学和福州大学上学，妻子叫慕会平，此刻在北京顺义幸福小区做家政。也就是说，这个6口之家，高堂老人在家守护，中年夫妻在城里卖命挣钱养家，同时要供两个在读的大学生，生活的重担完全压在这对中年人的肩上——不知这是多少中国农民工家庭生活的写照和缩影？

小姚还有一个与很多农民工相似的事项：他家里还有几亩地，平日里由老父侍弄，但播种和收获的农忙季节，他则要和妻子及时赶回去；农忙过去，再奔向城里打工挣钱，大概有些“两栖”了。

过去我未曾有过住院用护工的经历，这次从3月28日手术到4月11日出院回家，小姚昼夜不离地陪护了我半个月，我不仅对小姚本人，而且对护工这个行当有了一些认知。

小姚身上有很多优秀品质，让我感动。他责任心很强，知道自己“在其位当谋其政”。他对我照顾得无微不至，即便有事要暂时离开一会儿，他也要知会我，办完就立即归来。由于我夜间要小解和喝水，或有紧急情况叫医护，他就无法脱衣睡觉。他总是严格按照护理中心的要求，每晚9点才将护工专用的折叠床打开，然后从储物柜里取出他的被子，解开包了几层的塑料布后，才将被子取出；洗漱完备，便和衣睡下，随时听我叫他。实在说，我看他因我而睡不好觉也是于心不忍，可又不得不叫他，心里不是滋味。可是，不管我哪会叫他，他都会立即起来为我服务。尤其是我术后一周仍不能排便，采取灌肠等措施后，他像熟练的护士一样为我清理、擦洗多次。我没有儿子，在我急需特殊照顾的时候，小姚像儿子一样帮了我，我永远也不会忘记他。为此，在我们最后分手时，我在工资外又送了他500元，含泪表达了我特别的谢意。

护工做的是又脏又累的工作，但他们是有尊严的，也是努力的、进取的，从而所挣的钱是干净的。护理中心规定，每日除三餐各有一小时用餐时间外，其余时间全程陪护，不能离开。但小姚向我提了个要求，每日上午10点他要出去跑步半小时，锻炼身体。我当然应允。农民工里有多少人还能坚持这样良好的习惯？即便有，恐怕也不是很多。每天下午 6 点到 6 点半，他总会接到一个电话，彩铃声是“走西口”，估计是他妻子从顺义打来的。此刻，他总是拿起手机出外接听。我曾对他说：“这走西口也是你的感情寄托。”他憨厚地笑了。可不是嘛，当年晋北的年轻人西出包头，是为了养家糊口，现如今这些农民工从乡下或山沟沟走进大城市，不也是为着同样的目的吗？所不同的只是，那时留在家里的是新婚不久的年轻媳妇，现如今留在家里的却是年迈的双亲和未成年的孩子！

相处久了，小姚不仅从网上知道了我的工作情况和经历，而且也大致知道了我曾经的艰难与不易。他说：“你从农村出来，但没忘本，是个有良心的人。”“良心”是什么？不忘本，知道感恩，懂得回报，我想，主要就是这些吧。我愿他那两个正在读大学的儿子，将来也是有良心的人，庶几书才算没有白读。

据小姚告知，这家医院的陪护中心手下管着 100 多号人，几乎成了一个产业。大量住院病人家中无人陪护，就必须有人从事这项工作。但这项工作往往被俗世看低，认为又脏又累，是伺候人。我却不这么看。我认为，只要是劳动，不管内容是什么，都是光荣伟大的，应该受到尊重。我一生读书写作，不也是用劳动给自己换口饭吃吗？现代文明必须确立“劳动最光荣”的认识。那种怕脏怕累，不想付出，自视劳动低级的人，我的人生经历使我太了解他们了。最终是，我看不起他们！

姚正堂是 4 月 11 日把我送上救护车后分手的。后来他又来过几次电话，问我恢复的情况。据他说，他和他妻子慕会平要在五一前后回家盖房，现在还住在结婚时用的一眼土窑里。我祝福他们，日子能不断得到改善，阖家安康。为了表达对他那位曾经当过村干部的老父亲把儿子教育得这样好而产生的敬意，我让小姚给老人家带去两小瓶牛栏山二锅头酒。现在让我隔空举杯：“老哥，为你有这样一对伟大的儿子和儿媳，咱兄弟俩干了！”

2016 年 7 月 17 日上午于半亩园居

◎ 感世篇

我的生命底色

近来读书，发现不少人好谈“生命底色”。于是也想检视一下自己的生命底色。因为再过两个整月，我将年满64岁，谈这个问题不能算为时过早吧。

想来想去，觉得自己的生命底色似乎可以概括为三句话：不做官，不虚伪，两脚插在泥土里。

第一句话是远离官场。说来也怪，这东西对我没有多少吸引力，我对做学问更感兴趣。坦率地说，作为有42年党龄的共产党员，贫农出身，又是北京大学的研究生毕业，我也曾有从政的机会，但都被我谢绝了。1977年，我在中国科学院北京天文台（今国家天文台）古天文组工作时，曾用“谷天闻”（“古天文”谐音）的笔名，在《北京天文台台刊》上发表了一篇批判“四人帮”的文章。政工组长李焕荣看我比较能写，有意调我去“政工组”工作，但被我以“喜欢搞业务”谢绝了。后来我又考回北大读硕士学位。1985年，我在国家文物局古文献研究室工作，时任副主任韩仲民找我谈话说：“文化部干部司想借你去工作一段时间，可能回来，也可能不回来。”谈话所传达的意思我是明白的。为此，我思考了三天三夜，结论是“不去”。原因有三：一是就我经历过的事情，二是我个人性格太倔。官场更多的是要求服从，而我却常常坚持自己的看法，以致顶撞领导，这是官场所不能容忍的。放弃独立精神，不是我的人生选择。第三，我就是喜欢干业务，想成为有成就的专家学者。那年我36岁，工作正在长进。我想过，我要是进了官场，如果十年八年后站不住，再回到学术界，情况会如何？那时别人学问都已做成，而我却将业务荒疏了，毫无建树，简直是个可怜虫！想到这里，我害怕极了，立时出了一身冷汗。认识明确后，我对韩仲民讲："请转告上级，谢谢组织的关心和爱护，但我更喜欢从事学术研究。"第三次机会是进入新世纪的2003年。好友葛承雍到我所在的中国文物研究所（今为中国文化遗产研究院）任书记。我私下向他表示，只做个人朋友，"不降志，不辱身，不入幕，不干政"。承雍兄通过人事处长表示，希望我能出山，帮他一把。那年我54岁，对从政本就不感兴趣，此刻我还有什么愿望再步入官场？想不到仅仅两年后，风云突变，承雍兄便离开了这里。但既是朋友，我就不会因他的荣辱进退而有所改变，迄今我们仍然是好朋友。退休后，我曾对妻子说过，我此生如果还有什么可以自慰的话，首先是我没有糊里糊涂地走进官场；其次是，学术界虽然也非净土，经常磕磕碰碰，但我决不放弃，一直坚持着，"扛"了下来，才有今天的面貌。我这样说，不是说读书人不可以进入官场，但在我看来，实在是太难了。

再想说说不虚伪。我想活得率真一些。我自小在农村长大，父母均是文盲，所以有时不免粗率，比如骂人。我对于天下黑道、不公平的事情常常愤慨，有时要谩骂，乃至大骂。过去有一位同事说："你是否可以不骂人？"我回以："你见过狗能改变吃屎吗？"不管怎么说，这总不是好事，它是我的缺点之一（还有其他不少缺点）。40多岁时，我也曾经欣赏过一些人的儒雅。可后来发现，这不是可以学的。若去学，必然是东施效颦。再后来，看到鲁迅先生与萧军之间的一段对话，就更坚定了我的认识。萧军是东北人，上世纪30年代在上海与鲁迅先生多有过从。作为东北汉子的萧军，在上海人看来有些粗率。萧军听到了别人的议论，问鲁迅该怎么办。鲁迅先生在一封回信中说："北人爽直，失之于粗；南人儒雅，失之于伪。粗比伪好。"自身就是"南人"的鲁迅，对国人南北差异的分析真真是入木三分。一方水土养一方人。北方人粗犷，是因为山高水猛；南方人细腻，也是因为有涓涓细流的滋润，怎能强求一致？怎能要求西北人去讲吴侬软语？而"粗比伪好"更是鲁迅先生的价值判断，我认同鲁迅先生的说法。让儒雅者继续去儒雅吧，看来我只能是个粗人了。

我是一个不能说假话的人，一说假话就脸红，心里堵得慌。由于说真话，我得罪了不少人，有时把人得罪了我都不知道。但如果因此而得罪了朋友，我只能说，请原谅我的直率，我不是有意的。真得罪了朋友我也会很难过的。

第三是两脚插在泥土里。对于一个农民的儿子，这似乎不成问题，但也不见得。人的一生总处在变化之中，地位不同、利益不同，看问题的视角也会起变化。我虽然成了一个高级知识分子，专家学者，但在骨子里我认为自己仍是一个普通劳动者，与工人做工、农民种田没有多少差别，仅仅是工作方式不同而已。我来自社会底层，是草根中的草根。今天，我地位变了，但我没有理由忘怀那些乡下的农民，以及城市中的底层群众。我思考问题的出发点是，如何有利于国家民族的发展与平民百姓的福祉，不屑于为权贵找说辞，或献媚取悦！那样的事情我坚决不干。我已经多次声明，作为人文知识分子，我不放弃道德坚守，也不放弃言论之责。即便不合时宜，我也要坚持独立精神、自由思想、批判态度和健全人格。这样的态度可能让一些人不舒服，但我只能说，知我罪我，悉听尊便，我就是这副德行了。

我的人生已经走过了大部分时间。在以后的岁月中，我将一如既往，尽力为国家和人民多做有益之事，不危害社会，不损人利己，花干净的钱，绝不与贪污腐败者同流合污，最后，干干净净、安安静静地退出生命舞台。

人的生命真是短暂，想做的事情还多，却不能不考虑自己生命底色的问题了。按照西方人的习惯，自己是可以为自己写墓志铭的。那就让我也试一回吧。只用一句话：他有许多优点，缺点也不少，但他是个真诚的人。

这就是我的生命底色。

2013 年元月 17 日上午于半亩园居

弥勒知我心

大肚能容，容天下难容之事；慈颜常笑，笑世上可笑之人。

这两句称颂弥勒佛的楹联早为人所习知。余生也晚，且生性驽钝，第一次将弥勒佛的可爱形象印入脑际，已是10年前的事。1984年暑夏，中国唐史学会组织了一次“唐宋运河考察”活动，我因缘际会，得以参加。考察从宁波开始，沿运河一路北上，中途访问参观，颇开眼界。到杭州时，我右脚足跟骨质增生发作，行走困难，差不多快成“跛足道人”了。尽管如此，我也舍不得四处游观的机会。那一天细雨霏霏，我独自一人去拜谒天下名刹灵隐寺，因为它不仅驰名遐迩，而且传说还是“济癫”（济公）住持过的地方。不访此寺，岂非此生一大憾事？

我拐着腿，踮着脚，跻身在游观人群之中。刚走入灵隐寺所在的沟口，见不少人到左侧石崖参观佛雕石像，我也混迹其中。看了几处佛雕，虽也各有特色，但印象不深。再往前行，那个身高两米多，大腹便便，笑得咧开了嘴的石雕弥勒佛像，赫然入目。这尊佛雕像借山势雕琢而成，略向后仰，成既看人世，又睹苍天之势，可见雕工之匠心独运。说来也怪，凡是游览到此的人，或许是受弥勒笑颜的感染，都禁不住哈哈大笑一阵。我虽未大笑，但也在足疾折磨的痛苦中笑了一下。

实在说，这次参观除将这尊石雕佛像印入脑际，并且记住了本文开头的那两句楹联，对我的人生却未发生深刻影响。“弥勒知我心”，更确切地说是“我知弥勒心”，则是在8年后的1992年。是年夏，我到厦门大学参加中国唐史学会年会。因小女上高中一年级学习用力过猛，出现低血压栽倒现象，我便带她同往，以便游览休息。会后由厦门直取杭州，再次游览灵隐寺，也就要二拜这尊弥勒佛像。当我再次站在弥勒佛像前时，自感万籁俱寂，物我两无，心神宁谧，净如泓水，好像听到弥勒佛对我在说什么……我似乎听懂了，但似乎又未听懂。回到北京，立刻从市廛买了一尊小型弥勒佛像，久置案头，看看弥勒佛到底要告诉我些什么。

我有一个属于自己的独特习惯：当我伏案工作一天，感到劳累的时候，饭后便不想干事，也不愿看电视，只想躲入我那间书房兼卧室的斗室，连灯也不开，在黑暗中借着室外的余亮，吸着一根烟冥想。此时此刻，面对我的就是案头的弥勒佛像。弥勒对我的教诲就是从这里开始的。

有一天我似乎听到弥勒佛说："人生本也自然，坏事的只有两个字……"

"什么？"我问。"名……利……"这两个字说得又轻又细，可我毕竟还是弄清楚了。

可不是吗，看看这大千世界的芸芸众生，十之八九都在追名逐利。为官者，唯恐位不显达；为文者，只忧名未宏广。围绕着"名""利"二字，演出了多少悲喜剧！可是离开"名""利"二者，我们作为人，都得到了什么？恐怕连真正想过这个问题的人也不多。

实在说，我们得到人的自然属性（并非动物属性）也未免太少了些。自从走入社会那一天，就像一部大机器中的一个渺小零件，必须随同机器进行整体运转，完全由不得自己。人类社会几千年的文明史，其间战争、攻讦、仇恨、杀戮，有多少不是在"名"与"利"的驱动下发生的？人们在盲动中毁坏着这个世界，同时也在践踏着自我。虽然多数人为名利所诱，但也不乏有识之士，古代有，今人也有。

记得年轻时读过白居易的一首诗："日出尘埃飞，群动互营营。营营各何求？无非利与名。"白乐天看人世真是入木三分，寥寥二十字，便把大千世界的众生相暴露得淋漓尽致。他在千余年前的唐代，已把这粉尘世界看了个明白，可叹今天我们多数人还在懵懂着。

说到今人，我对海外孤陋寡闻，但对现在依然健在的两位年过八旬的中国学人，不免由衷地敬佩。一位是学界名宿、北京大学教授季羡林先生；一是人所周知、名闻世界的钱锺书老人。季先生以其深湛的学识和丰富的人生阅历，除了经常撰文探讨东西方文化的未来及其命运，字里行间对“争名于朝，争利于市”者时加呵责。

钱锺书老人更是风趣幽默，有两件事可知其人。一是对记者采访一律婉拒，原则上不让进屋，以免耽误时间。二是当他的小说《围城》被拍成电视剧，有关部门去给他送稿费时，他笑着说：我姓了一辈子“钱”，被“钱”字压得喘不过气来，你们还要给我钱，我何敢当！于是将这笔不菲的稿费送去资助儿童福利事业。“名利”也者，在他眼里真成了浮云。高哉，斯人！

这两位老人到底有何不同，我知也浅，不敢妄议。可是他们的相同之处我似有领悟：常人看人世，多是仰头向上，有权力者、有名者便成了效法的榜样。但他们不然。由于学识渊博，阅历丰富，从而是由上往下，俯瞰人生。禅宗佛教有所谓非理性思维，即站在事物的另一面反观，也许两位老者得着了其中的奥秘？

按照弥勒佛的指点，我时常观察现实生活中“名利”二字是如何坏事的。曾经在我们生活的周围，假烟、假酒、假药、假种子、假化肥……直到假币，到处充斥着“假”。假物的背后是什么？难道不是一些姓“假”的人么？谁能说假物不是虚假人格的外化？也有一些号称为文者，急功近利，剽窃他人的劳动成果，连缀成文，公然署上自己的尊姓大名去发表，企图瞒天过海，不也是为了那个可怜的“名”字么？“名”“利”相较，“利”更是恶的驱动力，具体说来便是“钱”。

钱使不知几多人昏了头，似乎由我们祖宗遗留下来而作为氏族标志的百家姓，现在快要归成一个“钱”姓了。但不要忘记，姓钱的钱钟书却不爱钱，岂非是对那些魂灵已改姓“钱”者的嘲讽？台湾著名女作家陈平（三毛）临终前给友人的一封信中说：活了这么多年，深知人世间的许多事情不是钱能解决的，比如生命、爱情、健康、友谊。其人将死，其言也善，值得认真体味。

又有一天，妻女均已入睡，我辗转反侧，难以成眠，翻身披衣，燃烟静坐。看窗外，月朗星稀；观弥勒，冲我欢笑。很快地，我又进入同弥勒的对话状态。我问：“阿佛，您有什么可笑？”

弥勒说：“笑天下有一班人做不得人。”

这就怪了。人者，直立行走，能劳动，会思维，怎么其中会有一班人做不得人？我苦思冥想，加以仔细观察，发现的确有一班人做不得人，弥勒所言确为不诬。

先说势利小人做不得人。这世间确有一些人十分势利，据我观察，有十分之一二。他们能看得起的只是有权势者，谁人得势，他们便极力巴结讨好，阿谀逢迎，讨其欢心，以受青睐。但权势者一旦失势，他们便换了一副面孔，或冷若冰霜，或怒目相视，更有甚者还会落井下石，以讨新主子的欢心。至于凡人，他们则不屑一顾。在这种人看来，强于自己者是爷爷，弱于自己者则是孙辈。对待爷孙，自然有别。他们自以为得计，游刃有余，却不知失去了做人的尊严，到头来永远是个奴才，甚至是奴才的奴才，没有真正做成人。

传说有这么个故事：乾隆皇帝带着一位大臣进庙拜佛。看到弥勒佛时，乾隆问大臣："他怎么冲着我笑？"大臣说："这是佛对佛笑。"乾隆走到弥勒佛侧面，又看到弥勒笑对大臣，又问："他怎么也冲着你笑？"大臣赶忙说："他笑我永远不能成佛。"我想，这大臣虽善于巴结讨好，却也说对了，因为他连人也做不成，何以还能成佛？

再说出卖人格者做不得人。这类人同势利小人的不同之处，在于他心里并不糊涂，有判断善恶、是非的标准。但在关键时刻，尤其是危难之际，把握不住自己，往往为了眼前利益甚至蝇头小利而出卖自己。大凡世间之事，虽然难于找到绝对的是非界限，但由人类文明的积淀，约定俗成的是非标准，也还是个客观的存在。出卖人格者往往是为了维护自己的既得利益，明知不可为，为保既得利益而违心地为之，最终失去了自己的本来面目，以致戴上了假面具。

"义利之辩"是中国古人吵了几千年的老话题。话题虽老，但生活赋予它的内容却随日月而常新。穷非光荣，但富而失德恐怕更可畏。大凡出卖人格者，多是重利轻义而身居高位之徒。他们不愿替民族负责，也不肯为历史负责。民族道德的沦丧，此类人难辞其咎。

还要说人性扭曲者做不得人。这"人性扭曲"非指失去人的理性，而仅就男女性别而言。当"造物者"创造人间世时，天地、水火、阴阳、男女、乾坤，相辅相成，相生相克，各就其位，自成韵律，本也和谐。后来出现的性别歧视，怕是同人间世的直接统治者为自己一群人的小利益谋算有关。于是乎，又有反叛者。个别的反叛虽很合理，但效果甚微。直至近世，“变了乾坤”，于是最高统治者跃马扬鞭，号召“男人能办到的事，女人也能办得到”，不顾那半边天的生理和心理实际，一味去改变乾坤，而且坤必胜乾。在这种氛围中成长起来的一代女性，不少人缺少“坤”味，且常以“女强人”自诩。君不见“阴盛阳衰”已成为一种时代病！“阳盛阴衰”也好，“阴盛阳衰”也罢，男女平等、阴阳和谐的局面很少出现过。于是乎，男女都不能恰如其分地完成生活赋予的角色。怪不得这地球上常闹气候异常，该热的地方不热，该冷的地方不冷。最终是，女人没有做成人，她的另一半能做得成人么？

去年夏日雨水特别多，但每场雨下的时间都不长。阵雨过后，云开气朗，站在高楼上瞩目京华南城，犹如被雨神淘洗过一般，格外爽目。我在阳台上站了片刻，又回到斗室伏案工作。猛觉得一阵晕眩，出现片刻的昏厥（本有低血压），猛地一怔，似乎又听见弥勒喃喃地问我：

“我肚子大，你知道这是为什么？”

“不知道。”我答。

“因为我心量广大。”

“心量广大”，虽仅四个字，却把这佛教的包容性概括无遗。看来弥勒之所以会成佛，同他大肚能容的确不无关系。我辈凡夫之所以未成佛恐怕心量不大是一重要原因。

心量不大的最常见表现，就是一听到非议自己的话就生气；听到赞扬的话，便眉飞色舞，不能自已。其实可以不必。就凡世而论，谁人人前人不说，谁人背后不说人？虽说六祖慧能早就批评那些“开口即说人是非”的人，但妄议是非者依然大有人在。这妄议的话有时就会传到被议者的耳中，而且中间还可能经过了改造加工的程序。于是乎，被议者便不堪忍受，以致暴跳如雷。

试想，自己的脑袋长在自己的脖颈上，别人的嘴长在人家的脸上，怎么能要求这二者保持一致？你听到的只是很小的一部分，更多的话你不可能听到，难道你都想听到不成？何必用别人的话支配自己？关键是你自己是否心地坦荡，问心无愧。

古代思想家张载曾用四个字概括人生：“生顺没宁。”生在世，顺其自然；辞人世，心安理得。清代的墓志铭常用此四字称赞墓主人生。或者主人生前未必做到，但作为人生哲理怕是不无道理。

心量不大的又一表现，是相互攀比。人家有的，我便想有，在物质生活方面尤其如此。时下人们常用的一个词是“潇洒”。似乎进了卡拉OK厅，挥霍过一次才算潇洒。其实也未必然。潇洒不潇洒只是一种自我感受。人生价值取向不同，寄托有异，只要做了自己喜欢而无害的事情，自应感到潇洒。小青年有兴趣去夜总会，自我感觉很潇洒。我辈穷读书人，在书店买到一本喜欢的书，爱不释手，玩味不尽，那种感受谁能说次于去夜总会？还有……

由于弥勒佛的点化，于是乎，我也就明白了“平平淡淡才是真”“天下事了犹未了，何不以不了了之”这些个至理名言的意义。我也初步懂得了该如何自处：不以物喜，不为己悲，率真自然，坦荡自如，不求辉煌，但愿无悔。

忽有一日，我突发奇想，问弥勒佛：“我能成佛么？”弥勒答曰：“我无法知道。但有一言相告：‘不悟佛是众生，悟即众生是佛。’”

“阿弥陀佛！”我心领了。

1994年12月8日于香港中文大学

简单生活的富有

那一刻，我的心灵被猛烈一击，震荡的余波经久不息。

2006年的岁末，敦煌研究院在兰州召开“《敦煌研究》出版100期座谈会”，我受邀前往恭贺，恭逢盛会。由于扩建后的甘肃省博物馆不日重开，作为对与会者的优礼，我们便获得了提早进馆参观的机会。实在说，无论是第一展厅的“丝绸之路与河西历史”，还是第二展厅的地质专题，给我的感觉都未免平平。但当我跨入第三展厅的“彩陶文化”时，眼前却陡然为之一亮，心扉被深深地撼动了。

的确是不想移动脚步，期盼多伫立一些时光。可参观是集体行动，后面还有别的日程，只好依依不舍地暂时别离。回京后，那一份牵挂与留恋久难释怀，只得托该馆的李永平君帮我搞一本彩陶图册。永平君满足了我的希望，填饱了我的辘辘饥肠。

当我反复省览这些生活在8000年前的先民作品时，我似乎听到了他们无声的言说。也许因为我不是考古学家，更不是美术史家，所以才能读出那些专家们难以品出的内容，那些只有心与心的碰撞才能感知的音符。

8000年前，那可是365天多一周期的8000次轮转！生活在黄河中上游的中华先民还过着半地穴式的早期定居生活：圈养的几头猪猡便是一个家庭的主要财富；几个彩陶罐满装着尚未脱皮的粟米，就可以让一家人无虑无忧；从附近的河沟里用陶制尖底瓶拎几瓶清冽的流水，无异于美浆醍醐；也许身上只有兽皮和简单的织物裹肤，一条河中新摸出的鲜鱼熬汤便成为全家人的豪宴。谁能说物质已经十分丰富？窘困与挨饿的日子还未曾间断。可是，无论物质生活多么简单，都没有妨碍先民们对生活的热爱、对美的追求和对未来的希冀。

爱生活，那是记录在陶罐与陶制器物图案上的。各种各样的鱼形图案是彩陶文化的重要主题。如果说普通河鱼主要担负着满足口腹之需的功能，那么，鲵鱼（娃娃鱼）纹屡屡被描绘在彩陶瓶上，就只能体现早期人类对与人类有相似之处的动物的特殊关爱了。因为，他们从鲵鱼身上看到的不仅是鱼，而且是自己。

头角分岔的奔鹿被描绘在陶瓶面上，不仅是对现实狩猎生活的记录，而且鹿茸的滋补功能在先民们传宗接代的生殖活动中，或许早已发挥过作用，从而使他们念念不忘。我一直不能索解的是，为什么彩陶的主色调是红、黑二色？凭着自己对颜色所有的一知半解，或许可以作这样的理解：红色象征着炽热与昂扬、进取与奔放，尤其是偾张血脉中的红色更是生命的基调；黑色则显得庄严与凝重，认真与朴拙。那就是说，红、黑二色所表达的正是先民们对生活的热爱与认真，因为他们还不想也没有学会“游戏人生”。

爱美，也许可以看作是人类的本能。谁也不能否认，陶制器皿的第一功能是实用：或是用于炊饭，或是拿来盛谷，或是以之取水，或是用于喝粥。不管怎么说，都有基本的实用价值。既如此，涂抹上简单的红色，或者干脆不涂任何颜色，素面朝天，也不妨碍它的实用功能。可是，人类若是仅仅停留在这一层次，那就永远也长不大了。于是乎你会看到：“手纹羊头形把手彩陶方杯”出现了，“太阳纹双钩纹彩陶罐”问世了，“蜥蜴纹彩陶罐”诞生了，“倒三角纹圜底彩陶罐”画成了，“鱼形彩陶埙”奏响了。真是多姿多彩，琳琅满目，“各村有各村的高招”。美，植根在中华先民的心里，展现在众多的彩陶作品上。虽然说，那些描画在红色敷底的陶器上的黑色线条，有的工细，有的也不免粗疏简约，但都不能阻挡古人对美的追求与表达。因为生活早就证明，真理是朴素的，幸福也是朴素的，美更是朴素的，大美更以简约为特征。君不见，奥运会五环旗图案是迄今所有设计图案中最简单的一种，可它的寓意却是人类历史上空前绝后的。这里，我不禁想起了“颓院芳草”和“陋巷美人”所彰显的美学意义。如果说这两种美是文明社会的美学韵致，并以反差为特征，那么彩陶文化的美，则是朴拙之美，是神韵之美，从而是一种大美。

我从彩陶文化中读出的还有古人对未来的期盼与希冀。古往今来的哲学家们，面对的哲学命题之一是生命的意义。可是不管作怎样的回答，都得承认，人是生活在希望之中的。没有希望，生命是难以存续下去的。从这个意义上去观察，你便不难理解为何不少陶器以鸟形为特征：祁家坪出土的“红陶鸟形器”，华林坪出土的“神人纹彩陶鸟形壶”，鸳鸯池出土的“折带网线纹彩陶鸟形壶”，永登河桥出土的“鸟形壶”等。鸟的形状成了先民们酷爱的形状之一。比起正方与正圆来说，鸟的形状和重心是偏斜的。可是，正方与正圆的物体却难于飞翔。冬去春来的候鸟，为数众多的留鸟，在长空展翅翱翔的风姿无疑给古人留下美好的思绪，渴望自己也能展翅长空，鹏程万里。从审美的角度来说，鸟的灵动与轻盈，无疑是美丽和富于诗意的。这使我联想到，如果地球围绕太阳旋转的轨道不是椭圆，而是一个正圆形，并且地轴也不倾斜，还会有寒来暑往，草木荣枯，姹紫嫣红吗？或许这正是鸟形陶器的偏斜形状被特别看重的原因，亦未可知。

在众多彩陶中，我还特别注意到广河县祁家坪出土的那件“浮雕龙纹红陶罐”。比起故宫博物院和大同九龙壁上龙的形象，这件4000年前的红陶罐上的龙形无疑是简单原始的。我知道它恐怕不是已知最早的中国龙图形，但至少它是中华先民早期的龙图形之一。如果说鸟是现实生活中司空见惯的动物，那么这种早期的龙，与后世定型的龙图案一样，都是不曾存在的，从而具有了抽象的宗教学和文化符号的意义。而据知，中国最早的龙是七八千年前就已产生的。可是据报载，不久前某大学教授提出中国人应该放弃以龙为文化符号，理由是西方人对龙不看好。但据我所知，8000年前中国人开始以龙为图腾，并寄托自己对吉祥的渴盼和希冀时，东西方人彼此还不知道对方的存在呢。我们有必要以别人的好恶作为文化判断的标准吗？

我不知道我在近期能否再次获得赴兰州的机会。若能成行，就还想再去甘肃省博物馆细细品味彩陶文化的韵致。因为这些丰富多彩的陶器告诉我，简单的物质生活并不妨碍精神的富有；追求物质生活的富有也无可厚非，但仅有物质的富有和充盈却远远不够。

2007年2月18日于半亩园居

平安是福

时下大多数人的感觉是，虽然物质生活充盈了，但并不觉得幸福，以至于央视主持人白岩松以“幸福了吗” 为书名出版了他的新作。

转型期的中国人普遍处在焦虑之中。房子、车子、子女上学，高额医疗费用，等等，使多数平民百姓觉得如同坐在一盆炭火上，心浮气躁，不得安宁。我曾经调侃地说：中国人是在风风火火地奔小康。可以说，人们普遍地是心不静，也不净，自然就很难会有幸福感。

我也不止一次地问自己：你幸福吗？似乎无法做出明确的回答。我出生在一个极端贫苦的农民家庭，最终以二级教授退休；女儿受到良好的教育，职业身份是美国律师；有一个安定的家，妻子是自己的大学同班同学，从认识到今日，共同度过了 39 个春秋，虽也磕磕碰碰，但终能相扶相携，而且都希望白头到老；有房有车，还有足以养老的储备。我幸福吗？我不幸福吗？在别人眼里，这无论如何都是很幸福的，但我却不能回答得很明确。这是为什么？

突然间想起人们耳熟能详的那四个字：平安是福。

平安是相对于不平安说的。汉语词典给“平安”的解释是：指生活得平稳、安全。不平安自然是不平稳、不安全。让我举一些生活中不平稳、不安全的因素：

自然灾害。远的不说，就是进入 21 世纪以来，在全球范围里，我们已经历了印度洋海啸、海地大地震、智利大地震、汶川大地震、玉树地震、新西兰地震、舟曲泥石流，以及此刻正在发生的日本大地震和凶残无比的海啸……

疾病。据媒体报道，中国有1600万重度精神病人，400多万白血病患者，以及其他各类病人，据说占总人口的16%左右。其中有些病能治，有些病在现有医学条件下，几乎没有治愈的希望。

车祸。官方报道，中国每年车祸死亡人数接近10万，致残的数字恐怕更大。如此说来，进入21世纪的头10年，中国几乎已有近百万人死于车祸，至少殃及百万个家庭，旁及他们的亲属，受害者几近千万！

低劣的物质生活。如用联合国的最低生活标准去考量，中国仍有约1.5亿人口生活在绝对贫困线以下，占全国人口的10%还多。

还有……

我想没有必要再细述那些不平安的因素了吧，因为每一个人都能举出很多。而当那些长久的痛苦或突然降临的灾祸发生时，带给我们的怕是切肤的伤和永久的痛。这时候，我们会感觉幸福吗？

当前人们最核心的生活内容似乎是对物质的追求，突出的是房子、车子与票子。可是：房子是不是越大越好呢？有道是：睡觉只需七尺床。季羡林先生说，他到印度访问，东道主为表示热情，让他睡在一个篮球场大小的房间里，他觉得很不舒服。试想，如果我们在首都体育馆那样大的房间里安一张床，让你睡一个晚上，你会是何感受？

车子档次越高越好吗？有道是：再好的汽车也是四个轮子。当然，也有更高档的，可能比四个轮子多。但无论如何它都是用来代步的。我年轻时教过的家乡学童，如今担任村长多年。他听说我只用一辆“菲亚特”车，认为同我身份不符，劝我换一辆。当然这是一番好意。可是，原本用于代步的汽车一旦身份化，人的心灵还不扭曲吗？

票子越多越好吗？在计划经济时代，我们口袋里有多种票证：人民币（票子）、粮票、油票、布票、棉花票、工业券，等等。进入市场经济时代，诸票归一，只需人民币即可。但它对人们的衣食住行变得十分重要，尤其在一线城市，没有它，几乎寸步难行，所谓“长安居，大不易”，此之谓也。可是，钱是否越多越好呢？我看不是。近20年来，我们看到许多大大小小的贪官都被他们获取的不义之财埋葬掉了。不义的票子，最终变成祭奠他们丑恶亡灵的冥币。也许有人会认为，我不犯法，靠劳动获取，钱多有什么不好？可是，实际上一个人的需求是有限的，多余的财富是带不走的，“装尸的衣服没有口袋”，多余的都要留下，那何必去无限地追求呢？

话还得说回来，我们需要平安，可是生活中却有那么多的不平安因素；我们需要幸福，可是不幸却时时袭来。无怪乎晋人羊祜说“不如意事，十之八九”；无怪乎宋代词人辛弃疾也说“肘后俄生柳，叹人生，不如意事，十常八九”。正因如此，国民党元老于右任先生才写出那副有名的对联：“不记八九，常思一二。”因为人生在世，不如意、不感觉幸福的事占据了主流，就像有人所说：幸福就是刀刃上的一点蜜，少舔会感觉甜，舔多了就只有受伤的份。

平安之所以是福，是因为我们经历了那么多的不平安，以及可能还有新的不平安在前面等着我们。比起那么多的不平安，平稳、安全便成了人生第一大福。于是乎，当你与家人、朋友在一起吃一顿可口的饭菜时，你应该感觉幸福；当你周末与家人一起去公园游览一次，你应该感觉幸福；当你辛劳一天，带着疲惫走进家门，亲人递给你一杯水时，你应该感觉幸福。因为这些小事情都在平安范畴。如果你能做这样的理解，就会认识到，噢，幸福原来很朴素，并非高不可及；幸福无处不在，只是要善于发现和把握而已，从而应该学会惜福。

“平安是福”，这是经过多少代人的苦难提炼出来的至理名言，又是多么富有智慧的人生感悟，还是多么重要的座右铭！

愿好人一生平安，只因平安是福。

2011年3月14日晨（差三天62岁）于半亩园居

“听人劝”真能“吃饱饭”

俗话说：“听人劝，吃饱饭。”如今我已年过六旬，退休居家。除了继续进行学术研究外，作为过来人，也常常会回忆自己的人生经历。结果发现，在我人生的几个重要节点上，我的选择都与师友的建言有关，从而觉得“听人劝，吃饱饭”这句话很有道理。

请允许我逐次道来。

第一次“听人劝”是在1965年我初中毕业时。我出生在一个极端贫困的农家，1962年我考进山西稷山中学，可以说，那是县里最好的中学了。我家距学校20来里。当时除了县城学生，我们全是住校生，每月要缴8元伙食费。这8元钱，对于我那个穷家来说，实在太难办了。父亲脸上的愁云，母亲无理由的责骂，50年后的今天仍历历在目。多少次因为拿不到饭钱，我哭着走出家门。好不容易熬到初中快毕业了，眼看我那个穷家再也不可能供我念书，而我自己又想上学，“贼心”不死，可是却看不见路在哪里，非常苦闷。正在这时候，我的数学老师、来自福建三明市的邓象图先生对我说：“你学业这么好，如果上不起高中，就念中专吧，国家管饭吃，不然太可惜了。”作为父母全是文盲的农家子弟，我哪里知道还有“上中专国家管饭吃”这一说。邓老师的话真像醍醐灌顶，让我在愁闷和黑暗中见到了一线光明。当时中考可以填报7个志愿，为了能上学而且有饭吃，我报的全是中专，最终以高分被山西运城师范录取。虽说我也不很如意，但毕竟能上学，而且也不要家里出饭钱了。更让人意想不到的是，我1965年进师范，1966年“文化大革命”

就开始了，一切处于非正常状态。1968 年毕业时，原本家境稍好，考上高中，准备以后上大学的学生（我初中同班同学就有同在运城而上运城一中或康杰中学的），却因大学停招而只得回家务农。我这个因家贫而上中专者，反而分配到一份教师工作。天哪！命运竟然如此捉弄草民！行文至此，我对邓老师的怀念和感激之情无以言表。邓老师退休后未回福建，听说在稷山找了个老伴，身后就安葬在稷山县。邓老师，请允许学生向您深深地鞠一躬，并道声“谢谢”。

第二次“听人劝”与考研究生有关。师范毕业后，我在原籍教了两年书，又当了一年公社团委副书记，获得机会，成为北大历史系的工农兵学员。1975 年毕业后，被分配到中国科学院北京天文台古天文组学习和研究天文学史。当时中国科学院二局协调相关单位，组织了一个“中国天文学史整理研究小组”，我忝列其中，年岁最小。我有幸同后来在学术界享有盛名的一些学者如席泽宗、薄树人、郑文光、陈美东、陈久金、卢央、徐振韬、张培瑜诸位先生在一起相处四年。我的学习热情受到老师们的肯定，也写了几篇习作。但越往深里搞，就越发现自己数理知识不够，根源在于我是文科出身。自忖如果长期下去，必无大的作为，因此想回归历史学领域。当时，经过王汝丰老师的帮助，我与中国社会科学院历史研究所已经谈妥，准备调往历史所工作。恰在此时，陈久金先生对我说：“我看，你如果想改变自己的处境，最好还是再上一次学。”这时是 1979 年年初。

此时恢复高考已经一年多，我也已结婚成家，而且有了孩子，生活非常艰难。我原本只想改变一下自己的工作方向，没有任何再上学的想法。所以，陈先生的建议让我感到十分突然，一头雾水。但我并未不在意他的建议，而是十分看重。我一直在想，陈先生为何要这么看？我是否真有再上一次学的必要？想得寝食难安。不久，我们在厦门鼓浪屿举办全国天文学史研讨会，我一边帮助办会务，一边自学英语，一边继续琢磨这件事。会议快结束时，终于下定决心去考研究生。掐指一算，离考试只有 62 天了，我立即着急起来。会后不少人在返京的路上停留参观，而我直奔北京，向家人宣布了这一决定，并要求配合。那年我正好 30 岁，年富力强，真是不分白天黑夜，玩命备考。当年教育部规定，5 门功课必须满 300 分才能录取。我以 372 分的成绩，正式考回北京大学历史系，攻读硕士学位。如果说第一次进北大三年，正处于“文化大革命”时期，学到的东西十分有限，对我来说，其作用主要是开阔了视野；那么，攻读研究生三年，终于使我摸到了学术研究的门径，成就了我的事业。可以说，我的人生、事业和基本价值观都是在北京大学形成的。我非常感谢母校对我的栽培，总想用出色的成绩回报她。虽然我对自己的工作依旧不太满意，但是用以回报母校却还是可以说得过去的。当然，我也十分感谢陈久金先生的建言，在我人生的十字路口上，他的肺腑之言起了决定性作用。12 年前，我在陈先生退休座谈会上，当众向陈先生表达了我的感激之情，而且没齿不忘。

第三次“听人劝”却不是为我自己，而是为我女儿出国留学一事。女儿 1998 年从北京大学法律系毕业，经过我同门师弟王宏志教授的引荐，进入美国高特律师事务所北京办事处供职，直接受雇于陶景洲律师，在尹小微律师带领下工作。女儿在念大学本科的后期，我已几次提醒她要有出国留学的打算。但她很不理解，反而说“爸爸怎么老赶我走呢”。我为什么会有让女儿出国留学的念头？这绝不是去赶什么热潮，而是由于我在北大上学时看到，虽然历史、中文二系各有两位令我钦羡敬慕的师长，且成就都很卓著。但我暗中比较他们的学识，发现留学归来者比国内学成者思路宽广许多。我虽然有幸在北大上学 6 年多，但缺少西学教育，知识结构有欠缺。出于这一认识，我想让女儿出国学习一下，成为一个真正的有用之人。没想到她未能接受我的意见。在高特律师事务所工作 3 年之后，由于身边几乎全是留学归来的硕士和博士，女儿感到自己的学历太低了，初步有了出国留学的念头。2001 年春节，尹律师一家和我们一家聚餐。餐桌上尹律师说：“这孩子如果能去美国留学一次，取得美国律师资格，后面就会一路坦途。”对我来说，尹律师的建言是我们这次聚餐的最大收获。几个月后，女儿向我表达了她想去美国留学的愿望，我表示全力支持。2002 年 7 月 19 日，女儿负笈去美，到宾夕法尼亚大学法学院攻读研究生，一年后取得硕士学位，10 天后又参加全美律师资格考试，一次通过，成为一名具有美国律师资格的执业律师。如今，她在香港证监会做高级经理，而且取得了无限期聘任（终身职位），而这一切均有她的留美经历和美国律师资格垫底。作为父亲，我也为把女儿培养成才而欣慰。现在，我要郑重地说一句：“尹律师，谢谢你！”

从上面的介绍中你可以看到，在我人生中有三次（其中一次是为女儿）最后的决断，是听取师友的建议做出的，从而对我和女儿的成长关系至巨。这三次建言改变了我和女儿的人生暨命运。我得感谢他们，永远感谢！那么，为什么他们的建言这么重要呢？这是由于他们是过来人，在其时其地，他们都比我阅历丰富，具有相关的人生经验，知道该怎么办，所谓“老马识途”也者。而我这匹“小马”还算虚心，能够听得进他们的话，否则，他们的话再重要也是白搭。

那么，在人生之旅上，是否别人的建议都要接受呢？也未必。科学史家、已故中科院院士席泽宗教授是因坚决不听劝告才成功的。他上初高中时，曾得到其三姨父的资助。高中毕业后，三姨父劝他到税务所当一个税务员，他却想考大学，二人认识发生分歧，以至翻脸。为了考上大学，他曾在南京行乞 20 余日。经历了许多磨难，终于使太空中的一颗小行星以“席泽宗星”的名义在宇宙旋转。这里要特别说明的是，长者或师友的建言，也只是建议，能否听得进以及最终成败，都需要当事人自己去决断并承担后果。接受别人的建议，成功了固然好，失败了却不能归罪于建言者。因为别人提建议是出于好意，没有义务为你承担后果。也因为建议不同于命令，命令是必须服从的，所以本人不必承担全部责任；建议却是可听可不听的事，怎么能让人家承担后果呢？

我想，每个人都会有过处在人生十字路口的经历，需要选择，需要判断，尤其是在年轻的时候。当你处在人生节点上时，有人给你以建议，与你讨论，那真是一件十分幸福的事。最可怕的是，自己不知不懂，又不听劝告，像无头苍蝇一样四处瞎撞，那样，不碰得头破血流才怪呢。

“听人劝，吃饱饭。” 难道不是吗？

2011 年 6 月 6 日于半亩园居

给自己留条路

“远亲不如近邻”，这是一句耳熟能详的民间话语。可是，一旦具体到日常生活，人们就未必全能用这个思想指导自己做人行事。许多时候，都是为了一些鸡毛蒜皮的事，让邻里关系蒙上阴影，久久不快，以至于关键时刻都无法开口求助。

不久前经历的一件事给了我不少启示。那天时近中午，我和老伴正在一楼厨房准备午餐，突然门铃声不断响起。我将一楼铁门开了个缝，朝院子大门喊道：“哪一位？”“叔叔，快！”我一听是对门家的中年主妇，就对老伴说：“你去看一下。”这并非我懒惰，而是因患腰椎病，行走不便。老伴穿上我的羽绒服，赶向院门外。只见她开门后，又匆匆返回院子，拿走一根竹竿。我很纳闷，于是上了二楼阳台，想看个究竟。只见老伴再次进来，换了一根长木杆。我问：“怎么回事？”她告知，对门主妇不意间将一楼铁门撞上了，进不去，炉子上还点着火。我当即说：“必要时先砸开一块窗玻璃。”突然我又意识到，对门邻居与我家一样，所有窗户都安装了铁护栏，此刻砸窗户是无用的。于是，我决定立即赶过去，看能否帮上忙。当我急匆匆赶去时，老伴和对门主妇已将纱窗撕开一个洞，力图将主妇的棉衣从卧室挑出来。因为主妇记得钥匙在自己棉袄口袋里。于是我上手帮助。我抓住棉袄后，主妇疯了般将棉袄揪出来找钥匙。真幸运，钥匙果然在她口袋里。她拿到后，又疯狂地用钥匙开门。我劝她沉住气，她说：“灶上点着火呢，会把我房子烧了。”她手忙脚乱，总算把门打开了。我同她直奔厨房，她急切地关上两个仍在燃烧的灶火，此时室内已散布浓烟，她也是汗流如雨了。无论如何，一场可能发生的火灾总算避免了。我们又安慰了她几句，才返回自己的家。

这真是不幸中的万幸。原来当日主妇一人在家，她在炉子上炖了两条鱼。利用空隙时间，她洗了个头，又想把两个筐的垃圾倒到院子的垃圾袋里。不想刚一出门，铁门就撞上了。而此时厨灶上烧着火，能不急死人么？

也幸好，那天我们老两口都在家；更幸运的是，因前段家里施工维修房子，木工留下了一根近5米长的木杆，能够得上她放在卧室墙角的羽绒服；还幸好，她的钥匙就在她的棉衣口袋里——总之，一场可能发生的火灾被排除了。

经过这件事，我想，我们平时与邻里相处，是否太看重自己的小利益了？如果大家为许多小事斤斤计较，互不宽容，以致伤了和气，紧急情况下还能求助邻里，或伸出援手吗？

还得给自己留条路。尽管这句话境界不一定很高。

2011年元月20日于半亩园居

走中道

昨天，我到保利大厦参加了老友、陶瓷研究专家权奎山教授的追思会。会上，我听到了北大考古文博学院师生对权奎山人品和敬业精神的赞誉，也听到来自江西景德镇文物考古部门的专业人士对权兄忘我工作精神的追捧。我在发言中除了肯定老权的学术贡献以及生命绽放出的光彩，同时提醒大家，我们每个人的身体——这是一台机器，不是可以无限损耗的，要注意劳逸结合。如果多活 20 年，我们还可以为国家、为社会和学术做出更多的贡献。

我说得对吗？回来后我一直在思索自己的话，掂量它是否中肯，是否会让人不快。

我这一生已在文物部门工作了 30 多年。这项工作，除了集体项目，严格说来，属于个体劳动。所以每个人对工作持什么态度，如何工作，几乎全凭自己的良心。我确实看到个别人拿着国家的薪水（当然来自民脂民膏），却不努力工作。他们东游西荡，脑子里有许多与自己工作不相干的事情。有些人以高干子弟自居，热衷插手上级主管部门的派系斗争，心思并未放在学术研究上；有的人在单位占个位置，暗中却在外面有另一摊，体制内外的好处一个也不放弃。实在说，我对此类人是看不起的，甚至是厌恶的。人是需要敬业的，要有职业道德。中国古代好多行业有“行业神”，文行有孔子，武行有关羽，木工有鲁班，史行有太史简和董狐，都是提倡敬业精神的。个人认为，在任何时候，敬业爱岗都没有错，应该受到尊敬。

但同时我也看到，由于长期以来官方刻意宣传“无私奉献”“忘我工作”“毫不利己，专门利人”，也确有许多人工作达到了痴迷的程度。根据追思会上大家谈到的情况，以及私底下权夫人付文森女士的介绍，权兄在生命的最后时刻，连话也不能讲的情况下，写在纸上的却是：“我很遗憾，我的很多事情没做完。”当我第一次听到这个遗言之后，心里好生难过和悲凉，因为这又是一个“此生未完成者”！对我触动很大的，还有比我年长的本家侄子邓克家教授。作为医生，克家的爱岗敬业是有口皆碑的。但他和权兄一样，都在 63 岁时就走了。往更大范围看，还有不久前走掉的邓正来先生，至少今天《南方周末》所刊周国平的怀念文章说，邓正来是“累死的”（57 岁）。其实，这几位都是“累死的”。

这样，我在上面就胪列出两种工作态度：消极混日子和过分投入、敬业。前者固不可取，后者是否就十分正确呢？可否还有第三种职业态度？

有。我两度就读于北京大学，受北大影响很深。人们知道，冯友兰先生是大哲学史家，活了 95 岁，成就巨大。据他女儿冯宗璞介绍，他信奉“日出而作，日入而息”，白天努力工作，天黑了就休息。历史系祝总斌教授是我的老师，他亲口对我讲，他也是白天抓紧工作，晚上不干活，今年也已进入了 84 岁。受上述二位师长的启发，我自 1991 年病过一年之后，也改变了工作方式，白天干活，晚上休息，连一封信也不写。如果我仍旧坚持病前那种三段式工作，直到夜里 12 点才收工，恐怕我早就跟这个世界告别了。

简言之，就是要有劳有逸，劳逸结合，不能一直把弦绷得那么紧。绷得很紧，日子久了，不就会断么？古语云：“一张一弛，文武之道。”此之谓也。

除了工作方面，在我心中不断思索的还有如何做好事，帮助别人。

就我 64 年的人生阅历而言，极端自私的人我是遇到过的。这种人灵魂生蛆，只知有己，不顾他人，真实的生活理念是“人不为己，天诛地灭”。这样的灵魂是丑陋的，是被唾弃的，活得年岁再大，意义也很有限。

但是近年来我从媒体上还看到一些“毫不利己，专门利人”的践行者。我举三个真实的例子。一是内蒙古的边志惠女士。为了改变家乡教育落后的状况，她借债办学，最终欠债达 500 万元。二是列入“感动中国人物”的丛飞先生（已故）。他生前靠演唱挣钱，前后帮过边远贫困地区 270 多个孩子上学，以致未能为父母尽孝，也未为妻儿尽责，身后欠债达 17 万元。第三位是北京的刘学军先生。孩子一岁时，他因不把工资拿回家，而是送给了需要帮助的人，结果造成夫妻离异。此公50多岁了，为帮助一个农民换肾，卖掉了自己的住房，眼下正在用剩余的钱租房居住。

上面这两种人是否也是两个极端？绝对自私者固然可耻，为做好事而大量欠债以至于快到了无房可住的地步，是否就应该提倡？

坦白地说，我鄙视前一种人，但也学不了后一种人。必须承认，当我们在这个世上生活的时候，我们对父母儿女是有责任的，除了条件不允许，总要努力让他们过得好一点。这不仅是人类伦理道德的基本要求，而且也有法律的明文规定。我希望每一个做好事的人，都先去完成自己应该承担的责任和义务。如果觉得自己还有余力，乐意帮助别人，当然是值得肯定和鼓励的。不顾及自己应尽的责任和义务，反而一味地在外面“做好事”，我觉得并不可取，也不应当提倡。

前面我讲了两种工作态度和两种处世行为准则。实在说，它们都带有极端性。“毫不利己，专门利人”的“毫不”和“专门”，在认识论上都是带有极端性的，从而易于形成偏执型人格。按照这个思维方式，人们便无法找到中间地段。但实在说，中国古代的“中庸”思想，佛教的“中道”观，以及佛教的理念“自利、利他”，倡导的全是选择中间地段。就工作态度来说，走中间地段，可以乐享天年，从而能够多做贡献；就做好事而言，走中间地段，生活就会和谐很多，至少不会使自己成为社会和他人的负担。

所以，我主张“走中道”。那么，你呢？

2013年3月23日下午于半亩园居

要承认自己有所不能

当代有许多成功人士，在介绍自己的成功经验或曰人生经验时，都强调要自信：“我能！”但我却想，我们每个人都不仅要认为自己有所“能”，而且更要承认自己有所“不能”。

人之所以有所不能，首先在于知识具有无限性，而个体生命却十分短暂。以有限之生命，面对无限之知识，你就会感到个体生命的卑微和渺小。

人之所以会有所不能，还在于在人生舞台的许多领域仅有勤奋是远远不够的，相反，天赋在其中所占比重却很大，比如音乐、舞蹈和绘画。据我观察，在这些领域，如果缺乏先天资质，仅靠勤奋是不可能成功的。

当然，人有所不能，也就必然有所能。那么，什么是自己“能”的范畴呢？大千世界，芸芸众生，每个人天赋、性格、家庭和教育背景，千差万别，个人能力之所在也就会五花八门，无法一概而论。重要的是，要认清自己的“能”之所在，扬长避短，才能有比较好的发挥，以至于获取生命价值的最大实现。

如果我们能认识到自己有所能有所不能，那就会有所为而有所不为。只有有所不为，才能真正有所为。如果我们能够清醒地认识到哪些地方属于自己不能的范畴，就不要在这些地方瞎用力气，因为那是对生命的浪费，从而把精力用在自己能做也可能做好的事情上，争取有所作为，有所贡献，获取成功。

如果我们真正认清了自己的“能”之所在，那也就会坚持做事“守一”的原则。人生苦短，一辈子能做成一件事就很不易。前期要受教育，后期身体日衰，走下坡路，掐头去尾，真正能用于工作的时间十分有限。只有集中精力，在一个方面下苦功夫，才有成功的可能。不信，你可以静下心来，把各行各业的成功人士细数一下，几乎莫不如是。

我之所以强调每个人都应该承认自己有所不能，是因为我看到某些成功人士，过分夸大了自己的能力，在某一方面已经“能”了，似乎在别的方面也“能”。于是，越界行事，随便发表意见，受到诟病，以致产生悲剧。

其实，关于每个人都“有所不能”，孔夫子早就说过：“五十而知天命。”如果说人在 50 岁前，对自己还缺乏清楚的认识，那么活过了 50 年，经历了人生的酸甜苦辣，就应该比较清醒了。北大中文系陈平原教授说，所谓“五十而知天命”，就是要知道自己的局限性。这同我说的认识自己“有所不能”是一个意思。当然，我所说的要有这样的认识自觉，不限于 50 岁，而是一生中都应该明白，尤其是在 20 岁上下刚刚步入生活的时候。至于说到了 50 岁，都还未认识到自己有所不能，那也就十分可悲了。

我们每个人都有所能，但不能的地方却更多。在自己“能”的地方去发挥，力戒在“不能”的领域用力气或乱说话。这个事情你想过吗？

2013 年 7 月 17 日下午于北京麦子店家

人生第一课

人在世上活一辈子，有好多次第一回上课，进幼儿园要上第一课，进小学、中学、大学，乃至读研究生，都会有第一课。但所有这些第一课，都比不上“人生第一课”。

人生第一课的内容是什么？简单地说，就是四个字：“吃苦奋斗。”这一课讲多长时间？45 分钟还是两小时？答曰：是一辈子。只要还活着，这一课就没上完。

这是我积 64 年的人生经历形成的认识。我自幼家贫，稍一懂事，就发现自己家庭十分贫困，父母经常争吵，所谓“穷吵”不断。因此，七八岁时就有了“努力奋斗”的意识。如果说还从父母那里受过什么关键性教育的话，那就是母亲经常说“勤勤（勤快之意）饿不死”。即使我有别的什么缺点，但我还可以说我不是个懒人。第一次在北大读书时，周末我只歇半天，洗洗衣服之类，其他时间都在学习。后来又去读研，平时住校学习，周末回家帮妻子带孩子，洗洗涮涮。其间因经济窘迫而承受的各种苦楚，真真是难以为外人道。20 世纪 70 年代，我曾与南京大学天文系卢央老师在一起工作过几年。卢老师知道我当时的处境。他半调侃地说：“你就像 18 世纪法国的农村青年到巴黎闯世界，可能成功，也可能碰得头破血流。”如今，我虽不敢以成功者自居，但至少不是一个失败者。

妻子孙雅荣也出自寒门。我曾经问她：“你小的时候，父母教育过你要吃苦奋斗吗？”她瞪着我说：“自己家穷，还不懂得努力？这还需要别人说吗？”实在说，她比我还能吃苦。我曾经在俄罗斯对山东一位女士当面说我妻子：“这位特别能吃苦。”这并非夸张之词，而是我内心的真实看法。

至于我们的独女，也是一位极能吃苦的主儿。她是中国第一批独生子女，实在说，我没有刻意教她应该吃苦。相信她自打记事起，父母是如何做的，她完全看得见。具体细节这里不多说。

但是，令我深感遗憾的是，我兄妹两家的孩子吃苦精神不够。20 世纪 80 年代中期到 90 年代末期，为了帮助还在山西农村苦苦挣扎的兄妹两家，我从每家带出一个孩子到北京。由于他们文化水平低，又无技能，起步只能干一些低端活路。对此，他们都不愿意，勉强去干。要说，从农村人的角度看，在大饭店干活学艺，只要能吃苦，能坚持，未来也许会有好出路的。但由于不肯吃苦，机会都被他们放弃了。后来我发现无法教育他们，于是完全放手不管了，让“生活”这位老师去教育他们吧。去年夏天，我的一位朋友送孩子到北京一个国际培训班学习，为 2013 年报考北京某所学院做准备。40 天的培训班生活，这孩子就没有坚持下来，嫌 6 人住一个宿舍不舒服，不习惯，提前回了家。当我知道这个情况后，当时心里就想：这还如何教育？

就我与这些不肯努力、不十分进取的孩子们的接触，他们的问题归结起来就是：奋斗之心不足，享受思想有余；心高志短，大事做不来，小事不肯做；梦想天上能掉馅儿饼，最好是运钞飞机能掉下一箱子钱，正好砸在他们家院子里；尽可能地少付出，多获得，或者不付出就能有收获，有大收获！

可是，我要说的是，这全是白日做梦。生活告诉我们，努力了不一定有好结果，不努力就根本不可能有好结果。诚如许多成功者总结的那样，一个人能否成功决定于三个因素：天分、机遇和努力。天分来自父母，机遇源自上苍，二者都不决定于自己，自己能把握的就只有努力了。而且，天分、机遇对努力者才有用；压根不努力，再聪明（天分），机遇再多，又有何用？

著名学者季羡林教授认为，努力占 70%，机遇占 30%。可见，他认为努力是主要的。著名画家陈丹青也说，一个人要想成功需要具备三个条件：受过基本的教育、吃苦、能受得了委屈。这也是有很高见识的。他强调受得了委屈，所言十分重要。人活一世，受委屈的时候很多，哪能全合自己的心意？

除了受委屈，还要能承受挫折，所谓“百折不挠”是也。西人说，你如果低估水手的能力，那就祝他一帆风顺吧。事实上，即便有一帆风顺，那也是十分短暂的，更多的时间是要经历大风大浪。我在《怀念田哥》一文中说过，他享受过人生的点滴甜蜜，更承受过大把的苦痛与无奈。这难道不是多数人人生的真情实况吗?

西谚又曰：人人向往天堂，可是通向天堂的梯子是苦难。那就让我们从“吃苦奋斗”开始，一级一级地去攀登吧。

2013 年 6 月 2 日于半亩园居

努内的启示

我已经连续两晚都不能安然入睡了。原因是，这两晚都看了江西卫视《深度观察》的节目，内容是努内嫁到中国的故事。看后思绪万千，感动不已，夜不能寐。

努内原是亚美尼亚的“富二代”姑娘，嫁给了中国青年农民邓忠岗为妻。他们在亚美尼亚举办了婚礼，并生育了一对双胞胎混血女儿。当邓忠岗因签证到期而不能再在亚美尼亚继续生活下去的时候，一家 4 口回到了万里之外的中国山东省荣成县一个小村庄。

眼前的现实让努内傻了眼——与她梦想中的婆家不啻是天壤之别。为了女儿为了爱，她住了下来，忍受着万般痛苦，以求生存，又不敢将真情告诉万里之外的父母。三年后却毫无变化，于是她决定回去。可丈夫和女儿却跪在她面前，求她再给三年时间。但三年后仍无起色。他母亲来中国看她，原计划住 30 天，结果是只住了 10 天便忍无可忍，提前回去了。临走要求她也回去，却被她断然拒绝。至此，主持人马丁问她：

“你为什么不回去？为了丈夫？为了两个女儿？”

“都不是。是为了面子。我很看重面子。”

这个回答起初真出乎所有人的意料。但仔细想想，她说的一点没错。因为她说的“面子”，实际上就是尊严。当初她嫁给老邓，父母就不赞成。而今日子过成这个样子，如何去见父母？用咱们中国人的话说就是“无面目去见江东父老”。在努内看来，没有尊严地回去，还不如不回去！

这个“面子”让我想了很多。

要说，我们中国人更要面子。君不见，为了让客人满意，请客时点菜大大超出实际需要，饭后又不将剩余的带走，造成巨大浪费，否则没面子；君不见，本来是好朋友，哥们儿几个人在一起吃喝，酒后有人开玩笑揭了某人的短，被揭者认为“栽了面儿”，以致拔刀相向；君不见，一些地方官员为了应付上级检查，在公路两侧反复造假，以便挣个好面子……

所有这些国人的“面子”，与努内所说的“面子”都迥然不同。

后来，努内的事情被山东一位记者报道了出来，引起关注。一位企业家深受感动，资助她 5 万元开业。她办了一个咖啡屋，面向俄罗斯海员，风生水起，很快就赚了些钱。但被坚持要搞火锅店的老邓，一个半月赔进去 10 万，弄到年三十无家可归的悲惨境地。但努内就是努内，她没有趴下。为了“面子”，她再次奋起，终于咸鱼翻身，事业有成，有房有车，更活出了面子，也就是尊严！

好一个努内，你真让我愿意向你三鞠躬。你不仅是我们邓家的好媳妇，而且你的经历可以让全中国妇女明白许多道理。

第一，选择了就要接受。你选择了老邓，可你却不知老邓家是那么困难，也不知道中国农村比不了亚美尼亚农村。当你知道真相后，你没有选择逃跑，而是选择接受。

第二，不要安于贫困，要力求改变。你付出了连一般中国人都未能付出的辛苦，挣得了一份好生活，彻底改变了面貌，值得钦佩。当然，中国也有不少好女人。如不信，你可以到遍布北京的蔬菜市场去看看，看女人们是多么辛苦。尤其是到了冬天，卖菜的地方又不能取暖，许多女人都是“全副武装”地在站摊，有的手上、脸上还有冻疮。这不都是为了生存、为了一个家么？我经常被她们感动着。当然，既然嫁给了中国人，你也就是中国人了。所以，努内是中国妇女中，尤其是中国媳妇中最值得人们骄傲的优秀代表。

第三，爱比物质更重要。努内嫁给邓忠岗时，他是一个外国打工仔，一无所有。仅仅因为真诚地相爱，他们便结婚了、生子了。没想到后来会有那么多的困顿和痛苦，但他们坚持了下来。可是，今天中国许多年轻人找伴侣时，首先关注的是房子、车子、票子和地位。人的心灵物化到这个程度，还会有真爱吗？在这一点上，我的婚姻与邓忠岗能有一比。当时我不仅一无所有，而且还是负数。我和我的同班同学孙雅荣结婚了、生子了，今天也把日子过好了。实在说，靠别人为自己准备好物质条件，然后才能结婚，在我看来，几乎是没出息的表现，不妨看看我们邓家媳妇努内是如何做的。

如今，努内的生意蒸蒸日上，一派兴旺。她梦想将来能买一所大别墅，与丈夫、女儿以及未来的女婿住在一起，共享幸福人生。我相信，她的理想是会实现的。这样的好人、好女人、好媳妇、好母亲，不仅我要祝福她，连上苍也会眷顾她的。

写于 2013 年元月 19 日晨

2013 年元月 26 日晨修改

向张闪闪致敬

“嫁给我吧，嫁给我吧……”当电视画面上反复播送这句话时，我不禁泪流满面，而且几乎在抽泣。

我好久没有被什么事情感动过了。但今天北京电视台《谁在说》播放的这期节目，确实拨动了我的心弦——张闪闪，我这个老者向你这个年轻人致敬。

“嫁给我吧。”即使再不聪明的人，从那些肥皂剧中也会不止一次地看到男士单腿跪在地上向女士求婚时说这句话。但今天却不一样，不是男士向女士，而是一位22岁的女孩，穿着婚纱，在大庭广众面前，向已患了严重白血病的19岁男友求婚！这是一次颠覆，它不仅颠覆了传统，而且也颠覆了我以往的认知。

我之所以被感动，还有一个原因，是因为在我的有生之年（或曰余年），终于再次看到了一次绝对纯洁的爱情。他们两个年轻人仅仅是从乡村走到南方一座城市的打工仔，相识了，也相爱了。而男方那个家，几乎家徒四壁。几年前，为了给爷爷治疗心脏病，花了30多万，债台高筑，男孩（张帅）的母亲又有精神病，还有能力有限的42岁父亲，再就有奶奶和妹妹。这么一个破家，一般女孩子都会望而却步的。但张闪闪却没有退步。如果仅此艰困也就罢了，上苍又将另一份苦难降临到这一家人身上——19岁的张帅突然患上了白血病。为了不至于连累恋人，张帅也用发脾气等方式，企图让闪闪离开，因为连他自己都看不见多少希望，又如何能让这个女孩过上好日子？张闪闪却不，她要陪着男孩走下去，她认为只有这样，男孩才有希望。为此，她愿意奉献一切，乃至生命！

你还能认为这样的爱情带有任何功利色彩吗？你不认为这样的爱情是最最纯洁的吗？难道世间还有比它更珍贵的东西吗？黄金又算什么？

我说，很多人在张闪闪面前，应该感到羞愧。因为远处不说，就是在同一档《谁在说》的节目里，几年来，我看到的几乎全是为了房产和利益，夫妻反目，父子互诅，兄弟姐妹绝情。这中间并非没有是非曲直，但每颗单个灵魂的物化，几乎叫人作呕！我不是说自己就有多么高尚，但至少在亲情方面，我没有那么自私。无论对妻女，还是对两边的兄弟姐妹，我都已尽心尽力，苍天可鉴。

从张闪闪我又想到另外两位上海男士：戴建国和陈健。这是 20 世纪 60 年代末在黑龙江插过队的两位上海知青。他们的共同特征是有担当。戴建国在一个村子里插队，无意中被村支书的侄女爱上了。书记和女孩的家人都劝女孩说，知青迟早是要走的，爱上他是没有结果的。但女孩死心塌地，痴情不改。为了断绝她的念想，家人做主，将其远嫁他乡。她在那里还生了一个女孩，自己却精神失常了。男方留下了孩子，又将这个精神病人退回了娘家。而戴氏在一次春节探家返回村子后，直接找到村书记说："我要娶她为妻，因为她是为我而病的。"书记和女孩的家人几乎被吓着了，对他说："想好了，她可是病人。"戴建国表示已经想好，不再犹豫。最终，他们结婚了，还生了一个男孩。后来，一家三口回到上海，所经受的痛苦与不易，我就不再述说了。陈健则是那个为金训华烈士守墓的人。多数知青都回上海了，他坚决不走，决心陪伴金训华一辈子。他总是说："金训华是为我牺牲的，不能把他留在这里自己回去。"他的妻子后来与他离异并回了上海（可以理解）。他与当地一个女子再婚后，女方又患了癌症，是靠一起插过队的朋友们的帮助才能治病的……

戴建国和陈健这两个上海男儿，无论如何都是男子汉、伟丈夫！

如果我们再仔细分析一下上面这一位女士（张闪闪）和两位上海男士在感情方面的认知与判断，不难看出，其共同特征是执着、"一根筋"。凡是自己认准的，认为应该去做的事，哪怕前面有无量的苦难与凶险，都不放弃。

这是一种思维方式，也是一种价值判断。我在想，人活在世上，太执着，固然很累，付出的代价也很大；可是太灵活，无道德坚守，则易滋生机会主义，生化出奸猾之徒。

再回到本文的主题，张闪闪也是一个十分执着的人，虽然在某些“聪明人”看来，她简直就是一个大傻瓜。不过，在我看来，她的心却像金子一样闪闪发亮。不管她和张帅的未来如何，他们能走多远，我都要祝福他们。哪怕有一天“庄周化蝶”，他们也是一对金凤凰。

我敢说，张闪闪也好，戴建国也罢，他们都是懂得爱情真谛的人。请接受我这个 65 岁老人对你们的深深敬意。

2014 年 5 月 27 日下午于半亩园居

不幸之幸

按理说，不幸就是不幸，怎么又能是“幸”呢？可是，就我见过和经历过的事情，“不幸之幸”是确确实实存在着的，而且其中还有一番特别的道理在。

下面我从几个当代名人的经历说起。

先说季羡林先生。他恐怕是当代中国学林中成绩最大的学者，几乎无人能出其右。季先生担任中国敦煌吐鲁番学会会长达 26 年之久。我作为北京大学出身的学生，混迹于“敦煌学”领域，又担任该学会常务理事 10 余年，与先生虽无深交，但也还是有些交往的。先生在《留德十年》一书中细述了他的留学经历。作为清华大学的交换留学生，最初他只打算在德国学习两年。天晓得，由于第二次世界大战的爆发，季先生成了有家不能归的“无国籍人士”，在德国困居了 10 年。其间，饥饿、爆炸多次威胁到他的生命，又长期与家人失去音问，以致他晚年发出“烽火连三年，家书抵亿金”的感慨。环境恶劣到这种程度，他却不改素志，勤奋不已，先后学了混合梵语和吐火罗文这两种“死”文字，成为他后来治学的利器。据先生自述，他居德 10 年，后来又在回国时于瑞士羁留数月，前后漂泊达 11 年之久，但他的日记一天也未断过。这是怎样的毅力？晚年，他写出了 80 万字的《糖史》，译释了吐火罗文 A 语的《弥勒会见记》剧本。前者仰仗他懂印度古代混合梵语，后者又靠他懂吐火罗文。而这两项先生最引为自豪的成绩，其语言基础都是困居德国时奠定的。试想，如果他真能按原计划留德两年便回国，他还能学到这些真本领吗？战争使他经受了诸多苦难，但也使他意外获得了学习语言的机会。

再说科学史家席泽宗教授。席先生生前是中国科学院院士、著名天文学史专家。因缘际会，我从 1975 至 1979 年曾同他在一起工作过 4 年；后来又因研究敦煌天文历法文献，长期保持着联系，而且合作写过《敦煌残历定年》一文。但席先生生前从未向我谈起过他早年的经历，尤其是其中最悲惨的一页。近年，因为参加《席泽宗文集》的编辑工作，有幸认识了中科院自然科学史所的郭金海博士。2011 年 6 月 29 日，他送了我一本《席泽宗口述历史》。这是 2008 年底席先生去世前 8 个月内，由席先生口述、郭金海整理出版的。拜读之后，方对席院士早年的曲折经历有所了解。年轻时，他差一点儿成为日本侵略者的刀下鬼。日本人抓夫抓到了他和其他几个人，要求每人伸出手来看。别人的手都很粗糙，只有他的手白净，便怀疑他是八路军的士兵，差点丢命。后来他从日军手里逃了出来，但为了保命他不能再在家乡（山西垣曲县）待了，只好出来逃命，由此走上了求学之路。他在陕西洋县上初中，又到兰州上了高中。高中毕业后，原来资助他的三姨父希望他能找份工作就业，但他却想继续上大学，二人由此闹翻，他也就失去了经济来源。为了考学，他到了南京，曾经一文不名，在街头行乞达 20 余日，靠磕头、作揖博得行人的怜悯与施舍。后来他考上了中山大学天文系。为了获得经济来源，他住在豆浆店两年，靠替别人卖豆浆挣几个小钱。席先生学生时代写过不少天文科普的小文章，多与其时他要克服经济困窘有关。当我看到这里的时候，眼泪都涌了出来。这不仅是因为我和他是小同乡（我是山西稷山县人），而且先生生前对我的为人为学均给予高度肯定，更是由于十分地感慨。谁能想到，这位在国际科学史界享有盛名的学者，这位将宇宙小行星“席泽宗星”在太空拨动旋转的中国学人，年轻时曾有过当乞丐的经历呢？走笔至此，我十分地悲伤和难过。

第三位说说我的研究生受业导师张广达教授。张师有家学渊源，其父张锡彤教授便是治俄罗斯历史的专家。因此，受其父熏染，张师的俄文早成气候，26 岁时便在北大历史系给苏联来华讲课的教授担任口语翻译，其他史学功底等自不必说。然而天有不测风云，1957 年那场“反右运动”将灾祸降临到他的头上。据先生本人回忆，在他当右派的20年中，史学家邓广铭、邵循正二位教授对他颇有厚爱，这20年，让他刻骨铭心。但是，在困境中他一刻也未放松学习。据师母徐庭云教授告诉我，“文化大革命”中，要学习“老三篇”，别人用汉语文本，而先生却用阿拉伯文本学习，将政治运动同业务学习巧妙地结合在一起。改革开放后，他的学识立即引起中外学界的重视。作为他的弟子，我也觉得脸上有光——我为本师的成就而自豪。

上面三位先生如今在国际学术界都是有大名头的学者。按理说，用他们的经历解说“不幸之幸”也就够了，但我却觉得意犹未尽。为什么呢？因为我自己的经历也与“不幸之幸”有关，不说出来，我憋得难受。自然，这仅是就“不幸之幸”来说事的，至于我的学问，自己还略有自知之明，小子何德何能，怎敢与三位大学者并列在一起？

我一生共有三次“不幸之幸”。我原本出生在一个极度贫困的农家，1962年至1965年上初中时，每月要缴8元伙食费，我多次从家里拿不到，哭着走回学校。熬到初中毕业，这个家实在无力供我念书了。我的数学老师邓象图先生对我说：“你学业这么好，上不起高中，就考中专吧，国家管饭吃，不然太可惜了。”我听了邓老师的话，7个志愿全报考中专，最终被山西运城师范录取。按照当年的政策，我的未来也就是当个小学教师而已。可是1966年“文化大革命”开始，原先的规定全被破除了，上高中的学生只能回家务农，我这个师范生反而分配到一份教师工作。我教了两年书，又在公社当了一年的团委副书记，大学开始招收工农兵学员。按照“文化大革命”前的规定，中专生原则上是不能再念大学的，“文化大革命”中这条也破坏了。还有一个原因，山西作为内陆省份，人们观念比较落后，结婚普遍较早。那些“负责任”的家长，在儿子们刚20岁时就为他们娶妻成家。我虽然是干部，但其时家父已经去世，且家境贫寒，至23岁亦未成家。于是，在推荐工农兵学员时，我的中专学历和未婚都成了有利条件，顺利进入北京大学。在北大三年多，我因看重业务，遭受过党内外的批判；又因在《北京日报》发表了一篇不同意“梁效”观点的文章，毕业时被分配到中国科学院北京天文台搞天文学史（后知我是为中科院招来的学生，只能在中科院内安排工作），与我所学的人文科学几乎无关。分配方案公布后，我同妻子（当时尚未结婚）

走到北大东操场，觉得委屈，哭了一鼻子。但我并未却步。1976年上半年我到南京大学天文系进修现代天文，补充知识；恢复高考后，我的大学同班同学多不再往上追求，1979年我又考回北大历史系，攻读硕士学位，师从张广达教授，最终不仅学业有成，而且与先生建立了深情厚谊。“天文学史”曾是历史系某些人整治我的手段，而我最终却以研究敦煌吐鲁番天文历法立身学界，独当一面。

读者不难看出，上面三位师辈学者和我在人生经历中有某些相似的地方，即曾经处于某种低谷状态，也就是说，遇着了不幸或很不幸的事情。但这些不幸最终又都转变成了“幸”。那么，这个转变的机缘又在何处？我想，大概在于面对人生低谷不屈服，不轻言“弃”。如果屈服了、放弃了，不幸也就永远只能是不幸。季羡林先生在11年的困厄中写日记一日不辍；席泽宗先生为考上大学宁可行乞；张广达师在20年的艰难中苦学外语；我原本对天文历法一窍不通，逼迫之下，迎难而上，都是有不屈不挠的精神在支撑。我从季先生的《清华园日记》中看，他多次写道：“今天法（德）语没考好，我得加油啊。”他与同学李长之先生多次讨论“干”与“强”的关系，认为只有“干”，才能“强”。已故著名作家路遥在《平凡的世界》中曾说过：“劳动使人在生活中强大。”真是金玉良言，与季先生所说是一个意思。中国有句古语说：“自助者，天助之。”在困顿中，你如果不咬牙自救，谁能救你？我的人生感悟是：“奋斗了不一定就会有好的结果，但不奋斗就绝不会有好的结果。”为什么奋斗了仍不一定就有好的结果呢？因为在走向成功的“三要素”即勤奋、天分和机遇中，天分决定于父母，机遇则来自上苍，二者都不是个人能够把握的，个人能够把握的只有勤奋。如果再不勤奋，成功何在？在走向成功的漫漫征途中，谁也不知道自己会遇到多少困难和不幸，唯有具备坚强的意志和英勇顽强、不惧万难的品质，“不幸”才可能转变为“幸”，成为“不幸之幸”。

2013年10月1日于半亩园居

直面不完美的人生

一般情况下，人们都期盼能有个完美的人生。但现实却是，多数情况下人生并不完美。

问题在于你能否直面。

今年（2013 年）我原本有一项安排，4 月份，已有 43 年未曾谋面的老友刘炎平将从美国归来探亲。我俩约定，届时在山西运城市见面，共同与我们那几位有过命之交的朋友相聚。我一直期盼着这两项与老友相聚的乐事。可是，1 月份却突然接到炎平的电邮，告知他取消了今年的安排。原因是，他此行本拟为他大哥办一个生日宴会，不料大哥却因煤气中毒意外身亡。他十分伤心，决定暂不回来，以后再议。

我为老友亲人突遇不幸而难过。仔细一想，这几年来，几位要好的师友家中都曾发生过意外事件或突遭不幸：南京一位朋友患面瘫未愈，兄长却车祸身亡；与我自己命运相连的师长，亲人入狱判刑；我自己也因亲人的突发事件而遭受巨大的精神创伤；老同学、考古学者权奎山教授还未将退休手续从北大办利索，就匆忙离开了人世。

难道上苍着意将这些苦难降临到我和我的朋友们身上吗？恐怕不是，只是在一个时段里集中发生了而已。

从个人生命史的角度去看，这些事件均构成了每个人人生的不完美。它是否带有必然性呢？恐怕未必，但却是客观的存在。无怪乎中国古人云：“不如意事常八九，能与人言无二三。”

但我更欣赏鲁迅先生的一句话：“真的猛士，敢于直面惨淡的人生。”人生之所以是“惨淡”的，恐怕也是因为它本不完美。

换个角度，从纯美学的意义上去看，美是通过不完美来表现的。世间没有绝对完美的事物。从哲学的意义上去看，美与丑是一对相反相成的概念。美之所以能存在，是因为有丑（或曰“不完美”），反之也是一样。诚如老子所言：“祸兮福之所倚，福兮祸之所伏。”这两者谁也离不开谁。问题是，平时人们只关心美与福的一面，而忽略了丑与祸的另一面。于是，当后者突然出现的时候，因毫无心理准备，从而备受打击和煎熬。

记得大约 10 年前，作家毕淑敏到清华大学为大学生做报告。她报告的题目是：“你做好承受苦难的准备了吗？”她具体讲了些什么我不知道。但从这个报告题目我体会到，她对人生的不完美是有深刻思考的。当然，这样的见解也只有阅历丰富的人才会有。她不是给年轻人泼冷水，扑灭他们对未来幸福生活和美好的憧憬，而是告诉他们，前面的路并不平坦，要有足够的心理准备。正由于此，我认为毕作家是真爱学生的，是负责任的。

西人有言：“要努力改变你能改变的事情，也要面对你不能改变的事情。”如果能改变而不去努力，那是失职；如果不能改变了，却不能面对，那是不成熟。因此，看一个人是否成熟，一个重要标志便是，看他能否直面苦难或曰人生的不完美。

当然，在苦难发生后，如何调适自己的认识，也是决定能否直面的重要因素。我是这样想的：如果真有上帝的话，上帝不单单是赐福予我，他也会将祸降我。因此，我不能只接受幸福而拒绝祸害，因为它们都是上帝的恩赐。另一种想法是，我可能得到的好处太多了，上帝在对我做减法。当我这样思考问题的时候，痛苦的分量便会减轻很多。

另一剂药便是时间。时间是医治心灵创伤的灵药。随着时间的推移，苦难也会慢慢淡化下来，至少它不像苦难刚发生时产生那样猛烈的刺激作用。

总之，无论如何，我们都要承认并直面不完美的人生。著名作家刘白羽晚年写了一篇文章《我那幸与不幸的家》。这是一个老人的生命总结。有幸有不幸，才是真正的人生。人生不全是悲剧，更不可能全是喜剧，而是一出五味杂陈的悲喜剧。只是在这一剧目中，你在不同时段扮演的角色有别，它们共同构成了你的人生，仅此而已。

我曾经对亲人和朋友说过，我此生可以做如下总结：最大的幸运是两次就读于北京大学；最感欣慰的是将女儿培养成一个美国律师；最大的遗憾是没有学生；最大的痛苦是对父亲有愧疚。简言之，也是有幸有不幸，其中的不完美是显而易见的。

也许上苍有意给每个人都留一点遗憾？果如此，那就让我们学会直面吧。如果我们的灵魂还需要救赎，那就让我们自己来做，因为毕竟只有你，才是自己真正的上帝。

2013 年 2 月 22 日晨于半亩园居

死亡是伟大的公平

西方人有一句名言："一切哲学的根本问题是如何看待死亡。"将死亡提到哲学的高度去认识，可见它所具有的普遍意义。

中国儒家鼻祖孔丘也说过："不知生，焉知死？"那意思是说，连"生"的事情都说不明白，还怎能将"死"说清楚？其实，他这句话也可以倒过来说："不知死，焉知生？"如果不了解死亡，那如何知道生命意义之所在？

作为一个学者和读书人，在大半生的读书生涯中，我也一直在思考生命的意义，自然也关心着对死亡应持的态度。大约在2007年前后，曾担任过我的领导的北大老同学吴加安先生，在单位院子里遇到我，邀我到他的办公室坐一会。闲聊中，他问我如何看待死亡，我脱口就说："那是一个伟大的公平。"老吴很是震动，希望我能与他领导的中国对外文物交流中心的职工座谈一次。那次座谈之后，据说职工反响强烈。

死亡是一个伟大的公平，这是我自己的认识。至少迄今为止，我尚未看到任何先哲或时人有过这样的表述。所以它不存在抄袭问题，而抄袭是我所深恶痛绝的。

死亡之所以是一种公平，是因为它对所有人都一样。当代社会讲求公开、公正、公平。公开是指要透明，不能搞暗箱操作；公正则是价值判断，是对社会正义而言的；公平是指无差序的平等，是一种自然属性。死亡恰巧具有公平的特质。

刚出生的婴儿因憋气没活几小时或几分钟，年逾百岁的期颐之人无疾而终。寿数不同，但“死亡”却是一样的。

就是在同样的长寿者中，有的人享尽荣华富贵，有的人却终生饥寒困顿。但到头来又通通走向了死亡——也是一样的。

有的男人不一定长寿，但曾经叱咤风云，指点江山，仍旧不免英雄末路；有的女人美貌惊艳，天姿国色，但最终也会美人迟暮。到头来都走向了那个死亡黑洞——也是一样一样的。

总之，不管你在人生舞台上演出的是喜剧，还是悲剧或闹剧，最后都必须谢幕、告别。

死亡的道理这样简单，可是，许多活着的人就是看不明白。如果看明白了，就不会有秦始皇派徐福领 500 名童男童女去东海寻求长生不死之药，而徐福未回，他却已国破家亡；如果看明白了，也就不会有唐太宗吃道士炼的丹药，以求长生，结果也只活了 50 来岁。

不过，的确也有人看明白了的。比如曹雪芹，他在《红楼梦》的《好了歌》中说：“世人都晓神仙好，唯有金银忘不了。终朝只恨聚无多，及到多时眼闭了。”——“死亡”是对无限聚敛的回报。又比如，一代电脑大亨、美国的比尔·盖茨，他也是看明白了的。正由于此，他只留 1 亿美元作为生活费用，其余 580 亿美元以他和妻子的名义设立慈善基金，回馈社会。因为再多的财富谁也带不走，用美国人的话说就是：“装尸体的衣服是没有口袋的。”

也许有人会将认识引向另一个方向，认为既然迟早是死，还不如早结束的好。我不能不说这是极端错误的认识。我认为不必畏惧死亡，但却更须敬生。生命是上苍给人们的赐予，不爱惜生命的人绝对不是上帝的好公民。既然上帝送我来到人间，我就应当对生命负责，就应该积极认真地活过一次。不论贫富，只要认真活过了（我反对游戏人生），就应予以肯定，就应无憾。

“生顺殁宁。”这是古代思想家张载对人生的认识。生者，顺其自然，随遇而安；殁（死）者，坦然面对，问心无愧。有此二者，足矣。

本来，说“死亡是一个公平”也就够了，我却加上了“伟大”二字。之所以如此，是就其价值意义而言的。它之所以伟大，是因为它能一视同仁，没有年龄、性别、贵贱、贫富的区别——而这些东西，在人们活着的时候却遍地存在，并由此造出许许多多的悲喜剧来。更何况许多当事者感到无能为力。而在死亡这一最后的归宿面前，所有人都无能为力。

死亡是一个伟大的公平。难道不是吗?

2013年2月18日清晨于半亩园居

独生子女教育漫议

就我对身边朋友和熟人独生子女的观察，不求进取者不在少数，有的父母十分着急，但又不知问题出在何处，完全没有解决之道。所以，在我看来，独生子女的教育问题已经带有普遍性，具有社会意义。

我国自 20 世纪 70 年代末实行独生子女政策以来，虽然降低了人口出生率，但随之出现的教育问题却日趋突显。要注意的是，在既往的多子女家庭结构中，儿童的人际关系既有纵向的（父母、爷爷、奶奶、外公、外婆），又有横向的（兄弟姐妹），所以人际关系是完整的。但独生子女从小得到了过多的来自长辈的爱护，却缺少兄弟姐妹间互相关照和爱护的机会。久而久之，他（她）们就很容易形成只接受爱，而不知爱别人或付出，变得极端自我中心主义。平心而论，这不是孩子的错。一方面源自不完整的家庭结构，另一方面，也由于做父母的缺少清醒认识，对孩子“爱”（包揽）得太多，以致他们一直长不大，或者由于认知偏差而导致行为出现这样那样的问题。

我的独生女儿出生于1976年。她是第一批办理“独生子女证”的。现如今，她已以美国律师的职业身份从业 10 年。我不敢说我对她的教育多么成功。但作为一个过来人，我愿意将自己在教育孩子中遇到的问题以及处理方法，还有我的一些感想写下来，供年轻的父母们参考。如果你们能从中受益，那我将十分欣慰。

我女儿先是在北京景山学校上学 11 年，又考入北大法律系。本科毕业后工作了 4 年，然后负笈美国宾夕法尼亚大学法学院读硕士学位。一般人都知道，景山学校是一所名校，我女儿是以平民子女身份入学的。记得小学二年级时，她曾对我说，不少孩子不好好学习。我当时说：“父母送你们去学校是学习的，不好好学习怎么可以？”后来有一年，她担任班里的生活委员，安排搞卫生或打开水，但一些男孩子偷懒，不打开水。我和她妈妈知道后，也未多说，干脆买了两个热水瓶给她，让她给大家打开水，坚持了一年多。这件事在有的人看来，或许觉得孩子吃亏了。我和她妈妈却不这么想。我们认为，虽然从当学生干部的角度说不可取，但可以培养她吃苦耐劳的精神，所以并非坏事。

女儿有一次期末考试成绩很好，回家后高兴地说：“爸爸，我这次可为你争光了。”我当时笑了一下，然后说：“孩子，我是公职人员，应当勤奋工作；你是学生，应当努力学习，这都是各自的本分啊。所以没有什么谁为谁争光的问题。”又有一次，她从学校回来，十分开心地说：“我们老师说我很聪明。”我当时表现得十分吃惊，对她说：“你们老师怎么可以这么说呢？我就不是聪明人，怎么会有一个聪明的女儿！”她的盲目自满情绪即时被我熄灭了。后来她在北大上学，期间，有一次从讲座中听到了这样一个典故：古希腊哲学家柏拉图十分聪明，身边人都这样说他，但他自己却不承认。说的人多了，柏拉图说：“如果我比你们聪明的话，就在于我从不认为自己聪明。”女儿回家后向我讲了这个典故，然后说：“老爸，我终于明白你当年不让老师说我聪明的良苦用心了。”

作为孩子，成长中绝不可能完全顺利，总会出现这样那样的问题，需要纠正和引导，我女儿也不例外。大概是在小学后期，一个冬天的中午，我正在家里准备吃午饭，她妈妈把她领回来了，告诉我，刚才班主任老师把女儿送到她办公室，女儿一直哭。老师说，期末考试，她给另一个同学扔纸球，被发现了。我让她妈妈立即去上班，由我来处理。我当时并未严厉批评她，而是要她先吃饭。饭后我和她一块剥蒜，同时就问她怎么回事，她说了事情的经过。我问她：“你们同学中还有类似的事情吗？”她立即告诉我许多实例，这说明她这次犯错并非孤立现象。次日我去学校，见到年级主任，首先承认孩子的错误我有责任，应该检讨自己。但同时表示，据知，学生中此类事情不少，并非个案。年级主任听到这里有些吃惊。我说：“怎么解决呢？”

主任说："你的意见呢？"我说："小学生犯这样的错误，恐怕还够不上处分。如果认为她们二人成绩不真实，可以重新命题再考一次。"老师同意了。结果，女儿这次的成绩比上次还高。一场风波就这样结束了。

事情过去后，全家生活又恢复了正常。一天，在饭桌上我对女儿说："这样的错误不许再犯。如果再犯，先看一下咱家厨房的菜刀，告诉我留左手还是留右手！"女儿吓得脸都发白了。

当年，我们经济条件较差，一家人穿着都很朴素。1994 年，女儿考上了北大。我们一家去逛隆福大厦，女儿看到一顶 24 元的女士帽子，很是喜爱。但我用眼盯了她一下，她又乖乖地放下了。成年后，她在香港工作。我去看她时，她在一周之内买了三双鞋（当然都是需要的）。因为她用的是自己的工资，无可厚非。但是花父母或他人的钱就应该是另一回事了。

简单地说，我对女儿的教育坚持如下几项原则：

一、不苛求，不纵容，不努力不允许，亦即"三不原则"。我们没有理由要求孩子一定要成为名人或伟人。高处不胜寒，做平常人就很好。但是，人往高处走，水向低处流，总须努力才行。躺在父母身上，不思进取，不求有所作为，混日子，是对生命的不尊重。女儿也曾问我："人为什么要活着？"我思考了许多天后才回答她："当我们来到这个世界上时，已经享受了前人的许多物质和精神成果，因此也应有所贡献。所以，每个人都应尽力为社会为国家做一些有益的事。如果做不到这一点，那就靠劳动养活自己。但任何时候都不要危害社会，损人利己。"后来我向著名佛学家周绍良先生谈起此事，他说，用劳动养活自己本身就不低。周老这个评价很值得玩味。

二、如果想让自己的孩子成为人才，在物质生活方面不要让他（她）太优越。我认为，在满足孩子衣食住行、缴纳学费等基本需求后，不宜让他（她）过早地享受物质生活。先贤孟子说："天将降大任于斯人也，必先苦其心志，劳其筋骨，饿其体肤，空乏其身。"这虽然没有必然性，但许多成功者都认为"苦难是人生的一笔财富"。我写过《人生第一课》，也是强调首先必须能吃苦，受得了委屈，才能言及其余。一个不能吃苦的人是无法寄予厚望的。况且，当下还有许多少年或老人，温饱都成问题，我们有什么理由让自己孩子过分享受物质生活呢？

三、严父慈母。此话说来容易，但操作起来并非易事。由于父母与子女有血缘关系，很容易“严”不起来，而是父母双方均去呵护孩子以致溺爱他（她）。中国古人对父亲的另一种称呼是“家严”——家里那个要求严格的人。一般来说，由于孩子是从母亲身体上生出来的，所以母亲会很自然地关照孩子的生活。但父亲却担负着另一种责任——教育。有一种说法是，母亲负责孩子的“成长”，父亲则负责其“长成”，也就是要立规矩，让孩子能分辨是非，有所敬畏，从而健康地成长。我对不少人说过，夫妻二人最好有一位同孩子保持距离，不要离得太近，这样便于对孩子实施教育。我国古人有“易子而教”一说，也是认为互相有一定距离才便于进行教育，仅此而已。

在儿童教育方面，西方人和日本人为了培养孩子，他们有所谓“挫折训练”，就是要让孩子从小知道人生不易，从而勇敢地去面对困难和挫折。我们这方面有所欠缺，总是舍不得，怕孩子受苦。

最后，提出一个问题供大家思考：你的独生子女未来是要成为真正有用的人呢，还是仅仅供你欣赏的一个“宠物”？如果你想让他（她）成为有用之才，那就按照培养人才的理念和方式去管教他（她）吧。

2013年2月26日下午于半亩园居

大阪城遐想

当我静气凝神，注目于眼前这座用石头垒砌而成的城池时，它的坚固程度确实让我为之感叹。之所以感叹不已，不仅仅在于它是完全用石头垒砌的，最大的一块石头竟然相当于108个榻榻米，而且在于它具有双层城池，也就是说，它属于"城中城"！

闻名于世的日本大阪城，是由一代重臣丰臣秀吉于1586年领导修建的，距今（2013年）已有427个年头。比起我们中国的许多古城来说，它的历史确乎不算很长，但它却完全是用石头修筑的，而且是"城中城"，这就使它具有了不同凡响的名气。石头城比起夯筑的土城，即便是外面又包了一层砖的砖城，也要坚固许多倍；再加以外面用水沟围绕，有了护城河，就更是易守难攻了。也真亏丰臣秀吉想得出来，他把这样的城池筑了两层，城里的城也有护城河。也许在他看来，面对这样的城池，无论怎样强大的敌人都会束手无策的。此刻，我似乎能听到丰臣秀吉对敌手面带嘲讽的冷笑声。

别以为只有日本人这样想过。其实，几乎同一时代的中国人，不但这样想过，而且也这样做过，甚至气魄比日本人还要大得多。明代修筑的万里长城，有一段修了两道长城，称为"内长城"和"外长城"。内外长城由北京怀柔境内的火药山分岔：内长城向西南延伸，经河北易县、涞源县和阜平县而入山西界，再经灵丘县、繁峙县，至偏关县老营堡柏羊岭，在此处与外长城相连；外长城向西北行，经河北赤城县、张家口市、怀安县而入山西境，又经天镇县、大同市至偏关县老营堡柏羊岭，同内长城接手。不久前，我到河北省蔚县参观，就是五代石敬瑭为当儿皇帝割送燕云十六州之一的蔚州。那里在明代时，为防卫北方草原民族的进犯，配合着内外长城的修筑，几乎每个村寨又修筑了城堡，将村子围在土墙之中。据导游介绍，迄今仍有800来个堡寨；其中个别的也是两层土堡，堪称“堡中堡”也。

自然，中国的“墙外墙”和“堡中堡”，与日本大阪城“城中城”的坚固程度，恐怕还无法相提并论。但是，其立意和认识水平却无二致——均是冷兵器时代防御思想的产物。据传，丰臣秀吉以善于攻城著称，他把各种攻城的方法运用到了出神入化的地步。其人如此善于攻城，自然也就会在城池的防御功能上用尽心思。这样看来，他的“城中城”就是一种必然，而非心血来潮的产物了。

整个冷兵器时代，人类在防守上用过不少心思。记得2002年，我在法国东部小城科尔马的博物馆，看到其中一个展室几乎全是中世纪的铠甲。虽然时光已经过去许久，但那些铠甲依然银光闪闪，寒气逼人。我当时就想，一个骑在马上的人，如果用铁甲把自己武装到这个地步，还怎样进攻打仗呢？这不是说当时的骑士怕死，而是说，当时人想得较多的是自己不能轻易丧命，其思想出发点与“城中城”无别。

“城中城”也好，“墙外墙”“堡中堡”也罢，连同那个从头到脚武装起来的铁制铠甲，如今全成了历史遗迹或者博物馆藏品，因为那个大时代已经过去了。当这些个城、墙和堡正在修建并发挥着它们的作用时，它们的否定物——火器正在不分昼夜地产生并进步着。最终，这些貌似坚固的城、墙、堡，在铁制大炮的无比威力面前纷纷失效。即便未被轰塌，也都各自为自己的历史画上了句号——它们，连同产生它们的冷兵器思维，一齐走进了历史博物馆。

火器的巨大威力还要多说吗？20世纪两次世界大战都是用火器进行的。那时，大炮、坦克、来福枪威力无比，可以目空一切。但曾几何时，它也几乎走到了尽头。因为更强大的超级火器——原子弹和氢弹产生出来了。而且，人类在1945年曾将两颗原子弹投向战争发源地之一的日本广岛和长崎，这就等于是宣告，常规火器称雄的时代也结束了。

虽然说，今天在具体的战役中，常规火器仍在发挥作用，但整体上说，其寿命已接近尾声。现如今，我们不能不关注世界上几个大国手中的核弹头。

据说，就是不算英、法和中国，仅仅是美、俄两国手里的核弹头，就足以让地球毁灭几十次。两弹的威力比常规火器大了无量倍！可是，既然它可以将人类自身轻易灭掉，人类如果不存，那么两弹存在的意义又是什么？两弹是人类制造出来的，只要人类不再存在，它当然就毫无意义了。也就是说，当两弹的威力发挥到极致时，其作用便是一个零！

这样看来，冷兵器、常规火器、核武器，都只能是时代的产物，其作用都是有限的。可以说，即使在首创者看来，他的作品威力无比，功能巨大，但在自然法则面前，最终都将受到限制，不存在什么“万寿无疆”或“永垂不朽”。写在墓碑或悼词中的这些谀辞，只具备自欺欺人的意义，在哲学思维面前，不免显得十分苍白和非常可笑。

简单地说，只要地球还在，人类不灭，社会就会进步。但不存在一个终极的真理。当某个“终极真理”被宣布出来的时候，它离自己的末日也就不远了。

今年8月底去日本旅游，看了一次大阪城，我便浮想联翩。除了上面这些，还有哪些是我应该继续想下去的呢？

2013年10月21日上午于半亩园居

名利是把双刃剑

活在这个世上的人，全都与名利有关。如果有人对你说：“名利与我无关。”请不要相信他（她）。

问题是，对待名利持什么态度。

我绝不是一个宣布名利与我无关的人，但就我65年的人生经历和所见所闻，名利实在是一把双刃剑。

记得唐代大诗人白居易有一首诗曰：“日出尘埃飞，群动互营营。营营各何求？无非利与名。”这也是白乐天长久观察纷繁世相的结果。他认为，天一亮，人们就开始忙碌起来，而忙碌的目的无非是为名为利。因为人首先必须活着，才能言及其余。为此，必须从事某种营生，而干营生的目的便是得“利”。所以，人们为了生存而去谋利，本身无可厚非，因为它是人的基本需求和得以存在的先决条件。

但是，人类的需求有多个层次。中国古人有言：太上有立德，其次有立言，再次有立功。意思是说，人生的最高层次是成为道德楷模，再次是有足以影响后世的思想或言论，第三个层次才是事功，即在某一个方面做出卓越成就。于是乎，后人便有以此立意取名的：国学大师陈寅恪先生的父亲名为陈三立。不久前，我到河北蔚县去参观，看到一个新建小区取名“立园”，觉得很有学问。这些人名或地名，均取之于中国古人有所“建立”的思想认识。而要建功立业，就一定同名利相关联。可以说，中国古人并未简单地否定名利思想。

不单是中国人，就是外国人也不能例外。世界最著名的奖项“诺贝尔奖”，不也是鼓励人们去建功立业、有所作为吗？我小的时候，母亲常对我说：“高帽子不好，人人爱戴。”就其实，诺贝尔奖也是一顶“高帽子”。想得名得利，是人类的普遍追求，可以说是人性内容之一。

正是有了名与利的刺激，所以才能激发人们建功立业的热情，从而促进社会的整体进步。作为一个历史学者，经过多年的观察与分析，我不得不承认，我所持是“英雄史观”。这不是说，我轻视或者看不起劳动人民。恰恰相反，我本就出自草根，并且决心一生都与普通群众站在一起，替他们思考和发声。但是，一个不争的事实却是，人群中的多数都是在社会已有成果的基础上进行简单重复的，真正属于创造性劳动，引起社会巨大变革的，是思想家、科学家和政治家的工作。而这些对社会进步起过巨大推动作用的少数人，哪个与名利思想无缘？就是中国东晋大将军、大司马桓温，不是也大声说过：“大丈夫不能流芳百世，亦当遗臭万年”吗？那个制造了德国“国会纵火案”的小丑范·德·卢贝，不也是想出名才铤而走险的吗（对于此次纵火案的原因，学界亦有其他解释，本文不具）？更何况那些推进了人类进步的思想家、科学家、政治家的作用是积极而正向的呢？

可以说，名利思想对人类文明有着巨大的促进作用。试想，如果全社会的人都没有追求名利的思想和行为，那社会就只能在原地踏步，很难继续前进了。

但是，这只是名利作用的一个方面。作为双刃剑，它绝对还有另一面，而且是可怕的一面。

我不否认名利的巨大作用，但似乎更应看到它所产生的负面影响。如果人们追求名利的出发点，都是为了促进社会发展和文明的进步，自然也就没有那么多悲剧被制造出来了。事实上，许多人仅仅是在追逐名利本身，而非它的进步作用，其视野活活被名利障盖住了。这种情况，古往今来，绝非少见。科学界“汉芯”造假事件可能人们记忆犹新。人文学术界抄袭剽窃屡禁不止，以致有导师和博士生联手抄袭的。还有一些高手更善于瞒天过海：在美国待过几天，回国后便在国人面前炫耀他（她）根本不曾获得过的美国博士学位；在美国小有成就后，便向西方社会宣扬他（她）在中国不曾有过的履历。此类事情比比皆是，举不胜举。为了名利，这些卑下行为背后掩盖的肮脏灵魂让人恶心，我都懒得再说他们了。

但是，这个世界上确也有一些品行高尚的人。在名利面前，他们表现出了超凡的人生境界，令人景仰。十几年前，我曾读过香港学者张五常先生的一本书。里面说，有一位美国大学教授（我记不住这个人名了），在获得了诺贝尔经济学奖后说：其实，某某人比我更应该得这个奖。最近的例子是俄罗斯中年数学家佩雷尔曼先生。世纪之初，美国一个机构悬赏，世界上有几道数学难题，解开一道奖励 100 万美元。2003 年，佩雷尔曼宣布自己解开了‘庞加莱猜想’。国际数学界组织专家验证了几年，证明确已解开。于是，请佩雷尔曼去领这 100 万美元奖金。谁也想不到他却不去。他说：“这个奖应该由我和美国数学家某某人共得。如果不是他在前面解开了某道题，‘庞加莱猜想’我也做不出来。”如果说，解开这道数学难题是努力“事功”的结果，那么，能够这么谦虚并且淡定地对待名利，那就是巨大的人格魅力了。

总之，名利可以使人向上，也可以使人变得低俗和卑下。当然，少数人也可能变得更加高尚。

那么，我们应该持什么态度对待名利呢？其实，中国古人早有答案了，即“实至名归”和“淡泊名利”。所谓实至名归说的是名与实相符合，不要浪得虚名。在这方面，我赞成傅国涌先生的一句话：“毕竟，现世的荣誉归现世，历史的荣誉归历史。”任何一项成果最终能否立足，都需要接受时间的检验。经得起时间检验的成果，才与所得之名相称。不客气地说，历史最终要淘汰掉许多虚名及其获得者。至于淡泊名利，先贤诸葛亮曾言：“淡泊以明志，宁静以致远。”可见，古人并未简单地否定名利，而是以淡然态度看待之，得者不喜，不得不忧，随遇而安。在这方面，莫言先生让我至为钦佩。他在获得诺贝尔文学奖之后，所表现出的那种淡然态度十分难得。也许当代中国小说家中，有的人写的小说不比他差，但在对待名利的态度上，恐怕无出其右者。自然，我也不能忘记自己终生景仰的鲁迅先生。当年有人要推荐他做诺奖候选人，他居然说自己不够。伟哉，大先生！

基于上述认识，我对名利的态度可以归为两点：一是只接受应该属于我的东西，不是我的绝对不要。就我所在的学术领域，近年来揭出为追逐名利

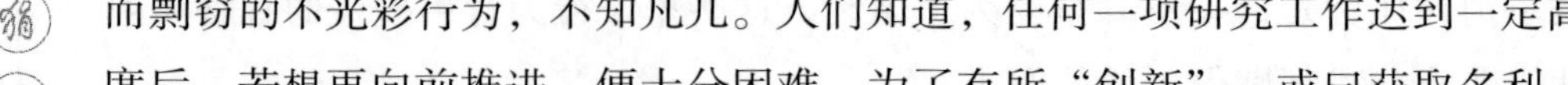

而剽窃的不光彩行为，不知凡几。人们知道，任何一项研究工作达到一定高度后，若想再向前推进，便十分困难。为了有所“创新”，或曰获取名利，有些人硬是造出一些不堪一击的所谓“成绩”来；有的人更省事儿，把别人的成果顺手拈来变成自己的即可。对这些极端低级的做法，我是十分鄙视的。我的原则是，别人可以同我讨论学术上的是非对错，但我绝不允许别人说我有学术不端行为——因为我压根就不那么做！

二是要学会为别人的收获高兴喝彩。这一方面，我所见到的事实是，为他人喝彩者不多，更多的是挤兑、遮蔽和妒忌。有些人的态度则是，只要自己没得着，任何人得着他都不痛快，于是加以妒忌、遮蔽，乃至造谣诋毁。我的看法比较简单。我认为，一般来说，能获得某方面名和利的，大致有两种情况：一种（多数）是刻苦努力的结果，我们有什么理由不承认呢？另一种是“命”中有之（即运气好），难道这是能挡得住的吗？即使去挡，也只能是徒劳。既如此，我们为何不去尝试追求人生的更高境界呢？我做不到像佩雷尔曼那样，但我对他怀着深深的敬意，则是不言而喻的。

读者朋友，面对名利这把双刃剑，你选择剑锋的哪一面呢？

2013 年 10 月 29 日上午于半亩园居

恃才傲物和臧否人物

之所以想起“恃才傲物”和“臧否人物”这两个词语，是因为昨天看了李照国先生的散文集《月落闲阁》。不得不承认，这位先生是一个难得的人才：他是英语硕士、中医学博士，而且文学功夫也好生了得！当然，还有一层，李先生是陕西三原县人士，鄙人乃山西稷山县人，同是农家子弟，故而我心戚戚焉。

但我从其中几篇看出，约在2006年时，李先生在人际关系方面出了麻烦。不过，从他对贪官污吏的痛斥，对恶风败俗的贬责，对自己读错“般若”一词被学生指出，从而认为学生是“一字师”看，我敢断言，此公乃君子也。再从百度上看到，有人攻他“英语水平极低，至多四级水平”，更坚定了我的判断：李公本是一君子，却遭到了小人的暗算。现在他是上海师大外国语学院院长，我亦曾忝列上海师大历史学院兼职教授，虽不认识，但我们之间又平添了一层关系。

照网上向李照国拍砖的文字所说，李先生曾指出以前许多中医英译的错误。又从他《月落闲阁》的讲述可知，近几十年来，他一直在做《黄帝内经》的英译工作。我相信，凭他的英语水平和才华，他定能发现此前中医英译中的许多错误，指出这些错误也一定有益于中医英译水准的提高，是大有益处的好事。再者说，学术乃天下之公器，人人得以发言。为什么自己讲错了的，或者自己老师以及老师的老师讲错了的，别人就不能纠正呢？可是，这个“公器”在许多时候和许多地方却行不通。因为这不仅会影响某些人的饭碗和前途，而且眼前的面子就过不去。这些人又没本事把工作做得十分精到，于是，便用暗器做功夫。网上攻击李照国的那些文字，正是小人的自画像。

常言说，君子和小人斗，失败者多是君子。诚哉斯言！之所以如此，一者“君子坦荡荡，小人长戚戚”；二者，小人所用的暗器为君子所不屑。这只是说，小人心理阴暗，手法卑下。但从君子一边看，恐怕也有招致暗算的自身原因,这便是恃才傲物和臧否人物。如果李白不是才高气傲,怎写得出“仰天大笑出门去，我辈岂是蓬蒿人”？更有甚者，他还当众让宦官高力士为他脱靴子。高力士虽可忍一时之愤，但心头却会埋下终生之恨。从《月落闲阁》最后两篇《好狗》和《检讨书》看，李照国先生面对身边一些低能儿，恐怕嘴也未曾闲着。至于我自己，虽不及这位有才，但骂起人来却也是不知高低，以至于有人劝我：“能否不要骂人？”我的回答是：“你见过狗改得了吃屎吗？”同一单位的前辈胡继高先生曾当面对我说：“你有些孤傲啊！”难道胡老冤枉了我不成？可知，就缺点而言，我与上述这位仁兄相差无几也。

恃才傲物的“物”是指众人，这个成语的意思也就是态度傲慢，不把众人放在眼里。一旦傲起来，自然就难管住自己的嘴，便容易对身边的人乃至古往今来的人横加臧否（褒贬），却不知祸从此起也。我虽没有本钱恃才傲物，但不把权势者放在眼里却也自成一路。因为在我内心深处认为，我是凭工作吃饭的，为什么要看权势者们的眼色？也正由此，我早就明确，此生绝不步入官场，只有埋首学术，才能保持我人格的完整和健全。这样一过就是几十年。

有才华的人容易恃才傲物，也喜欢臧否人物，这几乎带有普遍性。要让这种人去改变自己，恐怕很难，甚至几乎不具有可能性。但无论如何，这只能是缺点而非优点，至多也是优点和缺点的混合体。认识到这一层，即便改不了，那也要努力抑制一些。因为，人的优点固然可以发扬，难道缺点也值得光大吗？

2014 年 11 月 12 日于半亩园居

四季蕴含的哲理

又是一年冬来到，千山万壑雪花飘。

我自 1972 年 5 月 5 日进入北京，在这里已经生活了 42 年又半了。自然，春夏秋冬，寒来暑往，在这里至少度过了 42 个轮回还多，对北京的气候特征也已了然于心。

要说北京的夏季，真是酷暑难耐，尤其是“七下八上”那 20 多天，即便从早上起来就只穿一个裤头，依然是汗水不断；中午和晚间，如果不开空调，几乎无法入睡。我身体又偏胖，爱出汗，于是在几个主要地方各放一条毛巾：卧室、餐厅、写字间各有一条，随时用来擦汗。北京能热到多少度？2014 年 5 月 30 日就出现过 42℃的高温。虽然这不是经常性的，但也很不好受。尤其是到了暑天，绝对气温虽只有 30 多度，但空气湿度大，身上的汗出不来，就比干热还难受。

冬天呢？要说北京的冬天最低气温也就是零下 15℃上下，比起黑龙江等纬度高、气温低到零下三四十度的地方要好很多，但毕竟也不舒服。躲在有取暖设备的房间里固然不很难受，但你总不能老不出去吧？一出门，室内外温差达几十度，稍不注意，就会着凉感冒。解决的方法便是“全副武装”，有的女士把自己裹得只留下眼睛两条小缝。尽管如此，若不小心，不定哪会就会摔一跤，跌个大屁墩儿。再者，这里的冬季时间漫长，达四五个月之久，几乎所有的树木全都落了叶子，四野里一片灰蒙蒙，给人的观感也很苍茫。

于是乎，老妻多次问我，夏天好，还是冬天好？

我真难回答。实在说，都不是太好。什么好？真正让人感觉舒服的是春秋二季。

北京的春天很短，感觉较舒服的是4月中旬到6月中旬，6月下旬就比较热了。虽然说，3月15日是法定停暖日，但停暖后的半个月比供暖时还要难受，因为人体会感觉很冷。那时节，四野还未见树叶返青，像我院子里的迎春花在3月20日前后就开满鲜花，已是很少见到的了。到了4月中旬，外面的乔木变绿了，路边的小草也换了新颜；各家各户门前或墙下自己种的，能叫上名字的、叫不上名字的各种花草，都竞相开放，争奇斗艳。作为一个读书人，真想对大自然喊一声："请放慢脚步，多待一会如何？"可是人力渺小，大自然依然迈开大步，匆匆向炎夏奔去了。

熬过了酷暑，每年一进入9月，我就告诫自己："该抓紧干活了。"那时候，炎夏已过，气温渐凉，越来越趋向人体感觉的舒适温度（20℃~23℃），自然觉得很惬意。当然，10月是最舒服的一个月，早年在北京大学修了一年日语，就记住一句话"北京的十月很美丽"，别的嘛，全还给了日语老师。

北京这地方之所以四季分明，是因为它处于北半球的中纬度地区，北五环道边还立了一个北纬40°的地标呢。

毫无疑义，这地方让人感觉舒服的，既非炎夏，亦非寒冬，而是春秋二季。傻子也会明白，冬夏二季，气温处在两个极端，所以感觉就不舒服；而春秋二季虽然时间不长，但却处在最热和最冷的中间段，所以人会很舒服。

这是大自然的规律，并非人工创造，更非人力所能改变。这个自然规律使我在想，我们在世上做人做事的最佳状态是什么？

显然，处在极端状态的炎夏和寒冬都不可取，因为感觉就不舒服。真正舒服的是春秋二季，也即处在中间时段的那个状态。

于是乎，我就想到，如果在认识论上完全处在极端状态，落实在行动上，就会产生一些完全不顾自己的责任和义务，在外面一味做好事的人，如丛飞、刘学军等（当然他们都不是坏人），也有在商品经济大潮下，产生出一些"人不为己，天诛地灭"的肮脏灵魂。这两类人算得上是炎夏和严冬了吧？我不怀疑，也目睹过"人不为己，天诛地灭"的信奉者；而"毫不利己，专门利人"者也是一种客观存在，但后者对社会大众能有多少示范意义？因为这些人固然很好，但多数人却学不了。无怪乎美国汉学家墨子刻说：“中国人提倡‘君子’道德，美国人提倡‘小人’道德。美国人只要求人守法、纳税，要求很低，容易实现。中国人把为人的道德门槛设置得太高，调子起高了，很难唱上去。”

四季的存在，早就告诉我们应该怎么做了，只是过去没把它当回事，或者视而不见罢了。

2014 年 11 月 20 日于半亩园居

学者的感情出口

我在这里之所以不用“知识分子”或“读书人”这样的概念，是觉得它们的涵盖面过于宽泛。而“学者”一词，据《现代汉语词典》的解释，是“指在学术上有一定成就的人”。也就是说，第一，他是做学术研究的；第二，他得有一定成就。否则，就不在我这篇小文所说的范围。

毫无疑问，学者的主要职业是进行学术研究，而且就我所见所知，许多学者是以学术为生命的，学术是学者的寄命之所。但这也只是他们人生的一个侧面。因为他们不仅是学者，而且首先必须是人。而人类的普遍特征之一是有感情。既如此，感情就需要宣泄和寄放：喜怒哀乐是感情的不同类别，嬉笑怒骂则是感情的宣泄方式，人人都会有的。

但作为学者，宣泄和寄放感情的方式往往与常人不同。就我观察所得，学者宣泄和寄放感情的方式主要有三种：写诗、写日记、写散文。而这三种方式的共同特征是：写下来。

先说写诗。我国最古老的文学作品是《诗经》。无论其中的风、雅、颂哪一部分，都是感情的自然流露。后世诗作，代有才人。无论是诗仙李白，还是诗圣杜甫，其诗之所以脍炙人口，无非是真性情的流露和文学才华的施展。但他们是完全的诗人，而非学者写诗。当代学人中，郭沫若和陈寅恪都写了不少诗。郭氏写诗不少，但“郭老郭老，写诗不少；老郭老郭，好诗不多”（郭氏自评语）；陈寅恪先生不仅是研究中国中古史的大家，而且提出“独立之精神，自由之思想”的高深见解，堪为学林旗手，一代宗师。他的感情出口何在？就是写诗。如果说从陈先生的学术文字中只能读到冷冰冰的道理和见识，那么，知人论世，感世态之炎凉；自嗟自叹，抒一己之情怀，这一类属于宣泄情绪的文字，则全在他的诗作之中。陈先生的挚友吴宓先生曾说："诸诗藉闲情以寓正意，虽系酬赠与娱乐之事，而寅恪之人格、精神、怀抱，其近年处境及一生之大节，悉全部明白写出。以为后来作史及知人论世者告。"由于陈先生壁立千仞，独树一帜，所以，其人其学其诗均为当世所重。近 20 年来，不断有人给陈诗作注。但自古及今"诗难诂"，有几人真能读懂陈诗？我们只知道"诗言志"，就陈先生来说，写诗仅仅是他宣泄感情的方式而已。

次说写日记。这使我想起两个人。一是鲁迅，二是吴宓。鲁迅先生有写日记的习惯，但他的日记多是流水账式，很少有感情记录和内心独白。我想，这可能是他的感情已经宣泄在杂文和书信中了，没有必要再在日记中重复。而吴宓先生则不同，其日记除了流水账，还有大量的感情记录和内心独白。更有甚者，吴先生对写日记有过超乎常人的认识。他说："日记所载，皆宓内心之感想，皆宓自言自语、自为问答之词。日记只供宓自读自阅，从未示人，更无意刊布。而宓所以必作此日记者，以宓为内向之人，处境孤独，愁苦烦郁至深且重，非书写出之，以代倾诉，以资宣泄，则我实不能自聊，无以自慰也。"我们知道，吴宓先生虽显迂执，但他乃至性之人，从不说谎。可是，时势所限，也不能将自己的想法告诉他人。如果再不让他用笔写下来，岂不是逼他发疯么？今天读吴先生的日记，我觉得，如果他的认识当时就披露出来，那后果不敢想。但是，他终究把写日记一事坚持了下来，成为一份极为难得的中国文化人心灵史。

再说写散文。在学者圈内，散文写得好者，我认为莫过于季羡林先生。季先生以研究中印文化交流史为主打，涉及的学术领域极为广阔。但自中学时代起，他就喜好写散文，用他自己的话说，就是喜欢"舞笔弄墨"。他的散文或状物，或抒情，其基本特征是有味、耐读。我曾当面对季先生表达过我的感觉，他笑了一下。大家知道，他的婚姻是由长辈包办而成的老式婚姻，因此他认为"没感情"。这是一句大实话，也是完全可以理解的。实际上，他于 1946 年从德国回来时，就已经处在情感与责任的矛盾和纠结之中了。

在二者不能统一的情况下，他选择了责任。由此可见，他内心是善良的。那个时代，能做到这一步，甚是不易了，我们不能随意苛责。当然，他的情感也需要一个出口，而他又很有才华，于是，写散文便成了必然的选择。当然，这不是说，只有婚姻不美满的人才去写诗、写散文，只是说，学者在进行非常枯燥的学术研究之外，也需要一个情感的出口。至于用哪种方式，则完全是自己的爱好了。

我认为，学者的精神世界由两方面构成：一是学术研究本身，二是情感寄托。如果说前者具有刚性，那么，后者就属于柔韧的了。不过，寓刚于柔，也是学人常用的手段。既然一张一弛是文武之道，那么刚柔相济，方成乾坤，不也是同样的道理么？

2014 年 11 月 1 日于半亩园居

生命的长度与宽度

近来，报刊上不时有人说到生命的长度和宽度。我想，这对任何人都有认识上的意义，故而不揣谫陋，也发几句议论。

我理解，所谓“生命的长度”，当指生命存在的时间，亦即由出生到死亡这一个时间段，相当于墓碑上标出墓主人生卒年月的那一块；所谓“生命的宽度”，当指个体在生命存续期间的行藏与作为，大致相当于墓碑上讲墓主生平事迹的那部分内容。

毫无疑义，我们多数人都希望长寿，实现上苍赋予的生存权利，得其天年。但很多时候却会有意外，生病、车祸、自然灾害；等等，都会使生命的长度受到影响，个人能够把控的程度十分有限，所以古人才留下“死生有命，富贵在天”的慨叹。但总体上说，随着生活水平和医学水准的提高，人类的寿命已有很大的提升。所谓“人生七十古来稀”是很早以前的现实，现代人年龄在 80 岁以上的，从身边随手就能数出一大把来。这样看来，个体生命的长短不仅与自己有关，而且也由社会发展水平所决定。北京市的平均寿命已达 74 岁，可以推想，八九十岁的老者会有多少！由此可见，人类生命的普遍延长，非但是个人之幸，而且首先是社会之幸。

但是，现实在很多时候又让人感叹唏嘘。当代许多很有作为的人却过早地夭折了。歌星邓丽君 42 岁，影星陈晓旭 42 岁，作曲家施光南 49 岁，以及一些别的人，其事业如日中天之际却断了生命之弦。前几年看过大学教师于娟的一本《此生未完成》，她辞世时才 32 岁；今天早上又从电视上看到，广西一位教师蒙瑞江才31岁，便辞别了人世，遗言将器官捐赠，挽救他人的生命。这是在自然生命无法再延续下去的情况下，想让生命的一部分继续下去，既有益于别人，也等于将自己的生命"借体"延续，受人尊敬。

至于说到"生命的宽度"，也就是个人行藏与作为，那便是五彩缤纷、色彩斑斓了。长寿者所做未必全是好事，短夭者也未必就做坏事。鲁迅只活了56岁，可他是一代文学和思想巨擘。虽然近来有人对他施以攻击之术，但我从十几岁起就对他深怀敬意，至今不改。先生说过："完美的苍蝇只不过是苍蝇，有缺点的战士终究是战士。"先生即便有缺点（缺点谁能没有）也是战士！像那位写过《忏悔录》的卢梭，也只活了60来岁，但他的思想光芒却照亮过后来人的道路。前几年，复旦大学邓正来先生过世了，才57岁，未免可惜。但他留下的学术成果亦足以让人深怀敬意。类似上面这些学人或其他领域的佼佼者，生命不长，但却活出了宽度的人士，比比皆是，不胜枚举。

不过，我的意思并不是说，为了活出生命的宽度，就可以不在乎它的长度。事实上，有不少人既得到了生命的宽度，也得到了它的长度。我毕业于北京大学，单就我听过课的历史系老师，二者兼而得之者便可数出：邓广铭先生（宋史泰斗）91岁，周一良先生（魏晋、日本史大家）88岁，田余庆先生（魏晋南北朝史大家）90岁，王永兴先生（隋唐史、"敦煌学"家）95岁；健在的有祝总斌先生（魏晋史大家）86岁，业师张广达先生（中亚史、西域史大家）85岁，吴宗国先生（隋唐史专家）81岁，考古学泰斗宿白先生92岁，依然活得很硬朗。在更大的范围看，哲学史家冯友兰先生活到95岁，印度学、西域古文字学家季羡林先生活到98岁。我这些老师和师长，堪称做到了将生命的宽度和长度有机结合，兼而得之，活出了精彩。眼下还有一位"汉语拼音之父"周有光先生，已进入110岁，更令人艳羡。

当然，如前所言，许多时候生命的宽度和长度难于统一，不易兼而得之，而是仅得其一。在鱼与熊掌不可兼得的情况下，你选择什么？这就与个人的价值判断和生命取向有关了。

就我所见，多数人选择的是生命的长度。这是可以理解的。古语云：蝼蚁尚且贪生，何况人乎？可以说，希望活下去是人之本能，无可厚非。但是，若是为活着而活便不免可笑了。君不见，人们听说广西巴马是长寿之乡，于是乎有不少大款纷纷加盟，去那里修宅盖房，想借那里的“仙气”以获长寿。又不见，有人轻信广告宣传，购买半间屋子的保健品，几乎以保健品代替饮食。又有人乞灵神佑，烧香拜佛。为了获得长寿，那真是“各显神通”。

相较而言，我更看重生命的宽度，想多做一些事，让生命更有意义一些。我这辈子以脑和笔为生，从事学术研究，而且研究的是多数人看不懂的“死学问”。直到如今，在“敦煌学”界，能够代替我工作的人尚需时日，因此更感责任重大。古人讲“雁过留声，人死留名”，虽然不乏追求个人名利的意思，但名利原本就是一把双刃剑，亦不足怪。社会的进步，正是靠众人在各自的工作领域辛勤劳动及其取得的成就，合力推动的结果。如果仅仅追求长寿，为活着而活着，社会怎能进步，个体生命的意义又在何处？作家胡发云说过：“人生就像一部连续剧，有人 50 集，有人 100 集。如果 50 集精彩而浓烈，就比那寡淡如水的 100 集更值。”（《想爱你到老》）于此，我心戚戚焉。

这并不是说，我就不在意生命的长度，只是不看重没有宽度的长度罢了。生命若没有了宽度，长度也就没有多少意义了。我那些北大的老师和师长，应该成为我的榜样。只要生命的长度还有，那么宽度就应该存在（若是健康不允许则另当别论）。换言之，我要工作到不能工作为止。我经常想到的是，我每月领取的养老金，全是纳税人的钱，取自民脂民膏。只有不懈地努力工作，我才能获得心安，不觉脸红。至于说，如何将生命的宽度和长度加以平衡，在长度中扩大宽度，那实在是一种艺术了。从报端看到，邓正来去世前 5 年，做过 300 多场报告，近乎每周一场。这让我吃惊，也让我惋惜。真有那么多可讲的么？这么做，不就是活活往死的累吗？如果他再多活 25 年、30 年，生命的宽度及其风景，又该是怎样的绚丽？

生命过程是一个抛物线。目前我已处在下落阶段，所以生活中的时间比例要顺势而行：随着年岁增大和健康状态的下降，工作时间逐步减少，锻炼和养生时间逐步加多，在生命的长度中扩大宽度，不亦乐乎？

2015 年 2 月 3 日于半亩园居

干净也是一种自尊

“干净”和“自尊”似乎是两个根本不搭界的词语，至少我还没有看到将它们放在一起的先例。但我从自己的人生旅程中体会到，这两者不仅有关系，而且关系极为密切。

这就首先想到我自己曾经的不干净。特别是在稷山中学念书时，由于没有换洗衣服，又无钱洗澡，身上便孳生了虱子先生，以致让某些同学产生意见。详见《稷中忆往》一文，这里就不多说了。

自参加工作以后，我自己有了经济收入，生活条件获得些许改善，我便比较多地注意起个人卫生来。记得第一次在北大读书时，周末同学们多数回了家，我便用上午的时间以洗衣服代替休息。我常在36楼前的两棵树之间，拴一根行李绳，将衣服晾在上面。那时我主要穿布鞋，而且是山西家里做的。为了不让鞋子散发臭味，我也将布鞋洗干净放在窗台外面晒着。直到我30岁时第二次入北大读研究生，内衣仍旧是用家乡土布做的，但我也注意洗干净，不让它散发令人不舒服的味道。当然，脏衣服穿在身上，首先就是自己不舒服。

就这样，我一直保持着比较好的个人卫生习惯，不知不觉便成了生活中的自觉行为。终于，有人发表评论了。1982年我到了国家文物局古文献研究室（今日已并入中国文化遗产研究院）工作。那时我们研究室有30多号人，其中9位是1978和1979两届毕业的研究生，有一半左右是比我们年长的人。其中一位是来自陕西的王碧云老太太，我们私底下叫她“王老太”。王老太操一口地道的陕西方言，她是不说普通话的。忽然有一天，她在沙滩红楼的四楼楼道对我说：“我说你这个邓文宽同志，你虽然没啥好衣裳穿，可总也是干干净净的。你看那个某某某，一天到晚邋里邋遢像个啥呢！”那一口浓烈的陕西话差点把我给逗乐了。1994 年我们单位又迁到北四环东路高原街 2 号上班。故宫博物院的张书礼也调到我们单位工作。此前他同我的一位同班同学在一起工作了很多年。老张私底下说：“你很干净，某某某就脏得不行。”当然，老张也说我脾气太大了。这两个老同志所说的话，无论是肯定，还是含有批评内容，都毫无恶意，是不必怀疑的。

这就是说，保持一个良好的个人卫生习惯，不仅关系到个人健康，而且在公共生活里也是十分重要的。只有你自己自尊了，才会被别人尊重，至少不被人看轻。

2009 年我退休回家，至今已快 7 年。但我仍旧保持着良好的个人卫生习惯。基本上每天晚饭后要洗一次澡。换下的内衣，次日早上一起床就用手洗出来挂好，有太阳时便移到外面去晒。如果说 60 岁之前这件事对我还很简单的话，那么如今我快 67 岁了，而且患有腰椎间盘突出症，站在那里用手洗衣服就不免有些吃力。可是，迄今我仍旧坚持着，也许直到我完全无力做才放手。

如果说上面所言干净仅仅是从个人卫生着眼的，那么，我还着眼于另一种干净——个人与世界的关系。贪污腐败行为是我绝对鄙视的，自不待论。我所说的这种干净，是自己不要亏欠世界和他人。就职业而言，我是一个恪守职业道德的人，剽窃、抄袭之类的行为我绝不沾边。对于个人，凡对我有过恩惠的人，或者我欠着他们的实物、金钱和人情，我都想弄得清清楚楚、干干净净，不要欠着债不还就糊里糊涂地谢幕。这方面可看小文《我对自己的一次清算》。

总之，谁能说干净不也是一种自尊呢？

2015 年 9 月 30 日于半亩园居

六十年的变迁

——从“挡锣”到“电邮”

现如今，当我想同国内外朋友联系时，最便捷的方式便是电子邮件。那玩意儿真真是快，在电脑上写好，摁一下“发送”，就立即到了对方的眼前，真是秒秒钟的事情，神奇之至啊！

这使我想起我这一生60余年间见过的几种消息传递方式，确也值得回顾一番。

先说“挡锣”。中国古战场上有“击鼓鸣金”之说。击鼓是进攻的指令，听到后，全军要奋勇向前；鸣金就是敲锣（民间也叫“挡锣”），则是收兵号令，听到后，将士要立即后撤。我虽未见过古战场上的这一幕，却也见到过“鸣金”之意绪。我出生于1949年。记得农村合作化之前，我们张开西村的村长是邓天玉的父亲邓大马（大名我不知道）。那时也有村政权，叫村公所，大马是一村之长。村里聘了一位本村村民裴二娃（唐朝宰相裴耀卿的后人）跑腿传话。需要叫谁，老裴直接去叫就行了。可是，村里每年也要开几次村民大会的，这就不能一个一个地口头传达了。于是，老裴要用“挡锣”这种方式传达村长的命令。我记得他个头不高，腰里总是围一条长腰带。他左手提锣，右手拿个缠了布的木槌，一边走路一边敲锣，意在警醒村民们“听着点”。他每走七八十米，就停下来一次，挺着肚子，扯开嗓门喊道：“全体的花户（百姓也），今儿个后晌西岸场里开大会哩！”喊过之后，他又“铛铛”地敲着锣往前走，过七八十米再来一次。我估计要把我们村几条街全转过，也得一个多小时。尽管如此，约莫真能听到的也只是住在街边的各户，住在胡同深处的就未必能听得到。

20 世纪 50 年代中期，实行了合作化，但经济成就实在不怎么样。我们张开西村到 1970 年才通上电，随之也就有了大喇叭扩音器，方便许多。可是在通电前的十几年里，村里也是要开大会的，需要通知大伙。怎么办呢？估计我们村里学习外村，才在村委会的旁边、村子的中心，建了一个比普通房子略高的广播台，用广播筒喊话。广播筒是铁制的，靠嘴的一边正好磕着人的下巴，不跑气；向外逐渐变粗变宽，以便让声音覆盖面大一些。村干部上到台子上，将要说的话想好，先向东西南北的某一面广播一次，再转身依次向其他三面广播一次，以便让各侧都能听到。广播筒就放在广播台上。我们小孩子早就被父母告诫过，那是不能乱动的。于是，即便我们自己跑到广播台上去玩，也不敢动那带有“神圣性”的广播筒。但成年人中，也有没把广播筒看得那么神秘的，敢去利用这个广播筒实现个人的诉求。70 年代初，有一个小伙子来自外村，跑到我们那里打短工。他只要手里没活了，就走上广播台，向全村人广播道：“社员们注意了，我关虎又闲住了，谁家有活快来叫我。咱不怕苦，好小伙子呢。”听到的人都会莞尔一笑。这不就是今日广告的初始形态么？至于我的本家邓小安伯伯，儿子邓来虎是烈士，孙子尚小时，被媳妇改嫁带走了。为了要回孙子，他拄着拐杖，不知往县民政局跑了多少次，终于把孙子要回来了。天晓得，不久便祖孙反目成仇。小安伯伯有气出不来，也跑到广播台上，拿起广播筒向全村人诉说，骂自己的孙子。那虽也是张开西村的一景，可是至今想起，未免令人心酸。

前面说过，直到 70 年代初，我们村才用上电。相应地，也就有了面向全村四个方向的高音喇叭。这绝对不需要像裴三娃当年那样使劲去喊了，只要在麦克风前用正常声音说话，广播里就会发出很大的声音，传出去几公里，甚至对村民造成了听觉刺激，成为一害。至于要传到的听话对象，对一个村民和全村人都是一样的。如村干部要通知一个人去大队部，他就喊：“任五臣，吃完早起饭立即到大队来！”除了任五臣本人，全村大人孩子都能听到，一点私密性也没有。当然，村干部也有他的道理：“我咋知道你是在家里，还是在地里？这样一喊，你在哪里都能听到。”

这里我还想说说电话的使用。70 年代，每个村里都有一部手摇电话机，放在村委会。那是村干部和公社联系的工具，普通群众是不能使用的。当然，作为曾经在公社工作过的我也知道，公社干部，尤其是书记或主任，要作动员或讲话，可以到广播站要求打开广播，这个权力平民百姓更没有。到了70年代末期，我人已在北京。多次接到兄长电报，告知母亲病重，要我立即回家。可是电报上的几个字又说不清楚，而我有工作，不能总回家吧。有时想打电话问清楚，为了将费用省成半价，下半夜骑自行车去西单电报大楼。电话叫到村里，铃是响了，可没有人接听。出来时发现自行车上的铃盖被小偷偷走了，真是扫兴之至！到了90年代中期，都市里多数人家都安上了座机电话。又过了几年，我们开西村半数家庭也通上了电话，真是方便多了。到2015年底，据官方报道，我们这个13.7亿人口的国家，有12亿人在用手机，甚至连拾荒者也在用！再加上看电视，我们祖宗渴望了几千年的“千里眼、顺风耳”，切切实实地美梦成真了。

这60多年的变化，实在说太大了。也许近代以来的人类进步速度，已经超过了既往人类进化速度的总和。但我却有一种不安：乌龟跑得慢，所以才能长寿；人类进步得如此之快，是否也是在向终点加速靠近？但愿我这是杞人忧天。

不过，当我最终将这篇小文送出去时，恐怕还是要走“电邮”这个快捷通道的。

2016年9月13日晨于半亩园居

原来这事也可以宽容

我是一个一生都在同书本打交道的人：读书、写作便是我的生活内容。为了开阔视野，多读书、读好书，十多年来我一直订着《读者》以及后来出版的《读者》（海外版）。那里每期都能读到一些好文章，不仅可以滋养写作能力，也可增进对人生的领悟，并丰富生活。总之，受益多多。

前些年，我在订阅普通版《读者》时，曾发生过连续几期都收不到刊物的事情。我只得向发行部写信，要求将欠缺的刊物补齐，并将本年度几期尚未出版的刊物都寄到我的工作单位。他们很负责，一次就给我办妥了。为什么小区收发室可以连续几期没有我的刊物呢？我还订着一些别的刊物，为什么就单单这本收不到呢？原因是年初只有这本不是直接从收发室订的，但邮送却必须经他们之手。于是乎，即便我收不到，他们也没有责任。我怀疑我的刊物不是没送到，而是中途被人拿走了。

后来有了《读者》（海外版）。它不仅文字大而爽朗，而且收进不少精美的图版，具有了收藏价值。我和老伴每期都认真去读。老伴搞出版工作，更懂得从出版角度去品评，并持很肯定的态度。总之，我们二人都很喜欢。

几年来，我都是从小区收发室直接订这份刊物的。在正常情况下，每月的2、3号我就能收到刊物。但最近半年多来，我收到刊物总要晚一个来星期。由于刊物外面包着塑料薄膜，送来时也未有明显动过的痕迹，我也就不太在意，照常看而已。可是昨天（2016年9月9号）送到的第9期，却没有了外面的塑料薄膜。仔细翻一遍，可以肯定，是有人先看过了。开始，我不免

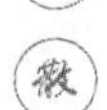

有些生气，因为这毕竟是我花钱订的刊物，当然应该先到我手里才是。那些先看的人不花钱为何白看呢?

可是，我冷静一想，认识便起了变化。先看我刊物的人虽欠妥，可也不是什么大错。他（她）不就是喜欢看里面的文章吗？这总比泡在牌桌上或夜店要强吧？我平时总感慨国人缺少阅读习惯，把宝贵的时间都浪费了，现在有人想看书，我为何却不高兴呢？他（她）愿意看书难道不是天大的好事吗？想到这里，我立刻释然了。

其实，一部分国人想读书，看刊物，但他们或囿于经济条件，或还没有对书刊进行消费的习惯，于是便走了“捷径”，这却是需要我辈专业工作者同情和理解的。再者说了，一本书，一本刊物，尤其是专业类图书，我们也许一生就用一次，其他时间多处于休眠状态，何尝不是文化资源的浪费？这使我想起，在北京大学读书时，可以用借书证去大图书馆或系资料室借书，用完还回去，别人再借。一本书处在流通状态，作用比长期闲置就大多了。想到这里，我再也不怪那位对我订的刊物“先睹为快”了，而且祝愿他（她）看后多有收获，日有进步。

原来这事也可以宽容。

2016年9月10日上午于半亩园居

这样的人生最不值

近年来，反腐力度加大，有很多违法违纪官员纷纷落马，确实让百姓拍手称快，我也很是支持。但换个角度，从一个人的生命史来讲，我却为他们感到惋惜，因为这样的人生最不值。

就官员犯法来讲，他们是罪有应得。因为他们赖以牟利的手段是公权力，并非个人私有。公权力姓“公”，原本属于公民，他们只是受委托行使而已，但事实上却是公权私化了。他们付出的劳动，由此应得的回报，从制度层面已有保障，往往还比较优厚。但你仍不满足，还想多得，最方便的途径就是利用手里的公权力。你用它去牟利，这就出轨了，完全是咎由自取，不可原谅。一些经商的有钱人用自己的钱同人交换，谁能认为有何不妥？但也不能用于行贿，否则同样会犯法。而你们用公权力去谋私，触碰法网，能不受罚么？

但是，漫观一下这些出问题官员的成长经历，我却有了别样的思考。这些人多在 50 岁以上，身居高位，说明他们已经走完了人生的大部分旅程，本该再干几年，就可以回家安享晚年了，现在一夜之间却变成了阶下囚，走向监狱。设想一下，如果他们一开始就很坏，他们能一步一步走到出问题时所居的高位吗？恐怕不是。反之，这些人普遍头脑聪明，能力很强，精力充沛，干劲十足。如果他们没有这些优势，是很难脱颖而出，走上高位的。平心而论，他们也是有不少成绩和贡献的，但最终却触犯了法律，一生成就和努力奋斗毁于一旦，成了“十（十分成绩）减一（一分罪恶）等于零”的践行者，人生变得黑暗一片，身败名裂，一切归零。悲哉！

这样的人生让人惋惜，这样的人生也最不值。

人是很难免俗的。所谓“雁过留声，人死留名”，就是说人活一辈子，要留个好名誉。若此，一是要有成就，足让后人利用和参考；二是要有好名声，亦即“留得清白在人间”。但真正做到这两点却很不容易。除了努力工作，力求有所建树之外，同时也要砥砺名节，自尊自守，克己洁身，后者更为重要。当然，官员出问题，有制度方面的原因，但不能洁身自好、从严律己，也是重要原因。这就只能归咎于自己了。另外，忙于事务，不去读书自修，也是一大原因。如果他们能认清不论有多少财富，最终都必须放手西归，还会那么放肆攫取吗？如果他们能明白，人的幸福不仅与物质相关，更同人的精神世界相联系，还会那么在意声色犬马么？如果他们能看到，不管你是高高在上，还是匍匐在地，人人均是一匆匆过客，他们还会把自己看得很重吗？每当我静听华彦钧先生（瞎子阿炳）的《二泉映月》时，我就想，华先生虽然受尽了人间苦痛，但有此一曲长留人间，值了。

那些最不值得的人生，却是值得今人和后人去认真思考的。

2017 年 7 月 14 日下午于半亩园居

管住你的嘴

“管住嘴，迈开腿。”这是近些年来十分流行的一句话。前三个字是说要节食，不要吃得太饱；后三个字说的是要多走路，多运动，生命在于运动嘛。毫无疑义，从养生和健康的角度而言，这6个字是绝对正确的。

可是，从我参加过的一些活动所见，“管住嘴”还应有别解。

嘴的自然功能有二：一是吃，二是说（接吻不算）。为了健康而管住吃，这也是需要毅力的，并不容易。但是，在公众场合，在会议上，把握住自己的讲话分寸，尤其是遵守会议规定的发言时间，是否也十分必要？我认为是十分必要的。我主持过多次会议，一些发言者不能控制自己，随意占用时间，被我终止他（她）的发言。理由很简单，大家都来开会，可是会议时间有限，要发言的人很多。也许你讲的内容很重要，但在时间上你与别人是平等的，不允许你占用别人的时间。反过来说，这些人在规定时间内为何讲不完呢？我认为他们少了一道工序。他们认为，文章写出来了，到时候只管说就行了。其实不然。文章写了一万多字或七八千字，发言前还有一道工序：删减和提炼。由于时间限制，必须要删掉很多内容；为了表达清楚，要对讲话内容进行提炼。这样的事情，每次参加会议，我都要提前几天就进行。如此，才能保证发言内容清清楚楚，干净利索。

再回到“管住嘴”这个话题。据我观察，管不住嘴的事情多数发生在老年人身上。为什么呢？看来是因为年老而自控能力降低的缘故。这是老年人的悲哀，也是生命的自然现象。认识到这一点，我就想训练自己少说一些，至少在会议上别太过自由。

可是，我现在年近七旬，尚有自控能力；如果上苍眷顾，让我也活到八十岁、九十岁，那时我还管得住自己的嘴吗？我害怕！

2017 年 5 月 27 日于半亩园居

一种值得弘扬的宗教礼信

李娟女士是新疆阿勒泰地区一位土生土长的散文作家。她的文字不仅有着西北大漠和绿洲清泉的生活气息，而且用词干净、清爽，甚至时不时地还有点小俏皮。因此，我很喜欢读她的作品。从《中华读书报》上看到，中华书局新近出版了她的《记一忘三二》，于是赶忙上当当网购一册，到手后一气读完。

在《宠牛记》一文中，作者说："那时我家还住在荒野中的阿克哈拉村，有个欠我家钱的村民过世了。依据当地宗教礼信，需得还清生前债务才允许入葬。可这家人实在太穷，便赔给我家一头牛。当时牛还很小，非常可爱，我妈就爱上了……"这段文字中的"宗教礼信"云云，让我想了好几天。因为在我的一个本子上也记着罗马尼亚诺曼·马内阿的一句话："在我离去之前，结清我的账目。"

我不知道李娟所记的"宗教礼信"出自哪个民族，以及与罗马尼亚诺曼·马内阿的那句话有什么关系。但这一认识的内在含义却是一致的：告别人生舞台之前，把自己的账目结清楚，尤其是不要欠别人的债。

李娟所记的"宗教礼信"，若不还清所欠债务，就不许下葬，就是强求每一位信众都要努力劳作。同时客观上也强迫人们生前还债的主动性。即使你生前做不到，那么死后也要用家财去抵账。只有把债务还清了，即便死去，也是有尊严的死。

我相信，这样一种认识，不管是宗教礼信，还是久而久之成为一种社会风俗，对维护健康的社会秩序，都是积极而有益的。

几年前，我读过房地产大亨潘石屹先生的一篇文章《我把自己解放了》。大意是说，他富起来之后，一些亲戚、朋友、熟人、同学等，用各种名目向他伸手借钱。他把钱借出去了，那些人也写了欠条，但此后就再无下文了。以至于他去催要，人家根本不予理睬。万般无奈，他只好把那些欠条一把火烧了——也就把自己解放了。读过后，我当时就吃惊和唏嘘！

像潘石屹那样的富豪，在今天的中国已是所在多有。但不要忘记，不管有多少财富，那都是属于人家自己的，同你没有半毛钱的关系。当你开口向人家借钱时，债权人把钱借给你，已是对你的一种帮助，你应该感恩。根本不应该想，你有那么多财产，不缺我欠的这点儿。不要说当今商品经济时代人类建立的契约精神，就是我从整理过的出土古代民间借契上也看到，逾期不还或反悔契约内容者，都要“悔一罚二”。古人之所以建立这样的民俗和罚则，也是为了维护正常的社会经济关系，遑论一千几百年后的今天。

人之所以不同于低级动物，就在于他（她）有尊严：尊严地活着，并且尊严地死去。不要身后被人说“活着时是个赖皮”，那样的评价可不好听。尊严和拥有多少财富无关，但同欠债不还或欠债未清有巨大关系。

读者还记得我那篇《我对自己的一次清算》吗？有兴趣也可以看看。

2017 年 8 月 7 日晨于半亩园居

危难那一刻

我是一个极其平凡的人，一生以从事学术研究为安身立命之所。但我觉得，无论伟大也好，平凡也罢，人人都需要叩问自己的良知。眼下命笔这一刻，我就正在叩问自己的良知。

那是 36 年前的一宗往事。

1981 年夏天，利用暑假时间，中国唐史学会组织了一个“丝绸之路考察队”。当时正在北大历史系读硕士研究生的我参加了这次活动。7 月下旬，考察队成员 20 余人，从全国相关高校和科研机构出发，在兰州大学聚拢，然后由此正式开始了考察活动。考察队到武威，经张掖，过酒泉，出嘉峪关，一路西行，到达了我们梦中的圣地——敦煌。

毫无疑问，敦煌是此行考察的重中之重。因为队员们的工作或直接，或间接，都同那门国际显学“敦煌学”相关联。我们住在当时的敦煌县城，每天上下午乘车去莫高窟进洞参观，中午则回到县城吃饭。好在县城距离莫高窟也仅 25 公里，乘坐吉普车往返并不算远。

就在我们参观莫高窟第三天中午回城吃饭的路上，我却眼见了一场车祸惨案。当时从莫高窟回县城，先由南往北，九十度直角转弯接上兰新公路，向西在某岔口出来再进县城。就在这个转弯处，在我乘坐的吉普车前面 100 多米，一辆大轿车由于转弯太急，侧身翻落到路基下面的沟里。刹那间，传出一片哭号之声。我们的吉普车转弯向西六七十米便停了下来。车上连同司机共 6 个人。由于事发突然，大家一下子都愣住了。

我从车上下来，便直奔事故现场。那一片景象，真是惨不忍睹。车上所载主要是妇女和儿童。他们有的已钻出来，站了起来；有的正在从破碎的车窗处往外爬，而多数人脸上、手上、身上都是血。这可怎么办呢？当时还算头脑清醒的我，第一个想法便是尽快把他们送进医院！可是，当年不像今天有手机，也无法联系专门的救护车拉他们。我当即决定，拦住由东向西行驶的所有车辆，要求他们拐道进城，把伤员带去医院。记得我当时下身穿一个大裤衩子，上身穿一件胸前印有"北京大学"4个红字的白背心。我站在公路正中，举手拦车，不放过一切车辆，要求他们改道进城，捎上伤员。应该说，多数司机都是有同情心的，接受了我的要求，能捎几个是几个。但有一辆运货的大卡车，车上除了货物，还站着几个人，司机却不太愿意改道。我毫不客气地爬上他们的车，问那几位："哪位是领导？"一位中年人说："我是支部书记。"我对他吼道："我也是共产党员。今天你的车必须改道送人，不然我不会放你走！"他淡然地笑了一下，才告诉司机捎人，我也才放他们过去。20多分钟后，大部分伤员都被捎走。还有一位30多岁的男子，头上流了很多血，已昏迷过去。我要求我们的吉普车司机带上他，直到把伤者送进医院，交给医生。回到宾馆后，司机才去提水清洗他车上的血污。

岁月年轮已经转去了36个周期，可当年那一幕却仍旧历历在目。如今我也是快70岁的人了。我在问自己：如果我当年没有积极参与救助车祸受伤者，今日该作何感想？或许我会抡手抽自己的耳光（中国式自我批评方式之一）。而且，我的灵魂到死也不得安宁，即便上苍能原谅我，我也无法原谅自己。

人之所以为人，是因为有爱，有同情心，有怜悯之心。在上苍赐给我们这一生的几万天里，谁也不能保证自己一切顺遂，永远不需要别人的帮扶，或者说，在危难关头渴望别人搭一把手。在庸常的日子里，你可以与陌生人擦肩而过；但在危难关头，你的良知会告诉你，此刻那个人——你的同类急需得到帮助，而你的帮助会减轻他的苦难，减轻他的痛苦。你去帮助他，做了该做的事情，你的心灵才会宁静。从这个意义上说，帮助受难的人，就是帮助你自己。因为毕竟我们的灵魂需要自己去救赎。

2017年11月17日上午于半亩园居

“宠辱不惊”真不易

十多年前，当我尚未退休，还在单位上班的时候，请同事、书法篆刻家刘绍刚先生为我写了一幅字，曰：“宠辱不惊，坐看窗前花开花落；去留无意，漫观天外云卷云舒。”妻子找人装裱后，悬挂在半亩园居楼梯间的窗户下面。这样，上下楼梯都可以眊上一眼。

当时请人写这幅字是有其背景的。由于自己个性明显，不事王侯，所以受宠的事从来就轮不到我头上。至于受辱，也不是不存在可能。我这号人，原本就容易成为他人的眼中钉，只是我平日里行事谨慎，自律甚严，不给别人整治我提供机会罢了。至于“去留无意”，是因为当年报纸上说，以后中国用人制度由国家用人改为单位用人了，我看后不禁为之一震。要真是这样，我的小命就落在单位领导手中了。好在我已是老职工，年近 60，在单位多干或少干几年，差别也不是很大，自然“去留”也就不必在意了。后来，国家又将正高职称分为四级，阴差阳错，我在“得者不喜，不得不忧”的思想指导下，竟然被定为二级研究员（本行业无一级）。若说不喜，那是说谎；若说大喜，亦非实情，仅是小喜而已。尽管如此，某些未获得者便恼羞成怒，在拿我毫无办法之际，便开始了他的抹黑行动，陷入小人行为之列。足见“宠辱不惊”说时容易，可真正做到，又谈何容易！

不久前，我第二次住进安贞医院消化内科，做“结肠多发息肉”切除手术。同病房共有 4 个人：一位老革命，与我同病；另两位来自密云农村，所患为胃部疾病。住在同一病房，每日里除了打点滴、吃药，也很难做成正经事。

于是，偶尔也会聊一些家长里短。这两位农民兄弟，姓吕者73岁，姓郑者63岁。据吕姓老哥讲，他每月享受政府给的520元津贴，他夫人每月有2000余元的退休金。我便问他："那嫂子上班时是做什么工作的？"老吕说："她根本就没上过班。"这就怪了，没上过班怎么能领退休金呢？于是，老吕给我讲了一段故事。

几年前，由于修高速公路，他们村被征去几亩地。政府给予的补偿是：全村几千口人，可以给三个名额，未到退休年龄者给安排一份工作，已到退休年龄者，可直接领取退休金。几千口人的村子，只有三个名额，可谓石破天惊，成了轰动一时的大事件。这三个名额给谁呢？咱中国人不缺乏这方面的智慧和经验：抓阄！这真是公平公正公开。那一天，为防局面失控，公安部门派了警员去维持秩序，县、乡、村三级干部站在现场，以示庄严与庄重。于是，有资格的村民络绎入场，伸手去抓那个纸蛋蛋（阄）！你可以想象，只有三个名额，上千人去碰运气，该有多少人乘兴而去，败兴而归。老吕也属于未抓着阄者之一。可他那位同样有抓阄资格的夫人却不积极，活动都快要结束了，她还迟迟未出发。老吕说："你还不赶快去吗？"老伴说："就三个名额，怎就会轮到咱头上呢！"老吕说："有没有的，你去试一下嘛！"在他的再三催促下，老伴这才不抱希望地去了。到达现场，只剩四个阄还未抓。老太太随手摸了一个。天哪，她竟然抓着了，这便是她现在每月2000多元退休金的来源。此后，她便信了佛。几天后，她来病房看老吕，我同老嫂子还聊了一阵，并答应，待新版《敦煌〈坛经〉读本》印出后送她一册。

老郑他们村也是因修高速公路被征地而获得补偿的。只是由于被征去的土地多，所以受补偿的名额有100多个，比老吕他们村抓阄获中率高多了。他们村也比老吕的河槽村热闹得多。在抓阄前，不少人先在家里烧香磕头，也有到寺庙去许愿的，求神佛庇佑。有一位老太太，手里拿了一把香，到放着阄的纸箱前将香点着，冲着箱子先磕了几个响头。在场的干部们说："她怎么这样呢？"是啊，她怎么就不能这样呢？她不犯法，也没碍着谁，就是想得到天上掉下来的一个大馅饼嘛。遗憾的是，尽管她烧过香，不仅磕了头，而且还是响头，到头来却仍未能抓到，只得含泪而归。

这不禁让我想起了"范进中举"。范进久困考场，猛然获得中举的消息，便像疯子般狂笑不止，以至精神失常。多亏他岳父胡屠户及时给了他一个大嘴巴子，他才恢复过来。

无论是当年的范进，还是今日的某些乡民，他们都是生活在社会底层的平民百姓，渴望改变自己的处境，乃至趋利避害，均是人之常情，本也无可厚非。可是，就我将近70年的人生阅历，真正影响自己生命进程的，恐怕还在于自己平日的努力与否。固然说，人生也会有偶然的不期而得，如买彩票获得大奖之类，但那毕竟是小概率事件，不可寄予太大的希望。再者说，得与失原本就无严格意义上的区分，得即是失，失亦是得，何必看得太重？得到了，应该看作这是上天的眷顾，此后多做善事以作回报；得不到，要想到，能得到者毕竟有限，为什么得不到的只能是别人而不能是我？

“宠辱不惊”真不易。到底能做到几分，可就全在于你我个人的修炼了。

2018年2月17日（农历正月初二）于半亩园居

新识立足何其难

我这里说的“识”，是指“识见”“见解”。当然，一种“识见”一旦被社会所公认，它也会变为知识，这是不言而喻的。

人类社会的进步，必须仰赖新识见的出现，以及它的引领作用。如果社会没有新的认识，一直停留在旧的认识范畴，那是很难指望其进步的。但新的见识往往只出现于极少数人的身上。由于其“新”，停留在旧认识基础上的多数人便会感到“怪”“异”，不能接受，以致力图立即将其消灭。但是，新认识以其天然的生命力，不惧风雨，不畏强暴，茁壮成长，傲然挺立，最终由一株小苗长成参天大树，这也可以说是它的宿命。

不过，“新识”立足的过程却极其艰难。

近日读陆灏先生的《不愧三餐》，书中讲到两件事使我十分感慨。一是关于节制生育，一是关于女人放足。

据《胡适之先生晚年谈话录》一书记载，1959 年 4 月 15 日，“先生说：三十多年前，山额尔夫人经过日本时，日本不许她上岸。那时我在北大，我首先打电话去欢迎她。后来她写自传，特别提到这件事。”提到什么事呢？《胡适日记》1922 年 4 月 15 日有记载：“到北京饭店访美国山格夫人（Mrs. Margart Sanger）。他提倡‘生育制裁’（Birth-Control）最力的人……此次来东方，携有（蒋）梦麟的介绍书，蔡先生（按，指北大校长蔡元培）也收到介绍书，故我去看他。我请他演说，他答应了。”除上述所记，《胡适日记》1922 年 4 月 19 日还附有一张当天《北京大学日刊》的简报，是“校长启事”：

“美国女士山格夫人（ Mrs. Margart Sanger ）为提倡‘生育制裁’最力的人，八年以来，为此事入狱数次……本校特邀请夫人于本月十九日（星期三）下午四时在第三院大礼堂讲演《生育制裁的什么与怎样》，由胡适之先生担任译述。此启。”据说，当天听讲者有 2000 余人，足见规模不小。

数千年来，人类社会的自身繁衍，一直处在自然状态，从来无人说应当节制生育，突然有一位美国人，而且是个女人，竟然提出要节制生育，这无疑是石破天惊！于是，她不仅在外国多次入狱，而且也遭到了许多中国人的反对与嘲讽。《余绍宋日记》1922 年 4 月 25 日有载：“阅《晨报》附张，见有法国女人山格[①]女士在北京大学讲演稿，讲男女避妊之法，言甚秽亵，此种学说吾国极不能适用，而大学竟使其公然演讲，足以误尽少年男女，亦人心世道之大忧矣。闻此外国淫妇到美国、日本讲演均被其政府干涉禁止，而蔡孑民乃为其绍介，不知是何心也。”《晨报副刊》1924 年在一篇文章中引用某师范学校校长的话说：“又有山额夫人之制育方法，制育药品，以为其助缘。此种新文化，如不能普及，则亦幸耳。多普及一人，即灭此一人之种。多普及一家，即灭此一家之种。若真普及全国，恐五千年之黄帝子孙，从此绝矣。”至于文化巨匠鲁迅先生，他在 1926 年写的一篇杂文《新的蔷薇》中说：“先前山格夫人来华的时候，‘有些志士’却又大发牢骚，说她要使中国人灭种。”不难看出，鲁迅是支持节制生育的。从整个这件事的主要参与者看，蔡元培（时任北大校长）、蒋梦麟（后来任北大校长）、胡适之（后来任北大校长），对山格夫人提倡节制生育，都取支持态度。遗憾的是，这种新识见当日并未在中国普及开来并得到实施。1958 年，也就是山格夫人来华演讲后 36 年，时任北大校长、全国人大常委会委员马寅初，再次建言，希望推行计划生育，控制人口增长。结果遭到反对。十多年后，国家做出计划生育的决策，而且作为国策加以执行。可是，这时人口基数已经十分庞大了。

可以毫不夸张地说，就节制生育来说，在美国，山格夫人走在全人类的前列；在中国，蔡、蒋、胡、马四位北大校长走在全国人民的前列。我作为北京大学培养出来的学生，为我们的四位校长感到骄傲。

---

① 一称美国人，一称法国人；一译山额尔，一译山格。翻译不同，实则一人。

另一件惊世骇俗的事情便是人体模特。比山格夫人略早，1914 年，时年 19 岁却具有先锋思想意识的刘海粟在课堂教学中首倡使用人体模特。两年后，上海美专举行成绩展览会，陈列了男女裸体画习作。这对于一向保守封闭的中国人来说，不啻是一枚重磅炸弹。某女校校长看后骂道：“刘海粟是艺术叛徒，教育界之蟊贼！”年轻的刘海粟不但毫不退缩，且以“艺术蟊贼”为荣耀。后来事情越闹越大，诉诸法律，海粟胜诉，上海美专亦由此声名大噪。按理说，事情到此当告一段落 。可是，先见先识怎能那么容易立足？1926 年，上海《新闻报》等载文呈请当局严禁人体模特，要求严惩刘海粟。刘海粟提笔反击。时任上海县知事危道丰发布命令，严禁上海美专用人体模特写生。军阀孙传芳致函刘海粟，要求他撤销人体模特。刘海粟据理力争，毫不示弱。孙传芳于是下令封闭上海美专，通缉刘海粟。无奈之下，刘海粟被迫于 1927 年逃往日本，但继续斗争，终获胜利。

坚持新思想，不屈不挠地斗争，在美国有山格，在中国有刘海粟。他们都是时代先锋，历史巨人，后人应该向他们深深地鞠躬致敬。

再一件事就是关于妇女缠足。大约从五代时起，不知是什么人的鬼主意，中国人竟然有了欣赏“三寸金莲”的审丑意念。在 1000 年左右的时间里，全中国都盛行妇女缠足，越小越好。我曾经说过，我们这个民族对人类有“四大发明”的贡献，但也有四项罪恶记录在案：腐刑（割去睾丸）、缠足、文字狱、对犯人的“凌迟”。当初提出废除缠足主张的人士，也曾遭到过恶意攻击。据载，清末文人王颂蔚的妻子谢长达是个新派女性。20 世纪初，时值各地都在成立“大足会”“放足会”，为饱受压迫的妇女们解除桎梏，“谢长达倡导此运动最力”（顾颉刚日记语）。但也有苏州人嘲笑她说：“王三太太自己的脚裹不小，乃要别人放足以掩其丑。”这位谢女士是一位知识女性，在苏州创办过“振华女中”（后成为苏州市立第一女中）。从她以“振华”名校，即可见其胸襟与抱负不同凡响，反对缠足应是她生命历程中的必然课题。今天还有人再主张缠足么？如果再有谁主张，恐怕会立即被民众的唾沫星子淹死！

陆灏先生《不愧三餐》未提到的事情还有清末剪辫子一事。辛亥革命起，革命党要求剪辫子。而多数民众在清朝统治下留辫已成习惯，很难接受革命党的意见。有的人被强迫剪掉了辫子，痛不欲生，觉得有负生命，对不起列祖列宗。直到20世纪50年代，我在乡下还见到过，大人们不再留辫子了，可不少家庭还给少儿留一根很细的辫子（主要是男孩子），直到上学时才剪掉。习惯的力量有多么大，由此可见一斑。

在更大的范围看，我们也知道中世纪意大利思想家、哲学家、自然科学家布鲁诺因捍卫哥白尼的“日心说”（这当然是一种新见识）而被活活烧死。这是人所周知的，无须多说。

总之，无论是在中国，还是在全世界，人类文明史上每一次新见识的立足，都是极其艰难的，甚至伴随着苦难与不幸。但是，如果没有那些新见识的产生，没有新见识提出者的付出，也许我们今天仍旧处在茹毛饮血的原始阶段。

过去的新识立足不易，未来的新识是否就会轻而易举地为世人理解并接受呢？看来也不容易。新识立足十分艰难，似乎已是铁律。对此，人们要有充分的思想准备。

2018年3月5日于半亩园居

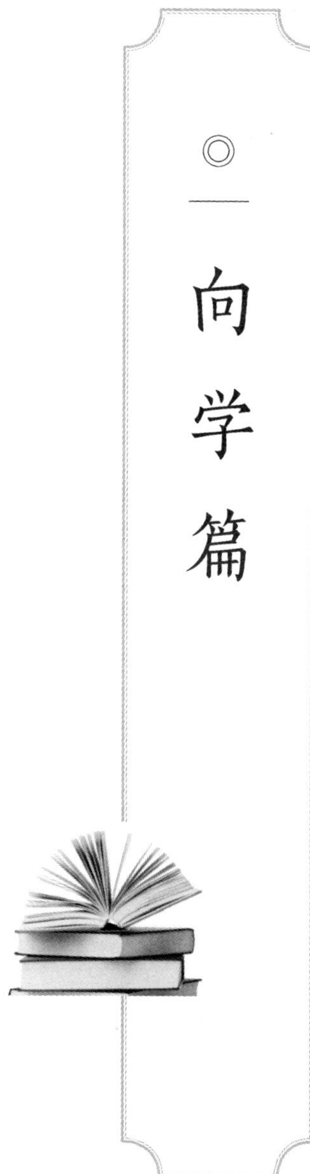

◎ 向学篇

我的第一支笔

很怀念此生使用过的第一支笔。

严格说来，它并不是一支笔，仅是能用来写字而已，而且十分勉强地写出字来。

1955 年，我 6 岁，尚未入学，还处在混打混闹的日子里。哥哥当时在离家不足百米的村小学上学，我颇有几分羡慕，但尚不到上学的年龄。完全文盲的父母更不可能想到应该进行什么学前教育。于是，这个带有启蒙性质的“学前教育”，便由我自己来进行了。

我找到上小学的哥哥，要他教我写字。他说：“你没上过学，又不认得字，怎么写？”缠了半天，他同意先教我写阿拉伯数字(成年后方知这是由印度人创造的)。当然，我很快认得了那 10 个数字。

可是，光认得很难满足我的愿望，我很想练习写那 10 个数字。但是我既没有练习本，也没有用来写字的笔，这成了一个问题。

于是乎，我开始想办法解决这个困难。现在的年轻人不知道，20 世纪五六十年代，普遍流行一种蘸水笔，办公室、学校到处都用。其形状是，有一根约 12 厘米长的笔杆，前端可以插上一个笔尖，在墨水瓶里蘸一下，可以连续写出十来八个字，接着再蘸再写。笔尖坏了可以拔下扔掉，换个新的接着用。如今六七十岁的人对于用蘸水笔写字当不陌生。

受蘸水笔的启发，我着手为自己做一支笔。笔杆是这样解决的：由于父亲会编筐，家里经常备有荆条，我从荆条上取下一小截，稍稍用镰刀削了削，便成了笔杆。村里当时有个合作社（供销社），离我家也不足百米，在那里可以买到2分钱一个的简易笔尖。我又从母亲的线轴上取下一段棉线，用棉线将笔尖捆在用荆条做好的笔杆上，就成了一支土制蘸水笔。当时供销社还卖5分钱一包的蓝色颜料，我买了一包，又从家里找了一个旧墨水瓶，洗干净，用温水泡开那一包颜料，装在墨水瓶里，土墨水也制成了。这样，我的笔和墨水统共向父亲要了7分钱，相当于当时半斤食盐的价格。

至于笔记本，我却无钱购买，但我也找到了解决方法。家里有哥哥用过的练习本，我把它们反过来，在背面也能写字。这样，我初期的学习工具便自备齐了。

由于我只认得阿拉伯数字，还不认得汉字，又有书写的强烈愿望，于是我趴在家里的土炕上（连一张小炕桌也没有），将10个阿拉伯数字写了一遍又一遍，整整写了两个本子！

在我的记忆中，这种土制蘸水笔不仅我一个人用过，后来与我一起上小学的伙伴很多人都会做会用。就我自己来说，至少我在小学三年级前，一直用的就是这种土制蘸水笔。

从那支土制蘸水笔开始，我由小学、高小考进稷山县第一中学，又入山西运城师范，再入北京大学本科暨研究生，一路走来，成了一个有一定作为的学者。当我用现在的笔撰写学术论文的时候，当我在国际学术会议上进行演讲的时候，当我被聘为客座教授在国外访学从而受到肯定的时候，我从未忘记这支人生中的第一支笔。

如今我已年过花甲，退休家居，但我仍十分留恋那支被我用来撰写生命史的第一支笔。

2013年4月20日于半亩园居

我买的第一本书

写下这个题目，心里着实有几分酸楚。

这里所说的“第一本书”，是指我自己主动掏钱购买的第一本书，而不包括花钱从学校购买的课本和教科书。我这辈子一直在同书本打交道，按照学术界通常的说法，书是我的半条命，自然，买书就是很稀松平常的事情了。尤其是居京生活40余年，自己购置及受赠的书也已有万余册。虽不算很多，但也难入“少量”之列。但在我的生命史上，真正让我产生刻骨铭心之感的，都比不上我购买的第一本书——一本《四角号码小词典》。

1964年初夏，正是我在山西稷山中学上初中二年级的下学期之末。那年月，刚刚度过三年困难时期，人们仍旧生活在极度困顿之中。我们稷山中学42、43两个班，每班有几乎半数同学因缴不起每月8元的伙食费而退学。校方无奈，只好将这两个班合并为“42、3班”。我自己家境极度贫寒，因拿不到伙食费而多次哭着走出家门，迄今仍旧不堪回首！家父邓水成为了圆他“寒门出贵子”的梦想，忍受着常人难以承受的痛苦和压力，硬撑着让作为小儿子的我把“上学”坚持下来。那时候，我因深知自己上学不易，而在学校格外刻苦努力，学习起来像疯子般地不要命，而父兄和全家人真是度日如年！

谁知就在初二下学期之末，县新华书店到学校流动售书了。说实在话，此前我连新华书店的门都没进去过，不是不想进，而是阮囊空空如也，连吃饭都困难，如何还能买书？但这次却不同，因为期末考试已全部结束，再有三天就放麦假了。我摸了下口袋，还有一元三角钱。而一本《四角号码小词典》需要一元贰角钱。买了书，我没饭吃；但考试已完，我可以立即回家嘛。这便是我当时的如意算盘。于是，我连想都没想，立即买了一本《四角号码小词典》——我生命史上自己主动购买的第一本书。

可是，离放假还有三天，我却没有饭钱了。于是，我按照自己的思路准备提前回家。我找到班主任曹敏温老师，告诉他我要回家。曹老师说，学校还没放假，你还是班长，怎能提前离校？于是他从口袋里掏出 5 元钱给我，我却将那 5 元钱扔在地上，转脸离开了曹老师的房间——这不能不是我此生犯下的一个错误。

没接受曹老师的 5 元钱，可是，既不能吃饭，又不能回家，怎么办呢？买书第二天的早饭和中饭，我都饿着，也没对人说。下午，同班同学卫天俊约我到水库去玩，我没说话便跟着他去了。夕阳西下时，我俩开始往回走，路上我才告诉他我没吃饭的事情。天俊很吃惊，晚饭时他多买了一份给我吃。我想那一顿饭至多花一角到一角五分钱，因为我们当时的伙食标准是每月 8 元，每天才合贰角六分到七分。

放假时，我带着那本《四角号码小词典》回了家，宝爱得不得了。自己熬了点糨糊，又找了一块旧衣料布，给它包了个布封皮。凭借前面的口诀，我很快学会了用四角号码查字典。1965 年我考上运城师范后，它又跟我到了运城。而在“文化大革命”的混乱中，因我长期不住宿舍，这本小词典连同我的另外十来本书均不翼而飞了。1969 年我离校时，为了找回这些书，我向同宿舍同学各发去一信，希望“借阅”者能够还给我，可是我连一封回信都没有收到。这本《四角号码小词典》便同我永远作别了。

围绕这本小书，我既愧疚，又十分感激。第一个觉得无以面对的便是我父亲。父亲是一个再普通不过的农民。那时候，除了在生产队里干活，他唯一的手艺便是上吕梁山割荆条，再编成筐到集市卖钱。在那年月，一个普通家用的荆条筐大概能卖四毛钱，好的可以卖到五毛钱。这本《四角号码小词典》大概要用父亲三个筐才能换来。父亲和哥哥供我每月 8 元饭钱已经十分吃力，哪里还有多余的钱让我买书？而一直到父亲去世，他都没有得到过我一分钱的回报。虽然他儿子最终成了一个教授，算是某种程度上圆了他“寒门出贵子”的梦。可是，他为儿子的付出却未得到任何直接的回报，让儿子终生愧悔，难以释怀。

第二个对不起的便是我的班主任、教语文的曹敏温老师。当时曹老师参加工作才几年，每月薪水29元，拿出5元给我已极不易，而我却未能领他的情。更何况我的做法也实在无礼！后来我终于懂得，我那种做法似乎是自尊，骨子里却是深深的自卑。人活在这个世上，既要能够帮助别人，也要能够痛快地接受别人的帮助，才是有修养的表现。而我那样做，肯定深深地刺痛了曹老师。2002年，我曾向曹老师当面道歉。今天，我还想对老师再说一声“对不起”。

我想深深感谢的是卫天俊同学的那一顿饭。当时天俊家境较好，父母均是养蜂工人，有工资，所以饭钱不是问题。可是，他管我的那一顿饭，比我后来在巴黎吃法国大餐意义还要大。初中毕业后，天俊就回乡当了农民。前些年听说他老婆有病，日子吃紧，我寄去了500元钱，虽不能起多大作用，但也可略表寸心。

从我买那本小词典到现在，已经过去了半个世纪，我也进入了老年行列。可是，我对它仍旧怀念不已，因为它同我的生命史相关联。我的《四角号码小词典》，你让我魂牵梦萦，挂念无尽。现如今，你在哪里？

2014年3月17日于半亩园居

我与书

有人说“书是读书人的半条命”，这话一点不假。站在劳动者的角度说，工人离不开机器，农民离不开锄、镰、锨、镢（今天已有不少农机具），知识分子自然离不开书籍。因为这都是劳动者最基本的工具。还可以换一个角度，如果说将军指挥的是千军万马，那么，知识分子指挥的便是书籍上的一个个黑字了。

我自幼喜欢读书，但出身贫寒，无家学渊源，除了学校发的教材外，初二年级之前自己一本书也没买过。直到初二，为了买那本《四角号码小词典》，我饿了一天，这在《我买的第一本书》中已有记述，这里不赘。居京40余年，我反复在大学读书，累计有8年左右时间；后来又一直在科研和文化单位工作，从事学术研究，自然也就很在意购买和积累图书了。如今看来，自己的藏书至少也在万册以上。站在书房里，看着自己的藏书，有时一方面为之欣慰，但另一方面，这些书籍也会不时勾起我许多心酸的记忆。

先说那部《资治通鉴》，中华书局1977年出版，定价30元。那年秋天，我与同事王胜利、西南民族学院的陈宗祥先生，还有借调在四川省民委的彝族诗人蔡子佳共四人，在大小凉山地区进行天文历法的考察。我与陈先生一组，王胜利和蔡子佳一组，分别进行。我们约定在西昌会合。我这一组先回到西昌，在那里等候王、蔡二位，同时等候北京天文台的汇款。有一天看《光明日报》，内中报道中华书局新印了《资治通鉴》，30元一套，20本。作为北大历史系中国史专业的毕业生，我自然知道这部书的价值。但当时月薪才 39 元，这不是要用去我一个月收入的四分之三还多么？为此辗转反侧，夜不能寐。次日给妻子孙雅荣打了一个长途电话，告诉她立即买一部，详情见我的信。因为那时长途电话费用很贵，只能在信上详写了。我告诉她，我很想要这部书。明知道我们生活压力很大，但这书对我确实重要。也许 50 岁后我们经济条件好转了，买这么一部书不成问题，但那时对我已经意义不大了。希望她理解我。后来我们又去了云南。原计划返回成都，由长江东下，再由武汉回京。可是，返回成都后接妻子一封信，告知她身体不太好，我只得立即回京。进门后第一句话就是："《通鉴》买到了吗？"雅荣说："在桌子上呢。"我的心才踏实下来。今天回想起来，觉得颇不近人情。出差 80 多天，又是因妻子小恙才赶回来的，进门却先问自己要的书买没买到，也太不得体了。

但是，一心一意努力在专业上有所建树，这是我生平不可移易的志向。20 世纪 70 年代末至 80 年代初，中华书局先后新印了一批古籍，如《册府元龟》《太平御览》《文苑英华》《全唐文》《太平广记》《十三经注疏》《四库全书总目提要》等，我都买了。为了省钱，妻子找到她的领导俞筱尧先生帮助搭桥，尽量打个折扣。俞先生对雅荣说："他（指我）怎么啥书都买？"这一点也不奇怪。因为我们收入太少了，连应付生活都很困难，还这样买书，能不让人吃惊么？

实在说，我一生没有什么嗜好，就是买书、看书、写作而已。这里我不得不说到我与周绍良先生的交往，以及他身后两部大书转让给我的经过。我自 1982 年认识周老，至 2005 年先生过世，交往凡 23 年。关于我们之间的交情，我在《我与周大德的忘年交》一文中已经写过，这里只说关于书的事。2004 年，我与妻子驱车到双旭花园去看望周老。那时我正在进行《敦煌邈真赞校诠》一书的撰写。我看到周老书架上有台湾"商务印书馆" 1986 年出版，由王寿南、陈水逢二位主编的《岫庐文库》中的几本，是陈祚龙先生关于简牍和"敦煌学"的作品，小 32 开，8 册，正是我急需参考的。征得周老同意，允许我借用。我在他书架放此书的位置押了一张手写的借条，将 8 册书借走。但不到一年，未及还书，老人家便驾鹤西去了。去双旭花园吊唁时，我带上了这 8 册书，准备归还。鞠躬过后，我与周公子启晋兄闲话起来，同时掏出这8册书表示归还。大气的周启晋却说："别还了，拿去做个纪念吧。"他提笔在其中一本的扉页上写道：

此书系邓文宽先生借去。还书之日，家父已仙逝，物是人非，能不怀感。因以赠之，以作纪念。

至德　周启晋

感谢启晋兄的美意。同时我还向他表示，周老有一部《英藏敦煌文献（汉文佛经以外部分）》，还有一部台湾毛汉光先生编著的《唐代墓志铭汇编附考》，如果他们家人有意出手，我想买下来。一是我还在工作，要用这些书；二是我追随老人家23年，睹物思人，我会时时怀念他的。启晋兄当时说，他记住了。

三个月后，启晋兄电话告诉我二书要出手，我十分高兴。议好价，他让我到他母亲处取书。为了增加二书的纪念意义，他们家人又在每册上加盖了周老的印章。那天，我和妻子、女儿开车到塔院晴冬园周府，将此二书取回。如今，此二书已是我的镇室之宝了。就全北京市来说，除了几所大学、研究所各藏一部，私人手上，只有耆宿冯其庸（宽堂）先生和我分别拥有一部。我自然为之自豪。

我如此地爱书，却坚持一条原则，不是我的书绝对不要。不要说偷拿书店的书为我所不齿，就是借用的书也坚决负责任地归还。2003年以前，妻子任文物出版社总编室主任。我有时急需复印某一篇文章，就从她单位临时借一册书，复印完毕，立即归还。还有一年，我到中国科学院自然科学史研究所找到陈美东先生（时任所长），想借《中国天文学史文集》第六集，复印其中的一篇文章。美东师给我找了一本，说："拿去用吧。"我复印完毕，又立即返回去将书还他。后来一想，他不是已经说"拿去用吧"，我怎么还去归还呢？这不是太傻了吗？可是书已归还，也就只好作罢。美东师如今已经作古，想起他的厚爱，至今感念不已。他曾当面说我："你是因为穷，才不得不努力；否则，凭你的性格，准是纨绔子弟！"我也报之一笑，了之。

围绕自己已有的藏书，我有两条原则：一是一旦发现有复本，立即送人。形成复本有两个原因。一是自己已经买到了，可是作者又送了一本，总不能退给人家吧？可是，多留一本又无用处，实在是浪费，不如送给有需要的人。另一种情况是买重的。从书店或书市买到了一本书，回家放入书架后，立即去忙手头的工作。过些日子又去书店，看到这本书觉得有用，立即又买了下来，殊不知家里已经有了。这也必须将其中的一册送人。后来在法国访学时得知，好友、考古学家杜德兰教授也常常出现这种情况。他一旦发现有复本，就送往法兰西学院图书馆，那里的人都知道他一直这样做。当然，我也有将不该送的书送出去的时候。我买过一本《郭店楚墓竹简》，后来发现家里有两本，便将一本送给刚从北大毕业的青年学子，意在鼓励他努力奋进。可妻子知道后，说我将她花 200 元从内蒙古购回的一册版本书送出去了，不免责怪。我也只好默不作声，好在手头还有一本可用。送书时，有时为了不让受书者有欠债之感，我特意声明"这是复本"。有些书，我在送出去前，先签上自己的名字，或盖上图章。因为受赠者多为年轻而且贫寒的学子，免得他（她）所在单位的人怀疑这本书的来路。

我的第二个原则是，希望同一本书能够多有几个人使用。就这一点来说，馆藏图书比个人藏书的使用率要高得多，同一本书的作用也就大得多。虽则常言说，对学者来说，一本书一辈子使用一次就够了，但看着自己的藏书，其中一些几年、十几年都不摸一下，未免可惜。当然，将书借出去又担心回不来，这是普遍的心理。为此，我学习先师周一良教授的做法，建立一个"借书登记本"，登记一下，对借用者来说，可明白自己的责任和义务，同时我自己也可以避免因忙碌而忘记书的去向。

书，你是我的朋友，你是我的爱人。如果没有你，我的生命史将会改写。2010 年 4 月在浙江大学开"敦煌学"会议时，同是北大毕业的学长徐自强、吴梦麟夫妇在饭桌上问我："你住在乡下，工作时用书如何解决？"我告诉他们，常用书我基本都有。2004 年从城里搬到乡下时，曾装运过 120 个纸箱；到乡下后，我又买过几万元的书。二位学长为此愕然不已。

现在，我不能不考虑一个问题，就是这些藏书将来怎么办？我曾经对女儿说，我们一家三口都出自北大，北京大学对我们恩惠至深，可否考虑未来将书捐给北大？她说："你先把书留给我再说。"这话也没有错。她有资格说这个话，尽管她的职业是律师而非学者。过去我也曾看见一些老人晚年对自己藏书的思虑。1979 年我考回北大做研究生时，先师邓广铭教授刚过 70 岁，已在考虑藏书未来的去向。他曾设想捐给北大图书馆，但不要散开，要集中放在一间屋子里，供师生阅览使用。后来，他的小女邓小南接了班，其藏书也就顺理成章地归了小南。80 年代我到中华书局王府井门市部购书，看到有一位老人，原籍是中国南方某县。他长期在北京生活，买了许多中华书局出的书。那天他让儿子用平板车拉着，来到门市部。他说，他要将藏书捐给家乡县城的图书馆，希望派人去帮助清点一下。当时他儿子在场，对父亲很不理解，言语中有几分不耐烦和不快。我在一旁都看见了。几天后，《北京晚报》便刊登了这位老人捐书的消息，虽然只有几十个字。这位老人的心意和桑梓之情我是理解的。我们这些外地人，虽说在北京生活了几十年，但家乡毕竟是我们出生和成长的地方，莫言称之为“血地”。我们最终在外面无论事业多么成功，但未直接报效过乡里，总觉得是一种缺憾。对我来说，还有另一层的原因和痛楚。父亲为我求学忍受过诸多贫困和煎熬，却未能享用我一分钱，临终我又不在身边（这是我的大不孝），我为此终生愧疚。如果我的书将来能变现（捐赠或出售），希望所得款项能用于设立“邓水成教育奖学金”，用于帮助原籍张开西村考入大学的青年学子，鼓励孩子们刻苦学习，报效祖国；同时也用以表达我对先父永久的纪念，这比在吕梁山脚下他的坟前立一座石碑有意义得多。

2013 年元月 23 日上午于半亩园居

影响我一生的一本小人书

作为一个专业工作者，我一生以读书、写作为生。就所读过的书来说，专业的、非专业的，可以说不计其数，到底有多少我自己也说不清楚。可是，谁也想不到，在这么多的书中，对我影响最大的是一本小人书——《懒人找痛快》。

为什么是这本书呢？听我为你徐徐道来。

我出生在一个极为贫苦的农家，父母均是文盲，自然不可能像出身知识分子家庭的儿童，从小便沉浸在书海中，或耳濡目染，接受父母所具有的文化氛围的熏陶。哥哥邓云宽大我6岁，但20世纪50年代村里刚办小学，年龄要求不统一，所以，在学校他只高我三个年级，我上一年级时，他上四年级。那时学校除了发课本，根本不可能有课外读物。不知从何时起，哥哥和三四个年龄相仿的小伙伴开始看起小人书了。可是每个人所有的钱都极少，一个人不可能买好几本。于是，他们几个每人买一两本，或两三本，合在一起，就可以看几倍于个人所有的小人书了。也不知这个办法是谁教给他们的，当然是智慧的表现。

记得他们凑起来的小人书大概有七八本，反正不超过10本，由我哥负责保管，放在我家一个黑色的木匣子里。这个木匣是祖上留下的，我猜测可能是女人放细软所用。由于这些小人书放在我家，我便有了阅读的方便和机会。初识文墨的我，把这些小人书读了一遍又一遍。到头来，对我影响最大、留下永不磨灭印象的便是一本《懒人找痛快》。

那是一本彩色小人书，内容极为简单，但堪称图文并茂。大致是说，有那么一个人，整天东游西荡，无所事事，觉得无聊，活得很不痛快。于是，他想出去走走，看看哪里能找到痛快。他看到一个人在钓鱼，那人钓上来一条鱼，满脸笑容，觉得人家很痛快，于是也学起钓鱼。可是，好半天鱼却没上钩，他觉得乏味，便放弃了。他又往别处走。看到一个石匠在雕刻一匹马，马栩栩如生，颇有活力，他觉得这一定很痛快，于是也买来工具学雕刻。刚雕出一匹石马的轮廓，他又没耐心了，觉得费时费力，毫不痛快，于是又放弃了。他又看到一群青年在打夯筑墙，唱着号子，很有韵味，于是也加入其中。因为这是重体力劳动，他没干几下，就浑身酸痛，便又放弃了。类似的事情似乎还有一两件。最后，他到田地里转悠，看到一个老伯刚干过活，赤膊在树下乘凉。他对老伯说："哪里能找到痛快呀，我活得一点也不痛快。"老伯说："我知道。你先帮我耪会地，我再告诉你。"于是，懒人就帮老伯干了起来。一会工夫，他就大汗淋漓。老伯要他歇一会儿。他喝了一碗水，抽了一袋烟，情不自禁地说："真痛快呀。"老伯接住他的话说："你不是已经找到了吗？"故事到此也就结束了。小人书的最后一句是："只有劳动最痛快。"这应是点睛之作。

从此，我记住了小人书中关于懒人的故事，而且对我的人生产生了重要影响。

我在受启蒙教育前十分淘气，混打混闹，根本不知用功学习。初上小学时，逃学不是一回两回。好多次走出家门后，我便把书本藏在用荆条编制的、盖在我家石磨上的"碨帽子"下面，自己就玩去了。估摸快放学了（学校距离我家只有六七十米），又把书拿出来，混在从学校走出来的孩子堆里，冒充自己也是从学校回来的。由于从不把学习放在心上，升二年级时考了全班倒数第六，受到哥哥的批评。如果说哥哥的批评使我懂得了不好好学习是一件不好的事情；那么，《懒人找痛快》这本小人书就使我懂得了做人不能偷懒，做事要有恒心，而且劳动是最大的幸福。

2009 年 5 月我正式退休。退休前我与一些同事闲聊时多次说过，要想做成一件事必须要有恒心。你看小和尚要出家，老和尚为其剃度时总要问："能不喝酒吃肉否？"小和尚答："能。"又问："能不近女色否？"又答：

“能。”老和尚问过几条戒律后最后问：“能持否？”这才是问题的关键。不吃肉喝酒，不近女色，几个月甚至几年都可以做到，但老和尚要的是坚持一生。所以，一个人成功与否，很大程度上取决于能否吃苦奋斗，而且长期坚持不懈。

这里我想说到我的一位老师董贻庸先生。董老师在我人生的转折关头，曾经给过我重要帮助。他是我在稷山中学时的政治课教师，记得我们初上他的课时，他知道我们班是学习英文的，于是讲了个笑话。一个小孩刚学习过几个英文单词，在给父母写信时，便与汉字混搭起来写成：“father、mother敬禀者，儿子在外读 book。book 读的不 good，”最后一句我忘了。后来我知道董老师一直坚持学习英文，直到现在，年过八旬，仍在坚持。10 年前我问过董老师：“您一生学习英文，派上了什么用场？”董老师说：“我一儿一女，在运城地区英语考试都曾是第一名。”天道酬勤，董老师的勤学和持之以恒，终于获得了应有的回报。

我是一个缺点很多的人，但女儿却把我归入“成功人士”之列。一年前，我曾对妻子孙雅荣说，如果说我的人生还有什么可以自慰的话，大概有两点：一是没有糊里糊涂地进入政界，因为我为人耿介，不宜入仕，再说我也不喜欢从政；二是，虽然学界也非净土，始终磕磕绊绊，但我没有放弃，努力坚持了下来，才有今天的面貌。我可以无愧地说，我不是懒人，而且做事有责任心，且能坚持。即使我有别的许多缺点，但这些却不能不算作优点。这其中，《懒人找痛快》这本小人书对我的影响已融入其中，不能低估。

这几年，在检视自己的人生时，我常常想起这本小人书，但我总怀疑再也见不到它了。昨天，我在百度上键入“小人书《懒人找痛快》”，立即就有了结果。小书的封面、封底赫然入目，而且其中的几个彩页也显示了出来。我觉得它是那么亲切、可爱。在封底上有注明：毛允真编，刘开申绘图，上海儿童读物出版社 1955 年出版，14 页，定价是 5 分钱人民币。我要向上述编者、绘图者和出版社表示深深的敬意，你们在 58 年前出版的这本小人书，居然影响了我一生。其作用之大，恐怕连你们自己也没有想到吧！

让我对你们再道一声“谢谢”。

2013 年 6 月 6 日于半亩园居

稷中忆往

我这一生所受的学校教育，除了在原籍山西省稷山县张开西村村小接受启蒙教育外，主要上了三所学校：一是稷山中学，二是山西运城师范，三是北京大学（就读过两次）。1965年入运城师范，次年便开始了“文化大革命”，没学到多少东西，所以受该校的影响便不是很大。如果说我的学术事业和价值取向主要源自北京大学，那么，稷山中学就是让我刻骨铭心、终生难忘的三年了。

一、带着父亲的重托走进校门

少年时，我家经济条件极为拮据，每年春季都要闹粮荒；所住的两间小东房，还是在日军放火烧过后，将残余的一半补起来的。但我自幼好学，记忆力强，所以高小两年四个学期，我考过三个第一名和一个第二名。据说，那个第二名原本也该是第一名，只是因为第四学期我们班进来一个补习生，年长我两岁，老师为了给他面子，便把我俩的名次调了一下。但在接下来的升学考试中，张开西和张开东两个村庄报考者30余人，考进稷山中学的仅我一个。那时候，稷山中学是全县最好的学校，能进入稷中学习是许多家长和孩子梦寐以求的事情。我考中了，很有面子，也很高兴。

可是，这却给我父亲邓水成出了一道难题。学校入学通知书告知，除了少量的学费和书本费，每月要缴8元伙食费。那年是1962年，刚刚经历过严重饥荒，全家人经常吃不饱，哪来这 8 元伙食费？父亲愁眉不展，让我上也不是，不上也不是。恰在此时，本家一位与我父亲同辈的老人邓小安来到我家，对我父亲说："小蛋（父亲乳名），古人说'寒门出贵子'。娃考上了，不容易，还是叫娃去念吧。"他说这句话时，我正在旁边，所以，半个世纪后仍旧历历在目。正是因了这句话，父亲才决定让我上学的。哪知道，这却把他推向了一条不归路——虽然成就了儿子，而他临死连一天医院也未住过，得的什么病也只有天晓得。儿子为此痛悔终生。

就这样，我没有一点豪情壮志，只是带着父亲的重托，走进了稷山中学的校门。

二、我享受过 30 元助学金

1962 届入学的稷中学生共分 4 个班：40、41、42、43 班，我在 43 班。这群学生中家庭困难的绝不止我一个。每月 8 元的饭费对许多家庭来说，都负担不起，以致到了 1963 年秋季开学，也就是升入初二年级时，42、43 两班各有近半数学生退了学。校方无奈，只好将两班合并为"42、3 班"，由我原来所在 43 班班主任曹敏温老师（后任稷中校长）负责管理。没退学的学生情况稳定后，曹老师发现，一些学生虽然没退学，但经济条件依旧十分困难。如果不想办法帮助，这些学生很快将会退学，我便是这些学生中的一个。在曹老师的关照下，我初中二年级时享受过一年国家助学金，每月 3 元，除去假期，全年 10 个月，共 30 元钱。

这 30 元钱可帮了我大忙。要不是有这点助学金，我是肯定退学无疑——必须的！可是，在国家的扶助下，我熬过来了。初中毕业时，因为家寒，眼看再也无法上学了，数学老师邓象图对我说："如果念不起高中，就念一个中专吧，国家管饭吃。不然，你学业这么好，可惜了。"我听了邓老师的建议，一个高中也不报，而是 7 个志愿全报中专，最终以优异成绩考进山西运城师范。

今天，作为一个年过花甲的老人，我可以不昧良心地说，我此生受教育，虽然令家人受了苦，但大的钱都是国家花的。不算国家的教育投资，除了稷山中学的30元助学金，上运城师范时每月有9.5元助学金；第一次在北大三年多，每月有19元助学金；第二次在北大读研究生，是带着工资上学的。这些钱虽然是国家出面给花的，可实际上都来自纳税人，是他们的血汗，是民脂民膏呀！我深知自己上学的不易，哪敢不努力工作以求回报？10年前，在一份“三讲学习”总结中，我曾经有过如下一段话：“这些年我有机会出国访学，出席国际会议，看到西方国家确实发达，生活条件优越。但在我内心深处，只认同自己是一个中国人。我生于斯，长于斯，受教育于斯，理应将我所学所知献给生我养我的祖国，愿她走向自由、民主、繁荣、富强。”几位同仁李均明、刘兰华等，听我读过后，都表示很感动。因为这是我的肺腑之言，真诚无欺。我想，人是不应该忘本的，忘本的人是绝对不会有大作为的。

三、夜深人静捉虱子

在稷山中学时，我们睡的是大通铺，每铺有20余人。有的宿舍是几个班合住的，称作“混合宿舍”。有的学生家长来校看孩子，向同学打听儿子的住处，遇上捣蛋的同学就会告诉他：“住在男女混合宿舍。”这常常会把家长吓一跳。

前面说了，那年头多数学生家庭贫苦，所以，个人卫生就谈不上了。记得当时全县就县城有一个澡堂子，洗一次5分钱。可是，我们连饭钱都发愁，哪里还有钱洗澡？日子久了，那个寄生虫先生——虱子，便在身上和衣服上长起来了。又因睡大通铺，虱子也就必然传给别人。当时我们班有几个同学来自汾南，家境殷实，上学、回家能骑自行车，自然对我们这些“不讲卫生”的同学很有意见，我曾经听到他们在宿舍发牢骚以致谩骂。

由于长虱子的学生很多，校医室费医生（我们43班费克志同学的父亲）就搞来一些杀虫用的“六六六粉”，让学生洗衣时泡进去，起到灭虱子的作用。应该说，这确实是有效果的。

可是，洗衣服总得有可换的衣服才行。1963至1964年时，我母亲大病一场，几乎丧命，我连夏衣也没有，只好将春秋天穿的夹衣撕掉里子，只穿外面一层。这不就像张乐平笔下三毛的衣着吗？到了冬天，棉衣里只有一个土布背心，就更不敢洗衣服了。怎么办？虱子咬得厉害，总要捉一捉。那时，每个宿舍有一个砖砌的炉子，是烧焦炭的。晚上十一二点，待同学们都睡沉了，夜深人静，我便爬起来，就着火光捉虱子。每捉一只，扔入火中，就发出“啪”的一声响。至于粘在褂缝的虱子卵——虮子，只好靠近炉火去烧，不时发出“吡吡”的响声，褂子也被烧黄了一道线。今天，当我回忆这段经历时，仍旧不免十分伤感。

我和许多农家子弟一样，是在贫困和痛苦中成长起来的。现如今，我依旧为当年不讲卫生，将虱子传给同学而歉疚。虽然说他们骂人不对，但毕竟是我们这些穷孩子妨害了别人，而不是相反。正因为有此经历，当我看到如今高校仍有五分之一的学生是贫困生时，不免心生难受。有些同学为了维持生计，揽些如打扫教室之类的工作。某些富家子弟便故意将废纸撕烂扔到地上。我在首都师大讲课时特别提到，希望那些富人子弟能学会尊重别人。贫困不是罪过，只有止步于贫困才是可怕的。看远点，历史总归是要算总账的，谁敢说坐在你身边的某个穷少年，未来就一定比你差呢？

四、我的绰号是“老弱”

在群体生活中，国人有给别人起绰号的习惯，有的是根据性情，有的是根据长相，有的是根据特长或“特短”，不一而足。稷中42、3班同学中也有一些绰号：某位杨姓同学头大，被叫作“杨大头”；某位吴姓同学嘴大，被叫作“大嘴”；某个张姓女同学因肥胖而被叫作“压路机”，我则有一个绰号叫“老弱”。

我知道，我的绰号是某位比我岁数大的许姓同学给起的。实在说，当时毫无感觉，既不高兴，也不反感，大家爱叫就叫吧，仅是好玩罢了。许同学初中毕业后未能升入高中，也未入中专，据说后来当了“赤脚医生”。1965年毕业至今，已过去了47年，我们从未见过面。这里，我谨向许同学表示衷心的祝福。

一个十四五岁的少年，风华正茂，何以会有一个形容老弱病残的绰号呢？

这的确是有原因的。当时家境极度贫寒。我每月步行回家一次，必须要取那8元伙食费。而我父亲只是一个普普通通的农民，身体也不很好。他除了在生产队里干活，就是利用家靠吕梁山的方便，不时到山上割荆条，编成筐到集市上去卖，每个中型筐只能卖四五毛钱。而我月月要缴饭钱，成了家庭的重大负担。我星期天回家时，曾经看到过一天之内有三个人来家要债。我的母亲脾气极为不好，她认为让我上学是完全错误的决定，于是，吼骂我们父子便成了家常便饭。父亲则一言不发，一切默默地忍受着。我则多次哭着回到学校。这样，由于深知自己上学艰难，于是就格外刻苦，一点玩的心情也没有。其结果是，语文、数学、外语、物理、化学，成绩几乎门门在前，期末考试不是第一名，就是第二名。但音乐、美术，尤其是体育却较差。一方面，我缺少这方面的天赋；另一方面，我少年成长期的正常心情被破坏了，笑不起来，也没有心思去参加体育活动，动作岂不像老弱？体育方面，我终生都是弱项。在校读书20来年，我没有参加过一个体育比赛项目，自然，奖品、名次均与我无缘。我不是“老弱”又是什么？

现在我想说，如果再给我一次人生，我一定努力参加体育活动，让身体强壮起来，为国家和人民多做贡献，彻底摘除这顶“老弱”帽子。

五、我的三位老师

这里，我想再说说三位对我影响较大的老师：班主任曹敏温老师、英语老师刘占京和数学老师邓象图。

1962年9月我入稷山中学时，开始班主任是邓象图老师。两个月后，曹敏温老师来到稷中，接手担任我们班主任。好像当时他从临汾师范毕业还没几年。若果如此，他至多大我们八九岁，严格地说，也只是一个大孩子。他平日行为沉稳，做事老练，善行中道，不偏不倚。因我的语文功课虽不算全班最好，但无论如何也在前几名，也是受他看重的。至于我因买那本《四角号码小词典》而吃不上饭，每月只有29元薪水的曹老师拿出5元给我，我因受狭隘自尊心支配而拒绝了他，伤害了曹老师，我在《我买的第一本书》中已经谈过，这里就不再浪费笔墨了。

如果说曹老师性格安静、行为沉稳的话，英语老师刘占京就是一个才华横溢、极富个性的人了。1962年时他已满头白发，步履蹒跚，说着一口北京话。据学生中传言所知，刘老师原在高教部工作，懂得英、日、俄、法四种外语。他是因被戴上“右派”帽子而到稷山任教的。后来我才知道，那些年被下放到稷山的，还有北大中文系的陈庆延老师，画家孙光炎先生，诗人聂绀弩先生似乎也在稷山待过。我在稷中三年，刘老师始终是一个人，未见过其家人。刘老师只教42、43两班的英语。合并前，他在两个班上课；两班合并后，他的工作量减了一半。看来，他是真正懂得外语教学的。一上课，他先用英语讲几分钟课，是为了锻炼学生的听力。可是，多数同学都喊听不懂。这种时候，刘老师往往要我站起来，说出他讲的大意。然后他气咻咻地嚷道：“为什么他能听懂，你们就听不懂呢？”

1965年我去了运城师范，便未再见过刘占京老师。1969年，刘老师跳井自杀了。今天，我也成了老人，经历过诸多人生的苦痛。我只能说，刘老师，你那么有才华，真是可惜啊！我的研究生导师张广达教授，也是27岁时在北大历史系被补划为“右派”的。他懂8种外语。苦难中，他与他父亲约定绝不自杀。他不仅活了下来，而且成了国际著名学人。刘老师，也许您性格太刚烈了。若是熬过来，必会有另一番面貌的。面对苍天，学生欲哭无泪，只能为您祈求冥福了。

邓象图老师是福建省三明市人，也是一个人在稷中教书，每年回家探亲一次。因为他的普通话不标准，我们刚上他的数学课时常常听不懂，邓老师急得直跺脚。据说，1949年前他曾是一位铁路工程师。经过了“文化大革命”我们才知道，接近1949年时，他有过一次台湾之行。于是，将其“内迁”到稷山。一方面是因为我功课出色，另一方面，我和他都姓邓，所以邓老师很喜欢我，在我升学时特别予以指点，使我少走了弯路。“文化大革命”之后，他夫人过世了。由于长期不在一起，他同儿子之间也有了纠纷。退休后，他未再回福建，在稷山又找了个老伴过日子。1983年时我回家一次，恰逢邓老师在县医院住院，我买了点水果去看他。邓老师高兴地说：“我没看错，当时我就觉得你会有出息的！”我真得谢谢邓老师的厚爱与鼓励。

如今，刘、邓二位老师均已辞别人世，安葬在稷山。我在稷山中学时虽然生活很苦，但多位老师都是有真才实学的。除了上面三位，地理老师高玉堂、物理老师王春成、化学老师宁建良，课都教得相当不错，至今我仍记得各位老师的音容笑貌。在他们那里受教育三年，真是我人生的大福气。已故的老师，安息吧！健在的老师，学生衷心地祝愿你们健康长寿。

稷中，我的母校，您是我成长的驿站。无论您的学生能走多高多远，爱恋您的一线情怀都不会割断！

2012 年 5 月 5 日于半亩园居

我的几件“糗事”

作为一个年过花甲，已步入老年行列的过来人，一生所为之事，可圈可点者或许有之，但自感非常尴尬，多数情况下又觉得“不可与人言”者，当亦不在少数。不过，世上本无完人，人人会出差错，以致闹出笑话，所以也就不必觉得脸上挂不住了。基于这一认识，我把自己的几件“糗事”书写于后，聊博知我者会心一笑耳。

还得先多说一句。查字典，“糗”这个字的基本含义，从古迄今，都是“干粮”或“冷粥”，自然都非新做的食品，缺少光鲜。但我揣测，造字者的本意是指“臭”了的“米”，自然气味不好闻。这样说，可能有点言重。我想，也许“尴尬”一词趋近其引申之义？我正是在这个意义上使用此字的。

先说一件冬天糊窗户的事。1979 年，我第二次进入北大历史系，攻读硕士学位，9 月开学入校。我们历史、经济二系的研究生住在 25 楼一层，一进北大正南门右手便是这座楼。一年之后，校方另有安排，将我们搬到了 29 楼，就在燕南园的南墙外。29 楼与北大西南区的多数学生宿舍楼一样，也是 4 层建筑。搬过来后，我与马世长、晁华山、刘俊文三位学兄同住一室，在二层东侧一上楼梯右拐第一间。29 楼坐北朝南，我们住北侧，屋子不见阳光，冬天便感觉较冷。于是我想，得想个办法，让屋子暖和点。

在北京住久了的人都知道，北京冬天寒冷，风沙也大。有鉴于此，很多家庭都有用绵纸“溜”窗户缝的习惯。那时，我在北京已经生活了 8 年，加之妻子本是北京人，这点生活常识我们还是有的。平时我住在学校，但星期天必须回到城里家中，帮助妻子带孩子、做家务。有一个星期天，我回家后自己熬了一些糨糊，裁了一些绵纸条带回学校。又花了个把小时，把窗缝糊上。心想，也许宿舍就会暖和点吧。第二天，我还问三位学兄是否暖和点了，他们说没觉着。我也没说什么，这事也就过去了。

不料到放寒假的前几日，这件糊窗户的事却成了笑料。怎么回事呢？事情是这样的：从 25 楼搬到 29 楼后，我们历史系同学住在二层或四层，经济系同学住在一层。那年月，改革开放刚刚起步，社会经济生活仍旧十分艰难，连一些基本的物资供应都十分匮乏。快过年了，来自吉林大学外语系而在北大经济系读研究生的毛志仁先生，在回家前几天买了两条鱼，准备带回去过年吃。可是他住在一层，挂在窗外不安全。于是，他想到了在 25 楼曾经同住一室的我。他到二层找到我，问能否把这两条鱼挂在我的窗外，我说没问题。他又看了一眼窗户说："那可就要撕掉糊窗缝的纸了。"我也表示同意。可是，他突然放声大笑起来。我十分吃惊地问："怎么了？"他继续笑着说："这是谁干的好事？怎溜得是纱窗缝呢？"我趋前一看，果然如此。我告诉老毛，这事是我做的。当时十分尴尬，很不好意思。北京人都知道，北京的窗户，外面安的是玻璃窗，里面安的是纱窗。纱窗既能透风，又能防蚊虫叮咬。要想挡住风，自然应该溜玻璃窗缝，而我却稀里糊涂地溜在纱窗缝上了，这还能起保暖作用吗？自然，这件事很快就成了个笑话。

第二件"糗事"与过年包饺子有关。1982 年研究生毕业之后，我便到了国家文物局古文献研究室供职，从事出土文献的整理研究工作。1989 年，研究室与文物保护科学技术研究所合并，组建成中国文物研究所，2008 年又改名为中国文化遗产研究院。但我一直没有挪动过，直至 2009 年从这里退休。我在这个单位工作凡 27 年之久，单位和研究室领导几乎未给我分配过工作，完全由我自己找课题做，给了我很大的自由，我至今都很感激。就我自己来说，一是年轻时就有志于献身学术事业，二是对从政毫无兴趣；加之，深知自己性格倔强，为人耿介，说话过直，不是当领导的料，所以便自觉地将心思放在学术研究上了。2005 年新一届领导上任之前，我们研究室都是星期二、五上班半天，其余时间在哪里工作可以自己安排。而我除了必要时去图书馆查资料外，其余时间便在家里读书写作。我不善交际，也懒得动，坐拥书城正合我意。

1994 年底，我们一家从前门东大街 14 楼 804 号搬到朝阳区麦子店街 292 医院内 14 号楼 1606 号。这座塔楼也是国家文物局的宿舍楼。因我们夫妻都在文物局系统工作，所以顺利地分到一套南、西两面都朝阳的房子。那时女儿在北大法律系上学，平时住校；妻子每天去沙滩红楼上班，往返骑车 20 来公里。家里只剩我一个人，正好干活。

我年轻时因患神经衰弱，睡眠十分困难。而且我还有一个毛病：我工作时注意力十分集中，不能有任何声音刺激，否则我会吓一跳，腋下直流冷汗（这个毛病现在没有了）。在前门住时就有很多次，妻子要我到农贸市场买点东西，我满口答应并且去了。可是到了那里，我却直发呆，不知道自己来干什么。住到麦子店后，就干出了更糗的事。

1995 年农历除夕，妻子要我到枣营商场去买一袋饺子粉，而且特别嘱咐，要看一下生产日期，注意日期别太早了，选一下。我满口答应并且立即去买。我特别关注了生产日期。20 多分钟后，我回到家将面粉交给妻子。她看了一眼，吃惊地说："你怎买的是自发粉呢？"我一看，可不是么！自己很不好意思，只得又去商场买了一次。这次我观察了一下，原来饺子粉和自发粉同放在一个货架上，我只注意了日期，却未注意两种面粉的区别！更为可怕的是，次年除夕，同样的错误又犯了一次！这一次，妻子真的没耐心了，数叨了我一顿。我只能一言不发，自认倒霉。我在心里也责备自己：你都快 50 岁的人了，连这点小事也弄不好，咋说呢？

以上两件糗事，都与日常生活有关。按理说，我出自农家，也能吃苦，13 岁起便在外读书，生活基本全是自理，怎么成年后反而犯这么些低级错误呢？我曾将这些事讲给我在山西运城师范读书时的语文老师听。老师说，你在做这些事时全都心不在焉。这真是一语破的！在我们中国，就这些事，人们完全有理由将我归入"书呆子"行列。可是，多年后我自己想明白了一个道理：一个人的精力毕竟十分有限，在工作上用心太多了，自然无暇打理好生活，难免会在日常生活中犯这样那样的错误。再者说了，学问真那么好做么？如果好做，数学家陈景润白天走路碰在一棵树上，怎么还问："是谁呀？"显然，他认为自己碰得是人而不是树。古人有云："无痴不足以为学。"

诚哉斯言。2011 年，我们研究院将我叫回单位，给新来的博士、硕士们讲对做学问和人生的认识。我向年轻朋友们谈了我这些糗事，并且嘱咐他们："做学问要有痴情，否则做不出来！"

朋友，你还觉得我这点糗事可乐么？

2012 年 9 月 28 日于东旭花园半亩园居

学术自述

我自 1975 年从北京大学历史系毕业，步入学术界，迄今已 35 年。1975—1979 年，曾在中国科学院北京天文台(今为国家天文台)古天文组学习和研究天文学史。1979 年，我又考回北大历史系读硕士研究生，师从张广达教授。1982 年毕业后，即到中国文化遗产研究院(前身为国家文物局古文献研究室、中国文物研究所)供职，直至 2009 年退休。退休前任中国文化遗产研究院研究员，敦煌研究院兼职研究员，兰州大学、首都师大、上海师大兼职教授。

我的主要研究领域有天文学史、隋唐五代史、敦煌吐鲁番出土文献（尤以其中的天文历法文献为主攻方向）。

1979 年去读研究生时，我曾考虑以后不再做天文学史的研究，原因在于我是文科出身，缺少必要的数理知识。但跟随导师学习三年之后，深感“敦煌学”的诸多领域都已有不少学者涉足并且成果丰硕，而天文历法领域涉足者少，成果有限。犹豫再三，又决心以敦煌吐鲁番文献中的天文历法为主攻方向，因为我已在天文台工作过 4 年，具有了一定的初级知识。30 年来，我虽然偶尔也涉足别的分支学科，但天文历法史始终是我的基本工作范畴。迄今已出版三种学术作品：《敦煌天文历法文献辑校》（江苏古籍出版社，1996）、《敦煌吐鲁番出土历书》（河南教育出版社，1997）、《敦煌吐鲁番天文历法研究》（甘肃教育出版社，2002），发表学术论文数十篇。在这些工作中，我曾经揭示出《北魏太平真君十二年（451 年）历日》有两次准确的月食预报，也曾从俄藏敦煌文献中考出公元 834 年的印本历日小残片，进而将从我国发现的雕版印刷品实物的绝对年代提前了 34 年（原为公元 868 年的《金刚经》）。此外，从敦煌、吐鲁番、黑城等地发现的 10 余件残历的年代亦经我考证而明晰。

我的另外一项工作是关于敦煌所出禅宗南宗文献的整理与研究。经过 1991 年的生病之后，1992 年起，我与荣新江先生共同着手敦煌本禅宗南宗文献的整理与研究，其中《六祖坛经》主要由我负责。我们共同出版了《敦博本禅籍录校》（江苏古籍出版社，1998）一书；我自己出版了《大梵寺佛音——敦煌莫高窟〈坛经〉读本》（台北如闻出版社，1997），《六祖坛经——敦煌〈坛经〉读本》（辽宁教育出版社，2005），发表了 10 余篇文章。在这项工作中，我读出了 24 对 100 余处唐五代西北方音替代字，又对《坛经》中的口语词花大力气去解读。需要说明的是，台湾敦煌学界的前辈潘重规教授也正确地解决了《坛经》中的方音替代字问题。不过，我的单篇论文在潘先生出书前已经发表，因此，我与潘老是各自独立完成的。

进入 21 世纪之后，我曾用较大精力进行了《敦煌本“邈真赞”校诠》一书的研究与写作。其中，也发现了有 50 余对方音替代字（前人共揭出 14 对）。由于健康原因，这项工作一直断断续续，迄今尚未将书稿正式交付出版。

除了上述几项主要工作之外，隋唐史、归义军历史、均田制、谱牒、语言、文学、简牍学等，我或多或少地都曾涉足并发表过文章。迄今为止，共出版学术作品 7 本，发表各类文章（主要是论文）近 200 篇。

我自问不敏，“勤能补拙”是我时刻牢记的信条。数十年来，除了健康原因，我一直不敢懈怠；加以本师“宠利勿居人前，德业莫落人后”的教诲一直萦绕于耳际，我就只能是“不须扬鞭自奋蹄”了。在具体的研究工作中，我贯彻三条原则：一是“尽信书则不如无书”（孟子语），对前人的成果要尊重，但不能迷信；二是“大胆假设，小心求证”（胡适之语），解决问题时思路要开阔，不囿于一种见解，又能提供证据，力求自洽；三是英语“Read Between the Lines”（读书得间），要努力从旧资料中读出新意。总之，学术研究贵在创新，如果不能提供新东西，反复咀嚼前人说过的话，那就距制造学术垃圾不是很远了。

检讨自己已经走过的学术道路，我感觉喜忧参半。喜者，在于自己一直勤奋工作，至少无愧于人民为我提供的衣食；说得高一点，还为“敦煌学”这门学问增加了一点东西，尽过绵薄之力。至于说近几十年蔓延于社会和文化学术界的“浮躁”之风与“急功近利”，在我身上并未发生作用，我还是很迂腐地走着自选的学者道路，于学术良心差可告慰。忧者，我对自己并不太满意，总觉得自己本该做得更好一些，成果更多一些，但一直未能如愿。随着年岁的增长和知识的积累，三年前突然意识到：作为一个读书人，在生命史上一生都面临着两个无法克服的矛盾，一是宇宙的无限性和个体生命的有限性，二是知识的无限性与个人能够掌握的知识的极端有限性。这两对矛盾永远无法解决。在知识的大海面前，个人未免显得太卑微了，因此，只能选择谦虚谨慎，别无他途。

另一方面，我也不想放弃人文知识分子的道德坚守和言论之责。即使不合时宜，我也仍旧坚持独立精神、自由思想、批判态度和健全人格。也许直至生命的终结，我都不能完全做到，但心向往之，于我足矣。

“任重道远”（张广达师语），我将继续努力。

2010 年 3 月 3 日于半亩园居

个中甘苦唯自知

——我的治学之道与得失

当我得知自己入选参加唐史高级研究班的消息后，一方面觉得欣慰，另一方面又惴惴不安。欣慰者，是由于有这样一个机会与各位同仁交流切磋，互相学习，取长补短；不安者，在于我这些年把主要精力都用在敦煌吐鲁番文献的整理和研究上了，真正属于隋唐史的工作没干多少，入选参加研究班，不免汗颜。人贵有自知之明，我知道自己值几斤几两，不敢妄自尊大。

我是 1972 年 5 月进入北大历史系中国史专业学习的，此前上过山西运城师范，做过教师。1975 年 7 月北大毕业，被宣布到中国科学院北京天文台报到。听到这个消息时，我简直昏了头！我从未学习过天文学，也没有兴趣，到天文台干什么？报到后，我才知道，是要我从事天文学史研究的。可我一点天文知识都没有，怎么搞？其时，南京大学天文系教师卢央先生也借到北京搞天文学史，我同他在一起工作。得到卢老师的帮助，半年后我被送到南京大学天文系进修，4 个月后回京工作。此后的几年中，主要同几位朋友一起从事中国少数民族天文历法状况的考察工作，先后考察过东北的鄂伦春族、赫哲族、四川凉山彝族和海南岛黎族地区，写了一些调查报告和相关研究文章。可是，逐渐深入之后，我觉得这行饭不是我吃的。因为我缺少数理知识，兴趣也还在隋唐五代史上。恰好，张广达先生 1979 年开始招研究生，于是我投到他的门下，成了他的第一届研究生。

跟张先生念书三年，学到不少治学的路径。那几年，除了读隋唐史书，大量时间用在敦煌文献上了，当然也还是十分皮毛。1982 年到国家文物局古文献研究室工作，我在思考自己的工作方向。“敦煌学”分支学科很多，史地方面的工作上手干的人也不少，属于热门。而我恰是一个不爱凑热闹的人。由于有4年在天文台工作的经历，再看一下敦煌的天文历法资料，那正是一个薄弱环节。一般治文史的人几乎很少接触天文学史，而我既学历史，又有几年搞天文学史的特殊经历，于是决定还干天文历法这一项工作。我从不想干天文历法史而去读研究生，到读了研究生还得以研究天文历法史为“饭碗”，岂非“命”耶？

选择敦煌吐鲁番天文历法文献为主攻方向，有利因素和不利因素并存。由于这个领域起点低，那么可做的事就很多，容易出成果，这是有利因素；不利因素是前人成果不多，可供参考的东西极其有限，很多时候要靠自己去“拓荒”。单就历日而言，在我之前，仅有王重民、（日）薮内清、（日）藤枝晃、施萍婷等几位学者的文章可供参考，主要靠自己去摸索。这里要特别提到，中国科学院席泽宗院士给我不少指教。席先生同我在一起工作过4年（1975—1979年），又是同乡（山西晋南人），对我的为人和治学多有褒奖，也确实鼓励了我。我在这个领域的工作，如果有什么成就可言的话，同席泽宗院士是分不开的。

到1989年5月止，我的《敦煌天文历法文献辑校》一书已写了出来。可叹的是，7年后的1996年5月，才由江苏古籍出版社出版。此书分上、下两编，上编是“天文书、星图”，下编是“历日”，一共整理了60来份敦煌文献。当然，在等候出版的这7年之中，我又不断加以修改补充。现在看，虽然出得很慢，但比匆忙印出要好，否则会产生很多后悔和遗憾。此书写了7年，出版用了7年，共用去14年时间，我也由一个青年变成快要“知天命”的中年人了。

在天文历法方面，除了这本书，另外有十几篇研究考释文章；再就是编了一个《敦煌吐鲁番出土历书》的图文对照本，1996年由河南教育出版社出版，收在《中国科学技术典籍通汇》的天文卷第一册中（天文卷共8册）。

我的另一个研究领域是敦煌文献中的禅宗文献，这是1992年后新开辟的。1991年我病了一年，健康状况好转后，又想做点工作。此刻，师弟荣新江先生提议同我一起整理禅宗文献，因为我手里有敦煌市博物馆藏077号禅籍的照片。荣新江不仅悟性过人，勤奋有加，而且视野十分开阔，他早就在搜罗国际上研究敦煌禅籍的资料。这样我们可以说一拍即合。几年来，我们配合默契，互相支持，应该说合作是成功的。

敦博 077 号是一本小册子，内有 5 种禅宗文献。根据分工，我主要负责《六祖坛经》的整理研究工作，荣新江主要负责禅宗七祖神会的《坛语》和《定是非论》。工作开始之后，我先将文字录出，很多地方却无法断句。有半年多的时间，虽反复展读，但就是深入不进去。比如，“起”“去”二字，在敦煌本 S.5475 号《坛经》中相混的有十来处。这是为什么呢？突然有一天我想到，我老家晋南地区说“你去不去”时，常常说成“你气不气”，“去”读成“气”，与“起”音近。那么 S. 5475 号《坛经》是否有西北方音替代字呢？这实在是一个不小的启发。看来，要想读通敦煌本《坛经》，必须从方音切入。于是，我开始在唐五代西北方音上下功夫。由于发现了“去”同“起”“气”“岂”都有相混现象，于是先写了《敦煌文献中的“去”字》一文（载《中国文化》总第 9 期，1993 年），接着又写了《英藏敦煌本〈六祖坛经〉通借字刍议》（载《敦煌研究》1994 年第 1 期），继续研究方音问题。通过广泛阅读各类敦煌文献，又和荣新江一起从音韵理论上进行探索，最后将《坛经》中的方音问题归纳为五类：（1）止摄、鱼摄不分：起—去，汝—以，汝—与，以—与，虽—须，知（之）—诸，依（衣）—於，如—於，语—议（义）；（2）声母端定互注：但—坦，当—堂；（3）声母以审注心：圣—性，识—息，身（深）—心；（4）韵母青齐互注：迷—明（名），西—星，体—听，定—第，礼—令，国—广；（5）韵母侵庚互通：情—亲。有了这样的认识，校勘工作便建立在可靠基础上了。要知，敦煌本《坛经》总计 12400 余字，上述 21 对方音替代字就发生了 100 余处。可见，我们找到的突破口是准确的。

围绕这项工作，4 年多来，写了十来篇文章，两本书。其中《敦博本禅籍录校》是同荣新江合作的。我自己又做了一个《坛经》的校注本《大梵寺佛音——敦煌莫高窟〈坛经〉读本》，1996 年由台北如闻出版社出版。

以上工作综合起来，属于天文历法的书两本，属于禅宗文献的书也是两本。另外，1996 年台北新文丰出版公司出版了我的《敦煌吐鲁番学耕耘录》，这是一本论文集——从已发表的80多篇文章中选出21篇结集出版。我这些年做的工作大体如此。

我目前的研究工作又转到天文历法上来了。1994年我申报的国家社科基金项目“敦煌吐鲁番出土历法研究”得到批准，今后两三年内大概是写这本书了。写完这本书，我就年过50了。50岁后再写什么，连我自己也不知道——先不去管那么远吧。

下面该谈谈自己的“得与失”了。我不敢介绍经验，因为无经验可谈。至于个人感受，倒还有一些。这里说出，无意要别人效法，如果还略有参考价值，则幸甚矣。

我的感受包括两个方面：一个方面是就敦煌吐鲁番出土文献研究本身而言，另一个方面是自己在治学中贯彻的几项原则。

随着时间的推移和知识积累，现在认识到，整理研究敦煌吐鲁番文献至少要具备三项基本功：第一是认俗字、异体字的能力。古代官方虽也多次要求规范文字，但俗字、异体字仍很盛行，只要约定俗成，即被认可，流行起来。比如，一个“所”字就有五六种变体。正因如此，后人便编了相应的字典，如辽代和尚行均的《龙龛手镜》（有中华书局1985年影印本），今人秦公先生的《碑别字新编》（文物出版社1985年版），均很有用。但收字也未必很全。如“海”字写成上“每”下“水”二字合成，这两本书就没有。要靠积累，看得多了自然就熟了，跟认人是一样的道理。第二是掌握手写本的书写符号。在印刷术没产生或不发达的时代，知识传播多靠手抄，而手抄速度很慢。为了节省时间，古人用了不少简省的办法。比如上奏折时的末尾套话“顿首顿首，死罪死罪”，写成“顿：首：，死：罪：”或“顿首：：，死罪：：”，都是一个意思。其他还有一些符号，如省代号、空字省文、界隔号等，如果不熟悉，就无法吃透文献的本义，研究时不免要出差错。第三是唐五代西北方音，前面我已说过不少，不再多说。要补充的有两点，一是诗词押韵，如贺知章那首《回乡偶书二首之一》诗：“少小离家老大回，乡音难改鬓毛衰。儿童相见不相识，笑问客从何处来。”这四句诗，用普通话读，一、二句合韵，第四句则出韵了。可是，把“来”读成方音的“梨”，便押韵了。敦煌诗词中此类情况不少，要小心。我在邈真赞文字中读到，“敬”

被“记”替代，“透”被“逗”替代，都是西北方音在“作怪”。再是，以前有人认为，凡是有方音替代字的诗词，都产生于西北地区。现在看，恐未必然。《六祖坛经》产生于广东，到了西北，不少字被方音替代，“西北化”了（参拙作《英藏敦煌本〈六祖坛经〉的河西特色——以方音通假为依据的探索》），可知不可一概而论。有的青年朋友有志于“敦煌学”，这是好事。但我仍旧希望他们有机会接受一些专门训练。否则，我不赞成贸然涉足这个领域，因为容易出现费力不讨好的事情。

我在治学中贯彻如下几项原则，可概括为四句话。一句是孟子所言“尽信书，则不如无书”。我理解是破除迷信，对权威要尊重，但不能盲从。有些问题，名人说过了，大家就跟着走，一错就是几十年。一句是英文：Read Between the Lines.（读书得间）。20 世纪 70 年代末，周一良先生给我们讲专题课，突然冒出这句英语。我后来对周先生讲：“您那堂课的内容我忘了，但这句英语我记住了。”周先生说：“记住这一句也就够用了。”可见，无论对于东方还是西方学者，这句英文成语都极富价值。第三句是胡适之先生的话：“大胆假设，小心求证。”在解决问题时，思路要开阔，不能胶着于一点去钻牛角尖。试问，《坛经》中方音字的认识，难道不是得益于我是晋南人，懂得那里的土话？这说明，做学问没有固定模式。我做梦也没想到家乡方音土话帮了我那么大的忙。第四句话是我自己造的：“读书破一卷。”常言说：“读书破万卷，下笔如有神。”一般中年人，又是专治文史者，看过的书恐怕均不少于万卷。可是，“破”字如何理解？读到什么程度才算“破”？我理解，像已故唐长孺先生的《唐书兵志笺证》，那样的工作就算破了。我在工作中也有过类似情况。当年刚上手研读敦煌历日，为了掌握一些规则，我一字一句地读过施萍婷先生的《敦煌历日研究》手稿，直至原稿中的错误被我指出为止。为了弄懂《坛经》文句，我买了一本《坛经校释》（郭朋著，中华书局 1983 年版），在上面批画满了，以致刘方女士开玩笑说：“该送博物馆了。”我自问不才，无能力读破万卷书，于是采取“破一卷”的办法，至少对我要研究的对象是如此，这样也就避免浮在表面上了。

扪心自问，在学术界混了这么多年，虽无大成就，但仍时时自勉，不敢懈怠。除了健康原因，我一般是不会浪费光阴的。聊可自慰的是，我还比较有耐性，表现在两方面：一是不为商品大潮所动，自我判定无能力经商，“下海”即要溺水；二是对一些课题用很长的时间去做，如敦煌文献 P.2187 号的研究工作，是 1985 年开始注意的，直到 1991 年写出《敦煌文献〈河西都僧统悟真处分常住榜〉管窥》，才暂告结束。为此业师从巴黎来信加以鼓励。又比如“高昌延寿七年历日”的研究工作。1988 年即知此件出土，但见不到原件或照片，一直没法进行，直到 1995 年才见到原件并进行研究。至于《北魏太平真君十一年、十二年历日》的研究工作，就更经历了一个曲折过程。此件过去下落不明，今知存于日本（90 年代末已回归敦煌研究院）。1950 年苏莹辉先生在台湾《大陆杂志》公布过一个录文，此后再无消息。1992 年，刘操南先生在《敦煌研究》第一期上公布了他 1943 年得到的另一个录文。我看到后兴奋至极，遂将两家录文比较，再用历法知识检验，指出两家共发生 21 处错误（拙作见《敦煌研究》1993 年第一期）。1992 年秋，中国敦煌吐鲁番学会在北京房山开会，我在小组会上作了报告。报告一结束，日本“敦煌学”家池田温教授当即表示，他有此件历日照片，愿意送我研究。后来，池田温先生送了我此件拷贝扩印件，我据以释文、研究。结果，一是证明我对前人录文的 21 条意见中 19 条是正确的，二是太平真君十二年历日中的两次月食预报被我发现了出来。我在初步认为此历日有月食预报后，及时请教中国科学院紫金山天文台张培瑜教授，张先生肯定了我的发现并提供了现代计算数据。我又查找出文献记载。这样，从文本确认、文字释读、计算数据和历法依据 4 个方面都有了可靠根据，研究才算结束。《光明日报》报道此项成果后（1993 年 7 月 18 日），学术界同仁多予首肯。

由上面也可看出，我的工作是不会讨巧的。了解我的朋友说：“未免苦了点。”是的，我觉得学问不是稻粱菽，急功近利是不成的。那种只管“大胆假设”，不去“小心求证”的所谓学问，大概经不起时间的检验。我将论文集取名为“耕耘录”，也是取“一分耕耘一分收获”之意，虽然这个书名让人觉得很累。

同时，由上面所介绍还可以看出，我做的工作多属实证性的，没有多少理论色彩。缺乏理论的升华便是我之所“失”。虽然我长于考证，但我觉得史学的魅力并不就在于实证。历史学最终要产生史识。我愿意在这方面做些改进。不过恐怕也改不了很多，因为人到这个岁数，做学问的路数都已成型，真改起来也不易。

我对自己期许不高。坦率地说，因资质有限，终其生也至多是一个“匠”，而不可能成为“师”。“大师”的出现需要相当长一个时代的学术积累，对人的要求太高了，我做不到。正因为有此认识，我愿多做一些基础工作，为未来大师的出现铺路垫基。我不妄自菲薄，但更不愿妄自尊大。将认识定位于此，无论生活与工作，我都很坦然、欣然。不从实际出发，想入非非，不也枉然？

1996 年 9 月 28 日于北京麦子店寓所

学术尊严感言

一个时期以来，学术腐败成为人们谈论的热点之一。其原因是个别名牌大学的教授、博导的剽窃行为不断为媒体所曝光。就是在我们文物界，也发生过悬棺葬的研究者陈明芳先生的劳动成果被公然盗用的不光彩行为，令人慨愤与不安。

过去有人说过，学术研究是人文科学最尖端的，也是最神圣的部分。这是由于它是一项十分辛苦的工作。学术研究不仅要求研究者能够提供创造性的劳动成果，而且要有高尚的情操和精神追求。而这绝不是一蹴而就的。它需要长期不懈地努力工作和坚韧不拔的毅力。某种程度上说，从事学术研究必须具有巨大的耐力和定力。因此，我常对一些朋友讲，这个行当对于个人来说是个修炼过程，不仅要修炼学问，更要修炼做人，逐步追求人格的完善和健全。

然而，伴随着商品经济大潮的汹涌，学术腐败亦将魔爪伸进了学术殿堂。于是乎，将他人劳动成果据为己有者有之，通过新闻媒体肆意炒作者有之，一篇文章全家数人署名者有之，以学术成果取悦权势者有之，神圣的学术尊严被玷污了，受到不应有的侵害。而且，对于这些行为，当事人都能为之提供充足的理由：诸如要面对现实啦，要适应商品经济的要求啦，等等，不一而足。

可是，透过这些不良现象，我们看到，其背后隐藏的却是浮躁和急功近利。而这二者恰是学术研究的大敌。美国人将社会生活分作三途：一是“红道”，

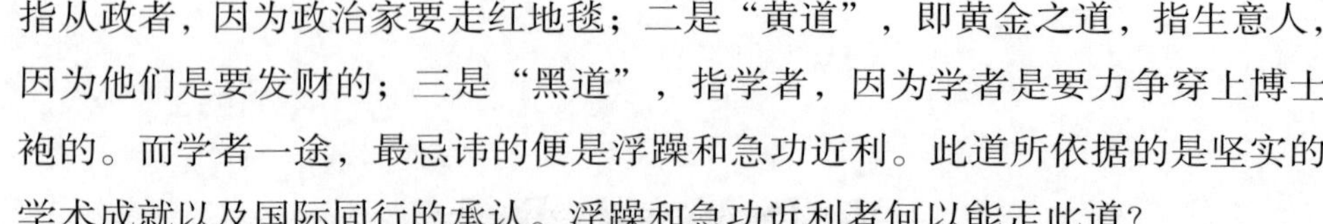

指从政者，因为政治家要走红地毯；二是“黄道”，即黄金之道，指生意人，因为他们是要发财的；三是“黑道”，指学者，因为学者是要力争穿上博士袍的。而学者一途，最忌讳的便是浮躁和急功近利。此道所依据的是坚实的学术成就以及国际同行的承认。浮躁和急功近利者何以能走此道?

中国古人也有“内圣外王”之说，本是对“达者”而言的。对于“穷者”而言，虽不必侈言“外王”，但“内圣”却是不可或缺的。学者要有丰富而高尚的精神世界，内心深处要留有一片净土，不为外界俗尘污染和侵袭。就其行为来说，理应也必须成为社会楷模。身为“导师”，却不以偷窃为耻，那要将徒弟“导”向何处？身为“学者”，却毫无书卷气可言，又算什么学者?说到底，教育不应该只是培养一些拥有专业知识的人，而首先在于受教育者和育人者要以优良品质示范于社会，并且与广大民众共同推动社会进步。

学术尊严是至高无上的，从事学术研究的人实际上走的是一条不归路。既然选择了以学术为职业，那么就要维护学术尊严；既然投身学术研究，那就要淡泊名利，以尽心竭力推进学术事业为己任。总之，学术尊严是不能蔑视的，蔑视学术尊严是不道德的，也是不能不付出代价的。

2002 年 2 月 15 日于北京麦子店家

《敦煌吐鲁番天文历法研究》后记

这是我的第二本论文集。第一本是《敦煌吐鲁番学耕耘录》，由台北新文丰出版公司于1996年出版。现在这本小书的内容以天文历法为主题，也是我这20多年来的主要着力之处。它如同《耕耘录》一样，是我在这个专门领域辛勤耕耘的记录，其区别仅仅在于，这本小书所收文章属于专题性质而已。

书中所收文章分为7组，大致区别如下：第一组基本属于天文星占学范畴；第二组偏重于敦煌历日的全面性论述；第三组是关于敦煌历日的具体问题或个案研究；第四组是关于吐鲁番出土残历日的年代考定与释证；第五组是关于黑城所出几件残历日的年代考定与释证，虽非敦煌吐鲁番所出，但同出西域，而且性质相同，故一并收入；第六组是关于简牍研究的几篇文字，或多或少都同古历研究有关系；第七组为“附录”，前三篇是在为“敦煌学”这门学问做学术性服务时的文字记录；《凉山彝族二十八宿初探》一文，则是20世纪70年代末，我在中国科学院北京天文台工作时所做的一项研究工作，迄今仍不失参考价值；关于史道德民族问题的小文，则是用天文学手段解决历史问题的尝试。至于最后一篇《斛律光寨巡礼》，显然已越出本书主题范围，我之所以收录于此，确有自己的苦衷，必须多说几句话。

这篇小文是考证我的家乡山西省稷山县路村乡张开西村村北吕梁山前沿一座古堡历史的。那是我出生与度过少年时代的地方。我在古堡里玩耍过、淘气过，还当过牛童。更为重要的是，就在离古堡不远的地方，迄今长眠着

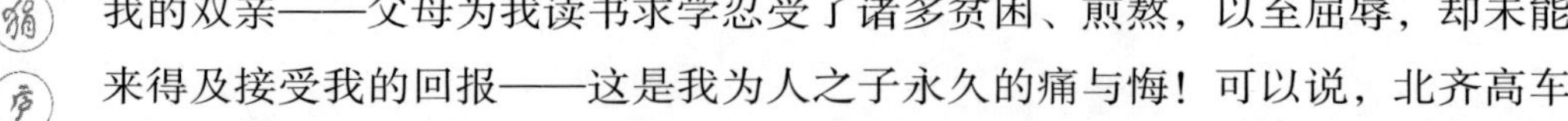

我的双亲——父母为我读书求学忍受了诸多贫困、煎熬，以至屈辱，却未能来得及接受我的回报——这是我为人之子永久的痛与悔！可以说，北齐高车族大将斛律光所修的这座古堡，始终牵系着我的亲情、我的关爱与痛楚，以及少年时代的几多忧伤！也因此，它将伴我走向生命的终结。

我生性迂执，为人耿介，在剧烈的社会转型时期便显得不合时宜。不过，在我看来，作为人文知识分子，倒也不妨有自己的一定之规，那就是：坚持独立精神、自由思想、批判态度和健全人格。虽不能完全做到，但心向往之。知我罪我，悉听尊便。小书中有些篇章是与学术界同仁切磋学问的，但愿不以为忤。至于平素一些学人对我的某些学术观点提出的异议乃至批评，只要是出于探求真理，无论正确与否，我都愿意认真聆听。还是那句老话，学术乃天下之公器，人人得以发言，不得而私。我相信这于人于我都无区别，且很公平，因为学术所求乃客观真理，不必以权势为俯仰。

最后，我素所景仰的业师张广达教授从大洋彼岸为这本小书作序，使我深受感动，谨向师尊致以诚挚的谢忱。责任编辑薛英昭先生为本书的出版付出了大量的劳动，也是我将终生铭记并致感谢的。

2001 年 9 月 10 日于北京麦子店寓所

附记： 这本小书原由甘肃教育出版社于 2002 年出版，其时社长是白玉岱先生。白社长读完这篇后记，立即打电话给我，他说：“很感动。”因为我们都是由乡下进城的第一代人，没有根基，自然要受很多苦。他安慰我别难过，继续努力。新疆师范大学的牛汝极教授也来电话，他告诉我，他将我那段涉及父母的话，一字一句读给儿子听……谢谢这两位知识人，他们读透了我的心，我除了感激，夫复何言！ 2022 年 1 月 30 日记。

“第 36 届亚洲北非研究国际会议”侧记

“亚洲北非研究国际会议”前身为“国际东方学家会议”。1873 年在巴黎召开首届大会，此后至 1973 年的第 29 届大会，全在欧洲举行。第二次世界大战后，亚非国家纷纷独立，参加会议的亚非学者越来越多，会议议题也以亚非人文和社会科学为主要课题，学术重心已经东移。1993 年曾在我国香港举行的第 34 届会议，与会学者近 2000 人。1996 年在匈牙利布达佩斯召开的第 35 届会议，中国学者去的很少。

世纪之交的 2000 年 8 月 27 日至 9 月 3 日，在加拿大蒙特利尔市召开了“第 36 届亚洲北非研究国际会议”，与会者 600 余人，比预定人数少了一半。主要原因恐怕是第三世界学者经费困难，不便赴会。大会给中国内地 50 多个名额，港台 20 多个名额，内地赴会的仅 10 余人。我遇到的有社科院宗教所何劲松研究员、首都师范大学郝春文教授、北京大学南亚所杨保筠教授、宁夏大学历史系张天教授，业师张广达教授则从美国普林斯顿大学赴会。

会议规定语言为英语和法语，这对于欧美学者来说非常方便，但作为国际会议，各国学者都努力按照要求的语言宣读了论文。不过，我也看到，有的华裔学者已经加入了外国国籍，仍旧用中文宣读论文，听者倒也安之若素。

8 月 27 日下午举行了半个小时的开幕式，然后是一个自助餐聚会。从 28 日早开始，一直到 9 月 2 日下午，十几个小会场同时举行专题报告会。

会议发给每人一个程序手册和论文提要（英文）。每位代表在安排的时间内作报告，不得超过20分钟。报告之后便可自由与会。我进过一些会场，有的台上主讲者4人，台下听众也只有三四人。有的议题甚至就是同一个国家和地区的几个人轮流登台，互相当听众。28日上午第一场就是法国的马若安、华澜和我三个人关于敦煌历日的专题演讲。法国学者很注意互相配合。他们去了十几个人，一人演讲，其他人几乎全去听讲。俄罗斯学者也很注意团队精神，他们将每个人的论文摘要全部汇编起来散发，以扩大影响。日本学者仍然保留着他们的优良传统，踏实认真，张广达师评价他们"一个是一个"，值得我们学习。我进过他们研究宋史的专题会场，确实极为认真，每位学者都努力用英文宣读自己的论文。著名"敦煌学"家池田温教授也出席了会议，他到处听会，几乎不落一场，令人感动。

会议议题一如既往，极为广泛。既有古代历史、文化、语言等广阔领域的内容，也有当代的现实问题。有的问题研究有素，颇有深度，但有些问题也颇肤浅。例如，一位已经加入加拿大国籍的华裔女士，研究当代中国内地妇女问题。她所依靠的主要是每年回国几次听到的消息，以及国外的华文报纸，显然研究不深。精通英、法、俄、日等多种外语的张广达师，也是抓紧一切时间，四处听会。他步履矫健，精神饱满，对国内年轻一代学人寄予殷切希望。但在对本次会议学术水平的评价上他略有保留。

会议决定，第37届大会将于2004年在莫斯科召开。

2001年元月15日于北京麦子店家

“敦煌学”断想

自2008年秋季以来，刘进宝教授多次来电话敦促，希望我能写一篇东西，谈谈对“敦煌学”研究未来发展的认识，我一直未敢应命。原因有二：一是自2008年初患腰椎病以来，不断求医问药，时间常被撕碎，写作情绪亦被破坏，提不起神来；二是这许多年来我的工作以考据求实为特征，既不善于发议论，更不长于对学术的未来走向进行蠡测。因此一推再推。但拗不过他的执着，只好答应写一篇出来。思索再三，难成一系统认识，只好名之曰“断想”，一则向进宝兄交差，二则借机向学界同仁求教则个。

一、应该给王道士一个客观、公正、全面的评价

王道士圆禄，实在是“敦煌学”史上一个极为关键的人物。看着他留下的那张“倩照”和憨态，我常想发笑，谁能想到号称“国际显学”的发轫者，居然是这么一个不起眼的“军卒”呢？但无论如何，他的“身后名”已同“敦煌学”结下了不解之缘，这却是不争的事实。

在我们过去出版的关于“敦煌学”史的论文和专著中，绝大多数对王道士采取批评乃至贬斥的态度。原因是他把敦煌文献“卖”给了斯坦因、伯希和以及日本的吉川小一郎，造成了国家文化财富的流失。就擅自做主，与外国人非法交易国家文物来说，他是有罪的，是应该受到指斥的，这件事本身没有讨论的余地。

可是，难道这就是“敦煌学”史上王道士的全部内容吗？恐怕不是。如果我们将此事当作一个刑事案件，那么，不要说我们这些研究历史的人，就是法官，也必须研究、考虑当事人的犯罪动机、实施过程和客观效果。就动机来说，王道士的此项活动，以及他在敦煌周边地区的化缘，是力图将莫高窟寺庙变成一个他信奉的道教道场。迄今为止，我们还没有证据证明他把换来的“马蹄银”装进了私囊，说明他做这件事时，很少考虑个人从中得到多少好处。就非法“出卖”文物的过程而言，王道士虽未留下只言片语，但斯坦因却透露了自己的心机。为了将这批文物骗购到手，斯坦因编造了一个足以打动人心的故事：他在梦中见到了去西天取经的唐僧，唐僧嘱咐他到中国来取回佛经，因而这是一件十分神圣的事情。按理说，王道士并不信佛，他完全可以不理睬斯坦因的谎言，更何况当时敦煌县令汪宗翰已下令“妥加保管，不许外流”，他就更没有权力将这批文物“卖”给斯坦因了。但是，鬼使神差，他却于此时做了一件永远对不起中华民族的事情！也许这么大一笔钱，足以撼动他人性中那份弱点吧：这毕竟比化缘来得快很多。就后果来看，造成了国家文物流失，无须赘言。虽然说，这些东西在国外也得到了妥善保护，但何时能回归祖国，目前尚看不出眉目，不免令人扼腕。

王道士是犯了罪，但他犯得有些糊里糊涂。那个时代，犯糊涂的恐怕不止王圆禄一个人。最糊涂的便是4亿国人用以托命的清王朝。当我从图册上看到清政府给斯坦因的签证时，便觉得首先犯罪的是清王朝，其次才是王道士。可是话说回来，鸦片战争之后，列强入侵中土，国家衰败不堪，国将不国，朝廷眼里，人家来“探险”便成小事一桩，不必去争的。举国上下颟颟顸顸，不成体统，出卖土地者有之，出卖尊严、人格、国格者有之，出卖文物者亦有之，犯罪的岂止王道士一个！我无意于为王道士的犯罪行为开脱，只是希望将他个人的行为放在一个特定的大背景下看待。若此，方能符合史学研究所要求的“历史主义”思考。

不仅如此，作为一个早期“敦煌学”的关键人物，王道士也有其功不可没的一面。

我们知道，20世纪以来，促成中国学术发生巨变的共有4项发现：甲骨文、秦汉简牍、敦煌吐鲁番文献和明清档案。这4项重大发现，将中国有文字以来的历史（包括各个方面）研究都向前并且向纵深推进了一大步。其中中古时代，自4世纪至11世纪，800多年的时间，与敦煌吐鲁番文献有关。吐鲁番文献有其独特的价值与研究魅力，但多为断碎之物，其数量及完整程度与敦煌文献有着差距。这都是人所共知的事情。而敦煌文献的发现者，却是那个小“军卒”王圆禄！如果没有他在敦煌石窟的活动，就没有第17窟（藏经洞）的发现与重新面世，也就不可能凭空产生出一门“敦煌学”来，中外“敦煌学”家们的生命史就应该是另一番情形。事实上，“敦煌学”、相关的学者与王道士都已经结下了不解之缘。我们常常将1900年6月20日藏经洞的发现誉为“石破天惊”。没有王圆禄的发现，这又从何说起！法国博物学家亨利·穆奥发现了柬埔寨吴哥古迹，瑞典人斯文赫定发现了楼兰古城，在考古学和人类文明史上都被浓墨重彩地记上了一笔，难道我们不应该以同样的态度评价王道士的发现吗?

实事求是，功过分明，我们实在应该给王道士一个客观、公正、全面的评价。

二、我们对敦煌文献的认识到位了吗

自1979年涉足“敦煌学”以来，30年间，我一直在整理研究敦煌文献。2007年冬，用了两个多月的时间，为那份著名的《常何墓碑》（P.2640）作“校诠”。按理说，这份东西，前面已有六七家进行过整理，我就没必要再去浪费时间了。可是，我自觉才疏学浅，这份墓碑以及其他一些同类文字并不那么好理解。我不能否认，前人为这份墓碑的整理已经投入了巨大的精力，而且收获颇丰，但并非没有继续深入工作的余地。这件墓碑的校注工作，我要特别感谢师兄赵和平教授。交稿时，还有30多个人名、典故未查到出处，我均以“俟详”作解，有点偷懒。赵师兄在审稿时却一一指出，要求我逐一解释。这样，在师兄的督促下，这些原本“俟详”的问题不仅多数获解，而且产生了那篇通读《伯远帖》的文字（《〈伯远帖〉与伯远考》，载《书法丛刊》2008年第3期），这是完全出乎预料的。

除了内在的问题，敦煌文献也还有一些外在的问题。在1993—1994年间，我与荣新江教授共同整理了敦博本禅宗南宗文献，其中的《六祖坛经》主要由我负责。后来，台湾潘石禅教授与我各自分别指出英藏《六祖坛经》（S.5475号）的“方音通假字”现象。我曾将自己的看法向“敦煌学”家、佛学家周绍良先生谈起过。周老未能同意我的认识。他说：“你如果认为这里面有方音问题，那就要说明，这些方音字是如何产生的。”我当时说，工作可以分两步走，第一步先承认存在方音替代字的事实，第二步再解决产生方音字的原因。按理说，周老的要求足以促成我更深入的思考。可是，我后来忙别的内容去了，未能深入去做。直到周老去世（2005年），我都未能回答他的提问，未免抱憾。恐怕我自己终其生也不能回答周老的提问了，只好有待于来者。

从上面所说可见，虽然近30年国人在“敦煌学”领域做了大量卓有成效的工作，取得了长足的进步。但是，我们尚不能认为自己对敦煌文献的理解就已经很到位了。存在的问题还很多，“革命尚未成功，同志仍需努力”（孙中山语）。

三、寄语未来的“敦煌学”学者

按理说，中外“敦煌学”界“大佬”不少，像我这样的小萝卜头尚无资格讲什么“寄语”之类的话。但我毕竟在这个圈子里混了30年，也将此生的主要精力献给了这份事业，感想或多或少还有一些，把自己的认识和想法写出来供年轻人参考，也许并不是坏事。

当今的中国社会正处在一个转型期，经历着亘古未有之变局。在这一背景下，人们的生存问题显得非常实际和紧迫。2009年，那么多的大学生、研究生、博士、硕士遇到了就业困难。作为过来人，我们总不能不体察年轻人的苦闷与求生的紧迫性吧？不久前，我参加一项学术活动，针对一些大学毕业生急于谋生的现状，一位颇有头脸的人物在发言中大讲奉献，批评年轻人急于“变现”。我自己觉得，讲奉献没有错，而且应该提倡，但年轻人急于“变现”也有他们不得已的苦衷。试想，如今高校在“教育产业化”的驱动下，收费很高，一部分学生毕业时已是债台高筑，家中如有老人和病人，就更是急于用钱，否则，连生存都困难，还谈什么从事研究工作呢？再说，研究学问尤其像“敦煌学”这样的学问，用于了此浮生或许可以，若用以作为谋生手段便颇不容易。无怪乎中国古人有“穷不学文，富不习武”的说法，显然也是出于求生存的考虑。也许有人要说，你邓某人出身贫寒，不也从事了“敦煌学”这样的学问吗？实在说，我们那代人有其特殊性：上学不必缴学费（指大学），而且管饭吃；毕业后必须服从分配去就业，个人没有选择的权利，与今天的大学毕业生大异其趣，无法进行简单类比。因此，我们要体谅今日年轻人的难处，否则就会有站着说话不腰疼之嫌。另一方面，必须说清楚，从事“敦煌学”这样的学问，可能一生，至少是前半生要过清苦的日子。年轻朋友，你想好了吗？你受得了吗？我的意思是说，想好了再进入这个领域，不然会浪费你的青春，“事后悔”没有意义。

不过，我也毫不怀疑，未来中国又会出现一些类似于清儒钱大昕那样有钱又有闲的学人。“有钱”就不必为生计着急上火，“有闲”指有时间，即不想当官，以求学问寄存浮生的生活方式。其实，这样的人做学问最合适。若果我的推测不误，不要太久，就会出现这样的学人和“敦煌学”家。果如此，则国家幸甚，民族幸甚，学术幸甚，“敦煌学”幸甚。

上面是对年轻朋友在择业方向上的提醒，下面想对已步入“敦煌学”界的年轻朋友说几句。

我和我的师兄赵和平教授以及同时代的一批人，是 1977 年恢复高考后才读研究生的。1979 年，我入北大读硕士研究生时，已过了 30 岁，和平兄已过 31 岁。与我同室的马世长和晁华山二学兄是学考古的，已年过 40（1963 年大学毕业）。这说明，我们步入“敦煌学”领域时，已经很晚，年龄偏大了。今天恐怕很少有这种情况吧。无怪乎宿白教授说我们是“从第六层楼开始盖起”，意思是底子不牢固。我愿意承认这个事实。可是，我们这代人是一个特殊时代的产物，个人能负这份责任吗？我相信，也愿意未来的“敦煌学”学者不再有这种情况。我把这点陈年旧事写出来，就是希望年轻人能打好底子。“根深才能叶茂”，是师尊张广达教授经常引用的邓恭三先师的话，足供我与后来人共勉。

敦煌文献多为写本，而且出自我国西北边陲，这就必然带有书写特征和地域特征。就书写特征来说，有两点需特别注意：一是有大量俗体字存在，甚至一个字有几种写法。在这里，陈寅恪先生说的“读书先需识字”尤其重要。宋以后，各种文献多以刻版或活字印刷问世，字形多被整齐划一。但写本时代，字形却五花八门，要求认字的功夫便升高了。其二，古人在写作或转抄时，用了一些约定俗成的符号，都有其特定含义，不能轻忽。只有弄清其本始含义，才能对原文产生“理解的同情”，进而认识其原来的真实用意。就地域特征来说，由于出自中国西北，那些本地产生的原始文本就很可能有“唐五代西北方音替代字”，我在邈真赞一类文字中找到五十几对。即便是由外地传入的文献，如《六祖坛经》，原本产生于今广东地区，西北人在传抄中也羼入了方音替代字，我从英藏本中找出了 24 对，100 余处，几乎占全文的 1%（敦煌本《坛经》全文 12400 字）。这些由手写和地域发生的书志学的问题，与每位学者的研究专题关系不大，但它们却是带共性的问题，谁都会遇到，且不能回避。因为“敦煌学”本来就包含文献学与专门学科两部分内容，文献学是基础，在此基础上，才有可能将自己研究的专门问题搞深入，搞好。

拉拉杂杂写了如上的内容，不知能否向进宝教授交卷？亦望同仁们指教。

2009 年 5 月 4 日于半亩园居

鞋帮鞋底也关情

——吐鲁番文书整理散记

如果说儿童拼图游戏是一项锻炼智力和动手能力的趣味活动，那么，我们所做的吐鲁番文书残片和碎屑的拼接工作，就是对专业工作者的一道难度极大的知识和智慧测试题。好在我们交上了一份比较圆满的答卷，而且从中获得的乐趣也远远超过了儿童拼图游戏。

2009 年，新疆维吾尔自治区博物馆征集到一批流散在社会上的古代和近代文书。其中包含源自吐鲁番古墓的高昌国文书，源自和田地区的唐代文书，源自民国初期袁世凯复辟称帝年号为“洪宪”的吐鲁番县官廷档案（包括汉文和察合台文），以及来源不明的粟特文、于阗文、梵文等西域及印度古代文字写本。经过自治区博物馆领导的积极协调，一个由来自中国文化遗产研究院、新疆维吾尔自治区博物馆、 武汉大学、北京大学的专家教授与青年学者组成的课题组得以形成，并迅速投入工作。

虽然我已于 2009 年 5 月正式退休，但考虑到工作的需要，单位仍将我留在课题组中。从成员们的专长出发，课题组内部进行了必要的分工：其中武汉大学陈国灿教授和我主要负责高昌国和唐代文书，后来自治区博物馆孙丽萍女士也参加了部分工作；中国文化遗产研究院刘绍刚教授和青年学者杨小亮主要负责“洪宪文书”。大致说来，汉文部分的工作主要由陈、邓、刘、杨 4 位负责。此外，刘绍刚还担负着整个课题组负责人的工作。虽然有此大致的分工，但我们 4 人一直是同舟共济，联合攻关的。

当我首次从电脑上看到这批文书时，第一印象便是极为破碎，拼接难度极大。虽然2009年11月和2010年6月，课题组曾两度去自治区博物馆看原件，也拼合了一些，但残碎之物仍旧较多。2011年10月在北京举行了结项会议，外请专家们给予很高评价，同时也当场指出几件之间的拼合关系。这对我们无疑是一个震动和刺激。我们虚心接受了专家们的批评意见，会后在电脑上进行拼接，证明所提意见完全正确。于是乎，我们继续向自己发问：是否还有应该拼合而未拼上的呢？很快就又发现了一个小块的正确位置。2012年3月底，利用陈国灿先生在北京师范大学讲学的机会，我们4人又汇拢在一起，工作了3天，居然又发现4个号码同其他残片间有拼合关系。至此，已经拼接出的基本是6个鞋帮加鞋底的鞋样。此外，尚有五六个大点的残片和一些小碎屑单独存在，不敢确定它们之间的关系。课题组负责人刘绍刚断然决定：4人再赴乌鲁木齐，一是复核已有的缀合结果，二是看看是否可将其余残片加以拼接。

2012年4月15日，刘绍刚、杨小亮和我先行抵达乌鲁木齐。十分幸运的是，通过用原件复核，不仅证明我们已经进行的拼接工作正确无误，而且剩余的6个残片又拼出一个鞋帮加鞋底的鞋样，尽管各片之间都有残失，互不衔接。我们3人等候陈国灿先生的到来，以便加以最后确认。

20日一早，陈先生坐在博物馆宽敞明亮的会议室里，仔细听取我们3人的汇报与陈述。他首先肯定了那个鞋帮加鞋底的拼接是正确的。然后，我们再共同讨论另外两项拼接工作。于是，一个饶有趣味并激动人心的场面出现了。在陈先生19日到达之前，我从碎渣中剔出4个颜色很深的小块，大的有拇指指头大，小的仅有指甲盖大小。经反复摆放，竟然发现上面有两行文字。第一行有“边夏山帝薄”5字，“边”字残存下半，“薄”字残存上半；第二行有3个字，中间一字为“依”，上下二字亦各失其半。在已经拼接的鞋样中，第三件为《高昌和平三年（553年）郑凤安买田券暨租田券》，两券写在同一张纸上，买田券在前，租田券在后。我怀疑与买田券有关，于是将其放在第一行下半段的残失部位，字数也正好相当。刘绍刚却不同意，认为应该放在第二、三行的上部，因为第二行残存第一字为“田”，正好合为“薄田”，文义连贯。我也就未再坚持，直接移位到第二、三行上部。陈先生看过后，认为大致可以。但未过几分钟，刘、陈二位就又提出了否定意见。刘绍刚说，这一块颜色很深，放在鞋帮位置，可是与它连接的鞋底颜色却很浅。我说，可否这样理解，整块纸被剪成鞋帮、鞋底并分离后，鞋帮部分因渍血或油污而变深？但在对照此片文书的题解时，刘绍刚又提出一个问题：这件文书的前半部分是郑凤安买田券，后半部分是其租田券。如果放在前半部分，题解就要改写；如果题解无误，那就只能放在后半部分。陈先生认真思索后提出了一个更为严重的学术问题：残片上的“夏山帝薄田”中，“夏”是“租借”意，但此件上却有“价即毕田即付”一句，这是买卖土地价、地两清时的用语，因此互不相合。那么，就应该考虑此件后半段的“租田券”部分。郑凤安既然出租田地，就应该有人租田即“夏田”，而且这一部分有一块颜色变深后脱落的残痕。细查此件，发现第一行下半部分残存文字为“□石得从郑凤安”，可与小片连读为“□石得从郑凤安边夏山地薄（田）”，文义顺畅；第二行下半部分残存第一字为“田”，正是读上句时所补的那个“田”字。此下为租价粟十五斛，最末一字为“取”。第3行残存第一字为“斗”，与残片第二行的“□依□”如何衔接？此前，当我们将残片放在郑凤安“买田券”上部时，据残字痕，曾认为它是“东依□”，因为其前有“北诣渠”，似乎都是用指田地四至的。但当它被移至“租田券”上部时，“东依□斗”便不成文句。拼接工作被卡住了，大家都沉默不语。约莫过了半个小时，我对陈先生说，我们应该改变一下思维方法，那3个残字不一定就是“东依□”，可能有别的解读；根据上下残字，必须读成“取□依□斗”。于是我们俩又一起仔细辨识。过了几分钟，突然，陈先生拍了一下我的肩膀说：“有了，是‘取粟依官斗’。”我也恍然大悟，起身与陈先生握手相贺。此刻，会议室的阳光似乎也更加明亮了一些。再后，我们从库房将原件提出比对，发现残片二行第一字是“粟”字下半，而“官”字宝盖左边的一撇，和下部左侧的一竖都在，正是“粟依官”三字，也就是陈先生所言“取粟依官斗”的中间三字，真真是天衣无缝！当天下午，我们又找到了一个有“卷信”二字的残块的准确位置。至此，经过近3年的断续工作，这60多个残片终于拼接成7个鞋帮加鞋底的鞋样。这不能不让我放声大笑，其他几位也都眉开眼笑，个个脸上都绽放出喜悦之情。

我曾经问过陈国灿先生，可否认为我们这次的整理工作，是近几十年来吐鲁番文书整理工作中难度最大的一次？他说可以这样认为。既往的整理工作，多是科学考古发掘的成果，有文字记录可查；而我们却不知道这批材料的准确来源，无任何依凭，完全靠知识和感觉进行。但是我们4个人形成了老中青三代人的学术梯队，各有所长，互相补充，仔细切磋，不厌其烦。陈国灿教授是我国吐鲁番学的首席专家，底蕴深厚，经验丰富，是学术核心；刘绍刚教授以篆刻和书法名世，识字能力出众；杨小亮思维敏捷，善于质疑，负重耐劳；我虽多年主攻敦煌文献，但仔细认真、要求严格也是大家所熟知的。我们4个人也曾争执得面红耳赤，相持不下。但却无人固执己见，都可以互相理解，彼此尊重。用杨小亮的话说就是："我虽然年龄小，提出的意见也未必正确，但几位老师每次都很重视，这让我好感动。"因为我们相信，学术乃天下之公器，人人得以发言；两个人的智慧就比一个人多，"三个臭皮匠凑成一个诸葛亮"，更何况我们还是4个人哩。

此刻，当我就要告别乌鲁木齐的时候，不免感慨系之：我们的祖先曾经穿着依据这些鞋样做成的鞋子，在古代西域走过了漫漫历史之路；而今，这些重新复原出的鞋帮加鞋底，同样承载着我们这些文博工作者对新疆这方热土和祖国的厚意与深情。

谁说不是呢？

2012年4月21日下午于乌鲁木齐宝石花酒店

亦非一日之寒

今天是2016年1月24日。本月只剩下7天，若再加13天，到2月13日，我患腰椎间盘突出症就整整8年了。

8年是多长时间？是2922天。

如果说头6年病情还相对较轻的话，那么自2014年4月4日高烧过三十九度二之后，就一直走下坡路了。迄今出门离不了手杖；若去稍远的地方，或去医院看病，则需先由老妻开车送到公共汽车站；若想在家门口转转，则需骑上我的小电驴——老年代步车——女儿专门为老爸购置的，方能将活动范围扩大几百几千米。总之，完全靠自己的双腿已不可能有太多的行动自由了。

有道是，人老先从腿上始，我确实应了这句俗语。

有时候我也在想，我这个病究竟是怎样得下的？细想一下，那真是冰冻三尺，非一日之寒！

自从1972年5月5日进入北京大学历史系学习，至今已过去了44年。在将近半个世纪的时间里，我或在学校读书，或在科研院所工作。总之，在书桌上耗去的时间多，靠四肢尤其是腿脚行走的时候少。虽然说我曾经有过20多年早起走路的习惯，但相对而言，多数时间是坐着的，这个病恐怕就是坐出来的。

1985年到1994年，我曾在前门东大街14楼206号住过2年，在804号住过7年。住804号时，就曾腰痛过十多天。记忆中也未吃什么药，也就自己好了。自然，我也就不当回事，继续埋首书案了。

1994 年底到 2004 年初，我又在麦子店街枣营西里二条 14 楼 1606 号住过 9 年多，期间也闹过一次腰痛。由于那时尚在中年，起初我也未弄个拐杖，而是拄着一把雨伞。由于住所和解放军 292 医院在同一个大院里，我从外科要了点消炎药吃了吃，半个月后也就痊愈了。于是乎，又全力以赴地埋首于案头。

2004 年 4 月 10 日，我由城区搬到乡下，居住在东旭花园 3214 号（我自称“半亩园居”）。清楚地记得，2007 年 5 月 31 日，我应郑炳林教授之邀，到兰州大学“敦煌学”所主持 5 位博士和 9 位硕士的论文答辩。同去的还有法国巴黎高等研究实验学院马克 · 卡琳诺斯基教授——他是由我推荐去讲学的。当天傍晚，炳林兄举行欢迎晚宴，谁料饭后我却感觉腰部疼痛，几乎站不起来。好不容易回到下榻处，心里不免暗暗叫苦：“人家要我来是干活的，我却这个样子，如何是好？”可是睡了一夜之后，一切如常，自然，我毫不犹豫地履行自己的职责去了。

真正让腰痛病将我缠住的是 2008 年 2 月 13 日。由于一个冬天没有出门走路，虽然是乍暖还寒，但我觉得应该恢复早起走路了。记得我外出时先开了一下院子的大铁门，拔门闩用力较大，虽觉不适，但尚不太疼痛。走到小区东门外，往南走了几百米，我做了几下转身动作，突觉疼痛难忍。自那时起，一下就过去了 2900 多天。

由上面我对自己得腰痛病过程的追述，明眼人一下就会看出，这个病是累积而成的，绝非一日之寒！也可以说，对我而言，这应该属于职业病。

前几天，北大老学长、历史学家王曾瑜教授与我通电话，问到我的健康情况，我简单告诉他：少年时家境贫寒，没有打下好底子；后来在圈子里想立身亦非易事，必须刻苦努力。日子一久，就把健康搭上了。

8年来,我曾经被腰痛病折磨得暗自流泪。但如果是由于勤奋工作而造成，我的回答是：不后悔！

之所以不后悔，是由于我自问有敬业精神；之所以有敬业精神，首先是我热爱自己的工作。虽然此生也有过从政为官的机会，但都被我谢绝了，因为我喜爱学术。其次，我是花老百姓的钱上的学；能够专心从事学术研究，也是由于老百姓在养着我，我得对得起他们！这个认识并不“高大上”，但也绝非做作。我就是这么想问题的，完全是我自己人生观和价值观的体现——用胡继高老前辈的话说：“文宽有些孤傲。”或许这也是我孤傲的表现之一吧，不需要自我标榜是多么高尚，人活一世，对得起良知也就可以了。

8年来，我虽承受着病痛的折磨，但工作一直没有放松，虽然我早已退休。当然，采取这种生活态度的绝非我一人，许多学者都是一生勤奋不已。与我一样，他们不免也受名利驱动，但也并非全在于此。我相信，此类人一般都具有对专业的热忱和高度敬业精神；往大一点说，同样也怀抱着对祖国和民族日益变好的殷切期盼。

如果2016年能够通过治疗，使腰椎病减轻一些，以便再多做些事，那将会让我感觉幸福。（附记：2016年3月28日，在空军总医院由杜俊杰大夫主刀，做了大手术，疼痛基本消失了）

2016年元月24日于半亩园居

这也是一种返璞归真

《中华成语大词典》对“返璞归真”是这样解释的：“璞，璞玉，未经加工的玉。真，本来面目。返回原貌，复归真相。比喻还其本来面目，过自由自在的生活。后常用以形容朴实无华。”

一段时间以来，我的学术研究工作同我少年时代的经历、山西老家的方言俚语，以及土话的发音产生了密切联系。我心底在问，这是否也算一种返璞归真呢？

回想起41年前的1975年夏天，正是我第一次从北京大学历史系毕业并被分配工作的时候。当班主任王汝丰老师宣布分配名单说“邓文宽，中国科学院北京天文台报到”时，我真真吃了一惊。我没想到，这个学习中国历史的学生，却让他到天文台去工作！为此，我在同当时尚未结婚的女友孙雅荣在北大东操场散步时，流下了眼泪。我知道，这是北大历史系某些人认为，这个学生太看重业务，而不突出政治，所以给他安排了这样的命运。但他们未曾想到，这个山西人却有一股子牛劲：无论把他放在哪里，他都会十分努力，一往无前的。诚如已故李培浩老师后来所言：“他们想难为你，没想却成全了你。”因为40多年后的今天，我在“敦煌学”及学术界的存身，所依凭的正是自己在敦煌和吐鲁番天文历法文献研究方面的成绩。当然，其中所经历的辛苦和不易，这里也就没必要一一细说了。

但我没有想到，从23年前的1993年起，我的家乡土话也成了我进行学术研究的有力武器。1991年，我病了整整一年。到1992年上半年，我才又慢慢喘过气来。1993 年起，我又步入一个新的学术领域：敦煌本禅宗文献尤其是《六祖坛经》的整理和研究。我发现，别的版本作“起”字的地方，为何在英国藏本却写作“去”呢？那天看电影《秋菊打官司》。秋菊（巩俐饰演）拉了一车红辣椒去集市上卖。她问小姑说：“你去（音‘气’）不去？”这使我茅塞顿开。因为我老家（山西稷山县）说“去”就是“气”。于是乎，我从敦煌文献中搜罗“去”的同音或音近替代字。结果发现，起、岂、气都可用来代替“去”字，于是有了《敦煌文献中的“去”字》一文。最终，我在仅有 12400 字的敦煌本《六祖坛经》里，共找到 100 余处方音替代字。这实在是找到了一个突破口。而我所使用的工具恰是我少年时代在家乡讲过的方言。

前年（2014 年），我为张涌泉教授的《敦煌写本文书学》写了一篇书评。文末捎带对敦煌文献中的 6 个词语提出了自己的见解。如“卧酱”一词中的“卧”。敦煌文献中又有“卧酒”一词。小时在乡村，母亲每年都要做柿子醋，叫作“卧醋”。“卧”字做“酿造”解，又见于北魏贾思勰的《齐民要术》。这样，卧即酿造，确凿无疑，板上钉钉。敦煌文献又载，寺庙里僧人身后留下的财产要通过“唱”进行出卖。刘进宝教授解“唱”为“拍卖”，十分正确。这种拍卖行为，源自印度，至今在我老家仍在用“唱”这种形式进行竞拍，1969 年我甚至亲自参加过。这就为“唱”字的确解提供了坚实依据。

1980 年，在知识积累尚浅，对敦煌文献尚未深入的情况下，由导师王永兴先生命题，我和师兄赵和平很孟浪地闯入了王梵志诗歌的研究领域，结果摔了一个大跟头，此后再也不去碰这部分诗歌了。但过了 36 年后的 2015 年，我又向这个领域迈出了一步。因为我发现，当今研究王梵志诗的大家，由于不了解北方方言，一些语词解释欠当，于是我就又有了《王梵志诗中的活俚语》一文，所依凭的，也是稷山方言。比如“懒乖慵”中的“乖”字，稷山话现在仍说“乖的”，意思都是疲劳、没精神。又如“可可”一词，稷山话是“正好”“恰恰”义，与诗义相合，而作者却解为“稍稍”，不确也。这些家乡方言都帮了我的大忙。

20 世纪 30 年代，语言学家罗常培教授有《唐五代西北方音》一部大作。其中一种语言现象是“韵母青、齐互注”，但所举实例未免嫌少。今年夏天，我在养病（本年 3 月 28 日做了腰椎间盘突出症手术）期间，虽然出现了未曾经历过的闷热，但我仍在思考这个特有的语言现象。只要能想起，我就立即写下，迄今共得 200 余例。近读《稷山县志》，在讲到本县文、白两种发音不同时，有如下表述："本县方言的文白异读，一个是声母的不同，另一是韵母的不同，而韵母的不同是主要的。韵母的不同，表现在韵尾［ŋ］的有和无。这是本县方言文白异读的特色之一。同时，文读音接近北京话，白读音离北京话较远。文白异读很整齐，也有系统有规律。"我搜集的那 200 多个例证，就是对这段话所描述的语言现象的诠释，也是对罗常培先生正确见解的丰富与补充。

本月初，我在读敦煌本《开蒙要训》时，注意到内中有"杈杷挑拨，杴擽聚散"8 个字。其内容迄今尚未有人完全读通过。而杈、杷、木杴这些场院用的农具，均是我少年时代十分熟悉的。于是又有了《敦煌本〈开蒙要训〉三农具解析》一文。不仅把这几种农具的构造和使用说清楚，而且也对不同写本的文字做出了校订。

想当年，我刚进入北大历史系时，由于担任学生干部，总要在众人面前讲话。而我讲的几乎全是山西话，不少同学说"听不懂啊"。于是，我每天认真听广播，学习普通话。如今，过去了 45 年，虽然我所说的普通话仍带有不少山西"醋"味，但一般来说，交流不成问题。几十年来，我所熟悉的稷山方言，一直封存在记忆库里。可是，做梦也想不到，在我晚年时，它却成了我做学问的又一利器。我在想，会说山西方言的人很多，却没有学术积累；会做学问的大咖，又很少会说山西方言。而我这个农家出身的人，一手牵两头，便产生了不少方便。或许，我在这边厢还能施展拳脚哩。

山西方言在解读古代文献时有其突出的作用，是由其特殊的地理位置决定的。校友、"北大屠夫"陆步轩先生曾就读于北大中文系汉语言专业，他曾做过这样的解释："由于大山阻隔，沟壑纵横，延缓了语言的交融与发展，因而山西方言被公认为是最古朴，保存古音、古义最完整的北方官话。"这应该是北大中文系语言专家们的共识。近日从相关目录上看到，一位叫乔全生的先生发表过一篇《现代晋方言与唐五代西北方言的亲缘关系》（《中国语文》2004 年第 3 期），也说明晋方言的特殊功用早已引起学术界的关注。

而我恰恰是出生并曾经生活在吕梁山脚下，会说晋南土话的一个学者。

感谢上苍，家乡方言是老天对我的恩赐，我会珍惜并好好利用它的。换个角度，在学术界绕了这么大的圈子，却又回到少年时代的家乡语言，这是否也算一种返璞归真呢?

恐怕就是。

2016 年 9 月 23 日晨于半亩园居

自我作古亦何妨

“自我作古”这个成语，词典上给出的解释是：“权作古人，创始、创新。由我创始更新。指不拘泥旧法，以独创精神进行创造。”实在说，这是对一项工作和做这项工作的人的充分肯定。像我这样的俗人，从来不敢把这顶高帽子套在自己头上，连这样想也不敢。可是，这次恐怕是想躲都不可能了。

近年来，我写过几篇文章，都与敦煌文献里的方言和方音有关。比如说，《障车文》里以“家”“华”“车”为韵。但若依普通话读音，“车”字读che，无法押韵。这使我想到，我老家人读“车”为cha。显然，原作者是读“车”为cha的。若此，这三个字便能押韵了。又比如，在一篇与佛教有关的文献里，原本该作“得”的字却写成“帝”。普通话里“得”读作de，与“帝”音不同。但在我的家乡，“得”“德”“的”均读作di。由是可知，写本里的“帝”是“得”的同音替代字。这样的文字互代现象，我在不同类型的敦煌文献里已发现多处，并成功地解决了一些文字校勘问题。

我的此类工作，据友人见告，不被语言学界的一些学者认可。我想，这是可以理解的。首先，当今“敦煌学”语言学界处于当轴位置的几位专家，几乎全是南方人，而他们面对的古代写本却主要产生于中国西北。这些学者没有在西北相关语言环境生活的人生经历，所以，对由方音产生的文字替代现象缺乏敏感性；其次，这些学者从他们的老师，抑或是老师的老师那里学来的校勘方法，并不包括使用方音和方言这一工具。在他们看来，我这个路子是野狐禅，是野路子，而非正途。但我认为，最重要的一点是，必须正视那些由西北民间社会使用的手写文本，不少时候是使用方言，或在自己不会写的情况下，用一个同音字来替代，而这个字的音却是方音，而不是官方或词典拟定的标准音。面对这样的客观现实，那些专业工作者便犯难了，只好表示不认可。

这使我想起与此有关的另一件事。20多年前，我与一位学友共同整理甘肃省敦煌市博物馆收藏的藏经洞所出禅宗文献。当我将我发现了英藏敦煌本《六祖坛经》中存在大量方音替代字告知时，我的合作者说："你别用你的山西话读《坛经》。"佛学界一位耆宿也不接受我的看法。后来，台湾学术前辈潘重规先生也读出了这个本子里的方音通假字。时至今日，我的敦煌《六祖坛经》校释本已为学界广泛接受，并被列为北京大学通识教育使用教材。

我还想到，20世纪30年代，北大中文系罗常培先生出版了他的《唐五代西北方音》一书。罗先生是语言学家，他是从语言学角度来研究方音的。20多年前，我用罗先生审定的音韵学理论，成功解决了英藏敦煌本《六祖坛经》的方音通假问题；20多年后，我又用同一理论解决其他类型的敦煌文献方音通假问题。就已发表的文章看，某些长期未被语言学家们解决的问题，都被我解决了。我至今认为，我的见解是符合实际的，是站得住脚的。

就治学方法来讲，我认为并非只有一途。以认识符合实际为前提，从而提出相应的解决方法并实行之，只要能把路走通，能解决问题，就是好路子。至于是来自学院，还是出自民间，实在并不重要。

我可不可以说，把方言和方音引入敦煌文献的校勘工作，我是第一个"吃螃蟹"的人？如果这个方法是成立的，那么，自我作古亦有何妨？

时间会检验一切。

2018年8月27日下午于半亩园居

做 13 岁前的学问

13 岁时，你在哪里？也许你刚刚完成小学学业，跨入初中的门槛；如果你早上一年学，那你就读完了初中一年级。

13 岁时，你脑海里有多少知识？如果你的父母识文断字，具有培养人才的自觉，那么，他们会让你课外背诵唐诗宋词和《古文观止》，或者大量阅读世界名著；如果你的父母都是文盲，他们也会送你走进学堂，让老师教你。至于你能学到多少知识，他们就无能为力了。但别忘记，能让你上学，对父母来说，已是对你的恩典。

13 岁时，你的课余生活是什么？现在城里的孩子有各种各样的培训班：奥数、音乐、绘画，乃至拳击。父母只怕孩子学少了，输在起跑线上；如果几十年前，你生活在没有电视和电话的乡下，你要么帮父母带弟弟妹妹，要么给猪羊割草，要么去挖野菜，乃至十来岁就已经上山打柴……为了家计，为了活着。至于你的未来人生，谁能知晓，谁去规划？

而我，就曾经属于父母都是文盲、众多乡村孩子中的一个。

当我成年并成为一个知识人之后，曾经，我为自己没能在少年时代大量阅读课外书丰富起来而抱憾；我甚至感觉那时浪费了很多光阴，因为没有人告诉我外面有一个看不见边际的知识大海——虽然十分感念我那文盲的父母，能在困顿艰难中让我上学求知，可我总觉得缺少了什么。

天晓得，就在我年过七旬，即将退出学术圈子的时候，居然做起了 13 岁前的学问！

近年来，我在阅读敦煌文献的时候，发现一些难于读懂的文句，学者们苦苦思索，却难得其解。但只要同我的老家（山西省稷山县）的方言挂钩，即可获得通解。我先后写了《王梵志诗中的活俚语》《敦煌小说中的活俚语》《释吐鲁番文书中的“影名”》《释敦煌本〈启颜录〉中的“落喠”》《敦煌文献词语零拾》《敦煌变文词语零拾》《“寒盗”或即“譀盗”说》《敦煌文献中的“去”字》等文章，予以发表。既有人不赞成，也有人支持响应。由于一直在思考这些语言问题，最终，将眼光落在了敦煌文献里保存的一部小型方言词典——《字宝》上。这部词典共设立了420来个条目，读懂极为困难。我用稷山方言读通了其中的110个，写出了4篇文章。虽然多数仍旧未能读出，但就已经读出的这100多个来看，可以毫不含糊地说，那些1200多年前文本上的死文字，被我读出了生命。从方法上说，语言学家们是从书本到文本，我则是从生活到文本，从而冲出了一条新路。

试举两例，看看那些词语多么生动有趣。有一个词目是“刟割（原注：逄果反）”。语言学家们无法解释这个“刟”字。从这部词典的编辑方法来看，很多地方是将两个意思相同或相近的字编成一组，本条便是其一。由反切音可知，此字音pō，意思就是“割”。稷山人把“割麦”说成“刟麦”，把“割草”说成“刟草”。农家院落里一天不知要听到多少次。对我这个农家子弟来说，是再熟悉不过的语言。又如“人鬠泥（原注：丑加反，足踏泥是也）”。这又一次把语言学家们难住了。“鬠”字音zhá。在稷山那个黄土高原的边沿地带，夏天只要一下雨，满地泥泞，可又不能不出去。回来脚或鞋就会粘上很多泥，方言叫“鬠了一脚泥”。无怪乎原写本解释为“足踏泥是也”。这样的语言让我读起来格外亲切，因为它们不停地把我带回到童年的岁月里去。

这些奇奇怪怪的方言俚语，是何时储存到我的记忆中的呢？是13岁前！13岁起，我就离开那个半山区的张开西村，到稷山中学读初中去了。在稷山中学里，师生之间、同学之间，讲方言的机会大大减少。所以说，这些俚语词在我脑子里扎根，只能在13岁之前。

这些语言又是向谁学习的呢？向父母学习，向邻居学习，向小伙伴学习，向生活里一切能够接触到的人学习。或者说，压根就不用学。由于生活在那样一个特殊的生存环境里，根本就不用教，从牙牙学语起，自然而然就能学会并且熟练地运用。这与全天下的人学习说话是一样的道理。如果要问谁是我的方言老师？答曰：乡土生活。

自然，在对这些词语写作解读文字时，我那些逝去的亲人——父母和兄妹，不时地浮现在我面前。他们中谁常说哪个俚语，说话时的音容笑貌，都深深地刻印在我的脑海里。我深切地怀念着他们，因为他们不仅是我的亲人，也是我的老师。

来自乡下的人，基本都会讲一些当地方言。但最终用方言做学问的，怕是不多。积 70 余年之生活经验，我懂得，世上很多事并非人力所能及，全在机缘。如果敦煌文献里没有《字宝》一书，我所记得的那些方言俚语便一文不值，至多能当作谈资或逗乐而已。换个角度，《字宝》一书已经发现了 100 多年，几代语言学家们也都十分努力地去研究解读。但由于不熟悉方言，所获成果便受到限制。而我，这个来自吕梁山脚下的农家子弟，却了解那里的方言俚语；又在“敦煌学”领域摸爬滚打了 40 来年，最终同《字宝》相遇，岂非天意？

13 岁前，由于家寒，也由于父母目不识丁，无人能指导我大量阅读，尽管我在一群孩子里记忆力出色。我 10 岁挑水，12 岁放牛。剜草和上山打柴，跟着父亲或几个小伙伴搭帮上山割荆条，哪样不干？但在不知不觉中，上苍却让我读了十多年的方言学校，为我晚年做 13 岁前的学问提前进行了准备。

我感谢上苍，感恩父母，感念 13 岁前上过的那所方言学校——今生无憾矣！

2020 年 8 月 17 日于半亩园居

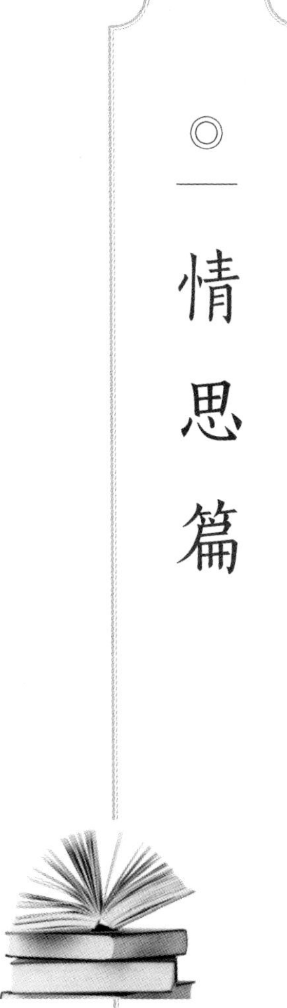

◎ 情思篇

最美不过二月兰

在北京，人们常说，最美的花是樱桃沟的桃花、天坛的菊花和玉渊潭的樱花。而我的感觉却是，最美不过二月兰。

小时候在乡下生活，虽然每年春末夏初也能见到二月兰，但多是零零散散的，很难引起我的注意。二月兰第一次冲击我的视觉，是1994年在故宫。那年4月份，我被派到文化部党校学习，同去者有故宫的刘璐大姐。她是故宫的人，经过联系，我们那个班便有了参观故宫未开放区域的可能。那天上午，在暖阳的照耀下，我们进了故宫西北部一处供奉密教神灵的小院。院子已经颓圮，尚未整修，不免显得破败。可是，就在此刻，小院里开满了二月兰，立即引起了我的感叹。不用说，这是因为它无声却充满诗意地向我阐释了“颓院芳草”的蕴涵。由此推及，“陋巷美人”之所以也被诗人吟咏，大概亦是因了同样的意境。

此后忙工作、忙生活，虽然喜欢二月兰，却没有那么多的闲情逸致去寻花问柳。只记得有一年生病时，自己一个人在春天多次去过龙潭湖公园。进得西门，满眼成片的梨树，正值开花时节。白色的梨花在绿叶映衬下，洁白靓丽，犹如皮肤光洁的青春少女，透散着撩人的珠光宝气。但在我的潜意识中，最美还是二月兰。

2004年，我由东三环的单元房，卜居到北京东南方向双桥东路的东旭花园。无疑，这里已经较远地离开了闹市区，乡居的内容和意义增加不少。我在这里看到了两处成片的二月兰。一处是小区北门外，往西通向康城花园

1000米路的北侧。那儿的二月兰虽则依时开放，绝不爽约，但显得零散，而且干枯杂草较多，有几分败景；另一处是由康城花园再往北穿越京山线铁路桥下后，去塔营方向道路南侧的杨树林下，约莫有三四亩地，那里的二月兰长势茂盛，成片地开。可惜我每次路过都在车上，无缘靠近并接触这美丽的二月兰。不过，今年（2013年）4月30日，我终于有了一次直接接触二月兰，尽情欣赏并抚摸它的经历。

那真是一个好天气，堪称春光明媚。我和妻子孙雅荣、内弟孙有利三人，驱车行进在顺义马坡一带的白马路上。先是到陀头庙村去看望了我们的大姐，回来时上午10点多钟，正是春阳最好的时光。白马路北侧的树林里，满地都是成片成片的二月兰。正在逐渐升高的早阳，从东方斜射在二月兰上，本就紫红一片的花色，更似着了火般地绚丽斑斓。为了不负这天然胜景，原本就是俗人的我们，在花丛中纷纷留影，体验了一把“待到山花烂漫时，她在丛中笑”的感觉。

可以说，这是我此生遇到的最美二月兰。即使你有再多的忧闷与不快，在它们释放出的昂然春色前，也会一概烟消云散。当你同那么多的二月兰融在一起时，你会觉得生活是那么地美好，值得我们坚强地活下去，尽管人生存在着海量的不完美和不如意。

回到家中，二月兰的美景依然在我心中荡漾。我只觉得对它了解得太少了。于是，我从《辞海》中找到了有关它的词条，书上是这么解释的：

> 葸菜（Orychophragmus Violaceus）一名“菲”，“二月兰”，即《植物名实图考》所称的“诸葛菜”。十字花科。一年生草本。叶羽状分裂。初夏开花，花淡紫色，总状花序。角果四棱柱形。有鸟喙状嘴。产于我国北部和中部。可供观赏，兼作蔬菜；种子榨油，可供食用。(《辞海》合订本第605页，上海辞书出版社，1980年版）

我曾经说过，我的学术文字是冷冰冰的，没想到《辞海》的文字还要低二十个摄氏度！不过，文字虽然冰冷（这是由它的工具书性质决定的），可是，仍旧不能掩盖二月兰给人的融融暖意：它不仅美艳四射，具有观赏性，而且可作蔬菜，饱人口腹，种子还有油料作用，更增添了它的可爱与珍贵。

二月兰，你是我眼中最美的花。因为你的颜色如纯青的火焰，气吞山河，一派灿烂。

二月兰，你是我的最爱。因为你不择土地，无须侍弄，便将美姿向世人呈现。

二月兰，你是我心灵里的圣花。虽然你不似牡丹高贵，也不及菊花光鲜，但你却像大地上的万千草根平民，尽管平凡，却自有高贵与尊严。

……

盼只盼，待到来年初夏时，再赏美景二月兰。

2013 年 10 月 6 日晨于半亩园居

肉鸟和铁鸟

看着一队队南飞的候鸟，伴随着它们的嘎嘎叫声，这让我知道，深秋已然来临，入冬也就是指日可待的事情了。

我自 2004 年 4 月 10 日搬到京城东南方向双桥东路的东旭花园居住，转眼都快 10 个年头了。尽管这些年这里城市化的脚步也在频频加快，但每年 4 月我都会看到北飞的大雁，10 月则会看到南去的群鸟。这一景，住在闹市区的人们是无论如何也见不着的。更记得，初来此地时，小区西门外尚有大片供城市绿化用的草坪生产基地。有几次，我看见居然有成千上万只乌鸦结成集群状，在草坪上吃草或休息。那阵势，是黑压压的一片，真是京城人说的“乌泱乌泱”的，蔚为大观。

记得童年刚进学堂，还识不了几个字的时候，语文课本上有一篇课文说：一群大雁向南飞去，一会儿排成人字，一会儿排成一字。我这里看到的便是这个样子。有了它们的队列和彼此的招呼声，我的生活和日子便增添了不少情趣。

可是，别以为我这里只能看到地球大家庭的成员之一——肉鸟，我这里也能看到许多人工制造的“铁鸟”——飞机呢（明知飞机是合金造成的，为了简便，姑妄称之）。咳，当初在这里买房子时，首都机场由南而来的航线尚未从我们头上经过。后来从报上看到，早些时这条航线在我们西边几公里处，因噪声太大，影响了居民生活，便将航线东移。这下可好，原来受飞机噪声伤害的人们的痛苦是解除了，但同样的痛苦却转移到了我们这里。头几年时，我几乎被噪声逼疯，甚至有过立即搬走的念头。后来突然想到，我在乌鲁木齐出差时，看到那里是里外两层窗户，是为了保暖和防风沙而设置的。那我们为何不加一层窗户，把噪声挡在外面呢？与妻子商量后，请人在每个窗户外再加了一个窗户。你甭说，这一招还真管用，那个连续不断、几可杀人的飞机噪声基本上被挡住了，而且冬天还益于保暖、防风沙。这一万多块钱没有白花。

读者朋友，你大概看到了，在我头上伴我度日的是两种鸟——“肉鸟”和“铁鸟”。要说肉鸟，我还不能忘记这里的喜鹊和百灵。喜鹊周身黑白相间，不时飞到我家屋脊上喳喳地叫，它是我能看到的。百灵却不同。它的声音是那么清脆悦耳，怡人心智，但因我院子里有桃树、葡萄架、爬山虎等遮盖，我却从未见过它们的身影。不过，它们把那么美妙的歌声送给我也就够了，见不见面又有什么关系？这也并非十分紧要的事情。

肉鸟和“铁鸟”，这两种鸟使我想了很多。迄今为止，从古生物学和出土化石分析可知，鸟类在地球上的出现，恐怕比人类还要早很久。只不过，人类经过遗传和变异，比鸟类的进化要快得多，以至于今天成了地球上最聪明的动物，当然也是霸主；而鸟类基本上还在原地盘桓呢。但人类不仅没能离开鸟，而且从鸟的展翅飞翔状态受到启发，设计并生产出了那个庞大的铁鸟——飞机。因为众所周知，飞机是仿生学的产物。如果没有鸟类飞翔，人类便不易产生离开地面在天上飞来飞去的认识。这么说，鸟类便是飞机得以出世的最大贡献者了。

飞机（“铁鸟”）的产生，使人类的行走变得极为方便。20 世纪初，从中国乘船去北美，需要在海上漂流一个多月。现在从北京到纽约只需飞翔 12 个小时。正是因为地球上点与点的距离拉近了，偌大的地球才变成一个“村”。而这一切，均受赐于鸟类飞翔所给予的启发。

既然如此，我们人类就应该感恩于鸟类，爱它们并且保护它们。但我们这样做了么？少数人做了，多数人却没有做。记得儿时在我们张开西村，人们不时从吕梁山上捡回来一些山鸡（雉）的羽毛，就是做老戏别在武生头上羽毛翎子用的东西，以至于稷山人说的鸡蛋，河津人却叫“雉蛋”。山上还有豹子，每隔几年就来我们村咬死几只羊。村民程宝贵喜欢打猎，有一次他带回一只受伤的秃鹫，写信给临汾动物园，问那里要不要。这些说明，几十年前，那个地方的生态还是不错的。现如今，你还能见到它们的踪影吗?

不久前，我跟旅行团去桂林和阳朔游览了一次。那天到了古东瀑布，下车后，在去瀑布的路边，有一处是纪念灭绝鸟类的园区。每只鸟都有一个模型，旁边写着它的名字，以及它最后灭绝的时间。感谢公园管理处的善意提示。它告诉我们，人类已经犯过太多的错误。我们必须改变自己的生活方式，抑制欲望，否则就再也没有机会了。

其实，我们人类只要有一颗爱心并付诸行动，鸟类是不会辜负我们的。30 多年前，陕西洋县只发现了 7 只行将灭绝的朱鹮，经过保护，现在已有 2000 多只；云南昆明翠湖每年都有大批的红嘴鸥去那里过冬，成为昆明的一道风景；北京的玉渊潭公园管护得力，常有野鸭来此繁衍生息。这样的事例还很多很多，举不胜举。事实证明，只要我们把它们当作朋友，它们就会同我们友好相处的。

大“铁鸟”天天从我头上飞过，不舍昼夜。如果它们能改变航线，我将烧三炷高香。可是，无论如何，我都想让南来北往的候鸟继续从我头上飞翔，因为那才真真是一道靓丽的风景。

2013 年 10 月 25 日上午于半亩园居

父亲的手

今年冬天，虽说不算特别地冷，但进入 12 月初那几天，也实在是寒气逼人。由于在手没有完全晾干的情况下，就急匆匆到大门外取报纸，右手食指外侧关节处便裂开了一道口子。这使我想起了我父亲的手。

在 1960 年前后，人们正生活在饥寒中，连续有几年，每到冬季，在多数人已经“猫冬”的时节，我父亲仍不闲着。他在干什么呢？到野地里寻找一种药材，俗名叫作“肿手花”。至于这种药的植物学名称，我至今都叫不出来。它之所以会有这样一个名字，顾名思义，就是说，人的手一旦碰到它，就会肿起来，可知它是有毒的。父亲怎么知道它是药材呢？虽说我祖上曾经行医，开过药铺，但我认为这点知识并非来自祖上，而应该来自我们村的供销合作社。那时村里的合作社距我家也就六七十米，父亲同他们虽无深交，但他们收购这种药材，则可以从那里得到消息。

这个“肿手花”植株分两个部分：露在地面的是茎和叶，一般有一尺来高，叶子呈细条形，青灰色；埋到土里的部分有一到二尺长，并非一通落的粗细，而是分节的，每节有一到二寸长，各节之间又有细线状的絮连接起来，能做药用的也就是埋在土里的这部分。

父亲为了能挖到这种药材，卖点钱补贴家用，有时出去一天，步行几十里，在堰头、渠边去找“肿手花”。而这种药又不是成片地生长，而是单株生长，能见到一棵很不容易。那时生活条件十分恶劣。他早上出门时口袋里装一个窝头，至多再拿几瓣蒜，一去就是一天，一口水也喝不上，而在天黑前又必须返回，其辛苦程度可想而知。

如果说在父亲挖药材时，还可以尽量小心不碰到它，以免肿手。那么，在进行加工时就没法躲避了。供销社收购这种药材时，要求褪皮、晾干。大冬天的，怎样褪皮呢？父亲把挖回来的“肿手花”放在一个破盔里，加上水，再放一些烧火剩下的煤核（我们那里叫“乏炭”），然后用棍子搅拌。这样做，可以将“肿手花”的大部分外皮去掉。但是，由于其外形并不光溜，有坑洼处仅靠搅拌就去不了皮，父亲只得用手去抠。也就是说，在明知这种药有毒，且在天寒地冻的时节，为了生存，他必须去冒险。他的手能不肿吗？能不裂口子吗？

那时候我还小，不知道啥叫辛苦。父亲将这种药卖给供销社，得到钱后，他要将政府额定发下的每人 18 尺布票买成布，让母亲在春节前给我们每人做一身新衣服，以便过年时穿上。民间有句俗话：“能穷一年，不穷一节。”也许父亲信奉的就是这句话。每年的大年初一，他趿拉着一对新鞋，带着同样穿着新衣服的哥哥和我，到我堂伯父邓春成家给我们先人磕头。在父亲来说，也许这是他最露脸的事情。可是，这些新衣服是如何得来的？是靠“肿手花”，更靠父亲肿起来并裂了口子的两只手！

我的父亲是有资格得到我的回报的。令我痛感遗憾的是，他在世时却未能花上我一分钱。现如今，让我这个过上好生活的 66 岁老人情何以堪？

2015 年元旦晨 5 时于半亩园居

父亲的脚

按理说，一个人的脚有什么好写的，又不登大雅之堂。可是，我就想写写父亲的脚。

1955 年前后，我们张开西村也成立了农业合作社。可是，此前农民都是一家一户地自己生产，突然集中在一起，有些人适应，有些人就不适应。不善言谈和交际的父亲，总是从生产队找些一个人干的事。记不得是 1956 年还是 1957 年，父亲从生产队揽下了“跑炭”的活计，这一干就是一个冬天。

啥叫“跑炭”？简单地说，就是赶着牲口到煤窑买炭并运回来，供各家各户做饭或取暖用。我们村背靠吕梁山，山里有煤窑，但一是路难走，二是距离远，于是就选择了往西 30 多里的河津（今为河津市）某煤窑。父亲几乎隔天就要赶着两头骡子去驮一次炭。冬天白日短，必须早早出发，下午三四点赶在天黑前返回。记得每次回来，父亲把煤卸在老街门口，会计便论斤给需要的人家去分（要付钱的）。父亲则将两头骡子赶往饲养棚，交给饲养员伺候，他便一脸煤黑地回到家，结束了一次跑单帮的运输活动。

如果父亲的脚没有问题，这样跑路在农家也是稀松平常的事，没有什么奇特之处。然而，问题恰恰出在他的脚上。

用民间的话说，父亲的脚属于“旱脚”，极易干裂，冬季尤其严重。特别是在脚后跟那里，冬天每只脚总有十来条口子，最宽处有二三毫米。怎么办呢？我也不知道他从哪里弄来的土办法，自己去治。怎么治？他从化峪镇集市上买一块木匠做家具用的干胶，用时将干胶放在火上烤一下，这样胶的

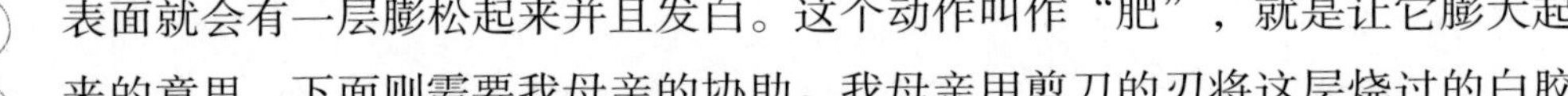

表面就会有一层膨松起来并且发白。这个动作叫作“肥”，就是让它膨大起来的意思。下面则需要我母亲的协助。我母亲用剪刀的刃将这层烧过的白胶刮下来，抹在父亲脚上的裂口处，然后再用糊窗户的白棉纸从外面糊上。我不知道这样做能起什么作用，但那时候父亲就是用这双脚为生产队“跑炭”的。

还记得，冬夜漫长，家里又没有钟表。但只要鸡叫第二遍，父母和我就都起来了。母亲将灶上的火点着，为父亲做早饭；我便在小木炭炉子上给父亲烤窝头片。父亲出去一天，总要吃一顿饭吧。可是那时家道艰难，哪有好吃喝给他。母亲做饭时，我负责将切成片的窝头放在木炭炉上面的铁丝网上烤。每烤好一片，我就用蒜瓣在上面擦，以便有点味道，方便父亲下咽。生活的艰辛于此可见一斑。

快到春节，父亲为生产队“跑炭”也该告一段落了。他从煤窑买炭，不是一次一结算，而是到年底总算一次，平时只是记账而已。那天，他从会计那里领到钱，准备再去最后一次。他口袋里装着这半年买煤的钱，心惊胆战。我不记得是为什么，他当天没回来，而是在煤窑的大车店住了一晚，次日才回到家。他对我母亲说，夜里他把钱压在枕头底下，一夜未敢合眼。好在并没发生失窃的事，这就阿弥陀佛了。

如今，父亲过世已 45 年，我也是渐奔七十的老年人了。只要想起他那双脚，就不免十分心酸。

2014 年 12 月 18 日寒冬于半亩园居

父亲的遗产

每个人都会从父母那里继承来一些东西，或富贵，或贫穷，或者是其他形形色色的内容。但这些遗产，对继承者产生的影响却大有不同。富贵可以让人衣食无忧，专心于自己喜爱的事业，也可以让人坐吃山空，迅速堕落。至于贫穷，同样也是遗产，其产生的作用依然是双向的。

我的父亲邓水成先生留给我的遗产只有两个字——贫穷。我在别处多次说过，我祖上曾经以医为生，祖父在世时仍然开着药铺；伯祖父邓家礼既会看病，武功也好生了得，在当地小有声望，他是在我童年刚有记忆时去世的。

如果说我从父亲那里继承来的遗产是贫穷，那么父亲从我祖父那里所得便是富裕（不是富贵）。由于开药铺和行医，家里小有财产，而且也受人尊敬。1943 年冬天日军放火烧房前，我家胡同口上方有当地乡民送的一块牌匾，对邓氏行医积德给予表彰。但我祖父母均是早逝。父亲的姐姐，亦即我的姑姑邓水儿其时也已出嫁，家里便剩下父亲一人，他也就二十来岁。由于无人管束，父亲便贪玩嗜赌起来，后来又染上了毒品。那年月在中国乡村最毁人的几件事他全沾上了。但我家里仍有田产、大牲口、房屋等。平时父亲雇长工干活，收获时又加雇短工干临时活如摘棉花等。只是他赌博常输，祖父母留给他的家底几乎全输光了，剩下的只有十几间房子，后来又被日本侵略者一把火烧了个精光。于是，我家彻底破产了。

6 年后我出生。从有记忆起，就知道家里太穷，父母争吵不断，正所谓“穷吵”者。此刻，父亲给我们三个子女的遗产，除了贫穷，什么都没有。

然而，就是这个贫穷，却成了我的财富。

首先，它使我家获得了贫农成分，在我成长的道路上起了保护作用。我们张开西村是1947年土改的。土改时，要根据土改前三年的经济状况，给各家各户确定阶级成分：地主富农是被打击的敌人；富裕中农（上中农）如我堂伯父邓春成（字顺才，终生以字行，当地人不知其大名）者，是不敌不友的，偶尔也被敲打一下；中农是团结对象；贫农和雇农则是基本依靠力量。此刻，不论先父邓水成此前如何胡闹，但土改前三年（1944年）他已破产，被划为贫农。

于是乎，我从上学起，但凡填表时，“家庭成分”一栏我总是极轻松地填上“贫农”二字。阶级成分一直实行到20世纪70年代末，而那段时间正是我上学、成长的年岁。

其次，贫穷也催发了我的进取心。由于自小就知道家里穷，感到上学太不容易，于是我格外刻苦，学业突出。但是父母的有些东西在我身上仍有体现。比如，脾气暴躁就很像我母亲。毫无疑义，父亲年轻时是一个纨绔子弟。20世纪70年代，我曾同天文史学家陈美东教授在一起工作过4年。美东先生曾笑着对我说：“你是因为太穷才十分努力的。如果你家里有钱，凭你的性格，准是纨绔子弟一个！”敢情父亲纨绔子弟的不良特质已经通过遗传而留给了我？这是完全可能的。只是我被生活所压，没有任何自我放纵的机会，只能咬牙一路向前——这同样是由贫穷催生的，我也得感谢父亲。

如今，我已年过66岁，快要成为“七零后”了。回眸既往，我真是对父亲无限感激！同时，我又从媒体上不断看到，许多文化人的子女、经济富豪的后代，为争夺父母的遗产而你死我活地掐架。我常常为之窃笑——那么无知而低档的一群人！由于穷困，我们自然是吃了许许多多的苦，更不会有什么财产可分。反之，我同哥哥的手足之情使我时刻铭记于心。在哥哥晚年患老年痴呆症，他的家人又未能善待他的情况下，我侍兄若父，尽到了做弟弟的责任。在这一点上，我是心地坦然的，苍天可鉴。

这里我还要特别说明，我前面所写重在谈父亲和我的家人，但一刻也未忘记祖国和人民对我的培养，其恩德更是重于泰山。如今我已退休多年，但心里总是在想，人民为培养我付出极大，国家造就一个人才太不容易（请允许我大言不惭地把自己算作人才）。所以，只要我还能工作，就要多做一些有益的事情。国家每月发给我充足的养老金，那全是纳税人的血汗啊！我的身体还允许继续从事自己喜爱的学术事业，怎能不努力呢？

动力还有，就是我从父亲手里得到的那份遗产！

2015 年 6 月 23 日清晨于半亩园居

我欠父母一顿揍

北京人说“那家伙欠揍”，准是对一个人的不屑与冷眼，以至于产生厌恶情绪才这么说的。我虽然还未听到有人对我说这样的话，但我自觉欠我父母一顿揍，虽然如今我都年近65岁了。

我出生于农家，自幼在乡下长大，幼年、童年乃至青年时代的前半段，都是以农村为成长基地的。而在幼年时期，刚开始有记忆的时候，我曾经犯过一次错误，差点酿成大祸。

我于1949年3月17日出生，刚有记忆也就是三岁左右，时间大概是在1952年冬，反正尚未成立农业合作社，还是单干户的时候。这时我家的土地由两部分组成：一部分是祖业，有四五亩地，在村西北的高埠上，因为那里浇不上水，所以叫作“旱疙瘩”，其中一块地种几亩棉花；另一部分便是土改时从富农张才平家分得的6亩好地，可以浇水。因为我家多年在“旱疙瘩”种棉花，所以我父亲年轻时还会用“弓”弹棉花，样子就像今天城里那些流动弹被套的农民工。事情恰是从棉花引起的。

那年的初冬时节，可能是父母急着准备冬装，而摘回的新棉花又不太干，于是他们便把一堆带籽的白棉花放在做饭通火的土炕上晾着，这样就可以干得快些。邻居一位裴姓小孩，年长我两岁，到我家找我玩。我和他，两个屁事不懂的小孩，就在我家土炕上靠着窗台玩，身边便是铺在炕上的棉花。我们玩什么呢？玩划火柴！那时候的火柴并非后来的深紫色火柴头，必须与火柴盒侧面的磷面摩擦才能划着，而是呈白色状，随便在任何地方，比如石头、砖头等处，均可划着。我家的老窗台是用砖头砌的，我俩便在窗台上划。划一根，看火柴梗烧完了，再划一根。划了五六根，突然，炕上的白棉花烧着了。幸亏父母就在院子里，听我叫了一声，他们立即冲进来将火扑灭。侥幸的是，我们两个小孩均未受伤。但父母准备用的白棉花，被烧成黑乎乎的一小堆了。

这件事在我的记忆中是朦胧的，但又是确凿无疑的。不消说，我成年后，父母在世时再未提及此事，我自己也从未向别人说起过。就是在当时，父母也未向我吼叫一声，更不用说揍我一顿了。也许在他们看来，虽然棉花是毁了，但毕竟两个孩子完好无损，房子也未烧着，这已是不幸中之万幸了。再说，孩子又非常小，还不懂事，向他吼叫只能把他吓着，更不用说揍他了。就这样，我没有受到任何惩罚，但这件事却藏在了我的记忆深处，永难磨灭。

这里要说一下我们当时住的房子。我家祖上行医、开药铺，是有过产业的。后来父亲赌博加吸毒，使家道中落。1943 年冬天，像魔鬼一样的日本侵略者，进攻到我们那一带，烧杀淫掠，无恶不作。我家的房子就是被日本人烧掉的：计有上院北房五间、西房三间，下院东房三间、西房二间，外场还有几间牲口棚。我们住的，便是上院烧剩的两间小东房。这两间小东房至多有 14 平方米。它并非没有着火，而是没有被完全烧掉。我们那地方的房子，下面住人，上面有木板天篷，可以放粮食和杂物。这两间屋子下部未着火，上部被烧了一半。日军走后，父母又修补了一下。我就是在这间小屋出生和成长的。如果那天我们划火柴失火，连这两间小屋也烧掉，那可真真是“贫无立锥之地”了。

我的父亲邓水成先生性格懦弱，但也温和。他在世时，我从未见他发过脾气，甚至连骂人的话都不曾从他嘴里出来过一句。对于我和哥哥邓云宽，他也从未严加管束。对此，母亲总是责怪他溺爱孩子。他确实喜欢孩子。但当时经济拮据，也不可能过分溺爱。至于我们犯了错误，他也从不责骂。我不认为我父亲失职，但对孩子放得松倒是事实。成年后的我，在教育孩子方面严格但不严厉。我也从未上手打过我的女儿。平心而论，“父亲”这一称谓之所以在中国古代也被称作“家严”，是由于他承担着对孩子的管教之责，所谓“养不教，父之过”。因此，对于孩子的错误，应该适当惩戒，使之受到教育，避免将来长大后分不清是非。但对于一个三岁孩子犯的错误，如何教育，我也不知道怎样做才好。

这件事虽然已经过去了60多年，但我总觉得对父母十分歉疚，因为那毕竟是我犯的一次错误。如今，父母先后告别人世已有几十年的时间，可是我依然难于释怀。显然，父母是不可能揍我了（他们不会也没这么做），那就让我向他们的在天之灵忏悔吧。

2013年11月7日上午于半亩园居

我在少年时期的叛逆行为

在正式写这篇文章之前，我先查了一下字典，对我在 10 岁时发生的这些事情，看看是属于童年阶段，还是属于少年阶段。《现代汉语词典》“少年”条曰：“人十岁左右到十五六岁的阶段。”显然，十岁已经是少年了，尽管只是少年的开始。

按理说，10 岁虽刚刚进入少年，但也应该是花季，不然怎么会有“花季少年”之说呢。但我从记事起，第一宗发现便是家庭经济十分拮据，父母为此经常争吵，自然我也不会有好心情。第二宗发现，便是来自外界的压力和欺负。我自幼生活在农村，对农民有所了解。他们有许多优点，比如勤劳、吃苦、勇敢等，自不必说，但也确有一些根深蒂固的毛病，比如自私、无大局观念、容易嫉妒等。当你日子没过好时，他们会笑话你，看不起你；当你把日子过好时，又会有少数人立即改换面孔来巴结讨好你，更多的是嫉妒生恨，巴不得你家快点被火烧了。诺贝尔文学奖得主莫言也在农村长大，他归纳为“笑你无，恨你有”，堪称入木三分。若你是蓠门弱户，当官的便想尽办法欺负你。我所遇到的便是自己家庭受欺负的事情。

我家祖上以医为生，祖父开药铺，伯祖父邓家礼行医，且会武功，故此在当地小有声望。1943 年日军放火前，胡同口有乡人为褒奖我家医德而送的旌匾。我父亲年轻时家有长工，但他自己嗜赌、吸毒，毁了家业。日本人又用放火“帮”他继续毁家，到 1947 年土改时，便一贫如洗了，所以成分定为贫农。20 世纪 50 年代成立合作社后，父亲身体已经不太好，加以性格懦弱，再加一个条件，就是我们村中街仅我们一户姓邓（因开药铺所致），邓氏家族多生活在后街。这样，我的父亲、哥哥便成了某些村干部和队干部的欺负对象。柿子专拣软的捏，他们可是深明此道的。这些事都被我看在眼里，记在心里，机会成熟时，便要求见个高低！

1959 年我 10 岁。头一年，也就是 1958 年，大炼钢铁时，派工去陈家山推石碾子粉碎铁矿石，15 岁的哥哥被派去，他是同村去的十几个人中年龄最小的。实在说，当时我已有气，为什么这样欺负人？可是，1959 年又让我家摊上了一档子事。

农民过去养猪，基本都是自家养一头或两头，在院子里散养，猪也去街上瞎走动。村集体要抓卫生工作，要求各家管好自己的猪，以免猪把粪拉在外头。为此规定，各家的猪如果跑出了门，罚 10 分工，也就是全劳力一天的工分，奖给把猪赶回去的人。罚则不能不说是严厉的。

谁能想到，村畜牧主任梁四儿先来挣这 10 分工了（罚则就是他定的），而且是我家的。那天，梁主任和几个人在我家场院不知干什么，我家猪走出街门，往左拐进了场院。梁主任便把我们的猪赶回街门，并告诉我父母，他把我们家猪赶回来了，罚 10 分工，归他！我父母哪敢惹村干部？一言不发，忍气吞声。而我却在院子里一边跺脚，一边骂人，父母拦也拦不住。请记住，那时我只有 10 岁！我决心同村干部们斗一次，报复他们一下。具体做法便是也要将他们的猪赶回去，罚他们的工分！

按理说，应该直接对准梁四儿实施我的计划。可是他家住在贴近山脚下的卫家窑，同我们有上千米远，不方便。其他村干部是住在下面大村子里的，对我来说比较方便。10 岁的我在几个干部家门口转了几天，终于有了机会。党支书裴某某家的猪跑到大街上了，我将猪赶进他家大门，并且告诉他，要罚他 10 分工，归我。我找到大队会计，要求从书记名下给我拨 10 分工。最终拨没拨，我不知道。但自己认为，这是替父兄出了一口恶气。

为这件事，父母责怪我。他们看我是个倔头，与父亲和哥哥的性格都不同，十分担心，怕我惹出事来。果不其然，没过多久，我便带头在张开西小学闹了一次学潮，比赶猪的事情影响更大。

我们村有 100 多名学生，四个年级，公办教师只有二人，薛永嘉老师是校长。于是，只好找些临时代课老师。我记忆中最早的是裴克保老师，他只教了半年，就当兵去了。还有一位是云三保老师。前些年，我回老家，遇着了他们，仍旧恭恭敬敬地叫一声“老师”。他们二位待得时间都不长。后来又补进来一位郭二彦老师。他是我哥哥的同班同学，似乎那时他俩关系不错。矛盾就是从郭老师这里发生的。

在郭老师之前，还有两位外村的老师教过我们。其中一位是化峪镇西位村人，名叫蒋发宽。他从部队复员，派到我们村任教。记得他中等身材，剃着光头，说话走路都很干练，很有军人派头。蒋老师的突出特征就是打学生，他动不动就下手。我们班王林娃是从山上王家窑来的。蒋老师让林娃从山上给他搞了根教鞭，说是教学用的，却经常用来打学生。我右肩上就挨过一棍子。再就是罚站。有一次中午放学后，留下我们五六个男孩子，站在太阳地里，不许回家，而且蒋老师给我们几个每人一棍子。回家后，父亲问我为何回来得这么晚，我讲过了实情，父亲虽未说话，但老大不高兴。我们一群孩子都不喜欢打人的蒋老师，背地里骂他是蒋介石！好在他待得时间也不长，后来就不知去往哪里了。

就打学生来说，郭老师比蒋老师还厉害。在我 10 岁时，因他与我哥哥同班，哥哥大我 6 岁，郭老师差不多，也就十六七岁的样子。也不知道他从哪里得来的教育理念，认为只有下手打才能管住学生。被他连打带踢的学生实在太多了。我们虽小，但很有意见。可是又不敢向校长反映。时间越久，我越有气，决心带头把郭老师从学校撵走！

我约了三四个孩子，从家里找了两张旧报纸，用哥哥的墨和毛笔写大字报。10 来岁孩子能写什么？内容就是：“郭二彦老打学生，我们不喜欢他，赶快走吧。”几句话的事。我们把这样的报纸贴在我家胡同口供销社的门上，很快就传开了。

当时校长薛永嘉老师不在校。几天后他回到学校，村里已是沸沸扬扬。他气坏了，开始处理这件事。经过了解，他知道挑头的是我，于是从我身上下手。

薛老师把我叫进他的办公室，关上门。“站好！”他冲我吼道。我战战兢兢地立在他面前，低下头。“是不是你挑的头？”“是。”我答道。“报纸从哪里来的？”“我家里的。”“毛笔是谁的？”“我哥哥的。”于是，他不再说话，上手一把揪住我的头发先向左扭，再向右拧。我虽然十分疼痛，但一不流泪，二不求饶，硬扛着。过了几分钟，他才松手。我想，他一定是气坏了。或许，他这样处罚之后，总算消了那口气吧。

我被处罚过后，郭老师就离开了学校，不再当代课教师了。不久，他又在食堂里当上了会计。据说因账目不清，管委会主任用枪指着威吓他，他被吓着了，由此得了间歇性精神病。我见过他发病时的样子，意识不清，口流涎水，十分可怜。

今天看来，当年十六七岁的郭老师，实在不懂得教学之道，他也只是比我们早念了几天书而已。从学生来说，我们也正处在淘气的年龄，郭老师不知道该如何管，才动手的。针对他打学生，我闹腾了一下，使他出了校门。我不想为此道歉，因为打学生总归是错误的。但他成了病人却让我难过。就算是他真的账目不清，管委会主任就可以用枪威胁他么？好一个当官的……

至于薛永嘉老师，这件事过后不久，他就调走了。再见到薛老师，已是11年之后了。1969年我从运城师范毕业回乡任教，同是张开西学校，我的位置正好就是薛老师当年的位置。1970年冬季假期，县教育局又组织教师集训，大家都住在县城。有一天，开大组会，点名时我听到他的名字。仔细一看，薛老师就坐在靠里的一个位置上，长相没怎么变。当时我已20出头，一米八几的大个子，想必薛老师早已认不出我来。我并未主动上去向薛老师打招呼，心里淡淡的，不恨也不爱。因为过去的事情早已过去，我也长大成人了，还能为这点事老去记恨自己的老师吗？今天我已是64岁的老人，如果永嘉老师还在世，学生谨祝他健康长寿。

本文开头讲到我与一些村干部的对立。但是，这并不是说村干部中就没有好人。不是的，其中确有好人。我们村有一个村干部叫杨能宽，没当过大队主任、书记之类的干部，却当了多年支部委员。即使是在1980年农村改革之前，村民说他好话的也很多。我自己也曾受惠于他。1965年，我考上了运城师范。临上学前，家里困难，无钱可带。老杨主动让我从村里借了50元钱。1972年，我又要到北大上学，本家侄子邓克家要去山西医学院上学。可我二人家里几乎揭不开锅。老杨知道后又主动说：“每人从村里借30斤高粱，把家安顿一下再走。”后来我回到家乡当面向他表示感谢，他说：“国家培养你们，是让你们为国家做事的，咱们当然要支持。”一个乡村干部，却有这样的境界，令我感佩。三年前，能宽叔以82岁高龄辞别了人世，我愿他灵魂安息，在天堂能有福享。

往事如浮云。少年时期的我十分淘气，叛逆行为不少，让父母头疼。今天儿子想对父母说声对不起。但我不想认错。因为有压迫就有反抗，这是亘古不变的真理。

2012年11月19日于半亩园居

我与烟酒

说来可悲，出身贫寒的我，此生与烟酒均曾有缘。

先说抽烟。

小时候在农村，我父亲和兄长也都抽烟，但所抽均是“旱烟”，亦即农家自种烟也。那时乡下人普遍贫穷，但男人们又多有抽烟的习惯。所以，除了当干部的抽烟卷（纸烟）外，农民多是自己种烟抽。记得父亲曾在我们下院东屋的废墟上连年种烟，长势极好。因为那两间东屋的废墟本是日军放火后形成的，年深日久，地力极佳，父亲种的烟也就长势茂盛。有了这块地产的烟，他就很少到集市上花钱去买了。又因父亲经常上山，懂得木材，他自制了一支带花纹的烟杆，很是漂亮。1969 年父亲去世后，这支烟杆曾经转到我二姨父手上，他又使用了很多年。如今，姨父也已辞世有年，那支烟杆便不知所终了。

我自己沾上烟始于“文化大革命”。1966 年我 17 岁，“文化大革命”开始。一年后我曾任山西运城师范“红旗公社”的对外联络员，与运城地区的其他几所学校打交道。当时，几个学校设立了一个联络站，地点在运城市中心的机电学校。安邑水利学校的一个同学也是他们学校的联络员（记不起他的名字了），我们经常碰面。这位青年年长于我，当时已经抽烟。一天早上，他点起一根烟，同时劝我也抽一根。我先是推辞，表示自己不会吸烟。可他说：“没关系的，抽一根试试看。”不能自持的我便抽了此生的第一根烟。由此一发而不可收，抽烟时间竟达 29 年之久。

我最多时一天抽过两包或三包烟，当然都是低档的，好烟绝对抽不起。1971 年冬，我在稷山县化峪公社任团委副书记，父亲在世时包办的一宗婚约出了问题，一时又解决不好，心情苦闷，曾经有一天抽两包烟的纪录；1973 年上半年，我在北大历史系上学，全班同学到房山县岗上大队实习，发生了我与赵杰兵受批判的风波，心情又很苦闷，一天抽过三包烟，而且是后来成为我妻子的孙雅荣给买的。工作后虽然生活拮据，但抽烟却未间断。至于在大学期间“卷大炮”，烟瘾上来时从地上拾“烟屁”（烟蒂）等不雅行为，都曾有过。

但是，最终在 47 岁那年，我还是把烟戒掉了。

年轻时居室很小，我自己又不需坐班，经常在家里读书写作。于是，一天下来，室内便充满烟气。虽然在妻子下班前也已通过风，但那个烟味实在是无孔不入，不免让妻女感觉不快。她们多次要求我戒烟，甚至冲我吼叫。为了戒烟，我求助过医生，也吃过戒烟糖之类，可惜均未奏效。我的戒烟，最终是靠毅力来实现的。

1996 年春节过后，我的工作实在紧迫。这年 1 月至 3 月，我便完成了三篇学术论文。困了累了，便靠吸烟撑着。其时，我的下嘴唇左侧已有一个黄豆大的紫斑。无疑，这是心脏有毛病的表现。现在又这样大量地吸烟，只能加重心脏已经存在的问题。我不仅感觉胸部发闷，憋得难受，而且每天起床之后，要吐一大口黑痰。此刻我便意识到，这个烟是不能再抽了，必须戒掉。为了表示决心，我将抽剩的半包烟和打火机一并扔进了垃圾桶，免得自己扛不住时又去拿起。

此前我已有过 29 年的抽烟史，现在突然戒掉，肯定有不适之感。我自己思忖，抽烟只是一种生活习惯。过去吸烟时，它已成为我身体机制平衡的一部分；现在断了烟，平衡被打破了，肯定要难受。但只要渡过难关，建立起不抽烟的身体平衡机制，戒烟也就成功了。戒烟头半个月是真难受，没着没落。但我坚信，这烟是可以戒掉的。我也曾想，我父亲年轻时吸食鸦片，1947 年土改时，民兵没收了他的烟枪，迫使他戒烟，他不也戒掉了吗？我抽的只是烟卷，为什么就戒不掉呢？我相信自己一定能够成功。

不瞒你说，这抽烟确实是上瘾的。戒烟头半个月最难受，熬过半个月就好多了。但潜意识中，对烟的依赖性仍旧很强。戒烟半年后，有一次我在梦里吸烟，一口气抽了半包。突然间我对自己说："你不是不抽烟了吗？"我打了个激灵，完全醒了，才知道自己是在做梦。第二天把这个过程告诉了妻子，她说："既然你白天不抽了，那睡着后就多抽一点吧。"

自 1996 年至今，已经过去了 18 个年头，我只吸过一口烟。那是十多年前，单位里有一个年轻同事举办婚礼，邀我出席。席间新娘子为来宾点烟，我只得随俗。但仅仅抽了一口，我就掐灭了，此后再未抽过。当然，也不是说我就再也没有过想抽烟的时候。2005 年 2 月 28 日夜，我哥哥因患老年痴呆症第一次走失，看着窗外雪花飘扬，又不知大哥身在何处，愁闷至极，我多么想抽一口烟呀。但最终还是克制住了。

抽烟是最近几百年国人才有的习惯。烟草原产于美洲，1492 年哥伦布发现新大陆后才在全球传播开的。同样原产于美洲，后在全球遍地开花的还有：玉米、花生、红薯、土豆、西红柿和辣椒。除烟草外，其他 6 种今日均已成为我们餐桌上的美食。至于像辣椒这样去潮去湿的食物，几乎改变了我国南方湖南、四川等省人们的生活习惯，功劳是大大的。可是。迄今为止，我国抽烟人口仍占很大比例，而它却是有百害而无一利的。如果能够戒掉烟，那肯定对健康大有好处。那些抽烟成瘾的朋友们不妨试试看。

再说说喝酒。

真真是大不幸啊，我不仅有 29 年的抽烟历史，而且也有喝酒的习惯，现在也还在喝，并未戒掉，也不打算戒。

我喝的是白酒和啤酒，红酒基本上不喝。记得第一次喝啤酒，是 1973 年的事。那年我们班在北京房山县岗上大队实习，周末与几个同学到良乡转悠。这几个同学原籍北京，对啤酒当然很熟悉。他们买了几杯啤酒，要我也喝。由于此前我从未沾过啤酒，第一口下去，感觉苦苦的，很不习惯。不过，这是我接触啤酒之始。此后几十年来，在公开聚会时，或在炎夏酷暑之际，我都会选择啤酒作为饮料。但在我的喝酒史上这只占次要地位。

我经常饮用的是白酒。但我喝白酒的时间并不长，迄今只有七八年的时间。在公开聚会的场合，我也喝过，但次数不多。我喝白酒最多的是在家里，几乎每天一杯，每次一两，绝不多喝。

为什么要喝酒呢？主要是想睡觉。我自20岁起，便患上神经衰弱症，睡眠困难。上了年岁后，虽然有所改善，但睡眠质量依旧不高。最近一些年，家里养着毛毛和咪咪两只猫。这两个家伙每天早上4点钟就不睡了，闹着要上阳台。我被它们一闹，也就睡不成了。久而久之，我每晚10点上床，早上三点半至多四点就醒了。如果我中午不补一觉，下午就无法读书或写作了。为了让午觉睡得实在一些，我便在中饭时喝一杯白酒。想不到，这却成了我的生活习惯之一。我感谢老妻的理解，也感谢她想着为我预备下酒菜。

在我喝过的白酒中，感觉最好的是茅台和五粮液，其次便是北京的二锅头。十多年前，我曾与中学同学、空调专家郑寅河先生一起吃饭，两个人喝去一瓶茅台；2009年底，我的单位组织当年退休的同志聚餐，与他人共享过一瓶五粮液。这两次喝酒，感觉是真真的爽，所谓“绕梁三日”“余味无穷”也。至于我自己在家里所饮，主要是北京产的二锅头酒。别小瞧它，虽然价廉，每瓶现价不到12元，但味道清醇，甘烈适度，百饮不厌。

那么，为何我每次饮白酒都不超过一两呢？这有两个原因：一是我酒量有限，一两正好。实在说，有一两二锅头下肚，我自觉迷迷糊糊，半明白半糊涂，甚至有飘飘欲仙之感，躺下便很快入睡，能达到促进睡眠的目的。另外，酒后人的感觉变得迟钝，原来总要想的一些事，此刻再也想不起了，所谓“何以忘忧，唯有杜康”。二者，酒是好东西，但也是一个坏东西。自古以来，喝酒误事以致酿成灾祸的不在少数，无怪乎中国古人将酒与财、色合称为“三惑”，以其能乱人心智也。不知在什么地方看到过，说是三国时，张飞颇能饮酒。军师诸葛亮怕他误事，张飞出征时，送给他两坛子酒，酒票上写着：“酒能成事，亦能败事。”张飞喝酒时，知道了酒票上的这句话，便克制自己，不敢放肆地去饮。就我所在的学术圈子来说，西北地区一所名校的一位教授，20世纪80年代同我们一起开会。席间，这位年过花甲的先生多饮了几杯，结果不仅失言，而且小便失禁，成了笑谈。学校知道此事后，再也不敢让他出去开会了。至于因酒驾闯祸，以致出现人命，这样的案子多不胜举。不可否认，酒可以使人语无伦次，动作滑稽，形象丑陋；酒也可以使人胆大包天，无视法纪；酒已不知将几多人送进了牢房，以致断送了性命。它实在是一个可怕的东西。

正由于此，我才坚决控制酒量。2012 年 9 月，我与中国社会科学院宗教所的周齐教授一起陪同几位德国学者用餐。大家喝啤酒时我问周齐："古埃及人（或巴比伦人）发明啤酒，让人享受；中国人从阿拉伯引进白酒，作用在哪里？"周齐说："没有一点好处。"其实，啤酒也好，白酒也罢，都存在两面性。酒后出事的并非全是因为喝了白酒，大量饮用啤酒也会喝醉。但愿我们能清醒地认识到酒的利与害，发挥其有利的一面，抑制其有害的一面，方可获得真道。

酒，利兮？害乎？我也有点醉了。

2013 年 10 月 1 日下午于半亩园居

那些当牛童的日子

我出生于 1949 年，农历己丑，属牛，命中注定与牛有不解之缘。

作为农家子弟，从小就要参加农业劳动，本是再平常不过的事情。但我之所以当牛童，与先父邓水成的性格有关。1961 至 1962 年，正值“三年困难时期”，社员们依旧被牢牢地束缚在生产队里。我父亲不善与人交往，木讷寡言。于是，他总是找一些能够单独去做的活计，诸如喂牲口、喂猪、冬天赶骡子去河津买煤、一个人上山给生产队搞副业，等等，放牛也是他曾经干过的活计，我仅仅是替父放牧而已。

在老家张开西村，那时共分成 10 个生产队，我们属于第四队。队里将正在役使的牲口单独喂养，因为它们都在出力干活，必须吃得好一点；而将剩余的一些口齿偏老的牛和尚不能役使的小牛编为一群，有十多头，由我父亲赶到山上放养，每天来去两次。父亲的合作伙伴是十队的裴黑娃。所以，我经常要去黑娃叔那里替父亲传话。好在不远，也就不超过 200 米的样子。半个多世纪过去了，我仍旧记得黑娃叔的音容笑貌：他高高的个子，黑脸庞，笑眯眯的，一看就知道是个老实厚道之人。

那时候，父亲尚不满 50 岁，虽无明显的病症，但体质较差，经常有不适之感。而我哥哥又被弄到垣曲中条山铜矿下矿去了，所以，也就只能由我（当时十一二岁）替他去放牛。我不时地从学校请假，赶牛上山。好在我在学校功课很好，落下的功课很轻松地就能补上。

我放牛的地点主要有三块。一块是从我们村北直登斛律光寨（我有《斛律光寨巡礼》一文），高出村子地面100余米。我把牛群赶到寨子的东、西、北三个方向，有时也赶到荒废了的寨子里边，随它们慢悠悠地移动吃草，我自己便远眺遐想。要用今天人们的观念，这正是做人生梦的好机会。可是，那时候我什么梦都没有，因为最使我们着急的是怎么填饱肚子，活下去。第二块地方，是四涧口东侧张开东村村北面的坡上。我们村在吕梁山的南沿黄华峪口，黄华峪是吕梁山南沿的大峪之一。水出黄华，分作四途：大涧、小涧、宁翟涧和后涧。张开西村村东紧挨小涧，村北靠着山根向西是宁翟涧；张开东村村西紧挨大涧，村北靠山根向东是后涧。我赶着十几头牛，跨过四涧口，就到了张开东地界。那里也无路可走，我和大小牛就从有60多度的坡上慢慢上行，上去后才有草吃。当年我还小，不知害怕，现在回想起来，我竟敢赶着牛从那样陡的地方上去，真有些后怕。好在上苍保佑，我和牛群都没出过事。第三块地方便是四涧口。一般多是下雨的时候，路上太滑，不敢上坡，只好在涧口勉强找些草吃。我连雨具也没有，头上顶一小块塑料布，而牛群只能忍受浑身被淋湿。为什么下雨了还要把牛群赶出去放牧？这是生产队的决定，牲口棚里没有它们的食物。这使我想起，1958年公社初起，实行并校，将几个村的孩子都集中在三里外的路村庄办学。我们吃住在学校，每周回家一次。可是回到家，父母和全家人都吃食堂，生产队里说没这些孩子的饭，他们的口粮都转到学校去了。人尚如此，遑论牲口？也就只好冒雨把它们赶出去找草吃了。

在我记忆深处，与当牛童相关的有两件事终生难忘。一件事是那头小牛不进圈把我急坏了。事情是这样的：我们赶牛上山，每天两次，实在麻烦了些。于是，父亲和裴黑娃叔商量，利用与村子相距三里左右的王家窑的几口废窑洞，两次之间就把牛群关在窑里，下午放过后再赶回来，这样人和牛都省些事。可是，那天当我将牛群赶去窑洞时，老牛都较顺利地进去了，剩下一头小牛，说什么也不进去。我实在没办法了，就抽了它一鞭子。这下坏事了，它不仅不进去，反而扭头沿山涧向南跑去。我也顾不得关那些老牛了，快步去追小牛。可是小牛疯跑，我怎能追上？我一边追它一边大声地哭。好在它跑的方向不是别处，而是平时要回去的我们四队的饲养棚。我见它进了饲养棚，便赶快跑回家向父亲禀报。父亲立即奔向山涧，去关那些老牛们。

就这样，那些老牛还是跑出来啃了一些玉米苗。父亲为此受到了批评，而我也被深深地刺激了一次。

另一件事同五队的薛某某有关。他比我大四五岁的样子。这位薛大哥也在为他们队放牛，所以我俩有时不期而遇。一般来说，我们傍晚将牛赶下山后，要让它们在池塘里喝一通水，再回牲口棚。牛群喝水的时候，我有时也就便在水里涮涮脚。有一次，我涮脚出来，却找不到鞋了。此时，薛大哥已赶着他的牛群走开了。由于找不到鞋，牛群也不可能久等，我只好将大小牛赶回牛棚，光脚回家。回头我去找薛大哥，问他看见我的鞋没有。他说让我回去再找一下，看某个地方有没有。我去找了一下，果然就在那里。不消说是他藏的了。这真是一出恶作剧，何必呢？

我放牛的时间是不连贯的，前后有两三个月的工夫。1973 年夏，我从北大回家过暑假，约儿时好友加克科（已故）去四涧口洗澡。中间，克科问我，还能记得你放牛的那些日子吗？这怎么能忘得了？因为它是我生命史上一段无法泯灭的经历。这么多年来在京城生活和工作，也曾见到过那幅《牧笛》的画作：那个额上有刘海的胖乎乎的男娃骑在牛背上，手里吹着一个笛子，完全是田园牧歌、诗情画意的样子。就我的人生经历来说，这幅画的作者只是捕捉到了生活中的一瞬，再加上想象，便有了这样的作品，而作者自己恐怕不曾有过放牛的经历。若想知道个中况味，不妨也去当几天牛童试试。

唉，那些当牛童的日子。

2013 年 6 月 24 日于半亩园居

那年月我是这样看电影的

儿时在乡下生活，又离县城近10公里，十分闭塞，文化娱乐生活几乎谈不上。一年里能够感觉快乐的日子大概是：正月十四、十五、十六有三天“社火”（其实应该叫“上元节”或“元宵节”），此外，还有冬季里农人们的婚礼，再就是看电影了。

如果说节日是平淡生活中的一味佐料，那么，对于孩子们来说，看电影就是最最快乐的事情了。20世纪50年代初，可能一个县就只有一两个放映队，全县有300来个自然村，每个村每年能看两次电影就很不错了。

记得每当电影队来我们张开西村时，他们的一应设备和用具，总是由一辆马车送来，赶车的人叫“虎子”，他的全名是什么我说不准；放映电影的人姓周，我们村的人都叫他“老周”。他那两只大眼睛炯炯有神，皮肤微黑，方面大耳，我至今都还记得他的面庞。他们一般都是中午前到达，吃过中饭后就开始张罗起来了。先是把发电机发动起来（我们村70年代初才通电），再拉一根几十米长的电线到戏台上最高的地方，拴上高音喇叭，然后就开始放歌曲或戏曲，意思是让全村人知道：今晚要放电影了。此外，他们还要在露天支起电影屏幕，为晚上放映做好准备。虽然我家距离村子中心不算远，但我每次知道放电影也是听高音喇叭才获知的。记得我第一次看到那个喇叭时非常纳闷：“怎么里面会坐那么多人呢？地方不是太小了么？”这是多么地无知和可笑。

晚上的电影几乎都是在村委会的院子里放映的，但并非免费，每人收5

分钱门票。由于电影队自己人手不够，所以总是临时雇用两个人负责把门和收票。那时的物价，记得一斤食盐是一毛四分钱，一盒火柴是二分钱。所以，看一场电影的费用也就是两盒半火柴的钱，不能算贵。可是，我的父母自己从未去看过电影，也从未给过我 5 分钱让我去看电影。从小就知道自己家贫的我，也从未主动向父母要过看电影的钱。于是，我和几个儿时的伙伴就等在村委会的门口，等电影放过多半，不收门票了再进去。所以我那时看到的电影多是不完整的，几乎全是电影的尾巴。农家穷孩子就是这样享受“娱乐”的。

如果说仅仅是不花钱还能看个电影尾巴也就罢了，更要命的是，电影还常常给我幼小的心灵带来一种恐惧，这恐怕是别人没有的特殊经历和感受。也许是发电机的电流不很稳定，我看电影幕布时，总觉得里面在下雨。而一看见那样稀里哗啦地“下雨”，我的精神就格外紧张害怕。这是怎么回事呢？

原来这是源自我小时候下大雨，造成家里房倒屋塌，使我受了惊吓，在心灵上留下的痕迹。记不得是哪一年，反正我还很小，秋季的一场大雨，使我们那仅有的两间住房几乎损毁。1943 年以前，虽然说由于父亲吸毒和赌博毁了家业，土地、牲口和场院都已卖掉，但我家的房子还很宽敞，以致裴长安结婚后仍借住在我家。但日军来后，杀人放火，我家的房子几乎全被烧掉，上下三个院子只剩下上院东屋的两小间，而且上半截有一半也被烧掉了。日军走后，我父亲将仅存的这点住处修了一下，那就是我们全家的住房了，我也是在这里出生的。十来年后，便赶上了这场大雨。那一年雨水特别多，连着下了好多天。先是下半夜正在睡梦中，突然听得一声响，房子后墙上半截向外倒下去了，屋子直接与天相接。再者是，第二天早晨，我到四涧口去看刚刚淌下的翻滚着的洪水，回到家时，便看到家里又发生了新的倒塌：北屋地基上与隔壁龚家五六米高的界墙完全倒了，碎土和废料由北往南直泄在我家的北屋地基和院子里。还是孩子的我，心里实在害怕了，不知道还会发生什么灾害。后来一听到村干部提醒“又要刮大风了，各家都要注意”，或者是“预报有大雨，要注意”，我就十分紧张和害怕。作为孩子的我，心病就是这样落下的。可是，那时候我没对任何人说过，包括父母和哥哥。成年后，我才逐步将这个心理障碍克服掉。

如今，坐在家里就能看电视，也可以在电影频道上看电影，实在是太方便了。虽然说好的电影和电视剧并不很多，但毕竟是极为便捷。这也折射出社会的巨大进步。不过，我经常想到的是，即便是按照官方公布的数字，我国还有2亿多人口仍旧生活在联合国规定的绝对贫困线（低于每人每天一美元）以下。所以，不能说农村现在就已没有像我当年那样看电影的孩子了。恐怕是不仅有，而且数量还不小。我们的任务依然很重，要多提醒人们和社会关注弱势群体和贫困人口，尤其是孩子们，因为这关系到我们民族的未来。

2015年5月20日上午于半亩园居

抹不去的“耻辱”

有一件事在我心底已经埋藏了 28 年之久，一直难以释怀。

那是 1985 年的夏天，大约是 8 月份，中国敦煌吐鲁番学会在新疆乌鲁木齐市召开国际学术研讨会，我作为年轻学者被邀请与会。这次会议安排了一项议程，即参观天池名胜。这对于那些初次来新疆的中外学者，无疑是一件乐事。我虽然早在 1981 年就已经参观过天池，但此行又能再次览胜，自然心情也十分愉快。

那一天，晴空万里，天池碧水清波，风景格外宜人。我与师兄赵和平先生，陪同着我们的老师——北大历史系和考古系的三位教授，还有日本著名“敦煌学”家池田温教授，一起游览。由于距下山返回的时间尚早，我们缓步向天池西侧半山腰的树林走去。走到半山腰，大家止步歇脚，还拍了一些照片，我至今还保存着。现在想不起出于什么原因，我还拎上来一个白兰瓜。在休息的时候，我将白兰瓜切开，与师尊、师兄分享。无疑，这会提高我们的游兴。

吃完瓜后，我连想也没想，顺手就将瓜皮扔掉了。唯有日本的池田温先生例外。在我们下山前，他一直将自己吃剩的瓜皮拿在手里；下山时，他继续用手拿着，直到走近一个垃圾桶，才丢了进去。

这件事的全过程我都是参与者和见证者。咳，这个中国的读书人，随手乱扔垃圾，与一个日本学者的环保意识相比，其差距简直太大了，太丢人了。后来我将此事写成一篇小文，投给《北京晚报》，但报纸未刊用。此后，我也就不再过问了。但这件羞耻之事，总是让我隐隐作痛。

10年前，我由闹市区搬到朝阳、通州交界处的乡间居住。我住的东旭新村东大门外，隔一条马路就是通州管界。刚搬来时，马路东侧的大稿村有近2000亩麦田。后来开了马路，又盖了“大方居”小区，麦田减少了一半。虽如此，千亩麦田的野趣仍然是我几乎每天都去漫步的理由。前些年，人们生活水平有限，还没多少人周末来此地野炊。去年，尤其是今年春天以来，每个周六日，只要不下雨，总会在十几处有人野炊，主要是烧烤。人们过腻了都市里的刻板生活，想换换样子，放松一下，本是好事。但你绝对想不到，那些搞野炊的人，几乎无人清理垃圾。他们头天傍晚野炊，野炊之处，次日便是狼藉一片：纸杯、啤酒瓶、餐巾纸、一次性筷子、木炭灰和渣子，等等，不堪入目。千亩麦田的胜景，便在这少数人的快感之后面目全非了。我有时想骂他们，但又觉得不妥，只好徒叹奈何。

30多年来，中国的经济和人均收入都有了大幅度的提升。可是，很大程度上，这是以环境和资源为代价的。当然，这是就大的方面而言的，具体到每个公民和社会人，我们懂得热爱自己的家园吗？或者，我们也可以把自己的居室之内收拾得干干净净，那是为了自己和家人；家门之外，进入公共领域和集体环境，就可以不在乎、不负责任了。那些自办烧烤的人，我相信他们自己家里是干净的；可是，一进入公共领域，他们就像换了个人似的。这样的反差，折射出一个人的修养是什么样子的，还用多说吗？

一想起28年前在天池旁边乱扔瓜皮一事，我就脸上发热。可见，不论是饱读诗书的人，还是受教育不多的平民百姓，都是需要不断自省和提高人生境界的。

2013年9月12日于半亩园居

2013 岁末盘点

作为一个专业工作者，数十年来，我已形成一种习惯：每当岁末年初，自己静坐个把小时，把一年来的工作和生活默默“盘点”一下。2009 年之前，我一直在单位上班。虽然平日里时间支配比较自由，但每年年末，都要向单位提供一份“个人总结”。这个“总结”与自我“盘点”有相同的地方，但也有许多不同之处。相同之处在于，都要将一年的工作检查一遍；不同之处则在于，那个“总结”带有被迫和应付的性质，而自我“盘点”则是对心灵的清洗，是以良知作为标准的。在既往的个人“总结”中，自我印象最深刻的便是 2008 年那次，我在最后写了这样一句话：“2009 年 3 月 17 日我将年满 60 周岁，根据国家政策规定，我将按时退休。”老伴看过后说：“年终总结还有这样写的么？”我说：“我这是向领导表明，我该退休回家了，他们没有必要再找我谈话。”次年办完退休手续后，在一次专业会议上，我向同仁们说了这件事情。其中有人说：“也可以不写，顺其自然好了。”我说：“我一生就这么一个自我表白的机会，不利用，机会就作废了。”他们笑得几乎喷饭。实在说，我这个笨人无法理解那么多人到了退休年龄却不肯退休，以致同领导争来吵去。我没有这样的奢望。既然有政策，何必不去自觉执行呢？当我办完退休手续之后，心里着实有几分庆幸：“我终于活到退休了。”因为我看到，原来就在我身边的一些人，生前争这个争那个，可到头来，连国家规定的退休年龄都没能活到，岂不可悲？当然，这已是题外话了。

自我盘点既然成了一种习惯，那么退休家居后也不会改变的。退休前两年，我感觉身心极度疲惫，曾经设想，退休后能有几年暂不写作，看看书而已。可惜，这只是一个美好愿望。回家后，虽说做什么和不做什么更加自由了，但问题是，手里旧的项目还未完成，新项目就又落到了头上。那时，自己承担的浙江大学汉语史中心“敦煌文献合集·子部天文类”虽然已做好了前期准备，但尚未动笔；2009 年冬，就又被拉入“新疆博物馆新获文书的整理与研究”项目，几乎没有我喘气的工夫。我确实是想歇一下了，可客观事实又哪里容许我这样做?

还是回到 2013 年吧。这一年确实有几件事应该留在记忆之中。

先说写作。这一年，从学术论文到散文随笔大大小小共有 35 五篇（包括本篇）入账。其中 32 篇是当年写的，两篇是老妻从我的旧稿中“搜”出的。在新写的这些文章中，有 4 篇学术论文，一篇社会风俗的解读，另外 28 篇是散文和随笔。为什么今年散文随笔特别多呢？这源自同一单位的青年学者、北大校友杨小亮同我的一次聊天。2012 年 4 月中旬，我与小亮、刘绍刚第三次去乌鲁木齐新疆维吾尔自治区博物馆，继续进行我们那个项目。休息时小亮对我说：“邓老师，我特别喜欢看你那些或许叫作学术散文的文章，就像你的谈话，声情并茂。”我当时只是莞尔一笑。对于我的文字水平，过去一些年，圈子里都有一些人，既有老者，也有后起之秀，给予了肯定，但都没有像小亮这次谈话让我动心。我寻思，既然我的文字还能被一些人认同和欣赏，那为何不多写一些呢？再者，我已是 60 多岁的人，一辈子坎坎坷坷，苦哈哈的，可写的内容实在不少。同时，借这样的写作，我还可以把自己的人生清理一下，该肯定的肯定，该检讨的检讨，该忏悔的便做忏悔。这样，在 2012 年，我便有了 10 篇的入账，2013 年更有 30 篇入账。加上过去发表和未发表的，有 60 篇上下了。于是，我给这本小书起名为“狷庐散笔”。虽然它至今仍旧躺在我的电脑里，“藏在深闺人未识”，但我相信，在不久的将来它就会同读者见面的。

在这 30 篇长短不一的文章中，最使我动情的便是《父亲——我心底的一座丰碑》。我是在不断的哭泣中写完这篇文章的，擦眼泪大概用去了半卷卫生纸。再次，便是《最美不过二月兰》。憋了好几年，突然在一个早晨，灵感来临，挥笔疾书，欣然写就。给妻子和女儿展读之后，她们一致认可。其余各篇，均有所思所感，无病呻吟的东西在我这里是不可能形诸文字的。

再一件，便要说说退休后参与的新疆文书的整理研究工作。这个项目的结项是在 2011 年 10 月 24 日。但结项不等于结束，后期还有很多工作要做。为此，我们又投入了不少精力。由于工作翻来覆去，直至后期，杨小亮在一次与我通电话时说："现在一拿起这个稿子我就恶心，想吐。"我对他说："书是写给别人看的。任何一项工作，到了后期都会有这种感觉。不过，这时离成功也就不远了。"令人欣慰的是，就在即将跨入新年的 2013 年 12 月 12 日，我们这个项目的最终成果由中华书局正式出版了，并且在我的单位举行了首发式。作为该项目汉文部分作者的代表，我在发言中表达了如下意思：稍稍感到一块石头落了地。国家花了 100 万元，我们当然要花出样子来，因为那是老百姓的血汗，是民脂民膏。同时也说到，虽然我们已经尽力，但不能认为它已尽善尽美。学术无止境，取法其上，得乎其中；取法其中，得乎其下。我们至多是"得其中"而已，因此，欢迎各界的批评和指正。这个项目虽然是集体项目，但我也把它当作 2013 年的收获之一。岁末年初，终于看到这本皇皇巨著的问世，无论如何都给我带来了一份好心情。

最后便要说说我女儿新购的一套单元房了。经过两年零四十天的苦熬苦等，12 月 28 日，我们终于办完一切手续，拿到了这套新房的钥匙，使女儿成为它的业主。对于我们这个三口之家来说，这真是天大的喜事。

五六年前，女儿与她大舅同乘一车，穿越京东某个地方。那里绿树成荫，流水潺潺，清流碧叶，感觉很爽。女儿随口说了一句："能住在这里该有多好呀！"言者无意，听者有心。距今两年前，大舅获得一个消息，这里的某个楼盘将要出售，便立即通知了我们。我们老两口与女儿联系后，她表示要买。他妈妈也很支持，可我却不太积极。因为女儿工作不在北京，而且短期也不会回京。但她们母女都很积极，我也就不再过分坚持了。最终，在 2011 年 11 月 18 日，女儿专程回京，我们一起去缴了房钱，当时开发商告知，两年后可以入住。

回家后仔细一看，开发商给我们的仅是一个"收款收据"，连正式发票都不是。而且，在我们没太注意的情况下，对方在收据某处注明"借款"字样。天哪！我们明明是缴了全款"买房"，怎么就变成了"借款"呢？双方连一份购房合同都没有签订，这还能获得法律保护吗？无疑，这件事立即将我们全家推向了风口浪尖。

这样的“购房”本来就已让我们十分不安，可是不久后又听说，这家开发商因经济问题遇上了官司，董事长已被拘留。一年后，我们又从报上看到与此案有关的人（非开发商）被判刑的报道，这就更让我们焦虑起来。几乎同时，大舅也了解到相关情况，弄得他坐立不安，彻夜失眠。因为他知道，作为知识分子的姐姐一家，这些钱全是汗水所换，挣得极不容易，不能打水漂啊。有好几次，我注意到老妻用眼睛眄我，她在关注我的态度，怕我发作。我虽然不快，但终究还是控制住了情绪。因为此事虽然存在风险，但毕竟尚未见到终端结果。妻子已经十分焦虑，以致寻找律师做诉诸法律的准备，我还能再火上浇油吗？暗地里我一个人寻思，这件事可能的结局是什么？无非是两种可能：一种是虽经风波，但终究拿到了房子，再不济，这笔钱也能安全抽回；另一种便是，由于开发商资金链断裂，我们的巨款随之化为乌有。那时我该如何办？按照“做最坏的打算，向最好处努力”这个古训，我想，即便这笔巨款打了水漂，我们一家人仍然可以生活得很好：我们有房产，还有一些存款，每月有正常稳定的进项，一切都可以继续进行，不存在倾家荡产的可能。再说了，2003 年购买“半亩园居”时，房价仍处在低位，我所出价格的便宜让不少人眼热。那么，就权且将这笔钱当作补交款吧。当然，这无疑是一种阿 Q 精神，可是它却能使我相对安然，不至于感觉太痛苦。还有，人在苦难发生时可以有两种态度：一种是努力控制苦难的蔓延；另一种是不能接受，寻死觅活，无意中将灾难扩大并延伸苦难。我们应该采取的态度当然是前者而非后者。我读了一辈子书，难道连这个道理都不懂吗？所以，我在心中已做了准备，万一这笔钱黄了，那就让它去黄吧。我绝不会为此埋怨老婆和孩子半句话的。或者说，这也是一种担当——担当苦难才是真担当。

实际上，这两年多来，我们一步实际的行动也未采取，只是通过各种途径力图了解这家房产商的真实情况。无论如何，最终结局都是十分可喜的。当我们用钥匙打开北区 11 楼 802 号房门的时候，不免要长嘘一声。因为我们终于成为这套面积不菲的单元房业主了。

2013 年已过，我在这一年中的大事略如上述。此外，作为首都师范大学历史学院的特聘教授，我审读文稿，参加答辩；作为《法国汉学》的编委，我也要审改稿件；参加过北京大学东方学院的博士论文答辩；作为兼职教授，赴上海师大讲学；去西安参加关于墓志的学术会议，在北京参与并出席“中国敦煌吐鲁番学会成立三十周年国际学术研讨会”；还有新马泰、日本、桂林三次旅游。满满当当，我几乎没有消停过。一言以蔽之，这360多个日夜，我过得十分充实。

2013在我来说的确是一个收获之年。按照咱们中国人的习惯，丰收了就要庆祝一下。如何庆祝？带着老妻去吃羊肉涮锅子吧，数九寒天，要的便是那股热乎劲儿。

2014年元月2至3日于半亩园居

我对自己的一次“清算”

脑海里清晰地记得，2008年汶川大地震时，有一位中年男士被压在了废墟之中，当人们将他救出来时，发现他在自己的左手心里写下：“我欠某某某3000元。”当时我就好生感动。因为当这位男士被压住时，他意识到生命可能到此结束。此刻，他脑海里一定想得很多很多，其中之一便是我有一笔欠债未还。我不是想赖账，而是没有机会了，于是写在了手上。上苍有眼，这样的好人终于获救了。自然，他也就有了归还这3000元欠款的机会。

什么叫自尊？能够这样想事的人便是懂得自尊；什么叫有尊严？能够这样自律的人便是有尊严。

2012年3月，当我过了63岁生日之后，突然觉得，我已不再年轻，需要对自己做一次“清算”。因为在这一个多甲子、接近23000天的岁月中，我一定受人恩惠不少，有些我已及时地给予了回报，有些我可能尚未给予回报。既然上苍还未将我召回，那我就有时间赶快去做。如果由于某个突发事件，比如像那位在地震中被压，而又可能不免一死的中年男士，从而使我失去回报别人恩德的机会，那在我的生命史上将是巨大的遗憾。

“清算”的结果是：

一、1970年我在家乡张开西村学校任教时，得了一场病。西医说是神经衰弱，中医说是肾虚，最终也无法确诊。但我失眠、腹痛、稀便，瘦骨嶙峋，一米八几的大个子，体重却只有120来斤。这时我们村有一位姓李的中医，从河南省某地被遣送了回来。他带着老婆孩子回到了张开西村，因为这里是他的祖居之地。村民们不知道李医生的大号，但他在我们村有两个弟弟，大弟弟叫李朝中，小弟弟叫李三更。平时人们叫李朝中为“中子”，所以李医生就被称作“中子老大”，也就是“中子大哥”的意思。那时候，李医生是被剥夺了行医资格的。可是乡下人不管那么多，只知道他是医生，会看病，便纷纷找他。我哥哥找他为我诊治，他答应了。好像他来我家为我看过四五次，诊脉开方，然后我自己去买药。那时候经济条件极差，我也未付过他诊疗费，他也从未要过，每次仅是我母亲烧好开水，为他做一碗泡馍而已。1972 年，我离开原籍去了北京，转眼便过去了 40 多年。想起李医生为我看过病，而未回报他，我就于心难安。2006 年 8 月，我哥哥去世。一个多月后，我委托妹夫原武安代我请客，感谢那些为办我哥丧事操过心的人。其中我特意让武安请了李医生的儿子李明金，因为李医生本人早已辞世。6 年后，我觉得这样做依然不够，于是又直接给李明金寄去 1000 元。李医生，谢谢您，愿您的在天之灵能够安息。

二、1970 年底到 1971 年夏天，大约有半年的时间，我虽然仍是张开西村学校教师，但被借调到路村公社工作。在路村公社时，我与我的行政领导贾银成老师住在一个房间。贾老师当时是公社“联区主任”，负责路村公社下辖各村学校的工作。我们当时在公社食堂吃饭。那时可不像现在这样可以放开肚子吃，计划经济时代的一切都按计划进行。我每个月的粮食定量是 27 斤，平均每天 9 两，连一斤都不到；每月工资 29 元，还要养活母亲和妹妹，哪敢多吃？可是我是大高个子，这点粮食实在不够吃。有时候接不上下个月，我便向贾老师借一点粮票，前后借过他 16 斤全国粮票。1971 年夏天过后，我便到化峪公社任团委副书记，离开了教育界；再过一年，我便去了北大上学。但我借贾老师粮票一事一直搁在心里，未能忘怀。可是，我已经同贾老师有 40 多年未联系了。为了同他取得联系，我向稷山县教育局去电话打听，知道他退休后在范家庄家里养老，已经七十六七岁了。后来，我与他儿子贾继民通了电话，得知贾老师已完全失聪，一点声音也听不见了。我为此怆然，同时给贾老师寄去 1000 元，了结我这项欠债。

三、我女儿邓映霞出生于 1976 年 8 月 13 日。就在此前约半个月的 7 月 28 日发生了唐山大地震。那时我刚从南京大学天文系进修回来一个多月。

我们结婚时就没有房子，此刻只好挤在北京西单辟才胡同 68 号我岳父那间仅有七八平方米的旧车棚里。地震时，小房子的前脸部分倒塌，好在我动作迅速，及时将怀孕的妻子拉了出来。后来我们便与文物部门几十号无法回家的人，进了故宫博物院，在武英殿躲地震。可是，眼看妻子要临盆，我们又无处可去，实在着急和痛苦。恰在此时，我得到北大中文系低我一届的稷山同乡黄伟祖的消息，他刚刚毕业，要回老家休假。于是我想，不妨让他带我妻子回山西家里生孩子。起初妻子并不想去，因为她从未去过我山西家里，也从未见过我家里人。可是在北京无法安身，不得不去。她回到山西老家三天后，女儿便出生了。为她接生的居然是我邻居一位 17 岁的姑娘曹忍贤。忍贤也就是在县医院接受过几天培训，没有任何接生经验，我女儿是她接生的第一个孩子。当时因为经济条件不好，我也没给她任何报酬。如今，我女儿已是一个有作为的美国律师，我怎能忘记曹忍贤小妹的恩德？于是，我通过妹夫原武安获得她的电话，同她取得了联系，并寄去 2000 元以示感谢。顺便说道，由于我年轻时经济条件太差，未能给妻子一个正式的婚礼，又未能让她在正常条件下坐月子，这是我对她终生的歉疚。

四、1968 年时，由于“文化大革命”中晋南地区很乱，我曾经和我所在的“组织”在临汾地区流落了一年多。我们一群人生活毫无保障，常常挨饿。有几次我跟随运城盐化局的朋友杨洪杰一块去他姐姐杨秀英家，在那里吃过四五次便饭。我与稷山县家里的联系，也是通过杨大姐进行的，哥哥的来信都是先寄到她家，再由她转给我。这么多年来忙工作和生活，一直未与杨大姐联系过。2008 年，我通过杨洪杰得到大姐的联系方式。杨大姐已有轻度老年痴呆症，电话上都听不清她在说什么了。其时她与长女杨楠在一起生活。那年中秋节前，我给杨楠寄去 1000 元，让她代我为她母亲买些吃的，以示问候。当然，这件事是此前已经进行过的，而非本次自我“清算”的结果。但我在临汾时，有一段时间无住处，曾在堂兄邓克宽单位混过几个晚上。克宽如今年近七旬，一辈子也没成个家，在张开西村独自生活，十分可怜。我给他寄去了 500 元钱，表示感谢和问候。

五、大约是 1968 年的冬天，我曾经到山西垣曲中条山有色金属公司的一所小学，去看望好友赵克安。克安与我同是稷山县人，而且他与前面说到的贾银成老师还是一个村的。在运城师范上学时，克安是三年级学生，我是一年级。1967 年底，他们那一届学生毕业并分配工作，他去了垣曲。我在流浪中去垣曲看望他。那时他尚未结婚，而后来与他结婚的竟是我在稷山中学的同班同学张翠芳女士。当时我在克安那里住了三天。由于我尚未工作，一文不挣，而且是在流浪之中，临别时克安送给我 5 元钱。这 5 元钱在今天是个很小的数目，但那时他每月只有 29 元工资啊！相对于这样的工资水平来说，5 元就不是小数目了。2008 年，克安带翠芳来京看病，这是我们分别 40 多年后的再次相聚。我在饭店包间尽情招待他们一家。一年后，克安竟然患上了与我同样的腰椎间盘突出症，而且他还有颈椎病，痛苦不堪。我给她女儿赵华寄去 500 元，代我买礼品以示慰问。

就这样，我仅用了 6000 元钱，就回报了那些曾经施恩于我而未得到我回报的人。这笔钱对于今天的我来说，并不是一个很大的数字，仅仅相当于我一个月的退休金而已。古人云："滴水之恩，当涌泉相报。"我不知道自己是否做到了这一点。但至少这样做过之后，我会获得些许心安。

可是，有一个人我很想回报他，却没有机会了。为此，我将永难心安。

他就是曾经为我治过病的医生张虎林先生。张医生是山西省晋城县人。1970 年时，他住在稷山县路村公社胡家庄村村北面一个山坡的窑洞里，带着老婆和孩子。按照当时的观念，他应该属于流窜人口。他在晋城原籍干什么，为何到稷山来，我都不清楚。我是通过我的邻居赵最堂（他们是同乡）得知，他是中医，会看病。当时张医生也就 30 多岁，至多不过 40 岁。有那么十多天，我每天早晨一个人从吕梁山前沿，由我们村向东，穿过张开东村北，再走十几二十分钟，便到了张医生家。起初他只是为我扎针。后来看我体质太差，于是提出要为我合成中药丸子，但需要人体胎盘两个。县体委的任炽昌先生为我搞到了两个新生儿胎盘，我用新瓦焙干后送给了张医生。张医生又买了一些中药，制成鸽子蛋那样大的药丸，让我服用。我正在服用这些药丸子的过程中，突然腹痛难忍，被送进了化峪医院，一个多月后才稳定下来。再后来我工作变换以及到北京上学，这件事便置诸脑后了。数十年过后，我日感不妥，觉得应该给张医生支付药费和医疗费。于是我让我妹夫原武安去打听他的联系方式。十分遗憾，了解的结果是，"文化大革命"后张医生回了晋城。

如今，不但他本人早已辞世，而且他在晋城县城工作的儿子也去世了，没办法找到他的家人。我本想给张医生寄去3000元钱，可是这笔钱却已无法寄出。面对这样的现实，我除了痛苦，夫复何言？

读者也许会说，既然你知道应该及时回报别人，为何不早点去做呢？其实，对于施恩于我的人，我早就在回报，只是时间先后有别罢了。这世上对我恩情最大的人，除了父母早已故去，其次便是哥哥和妹妹。哥哥晚年患老年痴呆症，他的家人又没能善待他，我只得尽力照顾，他辞世前4年的生活费完全由我负担着，详情可见《那矮个子是我兄长》一文。至于我的妹妹，我更未敢忘记她的好处。1972年我去北大上学时，她正在念小学五年级。为了给家里挣工分，她主动退了学，当时连14岁都不到。她陪侍我母亲直到1980年底，达8年之久。我非常明白，如果没有兄妹二人替我尽孝，我怎么可能去外面寻求发展呢？所以，1998年女儿大学毕业工作后，我便开始回报他们二人。别的不说，除了奉养哥哥，我外甥女念高中的费用就是我全额负担的。为了帮助他们，我所受的委屈以及心灵创伤，实在是不足与外人道。此外，我父母和哥哥在世时，曾经得到过我二姨一家的不少帮助。他们生前一直想有所回报，但直至去世也未能实现。这些，都必须由我替父母和哥哥来完成。除了姨姨和姨父在世时适当给予生活上的贴补，二老过世时，我都奉上了不菲的赙仪。2009年我已感觉心力交瘁，而早在2008年初，我也患了腰椎病。这种情况下，我还顾得上回报其他对我有过恩德的人吗？如今，不仅父母早已作古，而且兄妹也都同我阴阳两隔了，二姨两口也驾鹤西去，我才腾出手来回报别人。如前面所讲的那样，多数人或者本人，或者其家人，都还能接受我的回报；唯有张虎林医生，我却再也无法报答他的恩德了。仰望长天，我只能徒叹奈何！奈何！

某些读者也许是自我标置格调很高的人，认为上面那些全是小事，可以略去不计。但我却不这么认为。“知恩图报”是中华民族的优秀传统之一，否则我们祖宗不会留下那句“滴水之恩，当涌泉相报”的格言。不可否认，这些事属于“私德”范畴。但我认为，不在意“修身”的人，不足以言“治国平天下”。作为一个学人，当然也是一个平凡的人，我自然不会忘记用自己的学术业绩来报答祖国和人民对我的培养，但在日常生活中，那些曾经施恩于我的人，似乎更应该得到我的回报。至于欠下的钱，那就更应当归还。别忘了，古希腊哲学家苏格拉底在临刑前还对狱卒说：“我还欠邻家一只鸡，当时家里贫穷，没有给钱。我求求你，叫我家里的人一定偿还。”何况我还有时间来得及亲自处理这些事呢。

我给自己定下的标准是：最终干干净净、安安静静地告别人生舞台。但愿能够实现。

2013 年 12 月 11 日至 12 日于半亩园居

我家的毛毛和咪咪

毛毛和咪咪是我们家的两只猫，是我们家的两个成员。要问我们的家庭成员有几位？我可以毫不犹豫地说，一共5位。但女儿在香港工作已有6年多，经常在这里一起生活的便是：我们老夫妻，加上毛毛和咪咪一共4口，会出气儿的都在这里了。

毛毛是2001年7月15日进入我家的。此前我们曾经养过两只猫，但都没有养住，一只生病去世，一只出了意外。为此我们全家十分伤心，女儿痛哭流涕。尤其是第二只猫出事后，我曾对妻子和女儿说，以后不许再养猫！这主要是觉得伤不起。可是，谁想那天晚上我们两人都要睡了，女儿开门进来，一只手托着一只小白猫，一只手拿着猫的饭盆与便盆。我当时就责怪她："你怎么又带猫回来了？"她一边将小猫放下，一边讲说原委。原来，当天下午她去自己在北京景山学校上学时的英语教师祝安平先生家去了，三天前别人给祝老师送了一只小猫，可是，祝老师家已养着一条狗。猫狗不相容，那只狗总是欺负这只刚过满月的小猫。祝老师看着发愁，不知如何处置才好。恰巧她去看老师。祝老师便说："要不你把小猫带去养？"她为了帮助祝老师解开困局，也觉得小猫实在可爱，于是就带回来了。既然如此，那还有什么可说的？接受它吧。

当天晚上，就在我们夫妻二人的枕头之间为毛毛铺了一条枕巾，供它睡觉。它也真乖巧，一点也不认生，安安静静地睡了一夜。第二天在阳光下一看，才发现小家伙身上有虱子。这可不得了，当天我妻子就去买了带有杀虫功能的猫洗液，我又去农贸市场地摊上为它买了梳子和篦子，连着四五个晚上为它梳洗，洗完再用吹风机吹干，然后随着我们睡觉。

毛毛真正感动我的有两件事。一是它刚来时，可能是我让它吃得不对付，它有点拉稀。由于它才一个多月，体质很弱。尽管如此，它绝不随地便溺，挪着身子也要进了便盆才解大小便，可知它是很爱干净的。更感动我的是，到我家几天后，我晚上去卫生间，出来时发现它已在外面等我。我只得又用手把它托回床上一块睡觉。此刻，我发现这个“小孩”已经离不开我了，它真正把我当作它的亲人和依靠了。

熟悉了毛毛的生活习惯后，我经常为它买专为猫做的鱼罐头，它也真是爱吃，没过半年，体型就变大而且十分强壮了。但那时我们住在城里 16 层楼上的单元房，70 来平方米，生活空间相对较小。它有时站在窗台上往远处张望，有时我们要出门，它也借机往外挤，很想到大些的空间活动。

为了满足它的愿望，我决定带它到院子里玩。可是，毛毛却是一只胆子很小的猫。我抱着它刚走出家门，它就把头塞进我的胳肢窝里，不敢见人。到了楼下院子的草地上，我把它放下，它趴在地上，肚子贴着草皮，连站也不敢站，我当时说它真是“尿包蛋”。去过几次，也就只好不去了。屋子虽小，但它却可以放胆去玩，也不失一种选择。

2004 年 4 月 10 日，我们从城里搬家到东旭花园来住。毛毛是放在一个纸箱子里带过来的。它不知自己要去哪里，叫了一道。进了新家后，它吓坏了，钻到“外公”的床下一直不出来，中饭、晚饭全没吃。一是换了环境，二是搬家时人多，它胆子又小，自然适应不了。天黑后我把它从床下叫出来，对它说：“毛毛，这是咱们的新家，以后咱们就在这里生活了。家里不还是这几个人吗？咱不怕！”这次它真是听懂了我的话，开始要看房子。从二楼到一楼，8 间房外加厨房餐厅，它整个走了一遍，我一直跟着。走完之后，它安静下来了，也就是承认这是自己的新家了。

由于新家面积比城里的房子扩大了几倍，毛毛的活动空间大多了。而且二楼有一个 18 平方米的阳台，这样不出家门它就可以享受室外的空气。当然它也闹过有惊无险的事。阳台西侧下面是胡同，一次我带它在阳台上玩，它在西侧的罗马柱外侧逮苍蝇，不小心摔出去了。我急忙下楼去找它，害怕

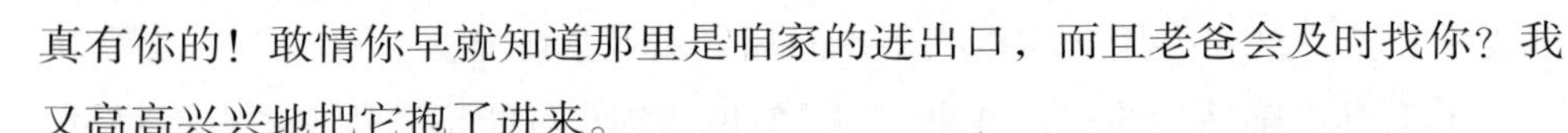

它跑走。可是，当我打开大铁门时，发现它已经蹲在门口等我接它，这小子，真有你的！敢情你早就知道那里是咱家的进出口，而且老爸会及时找你？我又高高兴兴地把它抱了进来。

毛毛向我表示亲近的最多时刻，是我离家外出几天后，归来进门之时。记忆最深刻的是，2005 年 9 月 4 日。此前我回山西老家一个来星期，安排哥哥入住敬老院的事。毛毛看见我进了家门，立时一边叫着一边从楼梯上冲了下来，扑进我的怀里。这时我用两手托着它两条前腿，毛毛将眼睛瞪得溜圆溜圆，又支棱着双耳，一直盯着看我，那意思是说："爸爸，你可回来了，我想死你了。"过个半分钟到一分钟，我把它放下，它才恢复平静。

但是我发现，无论我们同它再好，也都不是同类，所以无法代替它与同类的感情。毛毛有时蹲在那里，皱着眉头，显得十分寂寞。更有甚者，有几次它在阳台上玩，外面有猫来到我家前面李家露台上与它对视，甚至从墙头走过来看它。"妈妈"将外来的猫赶走了，毛毛十分生气，以致咬我妻子的脚。这时我意识到，毛毛需要一个伙伴，否则，它无法克服孤独与寂寞。

于是乎，咪咪应运走进了我的家门。

如果说我们只知道毛毛出生在 6 月初，但不知确切日期的话，那么，咪咪的出生日期却是清楚的：2010 年 5 月 3 日。说来也巧，2010 年 10 月 4 日，我妻子兄弟姐妹相聚，操办她父亲的周年祭，顺便去了她大姐家，看到大姐家有一窝小猫，而且是蓝眼睛的波斯猫。由于我们事先讨论过给毛毛找伴的事，所以，她毫不犹豫地从中选了一只叫咪咪的小猫带了回来。

咪咪是它原有的名字，在它原来的家已经叫惯了，所以我们就不改了。毛毛来我家时还没有名字，是它"姐姐"（我女儿）给起的。虽说它们都是白猫，但毛毛是中国大白猫，咪咪却是典型的波斯猫，品种不同。平日里，我们叫毛毛为"老大"，叫咪咪为"二子"，让它们认作兄弟，可是，它们相差 9 岁，怎能是兄弟？说毛毛是咪咪的八辈乃至十八辈祖宗还差不多。

咪咪刚进我家时，一是四条腿修长，二是眼睛湛蓝湛蓝的，清澈透明，煞是可爱。我们以为它才一个多月，问过大姐，才知道它已五个月了。那为什么体型这么小呢？吃饭时，它一边疯狂地吃，一边"喵喵"地叫着。这时，我们夫妻才发现，这"孩子"小时候饿着了，身体没有发育起来。到我家后，由于伙食得到改善，它的身体逐渐变好。最明显的是，它原来脊背上的毛发较乱，营养改善后，毛发由后往前，一点一点地变顺溜起来。与人一样，由于咪咪小时候挨过饿，受过苦，所以迄今它一点也不挑食，吃饱就行。“妈妈”感叹地说：“这孩子真好养。”毛毛就不一样，它自小就吃得好，食物充足，所以比较挑食，不合口味宁愿挨饿也不吃。“姐姐”经常说毛毛显得矜持，像贵族一样。

但是，这两只猫刚到一起时关系也不是立刻就融洽的。9 岁的毛毛看到家里多了一只小的同类，直向咪咪吹气，表示不欢迎。而咪咪呢，肯示弱吗？一点也不！它照样向毛毛吹气！那意思是说：有什么了不起？谁说这只是你的家？“妈妈”把我带来了，当然也有我一份，我不怕你！经过一段时间相处，它们“哥儿俩”算是互相认同了，毛毛皱眉头的寂寞状态再也没有了。有时它们互相追逐，有时互相抱着在地上打滚，显得十分友好。但是，猫科动物的地盘意识十分强烈。由于它们进入这个家的时间前后相差很久，所以我们分别饲养。毛毛有自己的一套食具与便盆，咪咪有另外的一套；毛毛晚上与我睡一张床，咪咪晚上在我书房单独睡觉。因为分开生活，于是它们都有自己的地盘意识。问题主要在咪咪。有时白天我在书房工作，毛毛来找我，想在咪咪睡觉的椅子上趴一会儿，咪咪坚决不答应，又是咬毛毛的尾巴，又是追打。这时，我基本偏向毛毛，呵斥咪咪，甚至用书报打它。它有时只好服从，但颇不高兴。去年秋天，可能是咪咪把毛毛逗急了，毛毛把咪咪抓起了一块皮，半个月后才好。这真是两个淘气的孩子，又好气，又可爱。

毛毛和咪咪原本都是公猫。毛毛八个月时开始“叫猫”，也就是有了性要求，它闹得我们整夜不能入睡。当时我对妻子和女儿说：“要么做手术，要么把它送走，只有一个选择。”最后是为它做了手术。可是，我一直觉得对它有亏欠，只好用好的吃喝来弥补。咪咪由于早期发育不良，性意识稍晚。但有了性要求后，它不仅嗷嗷地叫，而且在床上、窗帘上乃至书页上撒体液，弄得家里到处都是异味。尤其是发现它在书页上乱撒时，我十分生气地说：“不要它了。”妻子见我真动了怒气，便说：“还是把它送回大姐家吧。”可是我想，猫同人是一样的道理，由困难走向幸福容易，由幸福走向困难却难。所以我舍不得让“孩子”受这个罪。我把想法告诉老伴，她也同意我的认识。于是决定为它做手术。手术差不多是在它两岁那天进行的（有点晚了），这对于咪咪来说真是一场大劫难。为了帮助它渡过这一劫，我们两个60多岁的老人，轮流守护了它四天四夜。不管怎么说，这一关总算闯过去了。

在十多年的养猫经历中，我觉得正如有关指导养猫的书上所讲，猫的肠胃功能比较脆弱。天凉以后，让它们在阳台上玩一会，晚上肚子就容易发胀，尤其像毛毛这样快12岁的老猫。于是乎，晚饭后看电视时，我躺在沙发上，前面搂着毛毛，后面钻着咪咪，老妻说这叫“前呼后拥”。我不单是搂着毛毛，主要是为它做按摩，将发胀的肚子揉软和了，一般需要十几分钟。“妈妈”说：“毛毛呀，你享受的可是高级待遇，是教授在为你做保健按摩。”实在说，我很乐意。

围绕这两只猫，每年让我感觉最紧张的时刻有两个。一是夏天晚上电闪雷鸣，尤其像2012年夏天，那样的雷声几乎是在头上炸响的。毛毛和咪咪当然吃惊不小。于是我们将门窗紧闭，再拉上厚窗帘，守着它们俩，避免过分受惊吓。更要命的是每年除夕12点左右集中放鞭炮。咪咪还好一点，毛毛几乎每次都大受刺激，十分狂躁。为了减少它受到的惊吓，11点多，我就在卫生间放好一只小方凳。鞭炮开始多起来时，我立即抱起毛毛钻进卫生间，再隔几道门窗，声音就稍小点。高峰过后，我们才敢出来。

让我们老夫妻感觉劳顿而且快乐的另一件事，是为它们俩洗澡。每次洗澡都是一场“战斗”。毛毛一看我拿它的澡盆和浴巾，就知道要洗澡了，于是东躲西藏。放入浴盆后，只要它感觉舒服，就会安静下来。但洗澡的时间不能太长，否则它又叫起来了。不过，有许多次我发现，下午洗完澡，晚饭后毛毛总到我跟前蹭腿——表示友好和感谢。咪咪表示友好是用另一种方式——卧在我的双膝上摇尾巴。比较来说，咪咪更会讨好人。我读书写作时，它常常以我的左小臂为枕头躺在书桌上假寐，又不时歪过头来看看我，你能不喜欢它么？

读者不难发现，我是很爱毛毛和咪咪的，它们也深爱着我。可是，在10岁左右时我却对猫产生过巨大的仇恨。那年，父亲和哥哥从化峪镇集市上给我买过两只黑色小兔子，我喜欢得不得了。我在窗户下面的院子里起去几块砖，向下挖了一个坑，给兔子做窝用。每天晚上将兔子放进窝里，上面盖一块方砖；第二天将砖挪开，让兔子出来。可是，那个夏夜不知什么原因，我们忘了将砖盖上。第二天发现，只剩下一只母兔，公兔不见了。我和家人都怀疑是对门郭家的猫偷吃了我一只兔子。从此，我对猫恨得不得了，尤其是郭家那只花猫，幻想捉住它后，挖个坑活埋，再在上面用石础子捣！后来我考进了稷山中学，这事也就不了了之。今天想来颇有几分可笑。兔子是丢了一只，仅仅是怀疑被猫吃的，证据何在？即便是真的被猫吃掉了，恐怕也是生物链上的必然之事，值得那么去恨么？

再过几个月，毛毛加入这个家庭就 12 年了，咪咪加盟也两年多了。遇到它们并在一起生活，是它们的幸运，更是我们全家的幸运。感谢它俩为这个家带来那么多的快乐，尤其是丰富了我枯燥学术生涯的内容，给这个家滋养着生气。我曾经看着它俩说：“你俩的任务就是把老爸的钱变成大粪，然后健康愉快地活着。”

如今，“老大”已进入晚年，若与人的年龄比算，它接近 80 岁了，所以也就现出了老态：动作迟缓，下楼都尽量贴着墙根走，爱吃偏软的食物，硬了牙口受不了。“二子”则正当年，浑身力气，左冲右突，容易惹祸。我们老两口会继续善待它们的，让年老的安度晚年，让年轻的茁壮成长，各顺天年。

2013 年元月 28 日下午—29 日上午于半亩园居

见 证

“作为职业律师，我将忠于美国法律，忠于纽约州法律……”这是作为美国律师的女儿在奥尔巴尼进行职业宣誓时的誓词内容。

2004 年 9 月 21 日上午 9 点半，我在美国奥尔巴尼纽约州高等法院见证了女儿宣誓的全过程，前后持续了几十秒，连一分钟都不到。同时参加这一活动的有十几人，来自世界各地，有印度的、有哈萨克斯坦的……各种肤色的都有，全不认识。我之所以认出印度的和哈萨克斯坦的，是由于头天晚上，他们及其家人与我们父女下榻在同一个旅店，而且那位哈国女士在去法庭宣誓时，还搭了我们父女租来的顺风车。至于其他各路“神仙”，自然也就不知其来自何方了。

女儿是 2002 年 7 月 19 日赴美留学的，在费城宾夕法尼亚大学法学院苦读一年，获得法学硕士学位。10 天后即参加全美律师资格考试，一举中的。半年后她回国执业，供职于一家美国律师事务所的北京办事处。

对于女儿在美国学成并获得律师执业资格，说心里话，作为父亲，我是打心眼里高兴和快慰的。曾经有人问我：“你女儿如此优秀，你就不怕别人嫉妒吗？”我答曰：“有什么好嫉妒的，这是上苍给我的补偿。”

女儿这几十秒钟的宣誓活动，是她用十几年的辛劳换取的。除去此前有 5 年在律所工作，她至少有 16 年一直在学校读书。16 年中，她自己、她的妈妈和我，还有众多的任课老师，付出了怎样的艰辛？个中滋味唯有自己晓得。

曾记得，女儿在景山学校学习的第十一年时，原本为十二年学制，因初三时组建实验班，她跳了一级。这毕竟是一年的功课啊！她一下子由优等生变成实验班的倒数第几名。女儿一言不发，暗中用力，终于在高三时升至全班第三名。女儿对我说：“爸，我前面还有两名男生，一个比我聪明，一个比我刻苦，我就在第三吧。”我说：“可以的。只要尽了力就行，不在乎第几名。”

1994年女儿参加高考。考前我严格规定，白天认真学习，晚上睡觉不得晚于10点半。有时她说累了，我就让她对着墙壁打乒乓球，不学了。我要求她把玩耍和学习严格分开，累了就不再学习，立即休息，她做到了，从而单位时间的学习效率大大提高。

在当下，高考的压力对于任何一个中国学生都会不同程度地存在，我女儿也不例外。在高考前数月，她问我：“如果我考不上北京大学怎么办？”我告诉她：“中国未能上大学的人多的是，不都在生活吗？考不上，如果愿意复读，我可以再供一年；如果不想复读，可以到妈妈单位书店去卖书。但这毕竟是人生一个转折点，应该认真对待，否则对不起自己。”她点了点头，继续奋斗不懈，最终以超出北大法律系当年录取分数线50多分的成绩进入北大。

最使我终生难忘的是，女儿考前一周意外受伤，左脚被缝了八针。我曾经为此大怒不止，连当天的晚饭也没吃，一个人坐在天安门广场抽了半包烟。转念一想，光生气有什么用？还是要帮她过好这一关。第二天到农贸市场花两元钱买了两支廉价花，回家放在女儿床头，并安慰她。女儿流泪了，对她妈妈说：“就凭我爸对我的态度，我也要考进北大！”谁又知，考试第一天，1994年的7月7日早晨，电梯坏了。我家又住在8层，我只好将女儿背下楼，乘出租车奔向考场；又经允许，我将尚不能正常走路的女儿扶进考场坐好。

女儿最终考进了北京大学，圆了她和我们全家的梦。那天我去景山学校取录取通知书。当拿到通知书时，我真是欣喜若狂！要知道，我曾经两次就读于北京大学，并获硕士学位，她的妈妈也是我在北大上学时的同班同学。得到女儿的通知书，比我自己进入北大还快乐十倍！苍天有眼，让我这个出身平民的知识分子也有如此快乐的时刻。我感谢女儿，因为她是上苍向我传达快乐的使者。三天后，我又告诉女儿和妻子：“要降温，不能乐极生悲，也不能因快乐而不注意举止言谈，以致伤了身边的人。”我们很快恢复了正常生活。但拿到女儿上北大的录取通知书，毕竟是我此生最最快乐的一刻，怎能忘记？

这里还要说到她的妈妈。当女儿在景山学校就读时，我们夫妻同时工作于沙滩红楼。女儿每天中午到红楼就餐，她妈妈始终担负买饭的任务。由于我们是三个人，就买了一套有三个饭盆的提盒。本来正品是 7 元钱。为了省钱，她妈买了一套有碰破处的次品，只用了 5 元钱。11 年中，她就用这套次品饭盒为我们三人打饭。吃饭时人多要排队，人们都不愿意排在她后面，因为她一个人买三个人的饭，费时必多。就这样，妻子一买就是 11 年，直至女儿进入北大。无须多说，女儿在美国宣誓的几十秒，不仅凝结了妈妈这 11 年的辛劳，更有多少母爱融入其中。

女儿大学毕业后在北京一家美国律师事务所北京办事处就职。为了提高英语水平，记不得是 1999 年还是 2000 年冬天，她每天下午六点下班，来不及回家，直接骑车去一个英语辅导班上课学习，回到家就快晚上十点了，这时才能吃晚饭。而到了周末，她又常常把自己关在小屋大声朗读英语，并且还对我说：“学习真是一件快乐的事。”最终她以 647 分的成绩通过托福考试，为出国留学做好了准备。

女儿在美国宾大学习的后期，因看书时间太久，眼睛经常疼痛，令我和她妈妈忐忑不安，以致我在电话中多次说道：“孩子，咱可以不当美国律师，但不能把眼睛弄坏呀。”女儿及时调整，并最终完成了学业。那天女儿在网上查到她已通过律师资格考试，并在第一时间告诉我时，正值北京深夜两点。我从冰箱拿出事先备好的果酒，与她妈妈共饮祝贺。妻子问我：“这些吃的哪儿来的？”我告诉她，是我事先预备的。因为我有自信，知道女儿的辛苦不会白费。

这里，我还要感谢那些教育女儿的老师们。他们全是蜡炬！他们所付出的劳动也都凝入这几十秒钟了。虽然我几乎全不认识他们，但也要向他们致敬并道谢。可以说，女儿这几十秒所包含的功绩，那些为人师表的老师们的付出，比我们做家长的要多得多。

女儿宣誓的几十秒，有多少事值得我们去回味，又有多少酸甜苦辣都由我们承受过。

这几十秒就是几十年。没有几十年的不懈努力，哪有现在几十秒的举手宣誓？

这几十秒是对既往几十年的总结，也是对未来几十年的开启。它要你在未来几十年中，忠于职守，秉持公正！

它要你在未来的几十年中，勤奋工作，不懈进取！

也要你在几十年后，再面对你今天的几十秒，反躬自省，要回答说：作为职业律师，我无愧于自己的行当！

生活告诉我，人生旅途中几十年不能算太长，几十秒也不能算太短。因为它们原本是可以互换的。

2004 年 10 月 14 日于半亩园居

车行美国高速路

美国法律规定，凡是取得美国律师执业资格的人士，都必须到美国举行职业宣誓，否则将被取消执业资格。我女儿是 2003 年 11 月取得美国律师资格的。在进行过必要的准备之后，女儿拟于 2004 年 9 月下旬赴美完成这一仪式。由于此前我未去过美国，也很想看看这个发达国家是什么样子，女儿便要我陪她，携老爸到美国走一走，看一看。

由于时间短，我们想去的地方又多，于是，女儿决定下飞机后，立即租车，驱车赶路。可是，她只有中国驾照，从未有过在美国开车的经历。因此，她不仅要办驾照公证，而且要认真学习美国交规。只见她从互联网上下载了一二百页美国交规文件，画了许多杠杠，说明她是认真对待的。她又说，需要我帮她看路，否则她又开车又看路，怕是顾不过来。于是她又用个把小时向我讲解美国交规的要点，我听得如入五里云雾之中。她问我感觉如何，我说："头有点大。"

我们于当地时间 9 月 19 日中午到达纽约肯尼迪国际机场。根据路标指示，我们乘轻轨火车到达租车场地。由于事先已通过互联网联系过，于是顺利租到一家租车公司的"花冠车"，开始了美国之旅。

说心里话，女儿也确实够胆大的。她是 2002 年初取得中国驾照的。但不久就赴美留学，几乎未来得及进行驾车上路的实践锻炼。今年（2004 年）6 月，我们才买了一辆车，她们母女二人轮流开，至今行车总里程也仅 1500 多公里。以这样的开车经历，居然敢上美国的高速路，胆小的人岂不立即晕过去？可是，也真奇怪，我和女儿居然在美国高速路上跑了近2000英里：由纽约到奥尔巴尼，由奥尔巴尼到费城，由费城到华盛顿，又由华盛顿回到纽约；转到西部后，我们以洛杉矶为据点，先是往返拉斯韦加斯一次，又于一日之内往返圣迭戈。这样，我们在14天之内，驱车去了美国7座城市，而且毫发未损，平安回国。

这次美国之行，我对美国高速路感触颇多，大体有如下几端：

行程检索系统十分周密。由于我们没有在美国行车的经验，所以，事先必须知道从一座城市到另一座城市如何走，同时也包含了到达下座城市后如何到达预定旅店的路线。幸好，美国人已有一套软件在互联网上公布，可以很轻易地从电脑上下载。在赴美之前，女儿已将东部4座城市的路线装入口袋。到西部后，我们又到她原来在洛杉矶的办公室做出了西部路线图。这样，在美国旅行期间，我们是完全按照事先到手的路线图行走的。路线图设计得十分周密：向左、向右第几出口，换什么线，向南向北向东向西，第几号路上跑多少英里，一览无余。由于我们基本保持时速60英里（约100公里），再根据进入第几号线的时间和行车里程，我便可及时向女儿预报我们大约在多长时间后，于几点几分左右换乘某线。女儿说："老爸，你真是神算！"我说："不是神算，是根据这几个数据估算出来的。"一路下来，我们基本是按照路线图跑的，毫无差错。唯一的一次差错是，9月25日我们回到在纽约的旅店，又想出去买晚餐，驱车10多英里。晚餐买到了，却不知如何回去。我们三次回到高速路边，看到旅店就在公路对面，但就是不知道如何过去。折腾了一个多小时，才回到旅店。这便是不按路线图行走的结果，也是唯一的一次失误。我对女儿说："现在有傻瓜相机，看来美国人该设计出傻瓜司机了。"女儿淡然一笑。

高速路上标志十分清楚完备。高速路上要想高速，就不能发生差错，走错了想回头是不可能的。因此，路标就必须醒目清楚。美国人是完全做到了。首先是主道行车指示箭头。比如我正在95号北行车，由于是四车道，而且前面有去向另一线路的出口，因此正前方便有"95线北"，下画三个大箭头，指向其中的三个车道。如果你在行车中已偏向第四个车道，那就要赶快调整回来。其次，虽然主道是95号北，但不久要进入另一条线，于是你又看到有提示，要求即将变线者事先准备。第三，在到达某个路口 4 英里前，便有提示牌，以下 2 英里、1 又 3/4 英里、1 英里处均有提示。第四，长途行车，难免怀疑自己走的路线是否正确。于是，我过一段时间，便根据路边指示向女儿报告一次："某某线确认。"以便让她放心开车。可以说，美国高速路上的行车标志太清楚了。我过去三次到达巴黎，就十分感叹巴黎地铁标志之醒目，这次更为美国高速路上的标志所折服。

休息区十分方便车手和旅客。美国高速路上每隔几十或近百英里便会设一个休息站，站内有加油站、厕所、快餐店，非常方便。一般在几十英里外，就有标志告诉你下一个休息站还有多少里程。这不仅解决了长途行车的加油、如厕、进餐等问题，更为重要的是，司机可以及时放松一下，缓解疲劳，减少事故。我在国内经常看到有标志上写"不要疲劳驾驶"，立意当然是好的。可是，如何缓解疲劳呢？我从山西太原乘长途车到北京，高速运行 6 小时，中途几乎没有像样的休息站。当然，建立休息站，必须有人付出。比如，从洛杉矶到拉斯韦加斯是 268 英里，近 450 公里，中途设的几个休息站，全在戈壁滩上，十分荒凉。可是在美国那种社会，哪里有需求，哪里就会有人去抢饭碗，不怕找不到人。因此，休息站上十分热闹，毫无冷清之感。

绝大多数车手都十分遵守交规。在美国高速路上，车群像飞鸟一样，一群一群地往前赶。小汽车、载货卡车、房车、集装箱车，应有尽有。但各种车辆都行驶在规定的车道上。偶尔也有跨越车道的情况，但比较少见。这一方面是人们遵守交规的意识比较强，另一方面对违规者处罚严厉作用也不小。有一项交规是我国没有的。在车流极大处，左边的车道为"car pool"，即限 2 人或 2 人以上同乘一车者使用。由于我和女儿是二人同车，于是多次使用这种车道。而我们右边的三个车道全是单人行车者，即便拥堵难行，也不敢上"car pool"。因为一经发现，将被罚 341 美元，谁还敢去冒这个险呢？女儿开玩笑说："这些人何不在副驾位上放一个塑料人，然后上 car pool 呢？"我听后笑道："憨直的美国人大概还没想出要这么干呢。"美国高速路上车速极快，我们却未看见一起车祸（当然，车祸肯定是有的）。这使我想起一句老话：只有大家都去遵守同一个规则，每个人才能最大限度地获得自由。美国高速路上行车印证了这句话。

人们说，美国是一个汽车轮子上的国家，信哉斯言！高速路上行车最能说明这一点。我过去曾想，如果房子能够移动，那该多好。殊不知，美国人早就有了这种设计——房车。虽然不是很多，但在高速路上还是不时可以见到，而且多是中老年人。他们的全部家当就在这一部车上，车顶有空调设备，里面日常所用一应俱全。每到一地，只要接上电源，便可开始生活。这比我们那些重土难迁的乡民，心理上不知要轻松几多！

前面我说了美国高速路上的不少好处，但就我浅见，也不是样样都好。一是车速问题，一般均有限速标志，尤其在大的拐弯处。一般限速在 60 到 65 英里。可是事实上，人们都以超出限速 10 英里的速度行驶。由于我们是初次在美国行车，尤其不敢超车。这样，后面的车辆便有不少要超过我们并且要再并线回来，反而增加了危险系数。我问女儿该怎么办？她告诉我，解决的方法只能是提速。于是她也不时用 70 英里（约 115 公里）的速度开车。开始时，车速一超出 65 英里，我的心便会提到嗓子眼，十分紧张，只好吃心脏药，女儿也很紧张，需要吃药。后来天数多了才习惯过来。不过女儿还是告诉我，限速 60 英里是有道理的。因为她感到，车速 60 英里时方向盘好转动，一到 70 英里，转方向盘就要用力了，危险系数明显增加。可是我迄今仍不明白，既然如此，美国人为何普遍都超速呢？是习惯使然，还是生活的压力使人们必须争分夺秒？二是堵车问题，这主要是周末和上下班高峰。美国人周末要出城，周日下午再回城，势必形成车流高峰。26 日是星期日，我们住进饭店后，进城到下曼哈顿给朋友送东西，赶上了堵车。我们要从经过哈德逊河上的华盛顿桥进入纽约市，结果被堵。因为纽约市是建在一个岛上的，进入的主要通道就那么几个：华盛顿桥、林肯隧道、荷兰隧道等。而进纽约市又必须缴费。这样，虽然在华盛顿桥上设立了十几个收费口，无奈车流量大，还是走不动。女儿开玩笑说："真是摩托还需驴拉。"30 日一早，6 点 20 分，天尚未亮，我们又驱车赴美墨交界处的圣迭戈城，接近七八点时进入高速路。只见出城一侧的路上道路畅通，入城一侧却已是车流拥堵。原因是，许多人住在离市区大约一小时车程的乡间，他们要赶往单位上班，不得不抢早。大家都抢早，于是拥堵便早早到来。这里也透露出人们生活的艰辛和不易。

对于美国高速路上存在的问题，我相信美国各地政府并非不晓，只怕是还未有解决的良策而已。

托女儿的福，我实现了到美国看一看的愿望。女儿不仅负担了全部费用，而且全程陪同，既是司机，又是导游，还是摄影师。至于在美国高速路上行车，只是我此行的感想之一。我们既经历了东部地区哈德逊国家公园的葱郁，也经历了西部在海拔4000英尺处行车时寸草不生的荒凉。不过，在我心底埋藏的却是另一种期盼："要想富，先修路。"这已是国人的共识。在奔向小康的路上，我们一定能把自己的高速路也修到美国那样的水平。热盼这一天早日到来，这才是我心底暗藏的真正情怀。

2004年10月20日于半亩园居

咱也坐过一回花轿

婚礼，无疑是人生中的一件大事，不然咱中国人怎会把“成家”与“立业”相提并论呢？时下都市人的婚礼，为显郑重，常常是十来辆同型同色的车队一字前行。我在加拿大蒙特利尔市看到过古典装扮的婚礼马车，新郎新娘并排站立，很是招摇。作为一个外来游子从旁走过，我也伸手向他们致意，送去了衷心的祝福。

可是，在将近半个多世纪前的中国农村，虽然那时已经时兴新郎新娘各乘一匹大马，但坐花轿也还是一些人的选择。相信多数中国人都看过《红高粱》电影或电视剧，坐花轿就像莫言笔下的九儿那样。当然，在另一些电影或电视剧里，你会看到，在中西结合的婚姻里，一些西方姑娘刻意要坐中国的花轿，才肯当一回新娘，就像住腻了法式洋房的西洋人，刻意要住一下北京的四合院，好不好是其次，重点是想体验一下。

说来滑稽，我在童年时居然也有过一回坐花轿的经历。

事情是这样的。我母亲姐妹四个，母亲行三。我的大姨和四姨均在我们张开西村南边的路村生活。大姨的名字我不知道。但母亲和二姨、四姨分别名叫吴海竹、吴水竹和吴改竹，想来大姨名字里也当有“竹”字。大姨儿子张乱保，是我姨表兄弟中年岁最大的，故而成家也最早。朦朦胧胧地记得，他结婚时我才三四岁，至多不过五岁。更巧的是，他定的亲事居然是我本家叔叔邓彦武的妹妹邓彦巧（实际上是我的姑姑）。

那时候我确实太小，记事不多。只是记得他快要结婚了，女方却表示不

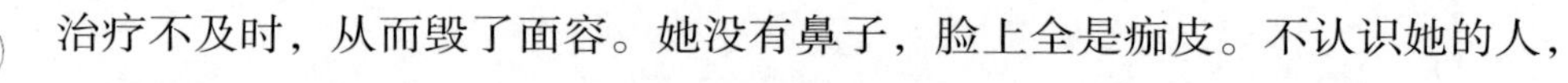

愿意。原因是这样的：我的大姨妈年轻时鼻梁上长了一个很小的疔包，由于治疗不及时，从而毁了面容。她没有鼻子，脸上全是痂皮。不认识她的人，偶然见面一定害怕。由于乱保哥的婚事如同那时中国农村大多数人一样，是包办婚姻，女孩长大后，知道男方家里是这个情况，表示不愿意，也合情理。似乎是原来的媒人放手不管了，而女方这一头是我本家，大姨父张光斗只好求我父亲出面说和。记得那一阵子大姨父到过我家很多次，与我父亲一起去找女家商量。最终，此事说成了，婚礼照样进行。

按照当时农村的习俗，迎亲队伍是这样组成的：最前面是几位乡间吹鼓手组成的乐队，吹吹打打；如在街衢之处有人放凳子拦着，乐队便停下来演奏一阵，接着前行。乐队之后，便是媒人骑在一匹高头大马上，以示明媒正娶；其后是另一匹大马，骑在上面的是新郎，自然是婚礼的主角；再后，便是花轿或一头大马，是预备给新娘用的。按理说，我父亲是这宗婚事的媒人，他应该乘坐第一匹大马。但是，那天他却没有出现，让比我大六岁的哥哥代替了他。想来那年哥哥也才十一二岁。他原本白净，骑着马，斜披着大红绸缎挽成的花，着实风光了一回。

至于我，便扮演着另一个角色。那天男家是抬一顶花轿去迎娶新娘的。但农村人有讲究，迎亲时，花轿不能空着，里面需要坐一个孩子，叫作“压轿娃”，我那天当的就是“压轿娃”这个角色。我似懂非懂，稀里糊涂地被人们放进了花轿。好在两村相距只有两公里多，那里的人们也没有抖轿子的习惯，我安安稳稳，片刻时间就到了。回来时，我仍旧坐在花轿里，给我的新嫂子做伴。我作为小小的“压轿娃”，完成了婚仪上的任务，把我大姨家的大嫂子迎回来了。

由于我父亲帮助大姨家说成了这桩十分困难的婚事，大姨父非常感激。婚礼那天我父亲没出面，大姨父又专门派人给我家送去一桌酒席。这样，我和母亲、哥哥不仅参加了大姨家的婚宴，等于回家后又吃了一顿酒席。大姨父的感激之情我至今都能体味得到。

至于我父亲为何不去乘坐他作为媒人本该骑乘的大马，而把这个位置给了我的哥哥，那天又让我去当“压轿娃”，让他两个还不懂事的孩子出尽了风头，父亲究竟是如何考虑的，他从未说过。成年后的我慢慢体会，恐怕原因在于：一是他比较内向，不喜欢这种出风头的事情；二是他可能这样想：我邓水成祖上曾经行医，有过好光景和好名声，如今虽说已经破败，但我有儿子，我就仍会有希望，他想借机展示一下。我在农村长大，农民们是如何想事情的，我十分清楚，父亲同样不会例外。毫无疑义，这件事中已经包含了他对我们兄弟俩的全部希冀。应该说，父亲的希望并未完全落空。我要敬告先父说，如今你的儿子已是占有一席之地的专家学者，您的孙女也已是一个美国律师。可是，让我十分感伤的是，这一天来得实在太晚——我那饱含希冀的父亲已经辞世 46 年了。我为人之子，思绪至此，除了眼里浸满泪水，夫复何言！夫复何言！

还想多说几句关于我大姨妈的话。我还在穿开裆裤的时候，就随母亲到大姨妈家串门走亲戚，所以对她的面型一小就知道。十分奇怪的是，我对她一点也没害怕过，包括我十来岁时独自带田国发哥去她家，她给我们炒鸡蛋吃，我就像在自己家里一样。不久前，在电视上看到一则新闻：一位男士在 6 岁时被人贩子拐卖到了很远的地方，32 岁才与生母相会。他们母子俩开始住在宾馆里，据说一点儿生疏感也没有。那位男士在母亲面前穿着大裤衩子，一点也没觉得不自在，似乎从来就是如此。至此，我才明白了血缘的力量。毫无疑义，我与大姨妈的亲和感，也当来自血缘。这是无须多说的。

如今，我的大表嫂邓彦巧已经作古许多年了，大表哥张乱保还在人世，但也患了老年痴呆症。4 年前，我托另一个表妹去看望他并送去点钱，据表妹告知，大表哥已经认不得身边的人了。那个曾经在你们婚礼上客串过一把“压轿娃”的表弟我，如今也已是 67 岁的老人。岁月苍茫，我们都已接近完成自己的生命角色了。愿我们把生活中的点滴甜蜜都藏在心间吧，因为那毕竟是值得回味的。

2015 年 4 月 27 日下午于半亩园居

施泰因小镇漫游记

刚刚欣赏过瑞士和德国边境上被我称作是“清流激荡”的莱茵河瀑布，我便又拄着拐杖，在女儿的带领下，跨上火车，奔赴闻名遐迩的施泰因小镇了。

小镇与火车站分布在莱茵河的两岸。所以，下了火车，必须跨越一座桥才能走到对岸的小镇上。我不知道那是为了迎接游客，还是当地人的生活情调原本就是如此，在过河桥上，每隔三五米就放着一个大花盆，而且里面栽种的全是正在盛开的鲜花。如果说我在瀑布上看到的是莱茵河的激越豪情，此刻所见，就如同是一个蒙着面纱的16岁羞涩少女，静静地流淌着。几百米外，河岸边绿树成荫，有西式建筑掩映其中——不消说，那就是一幅久违了的水墨画。

这小镇委实不大，街面上人也不算很多。像欧洲许多街面那样，街的中心是蔬菜水果摊，摊主们正在各自忙乎自己的生意。在他们的旁边，便是酒吧放在街上的餐桌。我们坐了下来，侍应生立即上来招呼。女儿要了两杯啤酒，权当解渴的饮料，同时也就利用他们的椅子歇歇脚。不经意间，我抬头往酒吧门框上方溜了一眼，才看到墙壁上面有许多幅壁画，据说已有好几百年的历史了。最刺激我眼球的是两个农夫抬着一串葡萄，满脸绽放着笑容。但在现实生活中，你何时看到过一串葡萄需要两个庄稼汉来抬？当然，现实中不曾存在的事物，并不妨碍艺术家们的合理夸张，不然怎么还叫艺术呢？这幅作品反映的正是农民们的千年期盼，也足见艺术家的匠心和艺术蕴含的魅力。

喝完了啤酒，沿街向北走去。不出 100 米，当街便有一个骑在街面上的门洞，说明小镇是有城墙的，出了门洞也就等于出了城。我一边漫步，一边扫描两侧的民居。距离门洞还有不到 10 米时，向右有一条街延伸出去。我特意向小街走去，大约走了有 50 米，回头就看不见小街的街口了。为什么呢？原来这条街修成了 S 形。当然，这种 S 形街，我在瑞士的其他城市如采尔马特也见到过。这在我脑海里便产生了一个问题：信奉天圆地方的中国人，其城市街区建筑基本都是直向的。无论是盖房，还是修路，为了这个“直”，甚至找阴阳先生去下罗盘，生怕有一点不正，最典型的便是隋之大兴城（唐朝改名为长安城）的棋盘状分布，各朝各代基本如此。可是在欧洲，虽然也有许多笔直的街道，如俄罗斯圣彼得堡的涅瓦大街，但此外还有如上面所说那样的 S 形街道，以及像巴黎那样以凯旋门为中心，向周边做星条状辐射的街道。从审美的角度看，为什么东西方人会有这么大的差异呢？是文化的不同？还是脑子结构有别？谁能为我解此疑惑？

走出城门洞，回头一望，证明我猜得不错，小镇的确是有城墙的。但我们时间不多，不宜久停，于是往左转向莱茵河一侧。七八十米过来，便有一个河边的快餐厅，其主打食物是莱茵河的鱼。虽然价格不菲，但我确实想在这里享用一次，况且这也在挣高薪的女儿的承受能力之内。坐定之后，女儿要了蒸鱼、烤鱼各一条，外加土豆泥和酒水。说来惭愧，要么是我不会享受，要么是这里的鱼原本也没有多少奇特之处，我没有吃出个道道来。但令我难忘的是，给我们端盘子的怎么都是一些上了年岁的老者呢？虽不明就里，但猛看之下，有的人恐怕岁数比我还大。这样年岁的人为我端盘子上菜，我就吃得不安生了。我对女儿说：“怎么会是这样呢？”女儿说：“也许是他们年轻时玩过了，现在就必须给自己挣面包。”我相信，我们父女之间的汉语对话他们是听不懂的，否则，也许他们会向我伸出老拳，亦未可知。但我仔细揣摩女儿的话，恐怕不无道理。每个人，只要他有正常的生命轨迹，都会经历婴儿、童年、少年、青年、中年、老年等各个年龄段。而掐头去尾，真正能用于工作的时间是十分有限的。不要说为社会贡献有多大，仅仅从谋生的角度看，也该在年富力强时多卖力气，为晚年做些储备。不然，也只能是“少壮不努力，老大徒伤悲”了。

吃饱了饭，又喝了一杯葡萄酒，微醺。仗着这股酒劲，沿着莱茵河岸边向过河桥走去，边走边欣赏河中及岸边的美景，虽然仍离不开拐杖，但中间却没再歇息，就来到了火车站。毫无疑义，这是小镇带给我好心情驱动的结果。不是吗?

2015 年 3 月 1 日于半亩园居

自撰墓志铭并序

人生如同抛物线，自低升高，再从高落低，最终回归大地。想来此刻距我亦非甚远矣。然身后或为墓铭，或作悼词，一片谀言，鲜有真实。此为鄙人不喜亦不取也。盖因任何生命个体，均既有优点，亦含缺陷，既有成就，亦生挫败，我亦无外于此也。职是之故，抄起生命之手术刀，自我解剖一番，留给世人一真实面相，庶几不欺世，亦不自欺者。

鄙人贵姓邓，贱名文宽，字秋实，山西省稷山县张开西村人也。1949年3月17日（农历二月十八日）降临人世。祖上曾为乡医，亦擅武功，小有声望。然至父辈，家道中落，又值日军放火，致一贫如洗。自出生后，便尝尽苦辛。然刻苦学习，锐意进取。终生以学术为职业，出版著作近十本，以换取百姓惠我之衣食，以回报北京大学之培育，以告慰父母兄妹之天灵，以慰藉自我生命之意义。

以独立精神、自由思想、批判态度、健全人格为座右铭，虽未能至，心向往之。不媚权势，不迷金钱，特立独行，孤高自傲。然出言过直，亦常伤人，自己亦无知觉者。平生最大错误是，双亲去世，均未亲临，实属不孝。因孝养之责多由兄妹承担，故心存感激，努力回报，虽未如意，但已尽力，拳拳之心，苍天可鉴。

自感一生酸甜苦辣，五味杂陈。概而言之，可有四句：最大幸运者，两次就读于北京大学；最大自豪者，将爱女培养为有用之才；最大遗憾者，未有及门弟子；最大痛苦者，未能回报父亲（邓水成先生）。自我评价：优点多多，缺陷夥夥，为人狷介，书痴一个。铭曰：

出自寒素，锐意上进，是其志向也；

睥睨权势，不入“三惑”，是其自洁也；

出语过直，拂人耳目，是其遭嫌也；

先父临诀，口留怨言，是其大过也；

为补愆失，侍兄若父，是其知耻也；

呕心学术，未有弟子，是其大憾也；

真心朋友，自会念我，是其自知也；

怨恨我者，恭请自便，是其遗爱也。

2014 年 12 月 7 日晨于半亩园居

吃苦瓜及其他

"看看农贸市场有苦瓜没有，有的话就买几条。"这是我现在经常提醒妻子的一句话。当然，如果是我自己去菜市场，一旦有，自己就会买回来的。

但是，回想起我自己在饭桌上第一次吃苦瓜，可真真是苦不堪言。那是1978年的初春，我还在中国科学院北京天文台古天文组工作的时候。当时，中国科学院二局从全国几个天文台和科学史所、南京大学天文系抽调人力，组成"中国天文学史整理研究小组"，进行古代天文学资料的整理和研究工作。我以最年轻的外行忝列其中。那年3月初，我和中国科学院自然科学史研究所的陈久金先生、陕西天文台的王胜利先生，共赴海南岛进行黎族天文历法的调查工作。到达海口后，我们在市招待所住了下来，安排进行调查的有关事宜。当然，用餐也就在招待所的餐厅。不承想，吃饭时苦瓜却成了主打菜肴。只见陈、王二位吃得格外香脆可口，因为他们二人一位原籍江苏常州，一位在武汉长大，广义上都是南方人。这可就"苦"了我这个来自山西的北方人。我实在是一口也吃不下去啊。无奈，我只好向餐厅讨点咸菜，勉强吃饭。记得在那里住了三天，我基本是靠咸菜打发的。

虽说这次吃苦瓜菜，"苦"得我终生难忘，但若就实际来说，我第一口吃苦瓜可不始于此，那还要往前追寻很多年。

孩提时代，大约是我刚记事不久，还未上学读书的年岁，我家对门住着一位田伯伯，大人们都叫他"老田"。他是一位孤寡老人，原籍河北省某地，靠在村里做点小买卖度日。也就是每逢集市，他就到化峪镇购入一些花生、麻糖之类的小吃物，然后放在土炕上的一个木柜里，村里人去他那里买点，他赚几个差价而已。他在自己院子里种了几个平方米的菜。那一年，大概种了有四五棵癞葡萄，样子很不好看。秋天时，颜色已经泛黄。一次趁田伯伯外出进货的机会，我们几个淘气的孩子进了他的小菜园，摘下两三条癞葡萄，掰开一看，瓤子快要红了。可是用舌头一舔，苦苦的，真不好吃，我们就给扔了。可以想见，田伯伯回来后定会发现他的小菜园被糟蹋过，可也未听见他吼叫骂人。一两年后，他就病倒了。只记得我父母和其他几家邻居都主动给他送饭，嘘寒问暖。不久，他的侄子便从河北老家赶了过来。田伯伯去世后，他的侄子安葬了他，将他的房子出手后便回了河北。

我真正以苦瓜为菜，是在北京生活了几十年后。起初，如同在海南岛那次经历一样，无论如何也吃不惯。但渐渐地，不知不觉间就习惯了苦瓜的苦味。近年来，由于身上老闹炎症，知道苦瓜有去毒解暑之功效，也就更多地吃上了它，而且越吃越上口。由最初的无法忍受，到现在格外喜欢，居然有了一百八十度的大转折，你说怪不怪?

不久前，看到有人在文章中称苦瓜为“君子菜”。说的是，苦瓜虽苦，但绝不把苦味传到别的菜身上。你就是将别的菜同它混炒，它仍旧只是自己苦，却不把苦味染到别的菜上。作为一种食材，能有这样的自尊和自觉，也是应该受到格外尊敬的了。

就像对待其他我不明就里的蔬菜一样，既然苦瓜如此可爱可敬，那么，具有考据癖的我，也就免不了对它寻根问底。明末药学大家李时珍在《本草纲目》中说：“苦瓜原出南番，今闽、广皆种之”“五月下种，生苗牵藤，茎叶卷须，都像葡萄却小”“瓜熟时色黄而自裂，里有红瓤黑子。瓤味美可食”“又名锦荔枝、癞葡萄”。至此，我才知道小时候在田伯伯小菜园偷吃过的癞葡萄原来就是苦瓜也者。《本草纲目》是明万历六年，即公元 1578 年成书的。照李时珍的说法“今闽、广皆种之”，可知那时福建和两广地区已经普遍种植了。至于其原产地“南番”，《辞海》干脆就说“原产于印度尼西亚”，当是权威的见解。换言之，苦瓜从印尼传到中国，距今当有五六百年了。

要说由域外传到中国，得入餐桌，丰富了我们食物来源的物种，最早起始于西汉张骞通西域，再次便是哥伦布发现美洲后的美洲物品。至于苦瓜，我推测其传入中国当与郑和下西洋有关，时间应在明初。

随着生活水平的提高，眼下都市里的人越来越不喜欢食用大鱼大肉了，而是更加青睐各种各样的素食。那么，就让我这个书生给大家安排一桌晚餐如何：

鸡蛋炒西红柿一盘（西红柿原产于美洲）；

豆腐炒菠菜一盘（菠菜原产于尼泊尔）；

干煸豇豆角一盘（所用辣椒原产于美洲，豇豆原产于非洲）；

醋熘土豆丝一盘（土豆原产于墨西哥）；

清炒荷兰豆一盘（荷兰豆原产于荷兰）；

煮五香花生米一盘（花生原产于美洲）；

蒸红薯一盆（红薯原产于美洲）；

煮老玉米一盆（玉米原产于北美）；

凉拌黄瓜一碗（隋代之前名胡瓜，原产于印度）；

凉拌胡萝卜丝一盘（胡萝卜原产于波斯，即今伊朗）；

清炒苦瓜一盘（苦瓜原产于印尼）；

烧茄子一盘(茄子原产于印度);

鸡蛋香菜汤一盆（香菜学名芫荽，原产于西域）；

一碟大蒜瓣（大蒜原产于西域，集体聚餐时最好不吃）；

香油一小瓶备用（香油出自胡麻，而胡麻原产于西域）；

胡椒粉一小瓶备用（唐人认为胡椒出自摩伽陀国）。

饭后水果四样：西瓜（来自非洲），葡萄（来自西域），石榴（来自西域），日本红富士苹果（或者美国蛇果）切成瓣一盘。

上面所列这些菜肴和水果，也许有你不喜欢吃的，但我相信，这桌饭菜一定会为多数人所喜爱。当然，根据“饭后一根烟，赛过活神仙”的俗语，如果你是烟民，还要记得，烟叶也出自北美。不过，最好还是别抽了。曾经抽过 29 年烟的我，戒烟都已有 18 年的时间了。

我之所以开出这样一份素食菜单，目的在于，当我们享用各种各样的美食时，一定要记得，许多东西，在我们这块土地上原本是没有的（当然，也

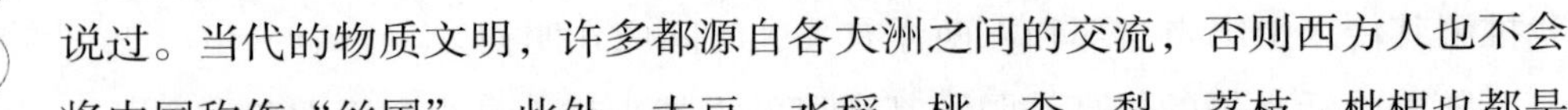

有从我们这里传出去的）。今天已是极为普通的东西，古时可能连听也没听说过。当代的物质文明，许多都源自各大洲之间的交流，否则西方人也不会将中国称作“丝国”。此外，大豆、水稻、桃、杏、梨、荔枝、枇杷也都是从我国传到世界各地的。我凭自己的感觉，曾经对法国汉学家、我在北京大学的同学蓝克利教授说，近几百年，对人类文明进程发生巨大影响的，一是哥伦布发现美洲，二是电的发明。他说，西方一些人认为，一是发现美洲，二是发明蒸汽机。无论如何，没有文明与文化的交流，人类是繁荣不起来的。单就形而下去说，我们也是没有多少东西可以满足口腹之需的。

话还得再回到苦瓜上来。要论外形，它真真是很不好看，不然怎么会被叫作“癞葡萄”呢？可是，它又有一个十分上档次的别名，叫作“锦荔枝”。那么苦的东西，不仅居然与荔枝相提并论，而且其前面还冠上锦衣玉食的“锦”字，足见给它取此名字的人是十分钟爱的了。

苦瓜味道确实很苦，吃不吃得惯，完全是个人的事情。可是，人生却要能吃得了苦啊！

2014 年 10 月 27 日于半亩园居

生日报春花

——半亩园居的迎春

好几年了，我一直想为我的陋室——“半亩园居”写点东西，以致在书稿《狷庐散笔》中特加了一个题目，但题下却一直空着。原因是我总是想不好从何说起。突然间想到，既然总体说感到难于落笔，那就不妨从局部说起。自然，首先映入我眼帘的便是那株已经存在了十几年的迎春花。

这所居落我是在 2003 年 11 月买下的，属于两户一栋的连体别墅。我们自己单走一个门，且有一个 120 平方米的院子。次年刚一开春，还没进入 3 月，我们便开始整修了。之所以说是“整修”，而不是“装修”，是因为它是一处二手房，原房主何家做过装修，住了不足两年，便经中介转卖给我了。自然，院子也在整修范围。由于我的大门是胡同的尽头，所以院子里必须留足小汽车掉头的空间，剩下的地方才能考虑如何绿化和美化。又由于大门在院子的西南角，于是，在院子的东墙下修了一个南北长方形的花坛；在院子西北角我的书房窗下修了一个略呈三角形的花坛，相对要小一些。绿化美化的主轴戏便要以这两个花坛为基础了。

当年，我住的这个东旭新村的北门外，有好几家搞绿化的农民工。我先是买了一株五年龄的桃树，栽在东花坛的近南端，与西南角的大门几乎正好相对。传统文化认为桃木有辟邪作用，我种这株桃树也未能免俗。至于书房窗下的花坛，我遇到一位卖迎春花的农工，他要 20 元钱，我也不讨价，只是要求他来我家帮我栽好，双方就此成交。

起初，这株迎春花也就只有六七个枝干，形成一个不大的灌木丛。由于是4月初栽种的，当年虽也开了花，但稀稀拉拉，不成气象。不承想，从第二年（2005年）起，它便发势起来，且一发而不可收。它不单是长势茂盛，关键是花开极旺。当首都还有几分寒气袭人的初春时节，你就会看见，它的枝头上已有不少花蕾开始蓄势。而进入3月中旬，一阵春风掠过，先是有几十朵花明艳艳地绽放开来，突然间，一夜过后，众花便一起怒放起来。虽说仍是乍暖还寒，却将春色洒满了院间，带来无限生机。那时，你就会情不自禁地想说："春天是真的来了。"

这株迎春花在我这里已经生存了11个整年，现在已繁育出几十个枝干，树冠有4米左右，最高处约有5米，直冲二楼阳台护栏之上。为了控制它的过分膨大，每年我和老妻都要修剪一次。但它却劲头十足，依然放肆地生长着，不管不顾。由于树冠过大，几乎遮住了我书房的大半个窗户，所以，老妻几次提议是否将它伐掉？都被我坚决地否定了。这是因为它和我有着更深厚的情感牵连。

这牵连首先是，我的生日在3月17日，而这株迎春花的开放，每年都在我的生日前后，或者与之同时：花开了，我的生日就到了。天不负我，让我活到快70岁，如今正在67岁之中。有这株花的陪伴，不仅使我感到生日快乐，而且，让我更多地理解了生命的意义：不管天气还有多少寒意，季节一到，是花就要绽放，而且要怒放，活出一个精彩来！这是任凭什么力量都不能阻挡的。

牵连之二则是我对它美丽的不舍。我儿时生活在乡间，也见过不少的迎春花，都是稀疏而不成气象的，即便目下在我们小区的东大门外两侧，在靠近双桥农场附近的"暖山"小区的北墙外，以及其他一些我说不准确的地方，虽然每年春天也都能看到一些迎春花，但没有一株像我家的花这样气势磅礴，美丽动人。为此，妻子每年春天都要为它照张相。她曾说："恐怕这个村里再也没有这么好的迎春花了。"你知道，它那繁盛的花朵，密密簇簇，拥在一起，被春天的暖阳一照，美艳动人，真像一位雍容华贵的美妇人！这种颜色在美学上被叫作"明黄"色，是颜色中最鲜艳靓丽的，不然，古代帝王的龙袍怎会都以明黄为底色呢？作为一介凡夫的我，虽然不追求象征贵显的明黄，但追求品格的高洁和清亮，像迎春花的花色那样自尊自爱，自成一格，恐也不是多么过分的事情吧。

今年开春前，老妻为迎春多施了一次肥，它便更来劲，长得更茂盛了，前后花期近一个月。那天，山东菏泽的一位农工来我家修太阳能热水器，由于认识已有十多年，他一看到这株迎春，便十分兴奋，希望我为他在花前留个影。照片洗出后送给这位董二先生，他高兴极了。可知，它的美艳不仅是我们一家人认识到的，连朋友也都认可。

这几天花谢了。微风过后，便撒满一地落“黄”。我端着簸箕，拱着病腰，将花瓣聚拢在一起，倒回树根下。我没有“黛玉葬花”的悲情，却在心里默念起龚定庵先生的诗句：

落红不是无情物，化作春泥更护花。

由于带了花红的滋润，我的迎春花明年春天一定会开得更加艳丽。

我期待着。

2015 年 4 月 18 日下午于半亩园居

他们让我感动

我居住的东旭花园“半亩园居”后院的刘家，在我今年住院手术期间，将房屋成功出售，价值不菲。由于他的房子和我的房子结构、面积全同，而且我的院子比他的还略大一点，于是我知道，我这处住了12年多的房子已升值不少。这些，我都归于上苍给我这个穷小子的恩赐。但这却非我关注的重点。

接手刘家住房的是另一位刘氏。因听到他带来的几个年轻人称他“刘总”，看来有些来头。但他也不是我的主要关注点。

我关注的是那七八位为刘总改建房屋的农民工。

这七八个人全是从外地进城务工的农村人。而且一眼就能看出，他们基本上全是三十多到四十岁上下的中年人。好像他们是分散居住的。但每天早上六点半，各自骑着一辆破自行车，纷纷聚到后院开始干活。从六点半到十一点半，干5个小时，几乎没有休息的工夫，一直都在做事。冲锋钻“冒烟”，尘土飞扬，满头满脸都是尘埃粉末，但对他们几乎没有任何妨碍，他们连口罩都不戴，仍在我行我素地工作着——也许早就习惯了。十一点半，他们准时收工，骑车去用午饭。8月份，白天尚长，他们是中午一点半接着干；中秋后，白日渐短，便提前为中午一点就上工。下午又是5个小时。这一天下来，重体力劳动竟干了10个小时。而且他们几乎没有休息日，只有下雨天不能劳作时，才是上苍赏给他们的假日。其辛苦和劳累岂是我这支秃笔所能描摹的！

我在想，在我们祖国的无数个建筑工地上，不论是那些机场建设者，还是正在打通隧道的铁路和公路建设者，抑或是在几百乃至上千米深处的地下采煤工，还是在几千米高、空气稀薄处的筑路者，连同在田间地头挥汗如雨的庄稼人，大概有几亿人，都像眼前的这几位农民工一样，在用辛劳和汗水，乃至以生命做代价，建设着我们这个国家。当我们看到城市白天高楼林立、夜晚万家灯火时，当我们行驶于高速铁路和公路时，当我们享受各种各样的物质文明时，切莫忘记这些建设者们，尊重他们的劳动，珍惜他们的汗水——心里永远要有他们！

在我脑际挥之不去的，还有小区菜站的那几个人。他们来自河南南部信阳地区的光山县。最初，我不知道这三对夫妇原本是一家人：兄弟二人和小妹以及他（她）们各自的配偶。前些年，兄弟两家全卖菜，妹妹两口子卖水果。自然，妹妹的水果摊和两位哥哥的蔬菜摊不存在竞争。但兄弟两家都卖菜可就热闹了。两个男人负责进货，两妯娌则守摊售卖。由于两个女人没有血缘关系，那就自顾自了。我一进店，两个女人同时向我喊“大哥”，希望我买她的菜（对别人恐怕也一样）。这让我很为难。后来，我就注意轮流买她们的菜，尽量摆平。据说，大媳妇人缘好些，菜卖得比老二家的多。两年前，老二家改卖肉和杂粮了，生意也不错。这样，大哥家卖菜，老二家卖肉和杂粮，小妹家卖水果，三家间没有直接竞争了，于是相安无事，天下太平了。这些人可能或多或少都有某些缺点，但她们都在勤奋地劳作着，用辛苦和汗水去养活一家人，却是令我从心底尊敬的。由于我腰椎有病，她们不时也要同我聊几句。我知道，老二家的和小妹也都患有腰椎病，只是没我那么严重，也没有时间甚至金钱去医治。附带说到，十多年前我住在城里麦子店时，冬季去菜市场购物，看到一位三十来岁、刚生完孩子的妇女，由于菜市场不能生火御寒，为了维持她的摊位，她便剪下两块羊皮，绑在自己的膝盖上，继续站摊。这就是中国的劳动妇女！对她们的辛苦和不易，作为一个读书人，我除了理解和感动外，夫复何言！夫复何言！

这里我还想说到，让我感动的还有一位杀猪匠——北大“屠夫”陆步轩先生。我这位北大校友、学弟陆步轩，在中国也算是创造了奇迹。他虽然有过文化人的情结，但天不我与，进不了体制，只好放下身段，操刀卖肉，以求生存，养活家口。老实说，单就放下身段这一点，我就做不到。所以，对他拿得起、放得下，我深怀敬意。及至后来媒体把他的事情报道了出来，使他一夜成名，官方便坐不住了，或许觉得面子太过不去吧，才将他弄进长安县志办公室——正副两个主任，干活的就步轩一人！前不久，年届知命的陆步轩又做了一件惊人之举——辞去公职，专务屠宰和卖肉。虽然说，再过三年，他就可以事实上“退休”，稳拿养老金，但他却选择了与体制拜拜。他说：“拿笔（编县志）不一定能秉笔直书，拿刀却能足斤足两”“把杀猪做到极致，也是一项事业”。这些话十分朴实，却铿锵有力，透着力度和坚韧。我为他有这样的豪情而欣慰，为他能这样进退自如而高兴，也为有这样的北大校友而自豪。壮哉，北大“屠夫”！

前面所说的农民工、菜贩、杀猪匠，以及其他从事低端劳动的各行各业的人士，都是社会底层的求生者。我相信，他们和我一样，都不是完人，都存在这样那样的缺点和不足。但都是劳动者，都是奉公守法的国家公民，不渴望发什么财，但也盼望把日子过好。凭什么呢？凭劳动，凭勤奋吃苦，且持之以恒。虽然说，岁月的磨砺和劳动的损耗，会让他们变老，也会给他们留下疾病和伤痛，但当他们走过人生的大部分路程，慢慢进入老迈时，他们的脸上还能淡淡地绽放出一丝笑容，并且说：“我努力过，尽力了，我无悔！”

一句话，劳动让他们活得心地坦荡，上敢仰天，下能俯地。也因此，这些劳动者受我尊敬，让我感动。

2016 年 10 月 1 日上午于半亩园居

68 岁生日感怀

不知不觉，如电光石火般，我就在这个世界上走过了 68 个整年。如果以每年 365.25 日计，我已经活过了 24837 天。人活百岁也不过 36525 天，实在说，我也算得是有一把年纪了。

想了些什么呢?

第一，我得为自己干一杯。人生一世，实在不易。比我年长者多得很，比我早走者也有的是。而我，仍旧基本健康地活着，这，本身就值得庆贺。仿照北京电视台每晚七点前，电影演员张涵予为红星二锅头酒做的广告词："敬，不甘平凡的我们"，我得端起每天必饮的一两多二锅头酒来一下："敬，不甘平凡的我自己！"

第二，这 68 年我并未虚度。从少年时代起，我就立志要有所作为，不甘平庸。由于上天的眷顾，加上自己的勤奋努力，作为一个史学工作者，我虽无大作为，但也尽了自己的本分。那 200 来篇学术作品是我的工作记录，"二级教授"恐怕也非滥竽充数。我的导师张广达先生曾对我说："我比别人多一个提手：别人是争，我是挣。"我今天的位置也是挣来的。虽然也不能完全免俗，但我在单位工作几十年，从未与人争名抢利，一切顺其自然。最后我看到的是，人算不如天算！退休 8 年来，我从未停止工作。因为我还有家国情怀，想为生我养我的祖国和人民多做一些贡献。

第三，我有一个完整和睦的家，这很重要。我同妻子认识已 45 年，结婚也已 41 年多，算是进入银婚了。我们是在极其困难的条件下结合在一起的，度过了漫长的岁月。除了经济上的艰辛，我们与多数夫妻一样，也有分歧，也会争吵，但我们终究把婚姻经营下来了，而且日子一直在向好，并且越来越好。近年来，我几次住院，生活自理能力降低了，我得到了妻子无微不至的关怀和照顾，这比金子还珍贵。我坚信，我们能做到“执子之手，与子偕老”。

第四，我有一个使我引为自豪的女儿。女儿是美国律师，事业有成。而且，她对父母格外孝敬。每次外出旅行，她都会为我们带些礼物，虽非必需，却让我们感到温暖；每次从香港回来，她都是大包小包一大堆，多数都是为父母和家里的宠物猫带的。这些年，她也多次安排我和她妈妈外出旅游。由于她不在我们身边，有时我们也会觉得冷清。故而她妈多次说：“当年没有条件，不然再有一个孩子多好。”其实，我也有同感。但关于孩子，我当年自有想法。除了经济条件太差，山西家里又急需帮助，更重要的是，我想有所作为，没有精力。简单地说，我实在没有多养一个孩子的条件，这我得认。况且，女儿对我们很好，我很知足。台湾人说“有女万事足”，我认同。我看到电视上经常有独生子女不仅不回报，反而在祸害父母，实在是感慨良多，唏嘘不已。

第五，我没有被困难和挤兑压垮。除了生活曾经十分地艰难，学术界也非圣地，更非净土。我不能说圈子里有多少坏人，但君子少、小人多却是不争的事实。有多少人在争名逐利，经常干着打击别人、抬高自己的勾当，为我所鄙夷和不屑。但这个职业又具有客观性，不是谁背后有靠山，或者靠自己地位高、名头大，就可以一手遮天的。是骡子是马，拉出来遛遛！人们还是尊重真才实学的。

不管怎么说，我的人生大半部分已经逝去，剩下的只是余年，可能长，也可能短，但都已经无所谓了。因为我并不期望大红大紫，只是想默默地工作，平淡地生活。无论长短，最后那一天谁都无法逃脱，干吗还去挂怀？

就像我曾经在“中国敦煌吐鲁番学会成立三十周年国际学术会议”闭幕式上发言时讲过的那样：任何一个生命个体都是优点和缺点、正确和错误的组合体，我自己当然也包含其中。我知道我有不少缺点，也犯过错误，但并未改变我的人生价值取向：堂堂正正地做人，兢兢业业地工作。我将继续秉持这个理念，去完成未来的生命之旅。

2017 年 3 月 17 日，68 岁生日于半亩园居

向那只猪妈妈请罪

有人说，这世上只有两种人不犯错误：一是未出生的人，二是已经死去的人。而据我的观察，世间的错误也可以分为两种：一种是可以改正的错误，另一种是不能改正的错误。能改正的错误当然应该积极补救，以减少错误造成的损失或损害，自是情理中事。而不能改正的错误，则只能面对和忏悔，力求灵魂获得安宁，这已是不得已而求其次了。

我现在要向世人坦白的，就是我曾经犯过的一件不能改正的错误，为此我终生悔恨不已。

童年时代，我是一个十分淘气的男孩子。朦胧中记得，夏天中午大人们吃过饭，要在我们南巷胡同口休息聊天。我们几个连开裆裤都不穿、裸着全身的小男孩，合伙搞恶作剧：从大人们旁边跑过去，靠近他们时将屁股对着他们拍一下，再赶快跑掉。这是多么讨人嫌的事情！当然我再也想不起这个主意是谁出的，是我，还是别人？年月已久，实在是想不起了。反正很坏！

尽管如此，这也只能算作小孩子过分淘气，算不得是罪过。而我一个人却犯过一件罪过，必须向世人坦白。

20 世纪 50 年代初，生活在吕梁山前沿下的张开西村村民，几乎家家养猪。一者房子下面有猪才成为“家”，二者那是农民家庭的重要经济补充：肉猪可以直接卖钱，母猪生的小崽也可到集市上出卖变现。但当地村民却无圈养习惯，而是任其到处乱跑。我记得，有一只大母猪，已经怀孕很久，都快要临产了，但它的主人仍旧任其乱走。那只母猪肚子大得走路都在地面蹭，所怀小猪崽总在10个以上。它走路的笨拙姿态至今仍活生生地呈现在我面前。

记忆中似乎是它走到了我家门口，我要赶它走开，但它动作太慢了。于是，我从地上捡了一块小石头，投向它的肚子，这下惹出了大祸——下午就听人们说那只母猪早产了。

我知道这是我惹的祸，但却无人看见，只要我不说，谁也不会知道。我一直没说过，隐藏在心里已经60多年。当时我虽然只有几岁，但心里却不好受，也许这是人类本性使然吧。但我就是不说，一是怕父母揍我，二是不知道后面会有什么事。因为当时只有四五岁，刚刚记事，自然也就不会想很多的。

虽然没说出来，可这件事在我心里却留下了阴影，总觉得自己有罪。如今，我已年近七旬，尝尽了人间的酸甜苦辣，当我走向晚年的时候，我经常回想往事，检讨和清算自己。而这件罪过无论如何是躲不过去的，必须告知世人，以求灵魂的安宁。

首先，我得向那只猪妈妈请罪。它本可以在生下宝宝后，与孩子们欢乐地相处，用母乳去喂养它们，用母爱去呵护它们，只需一个多月。虽然孩子们将被卖掉，与妈妈分别，但那些小猪崽都会迅速成长，完成生命旅程的。可现在，这个完整的生命过程却被我破坏了，我有罪！

其次，我要向那只母猪的主人请罪。事情已经过去了60多年，我想不起这只猪是谁家的了。可是，以我现在的认识能力，母猪所怀的猪崽，肯定寄托着这家人的希望：或者要用猪崽换来的钱供孩子上学，或者等着这笔钱筹办孩子的婚礼，最低也要用这些钱买油、买盐、买火柴，安排日常用度……而这些，全由于我的过失成了不可能。我破坏了这家人的希望，罪责难逃。

不必讳言，虽然我当时只有几岁，但这项罪恶确实是我犯下的。我隐瞒它已经一个多甲子，而在进入晚年时，我不想再隐瞒了，而是鼓起勇气说出来。毫无疑义，母猪的主人早已过世。如果他（她）还活着，我愿意拿出一笔钱补偿人家的损失，以减轻我的罪恶感。可是，这些却全不可能了。奈何！奈何！

我的老师周一良教授晚年曾写过一篇文章《向陈寅恪先生请罪》。他在世时我曾经问他："为何要用这样沉重的题目？"周先生说："我这样写了，心里就没有负担了。”我理解周先生的痛苦，他认为自己被陈先生“革出师门”，说明自己在陈先生面前有罪，说出来会轻松一些。同样，我今天把我童年时犯下的这件罪过写出来，虽然不能减轻罪恶感，但多少也会好受一些。迟早有那么一天，当我去向人世辞别的时候，我会有一种感觉，那就是，我曾经用刀子解剖过自己，因为我想活得干净、清白，走得安静。

2017 年 5 月 31 日清晨于半亩园居

一杯开水寄深情

喝开水是我们中国人普遍的习惯。从小父母就嘱咐我们："要喝烧开的水，不要随便喝凉水。"我们就记住了，而且终生都在践行着。

近 20 年来，不论我到国外访学，还是参加旅行团出国旅游，我都要事先预备一个可以保温的水瓶，装满开水，以便随时饮用。尤其是在法国访学期间，每次去法国国家图书馆东方写本部看敦煌文献前，妻子都为我灌好水壶并用毛巾包裹起来，以便我饮用。也许图书馆的工作人员会觉得怪异，但我不管那个，因为这是我的个人生活习惯，并未妨碍别人。

这种喝开水的习惯，岂止我一人？在巴黎时，我与牛汝极教授（后任新疆师大副校长、全国人大代表）相遇，并一起参观了一个下午。牛兄对我说："我很想喝一口开水，都一个月没有喝过开水了。"我对他说："你怎么这么发呆？从街上买一个电热壶自己烧，不就这么简单吗？"我不否认，一些专业工作者，包括我自己，由于过分投入工作，有时生活能力就显得低下，成了人们常说的"书呆子"（见我的《我的几件糗事》）。牛教授后来是如何解决的我不知道。但我相信他能解决，因为这毕竟是一件小之又小且极易解决的事。

之所以又要说喝开水的事，是由于近来又遇到了同喝开水有关的事情。我住的东旭花园小区，今年在搞"美丽乡村"建设。从 7 月底至今，全村进来 500 余名农民工，主要做地下管线更换。这要涉及上水管、雨水管、污水管、电缆线、微电缆线、煤气管线等多项内容。于是乎挖了填，填了挖，翻来覆去，天翻地覆，至今也未告竣。民工们几乎天天在门口干活，不仅如厕不便，更主要是无开水可喝，成了问题。这些来自陕西渭南、咸阳和河北保定的农民工偶尔向我们要一点开水喝。我老伴年过七旬，有求必应。她用了一个专门的热水瓶，而且是沏茶招待，来者不拒。对此，我十分赞赏。不为别的，就为我也是农民的儿子，就为我也有喝开水的习惯！10天前，我去单位参加一个活动，头天晚上住在城里麦子店家中，我又专门给老伴打电话嘱咐："只要有水（近来经常断水），要最大限度地为他们提供开水。"昨天上午，我在书房读书，听见院子里一位正在喝开水的农民兄弟说："你们是好人。"还有一位对我老伴说："我老家产苹果，你告诉我地址，我回去给你寄一箱苹果来（我怎能要）。"因为我知道，前些天，工友们向某住户提出要一点开水，得到的回答是："我们不喝开水。你要喝，院子里有水龙头。"我知道后心里很是酸楚，说什么好？

我虽然是教授，但自我定位依然是个土包子，农民一个。我这一生，原本出身极端寒苦。之所以上了那么多年学，几乎全是国家供养的。而国家的钱来自何方？来自税收，那还不都是民脂民膏么？再者说，近几十年，国家面貌焕然一新，人们生活水平大幅度提高，不也是一线劳动者，包括工人、农民、农民工的辛勤付出吗？我从心底里敬重他们，感念他们的"好"。记住别人的好，记住国家和人民的好，并且力求回报，这是做人的底线。要求并不高，关键是心里要有他们。

不久前，我为家乡山西稷山县政协编写的《稷山历代名贤》写了一篇文字，里面有这么一段话：

我虽然在京城学习、生活、工作了近半个世纪，但总觉得有一根看不见的线将我和稷山牢牢牵系。几回回梦里回故乡，那老屋、那泉水、那柿子树、那曾在其中放过牛的斛律光寨。又有多少次清夜辗转，叩问心门：在眼前这个商业社会，谁是我的"老板"？答曰：依然是浑身沾满泥土的中国黎民百姓，更是面色黧黑、胼手胝足的稷山父老乡亲。

借此以明志，并寄情于那一杯杯开水。

2018年11月11日晨6时于半亩园居

为了再快朵颐并重拾尊严

我就像那头劳累了一生的牛，还未来得及卸下肩头的轭，牙口就老得无法嚼食自己的草料了。

人类与所有动物一样，只有不断为身体补充能量，才能维持生命的存在。而补充能量就必须吃喝。食物入口后，要经过切断、咀嚼、吞咽、消化、吸收等系列过程。显然，切断与咀嚼是第一道门槛。而我在这道门槛就出了问题，后面还有幸福可言吗？还能感受到大快朵颐的愉悦吗？

60 岁前，我的牙齿虽然已有缺失，但还没有对吃饭形成太大的威胁。60 岁后，牙痛便不停地来光顾。有道是“牙痛不是病，来了要人的命”。它不但不请自来，而且随时莅临。有时正在吃饭，牙痛得只得放下筷子，躲到一侧倒吸凉气；有时正在睡眠之中，痛神便大步流星地向我袭来，镇痛片也奈它不得。没法子，只得整夜坐在沙发上辗转反侧，甚至能痛到连死的心都有的程度……

于是乎，反复地去医院问诊求医。消炎、吃药、拔牙、堵洞，一番折腾。最终，左右两侧各安了一个挂钩假牙，勉强能够进食了。谁知几年后，假牙旁边的牙齿也坏了，假牙的“钩子”无处可“挂”，只得宣布报废。又做了一副半口假牙，但怎样也调试修理不好，一生气，戴了几次就让它稍息去了。

牙病不仅让我无法正常进食，而且也使我失去了尊严。今年春天，我在朝阳区一家著名饭店宴请一对法国夫妇。酒酣耳热，大家正吃得开心，突然，好像是一团金针菇垫了我左侧下牙的一处牙洞，立时疼痛难忍。我便下意识地用左手遮住口鼻，将右手拇指和食指放进口里去取那块金针菇。这个不雅的动作，被教授夫人看见了，她用怪异的眼神看了我一眼。虽然我们已是多年的朋友，但我仍顿感有失尊严。我相信，无论何人都会有这种感受，遑论我自认为还是一个读书人呢！

牙病对老年人的正常生活无疑是巨大的妨害。许多次亲友聚餐，眼看着秀色生香，却没有勇气举箸；稍微筋道一点的食物，便无法切断嚼烂，只能在嘴里转几下囫囵下咽。无奈复无奈，只得将主食泡在菜汤里勉强送下。那一刻，用餐不仅不能大快朵颐，当作人生的一种享受，反而成了沉重负担。久而久之，就不免对"生"的乐趣产生怀疑，自然，生命的质量也就随之下降。

由于平日里除了工作，我也很关心世态人心，于是北京电视台科教频道《第三调解室》的节目便经常收看。节目之余，广告介绍了德国的先进修牙技术。犹豫再三，我终于拨通了联系电话。未承想，工作人员立即给我安排了当天的检查。我这个年过古稀的老人，在老伴的陪同下，两个小时后便策杖迈入了"北京海德堡联合口腔医院"的大门。初诊虽仅用了一个半小时，但医院宽敞舒适的候诊大厅，年轻女牙医一对一热情周到的服务，专家的详细解说，以及设计恰当的治疗方案，使我很快就做出决定：将牙病的治疗，全方位地托付给这家医院的专家和医疗团队。

因为我相信，经过这里的治疗，我这头老牛还能再快朵颐，重拾尊严，继续负重前行。

2019 年 11 月 16 日晨于半亩园居

乡愁篇

外二篇

帮俺村里买彩电

在当下的中国，彩色电视机市场几乎处于饱和状态，你只要到苏宁电器或别的电视柜台前，敢于问价，推销员就会立即上来与你搭讪，甚至缠住不放，生怕丢失了这个买主。单就我这个中产家庭而言，便有7台彩电，足见电视机的普及程度。

可是倒退30多年，那便完全是另一番面貌了。1983年时，我还住在北京西四大拐棒胡同的一个独单居室内，虽然有厨房和卫生间，但只有一间16平方米的卧室。至于电视，也只有一台四川长虹电视机厂生产的12英寸黑白电视机。一个楼门里住十几家人，有彩电的也就两三户，且多是工作已久的老年住户。像我这样的年轻人，又来自外地，没有根基，工资也就62元，拉家带口的，只能应付生活而已，彩电便成为可望而不可即的奢侈品了。

然而，恰恰是在这样的窘境之中，我却有过一次购买彩电的经历。

1983年8月中下旬，中国敦煌吐鲁番学会在兰州召开成立大会，我应邀赴会。会后顺便回山西老家给父母上坟，然后就匆匆回京。好像是在9月20号之后、国庆节之前的一天下午，我听见有人敲门，匆忙开门一看，居然是来自老家的三位村干部：村主任曹孟才、大队会计加新战、统计邓玉中。孟才哥和我是邻居，而且都是张开西村第四生产队的；加新战与我小学同班6年；玉中比我大两三岁，小学高我一个年级，都是很熟的人，并不陌生。我赶快将他们三位让进家门坐下。但由于他们事先没有给我任何消息，突然出现，确实让我很感意外。

恰巧，我妻子马上就要出差，已经收拾好东西了。大约这三位乡邻来后一个多小时，她就奔火车站去了。女儿9月1号刚上景山学校，还没到放学时间。我感到当务之急是让这三位住下来。于是，我让他们在我家里等着，我出去找旅馆。只不过，那年月北京住处极不方便。我骑着自行车在东城跑了近两个小时，居然连一个住处也找不到。眼看孩子要放学了，只好急忙赶往学校去接孩子。我用自行车把女儿驮到103路电车沙滩站，她上车后，我又追到西四站接她。回到家后，那三位正在打盹。我只得告诉他们，实在找不到地方，只能在我家凑合了。在我家大门外往南约30米路西一家小餐馆用过晚饭，又回到家里。晚上，我与女儿睡在双人床上，他们三位就实在苦了点儿：新战和玉中两个人挤在我平时睡觉的那张单人床上；孟才哥就更苦了，只得在过道地上放了一块木板子，他便以此为“床”睡了几个晚上。至今我想起来仍觉心酸。不是我不重乡谊，而是实在没有条件啊。

那么，他们此行来北京的目的何在？原来是想为村里买一台彩电。那年月，电视机是供不应求的，彩色电视机就更是稀罕物，可两千几百口人的张开西村却连一台电视机都没有。为了改善村民们的文化生活，村里卖掉一台拖拉机，又凑了些钱，让他们三位到北京买一台彩电。可是，这三位全没有出过远门，来首都北京就更是第一遭。而我是张开西村土生土长的人，这谁不知道？他们之所以敢于来北京撞，也是认为文宽在北京工作，相信他一定会帮忙的。他们正是以这样的认识来垫底的，否则，他们还敢来北京这个人生地不熟的地方买彩电吗？而在我来说，吕梁山下的那个村庄是我的“血地”。我在那里出生、成长，是喝那里的水长大的，岂有不帮之理？不管多难，只要有一分可能，我也不会推辞。

不过，眼前的事实却是，电视机十分紧缺，彩电更是严控物资，必须凭票供应。我一介书生，从哪里能搞得到彩电票？这完全是没影的事。第二天把孩子送去上学后，我便陪他们三位到西单商场，在电视机柜台及其附近转悠。眼看着别人凭票把一台台彩电买走，我们却一筹莫展，连去了三天也不知如何入手。第四天我们又去了。当我们正准备离开时，两个40来岁的中年人向我走了过来并问道：“你是不是想买彩电？”我说：“是啊。”他们说：“我们可以帮你买，但得加些钱。柜台价是1680元，你给1850元行不？”正在万般无奈之际，有人肯帮这个忙，这不是天上掉馅饼吗？我把情况告诉孟才哥，他表示没问题。作为一村之主，他是能拍板的。于是，我同那位“黄牛党”约定，次日下午6点到这里取货。彩电有着落了，就甭提我和他们三位有多高兴。回去后又在小餐馆吃了一顿。

第二天是个星期六。那时每周只休周日，尚未实行双休日制度。下午，我从学校将女儿接回，带着孩子陪他们三位去买彩电。那二位“黄牛党”也很准时。他们用票将彩电购出，这一头付给1850元，买卖成交。正要离开时，面前突然出现了三位工商人员，粗声粗气地说：“都不许走，跟我们到工商所去！”这一幕出现得太突然了，我们几乎愣在了那里。但没办法，只好抬着电视机跟人家走。工商所就在西单商场南边不过近百米。到那里后，他们将二位“黄牛”带到另一间房单独处理；我们这一边，则由一位比我还年轻的工作人员来处理。首先是要求写出文字材料。孟才哥不识字，只好由玉中来写他们到北京买彩电的经过；要求我也写一份，交代是如何帮助他们的。写完后，开始接受训话。我就是再有学问，干了违法的事，还能说什么，只好任由人家训斥么。孟才哥更低声下气，一味地说好话。我女儿来时穿着连衣裙，入夜便觉得冷了。我只得脱下外罩穿在孩子身上，自己上身就剩一个背心了。折腾了两个多小时，那位工商人员才说：“念你们是初犯，带着电视走吧。”临出门时，他悄悄对我说：“你对家乡的人真好啊！”这真真是让我哭笑不得。

不管怎么说，彩电总算买到了，他们三位没有白来，我这个游子也可获心安。又过了几天，妻子出差回来了。她在院子里晒被子，从上面捉到几只虱子，拿给我看，我能说什么呢……

后来听说，彩电买回村里后，几乎每天晚上都围满了村民，争看电视。不幸的是，几个月后，这台电视却遭了贼手，案子到今天也没破。

我把这段经历写下来，不是要评功摆好，只因它是我生命中的一次经历。我在北京住了43年，真正帮过家乡人民的也就这么一件小事。此外，作为学者，我写了6篇有关家乡历史的文章。如今，再有两个月我就66岁了，检点既往，只觉得自己用于回报家乡的东西实在太少了。不知有生之年，我还能再做点什么？

2015年元月17日于半亩园居

斛律光寨巡礼

山西省稷山县汾河北岸，吕梁山南沿紫荆山前坡上，残存着两座气势雄伟的古城堡。我就出生于古堡所在山脚下一户贫困的农家。12 岁时，因父亲有病不能给生产队放牛，我经常从学校请假替父放牧，于是古堡及其周围山坡便成了我经常光顾的去处。我多次把牛群赶进古堡城内或附近山坡，任其自寻草叶果腹。然后，我要么站立于古堡的城墙上，要么坐在古堡西面的一片平台上，极目远眺潺潺汾水和滔滔黄河。夏日的夕阳照亮了汾、黄两水，犹如血染的激流。背后则有“文中子洞”，其山势堪称鬼斧神工。坡下的村庄升起了袅袅炊烟，透露出村民们在困苦中顽强挣扎的无限生命力。古堡在落日余晖的照耀下，似乎也更加雄壮，出神入化。我多次凝神自问：这堡子是谁修建的？孩童时代的我不能回答。我找过本队一位读过书的曹姓老人请教，他只说是“百里为王”时修筑的。13 岁起，我便离乡外出读书。转瞬 20 余载，期间多次返回故里，古堡仍是我必去凭吊之地。直到 1980 年，村民加永杰先生（现为稷山县政协委员）才告诉我堡名“斛律光寨”。回京后查阅史书，数十年疑团销于一旦。于是便产生了介绍它，以便为更多人知晓的念头。

古堡位于稷山县路村乡张开西村的北坡上。出村半里，便可登坡而上，直达古堡。古堡东西长百米左右，南北最宽处六七十米，呈一不规则长方形。此堡依山为势，铲削而成。从堡外仰视，城墙残高七八米；但站在城内，目力所及，城墙仅高一二米，显系人们习称的“卧牛城”。城南偏西，有一门洞，为出入城堡的唯一孔道。城内地面大体展平。50 年代初期，还能看到中部的一些断壁残垣；西北角原有一口枯井，今则全部夷为平地。

古堡东北方向，与之相距五六十米，又有一座小城堡，地势略高于前面的大堡，城墙厚度与大堡相仿，当地俗称“小堡子”。大小二堡，珠联璧合。每当天气晴朗，在阳光照射下，远在十几里外，人们便可一眼望见。站在古堡上，南望汾水，西眺黄河，两水交汇，波光粼粼，无限风光，尽收眼底。

古堡今被村民称作“斛律光寨”，但古时却名为“华谷城”，“谷”通“峪”，古堡东面吕梁山中的山涧今名为黄华峪。据《北齐书·斛律金附子光传》记载：“其冬（按，指北齐武平元年，570 年），（斛律光）又率步骑五万于玉壁筑华谷、龙门二城。”龙门城在今河津县，地近禹门口，华谷城当即本文所说的斛律光寨。但说筑“于玉壁”，实误。玉壁城在今稷山县南汾河南岸，距县城约 20 里，为西魏大将王思政所筑。华谷城在汾北约 20 里的吕梁山南沿，旧史作者未经实地考察，误三为一。《资治通鉴》卷 170 也有斛律光筑华谷、龙门二城的记事。但胡注“华谷”引《水经》说：“涑水出河内闻喜县黍葭谷。《注》云：涑水所出，俗谓之华谷。又曰：汾水过临汾县东，又屈从县南西流，又西过长修县南，又西与华水合，水出北山华谷。”胡注所引《水经注》二华谷原文不误，但《通鉴》正文所称华谷城，只有郦注《水经》汾水条与之相合，涑水条与之无涉。《水经注》所称汾水“与华水合，水出北山华谷”，与事实相符。黄华峪是吕梁山南部的一大峪口，张开西村今仍俗称“峪口村”。每当秋季山洪暴发，洪水猛泻，水头高可一米乃至更高，至峪口道分四途，然又总汇于汾水也。胡注疑不能定，故两说并存。

斛律光所以要修这座城堡，是因北齐与北周对峙，争雄割地使然。其时北周都于长安，北齐都于邺城。但晋阳（太原）却是北齐的实力所在。两雄对立的前哨阵地之一，即在今稷山县的汾河南北。西魏时王思政已在汾南修筑了玉壁城，成为西魏的前沿重镇。后来王思政移治荆州，荐韦孝宽代其镇守。孝宽数十年中经营于此，深悉其中要害。北周天和四年（569 年），韦孝宽就对其部下说：“宜于华谷及长秋速筑城，以杜贼志。”如果对方先我一步，则“图之实难”。他于是画出地形图，派使者往长安报告，但主持北周实际政务的宇文护却不同意。不料时隔一年（570 年），北齐大将斛律光“果出晋州（临汾）道，于汾北筑华谷、龙门二城”，控扼吕梁山南沿的重要隘口。而城筑成后，“（斛律）光乃进围定阳，筑南汾城，置州以逼，夷夏万余户并来内附”。可知当年斛律光寨在齐、周争雄时曾经发挥过重要军事作用。

北周韦孝宽失了先机，不能得志于汾北吕梁山进入晋州的通道，于是便使了反间计。北齐后主高纬年幼无知，又有佞臣进献谗言，竟然中计，于武平三年（572 年）以谋反罪将斛律光及其三子、弟斛律羡及其五子全数杀死。斛律光死时才 58 岁，令人痛惜！《北齐书》的作者李百药称杀斛律光是“主暗时艰，自毁藩篱之固……内令诸将解体，外为强敌报仇”“后之君子，可为深戒”。

又据史称，斛律光在修筑华谷、龙门等城寨时，凡“版筑之役，鞭挞士人，颇称其暴”。这又说明，斛律光寨的修筑，曾使高车族人和汉人士兵付出过血与肉的代价。斛律光于公元 570 年修成华谷城，坚守年余，至 572 年被诬杀，此堡仍在北齐控制之下。直到 576 年，亦即齐亡的前一年，齐军还在坚守。次年随着齐国的灭亡，华谷城终于落入北周之手。名将罹难，古堡犹存。当地村民所以不依旧史称古堡为“华谷城”，而称之为“斛律光寨”，或许仍旧蕴含着对一代名将的丝丝眷恋。

逝者如斯夫。从公元 570 年到 1992 年，古堡屹立在吕梁山南沿已有 1422 个年头了。我不知道斛律光死后葬于何处，有无墓碑铭记；如果有，是否已被发现和发掘。但这些对我全然无关紧要。因为在我心灵深处，黄华峪口的斛律光寨，就是历史为这位高车族大将留下的一座永久性丰碑。

1992 年 3 月 17 日于北京沙滩红楼

说“稷”

众所周知，“后稷”是中华民族的农业始祖，被后人尊作“稷神”而受到世代供奉和祭祀，北京中山公园的社稷坛，便是明清时代祭祀稷神和土地神的场所；在我的故乡山西省稷山县，有专设的“稷王庙”，也是用作祭祀这位神明的。后稷之所以受到尊崇，是因为他发现了最古老的农作物“稷”，教民稼穑，人民赖以为生，由此产生了原始农业，故而他才被视作“农神”。

但是，作为农作物的“稷”，究竟是什么呢？

遍查当今流行的各种汉文工具书，真是五花八门，其说各异。概而言之，有如下三种意见：一、黍；二、粟；三、高粱。虽然各家所言侧重点有别，有力主一说的，有诸说并存的，但主体内容无出上述三种意见。

令人兴奋的是，我在敦煌写本“书仪”中发现了一条以“黄米”为“稷”的资料，尚未受到相关研究者的关注。现将这条资料逐录如下，并加疏释，再结合传世典籍，阐明我对这个问题的认识。

敦煌文献 S.1725 号“书仪”有云：

问曰：何名六礼？答曰：雁第一，羊第二，酒第三，黄白米第四，玄衢（纁）第五，束帛第六。……用黄白米者何？答曰：黄米者，稷也；白米者，稻米也。黄米拟作黄团琮（粽），祭仙（先）人之灵。是以［用黄白米］。去（其）法女（如）何？黄米取帛作袋子，三角缝之；白米取帛练作袋子，三角缝之。二米升数多少任意。连二袋子相着，三寸板子系着袋口，题云“礼米"，安在罍中。[1]

原卷字迹清晰，不存在模糊不清问题。所可注意者大致有三：一是以"黄米"为"稷"，二是用作"黄团粽"，三是用于祭祀先人之灵。卷中"琮"字乃"粽"字之误。因为无论如何也不可能用黄米做出玉质的礼器"琮"来，其错误显而易见，无须赘辩。

据赵和平教授研究，这是唐前期的一种"吉凶书仪"。[2]中古时代，"书仪"的用途十分广泛，如写信、庆悼等各种仪式，都需要一定的规范和形式，书仪就是供人们进行相关活动时参照使用的，因此它具有十分的普遍性。前引那段"书仪"文字，是举行婚礼仪式时行用的。可以说，以"黄米"为"稷"至少是唐朝人的一种普遍认识，否则不会写入"书仪"，供人们参照使用。

但是，"稷"在汉代却有不同于唐人的解释。最有代表性的，莫过于文字学家、东汉人许慎在《说文解字》中的认识。他说：

稷：齋也。五谷之长。从禾，畟声。

秫：稷之黏者。从禾；朮，象形。

黍：禾属而黏者也。以大暑而种，故谓之黍。从禾，雨省声也。孔子曰："黍可为酒，禾入水也。"

凡黍之属皆从黍。舒吕切。

为了讨论的方便，我将许慎关于"秫"和"黍"的解释一并抄录如上。

我们注意到，许慎说"稷"是"五谷之长"，可见其地位之崇高。同时他认为"秫"是"稷"之黏者。那么，循许氏此义，"稷"可分为"黏"与"不黏"两种，其中"黏"者被称为"秫"。至于"黍"，他认为是另一种农作物。这样理解现存《说文解字》文本的许氏本意，我想大致不会有太大的错误。

---

① 图版见《英藏敦煌文献（汉文佛经以外部分）》第三卷第129页，四川人民出版社，1990年；释文见赵和平《敦煌写本书仪研究》第408—410页，台北新文丰出版公司，1993年。

② 见上引赵和平《敦煌写本书仪研究》第420—422页。

我们又注意到，许氏在解释“黍”字字义时，很重视孔子的话并加以引用。虽然我尚未查出孔子此语的出处，但我却找到了孔子关于“黍”为“五谷之长”的高论。《韩非子·外储说左下》有如下记载：

孔子侍坐于鲁哀公。哀公赐之桃与黍。哀公曰：“请用。”仲尼先饭黍而后啖桃，左右皆掩口而笑。哀公曰：“黍者，非饭之也，以雪（即洗义——引者）桃也。”仲尼对曰：“丘知之矣。夫黍者，五谷之长也，祭先王为上盛。果蓏有六而桃为下，祭先王不得入庙。丘之闻也，君子以贱雪贵，不闻以贵雪贱。今以五谷之长雪果蓏之下，是从上雪下也。丘以为妨义，故不敢以先于宗庙之盛也。”

这段话中，孔子认为“黍”为“五谷之长”，而且是祭祀先王的上品，是在祭祀宗庙时使用的。可见，“黍”的地位十分崇重，其义与前引“书仪”中“黄米”（即“稷”）用于“祭仙（先）人之灵”完全一致。

我们还注意到，在先秦及后世典籍中，多是“黍稷”并称，而非“稷黍”并称。如《诗经·王风·黍离》：“彼黍离离，彼稷之苗”；《山海经·海内经》：“都广之野，后稷葬焉，爰有膏菽、膏稻、膏黍、膏稷，百谷自生，冬夏播琴”；《诗经小雅·甫田》：“今适南亩，或耘或耔，黍稷薿薿”；又如：《尚书·君陈》：“黍稷非馨，明德惟馨”；晋人葛洪《抱朴子·明本》亦云：“珍黍稷之收，而不觉秀之者丰壤也”；宋人韩琦《寄题广信君四望亭诗》：“古道入秋漫黍稷，远坡乘晚下牛羊”；清人方文《喜龚孝升都宪至诗之二》：“每涉江淮路，偏多黍稷情。”由上可知，“黍稷”并称是一直以来的传统，这与孔子认为“黍”乃“五谷之长”的认识一脉相承。

可是，为什么到了东汉时，许慎却认为“稷”乃“五谷之长”呢？我推测这同汉代的国家政策和文化氛围大有关联。西汉时，中央王朝实行了“崇本抑末”和“罢黜百家，独尊儒术”两项政策。前者是一项经济政策，发展农业，抑制工商。既然要大力发展农业，那么农神“稷”的地位也就空前崇高。相应的，农神“稷”所发现并教民种植的农作物“稷”，地位也就提高了。《汉书·郊祀志》云：“稷者，百谷之主，所以奉宗庙，供粢盛，人所食以生活也。"[①]"稷"为"百谷之主"，取代了孔子所说的"黍者，五谷之长"，有其必然性。许慎说"稷"是"五谷之长"，所秉承的恰恰是汉王朝的国家意志，正所谓"一切历史都是现代史"的具体体现。至于"独尊儒术"的文化政策，则是"崇本抑末"的理论根据。因为儒家对工商业及其从业人士一直采取边缘态度，这是自孔子以来就有其传统的。

以上我们说明了"稷"如何取代"黍"的地位，成为"五谷之长"或"百谷之主"。但"黍"与"稷"二者是什么关系？尚需作进一步的讨论。

前引敦煌本唐初《吉凶书仪》云"黄米者，稷也"；《说文解字》关于"黍"则说"禾属而黏者也"。"书仪"中的"黄米"是制作"祭先灵"所用"黄团粽"的原料，既为"粽"，其性必黏，而且其色亦"黄"，难道这不就是"黍之黏者"吗？今天，全球华人每年端午节做粽子，祭祀先贤屈原，虽然粽子品种很多，但黄米粽子不也还是其中的大宗吗？

为了加深对这个问题的理解和认识，请允许我再抄写一条当代流行辞书对"黄米"和"黍"的释义：

外语教学与研究出版社"汉英双语"《现代汉语词典》：

黄米：黍子去了壳的子实，比小米稍大，颜色很黄，煮熟后很黏。[②]

简言之，黄米由黍而出，黄米是稷，那么黍就是稷，至少其中性黏的那一种是稷。

考虑到先秦典籍中"黍稷"连称，我认为在当时人们的认识中，"黍"分黏与不黏二种，其中黏者便是"稷"。换言之，其时人们是用"黍"来概称"黍"和"稷"的，这与其时黍为"五谷之长"的地位一致。到了汉代，由于稷神与稷的地位被拔高，于是又用"稷"来概称"稷"与"黍"。许慎既说"稷之黏者"，自然就有不黏者。说明在汉代人的认识中，"稷"有黏与不黏之分，就像先秦人认为"黍"有黏与不黏之分一样。

---

①《汉书·郊祀志下》，中华书局标点本，1962年版，第1269页。
②《汉书·郊祀志下》，中华书局标点本，2002年增订，第853页。

如前所述，根据敦煌本“书仪”“黄米者，稷也”的表述，我们已经说明，这里的“稷”实际上就是“黍”，其性黏，其色黄，那么，黍和稷还有区别吗？难道它们的关系不是一而二、二而一吗？其区别仅仅在于用什么作涵盖。再往前推进一步，我们便会得出如下的认识：

先秦时，“黍”乃五谷之长，其黏者称稷，不黏者称黍；

两汉时，“稷”乃五谷之长，其黏者称黍，不黏者称稷。

本质上说，黍之黏者就是稷。这是中国人的早期认识。但用这个认识去比较许慎在《说文解字》中的解释，便难于吻合。因为他说“稷之黏者”乃“秫”，而把“黍”作为另一种作物去认识。而所谓“秫”者，后人认为就是“赤粟”，从而引出了“稷”是“粟”的认识。我虽然没有确凿的证据，但非常怀疑许氏这里文字有误植。实在说，他如果把“稷之黏者”四字放在“黍”字之下，便不存在这种种困难了。

至于“稷”是高粱的说法，乃汉代以后的认识，离题太远，这里不再驳正。

在形成上述“黍”之黏者为“稷”的认识中，无疑，敦煌本“书仪”“黄米者稷也”起了十分重要的作用。但这是否一条孤证呢？似乎不是。《康熙字典》午集下禾部“稷”字条云：

《说文》齋也，五谷之长。徐曰：案本草，稷即穄，一名粢。楚人谓之稷，关中谓之糜，其米为黄米。

概而言之，黄米即稷。所谓“徐曰”即宋初人“徐铉说”。徐铉曾受诏为《说文解字》作注。徐铉的这个认识据说是来自《本草》，与敦煌本“书仪”相一致，说明唐初“书仪”的表述没有错误，是可以信从的。

在翻检大量的古今文献与辞书后，我感觉，虽然也存在某些不足，但总体而言，表达比较准确的有两种书：一是明朝李时珍的《本草纲目》。《本草纲目·谷二·稷》云：“稷与黍，一类二种也。黏者为黍，不黏者为稷。稷可作饭，黍可醸酒。犹稻之有粳与糯也——今俗通呼为黍子，不复呼稷矣。”这与我们前述以“稷”为涵盖辞时所得结论相一致，反映的是汉代的认识。如果想表达先秦人的认识，只要改为以“黍”为涵盖辞，便成为“黏者为稷，不黏者为黍”了。二是当代人编的《辞源》，该书“稷”字释义云：“谷物名，别称粢、穄、縻。古今著录，所述形态不同，汉以后误以粟为稷，唐以后又以黍为稷。以为最早的谷物，古称百谷之长，谷神、农官皆名稷。”[①]它不仅正确地指出以“稷”为“粟”是汉以后才发生的错误，而且告知“唐以后又以黍为稷”，这一认识为敦煌本“书仪”所证实。我要补充的是，“以黍为稷”并非唐人的新认识，而是“稷”在先秦时的本来面目，唐人仅是将其本义加以恢复而已。

最后我想再多说一句。既然我原籍是山西省稷山县，那里县南有稷王山，县城有稷王庙，民间迄今是否还有对农作物“稷”的称谓呢？我23岁之前，一直在稷山县和运城地区生活，家在农村，再未听到群众说有哪种农作物叫“稷”的。民间将黍仍分为二种：不黏的称作“硬黍子”，黏的称作“软黍子”，仅此而已。

不知这篇小文能否有助于对古代农作物“稷”的认识？还望方家斧正则个。至少这个问题寄托了我对家乡的深切情怀。

2010年4月10日于半亩园居

①《辞源》第3册，商务印书馆，1982年版，第2315页。

华夏上古天文官

——稷山羲、和二氏

已经在首都北京生活和工作了 42 年的我，深知这座古都名胜遍地，胜景多多，如“燕京八景”的“卢沟晓月”和“居庸叠翠”等，都是吸引中外游客的美景；然而，更使我魂牵梦萦、融入血液的，却是故里的“稷山八景”。这八景是：稷峰叠翠、姑射晴岚、汾水孤舟、玉壁秋风、羲陵晚照、文洞飞云、甘泉春色和仙掌擎月。其中“羲陵晚照”所蕴含的便是我国上古天文官羲、和二氏的丰功伟业。

据 1994 年出版的《稷山县志》第 509 页记载，“羲和陵”位于县城东北约 15 里的东庄村，属于县级文物保护单位。其现状则是“庙毁冢平，仅存遗址”。那就是说，即便我有朝拜羲和陵的愿望，只是到了跟前，恐怕什么也看不见了，更何况我患腰椎病已经 6 年有余，腿脚不太灵便。既如此，那就只能以我这支用了数十年的秃笔，去描摹稷山那几位华夏民族上古时代的天文官员，以及他们在中华青史上曾经留下过的浓墨重彩的一笔，并以此作为游子对家乡古圣先贤的祭奠和礼赞了。

有关羲、和二氏的事迹，在传世文献中记载相对较少，也比较分散，最集中记载他们事迹的，莫过于儒家经典十三经之一的《尚书·尧典》了。现在我把其中的那段文字抄在下面，以见一斑（读不懂可以跳过去不读）：

乃命羲、和，钦若昊天，历象日月星辰，敬授人时。分命羲仲，宅嵎夷，曰旸谷，寅宾出日，平秩东作。日中星鸟，以殷仲春，厥民析，鸟兽孳尾。

申命羲叔，宅南交，平秩南讹，敬致。日永星火，以正仲夏，厥民因，鸟兽希革。分命和仲，宅西，曰昧谷，寅饯纳日，平秩西成。宵中星虚，以殷仲秋，厥民夷，鸟兽毛毨。申命和叔，宅朔方，曰幽都，平在朔易。日短星昴，以正仲冬。厥民隩，鸟兽氄毛。帝曰：咨汝羲暨和，朞三百有六旬有六日，以闰月定四时成岁。

这段文字，不要说对于一般读者，就是对于像我这样毕生从事历史和文物研究的专业工作者来说，不仅读起来十分拗口，而且意思也不易理解。好在近百年来，已有数十位中外学者，尤其是一些研究中国天文学史的专家教授，对其中所包含的学术内容进行过探索。虽然迄今仍是见仁见智，聚讼纷纭，但其大体意思业已究明。现撮而述之，以见其义。

这里所说的羲、和二氏，共包含两个姓四个人。羲、和都是姓；四个人是：羲仲、羲叔、和仲、和叔。他们都是帝尧时代的天文官员。帝尧命令他们敬奉苍天，观察日月星辰的运行和变化，从而制定历法，让天下人行用。于是，这四人分别居于东、南、西、北四个地方，观察星象。当黄昏看到“鸟”星在头顶上时，便是春分（仲春）了；当黄昏“火”星在头顶上时，便是夏至（仲夏）了；当黄昏“虚”星在头顶上时，就是秋分（仲秋）了；当黄昏“昴”星在头顶上时，便是冬至（仲冬）了。除了这些，他们还发现，太阳运行一个周期需要366日；可是月亮运行十二个周期才354日或者355日。要想让一个节气相对稳定在某个月份，就必须加进闰月才成。帝尧肯定了他们的工作成绩，并要求百官遵行这样的历法，以便在各自的位置上做出成绩。

从纯历法的角度去看，这里共涉及三个内容：一是二分（春分、秋分）和二至（夏至、冬至），二是一个回归年的长度定为366日，三是农历（阴阳合历）必须加闰月才能形成。生活经验证明，春分和秋分之时，北半球昼夜平分，时间等长；而夏至时白天最长，黑夜最短，冬至时黑夜最长，白天最短。二分二至是后世形成二十四节气的前提和基础，也是其核心内容，其余二十个节气都是以它们为基础才发展起来的。至于回归年的长度，从冬至到冬至，或者从夏至到夏至，都是一个回归年的长度，其实际日期是365·2422日，古人没有那么精确，认为是366日，误差不大。至于加闰月，这便是中国农历的一大特色了。现在全世界通用的公历源自西方，只管太阳，不管月亮，是纯阳历，而且每月的天数也是人为分配的结果；反之，阿拉伯人、我国的回族和维吾尔族等少数民族使用的伊斯兰历，则是纯阴历，只管月亮（中国古人称为“太阴”），不管太阳。它以十二个月亮圆缺周期为一年，全年只有354天或者355天。而咱们中国人使用的农历（民间有人称作“阴历”，不确切），却是兼顾太阳和月亮两个天体运行周期的。一个太阳周期，也就是回归年是365·2422日，一个月亮圆缺周期则是29·5306日，十二个月亮圆缺周期合354或355天，同一个回归年相差十天左右。如果不加闰月，每年差十来天，过个十七八年，冬至就挪到夏天去了，节气还能用来指导农时吗？怎样加闰月呢？后世人们发现，只要在19个回归年里加入7个闰月，就可以将节气位置相对稳定下来。我们可以用一个极其简单的数学公式表示如下：

365·2422日 ×19=29·5306日 ×（19×12+7）

其中括弧里“19×12+7”表达的是：每年12个月，19年共有228个月，再加上7个闰月，共是235个月。等号左边的天数是6939·6018日，右边的天数是6939·6910日，基本接近，这便是一个置闰周期了。不过，二者间仍有小的差距，需要用别的方法进行微调，这里不再细说。

那么，《尚书·尧典》记载的有关天文现象以及羲、和二氏的天文活动，到底发生在什么年代呢？毫无疑义，尧舜禹都是我国上古史上的传说人物，一般认为，帝尧生活在公元前2000年左右，也就是距今4000年左右的时代。不过，天文学家们在验证这段文字中的天文学内容时，依靠的却是天文手段，而不是仅仅凭借文献记载。结果是，多数人认为是在公元前2000年上下，但也有人认为是在公元前2500年左右，还有人认为是在公元前400年左右，认识歧异，五花八门。为什么会有这样大的不同呢？原因在于“尧典”提到的四个“仲”星，除了“昴”星所指为“昴星团”，大家认识一致外，其余三星（“鸟”“火”“虚”）究何所指，未能形成一致意见。大前提已经不同，推算出来的结果还会一样或者趋同么？

至于那三项具体的历法内容，究竟形成在何时，人们认识也有差别。将尧时回归年长度定为366日，造历时要加上闰月，似乎都是不难产生的认识。

但二分二至是否那时候就已经出现，一些学者表示怀疑。已故天文学史专家陈遵妫先生认为，二分二至是春秋时代才形成的认识，到了战国秦汉才有了完备的二十四节气。因为现在所见，最早的二十四节气资料，载于西汉时成书的《淮南子·天文训》一书，纳入历日则始自汉武帝太初元年（公元前104年）颁行的《太初历》，此后沿用下来，至今不改。我个人认为，完整的二十四节气可能出现得较晚，但二分二至就不一定出现得太晚。如果不知道二分二至，回归年怎能确定为366日？

换一个角度，我们也许有可能获得符合上古史实际的真切认识。国际学术界一般认为，人与鸟兽的区别以语言为界限，人会说话，鸟兽不会；人类文明史与传说史以文字作区分标志：文字产生前的历史为传说，用文字记载的历史为文明史。迄今所知，我国最古的文字是甲骨文，其最早年代在公元前1500年上下。若此，公元前2000年的帝尧时代就只能属于传说了。此外，现在一般认为，《尚书》是周朝人的作品，而且后人还作过一些修补。所以，《尚书·尧典》关于尧时羲、和二氏天文成就的记载，就只能是属于后人的追述了。当然，追述并不等于全不可信，只是容易产生追述者自觉不自觉地将自己的认识掺杂进去的可能，它就不如第一手资料如档案那样言之凿凿、无可置疑了。

那么，羲、和二氏四位天文学家，为何均出现在稷山，以致身后埋葬在这里，而非其他地方呢？这便与我们的农业始祖稷王出自稷山有关。天文历法首先是为了适应农业生产需要才产生的。最初，稷王在此教民稼穑，人们主要依赖物候进行播种和收获。可是，由于天气和温度的原因，物候极不稳定，同一个物候（比如“桃始华”，亦即桃树开始开花），在同一地点，多数时间比较接近，但也会出现相邻两年相差十天乃至半个月的情况。若用它指导农业生产，就很难有丰收的保障。后来人们发现，天上星空和日、月变化的周期十分稳定，更适合用以指导农时。这样，就由原来观察物候变为观测天象了。由此看来，担当“观象授时”大任，以便促进农业生产的天文官员羲、和二氏，出现在农业始祖稷王的故里，不也就是顺理成章的事情吗？再者，咱们中国人有“叶落归根”的传统习惯，这四位天文学家葬在稷山，说明稷山县（这个名称是隋代才有的）就是他们的故里。这就是说，稷山这块土地，不仅曾经产生过中华民族的农业始祖稷王，而且也产生过伟大的天文学家羲、和二氏。换言之，无论是对中国的农业，还是对中国科学技术史上最为出色的天文历法，稷山这块土地都曾有过巨大的贡献，和足以彪炳民族历史的辉煌篇章。

星移斗转，岁月如梭。我们华夏民族上古天文官羲、和二氏，早已化作一抔黄土，重归大壤。可是，后人并未忘记他们的贡献。“羲陵晚照”讲述的就是关于他们的一则神话。后人为了纪念二羲与二和，就想在他们的陵墓处建庙，以便祭奠。那一天下午，再有一个时辰工程就将告竣，可是眼看着天却要黑，无法完成。于是，主持者便哀叹道：“如果太阳能再照一个时辰该多好！”不料这句话竟一语成真：别处太阳都下山了，只留下一抹斜阳继续照耀在羲、和陵上，待人们将陵庙修完，它才落下山去。从天象事实来看，此事绝无可能；可是，从传说故事的角度去看，它却美丽得令人垂泪：四位伟大天文学家的功业，连太阳神都格外垂顾，遑论后世以农为生，深受其惠的华夏平民百姓！此外，虽然说这只是一个神话，可它却是以历史人物为依托才敷演成篇的，我们时刻都不应该忘记。

走笔至此，我禁不住感慨系之。作为北京大学历史系毕业的研究生，数十年来，我却未将主要精力用在研究人文和社会历史上，而是以研究中国天文学史和敦煌吐鲁番出土文献为主职。转来转去，不承想，当我年过65岁时，却转到了华夏上古天文官员羲、和二氏的身上。而且，他们四位竟然和我同是稷山籍人士，莫非这也是一种缘分？

2014年元月17日于半亩园居

三种稷山民俗的古义

我的青少年时期，很长一段时间是在原籍山西省稷山县度过的。23 岁之前，除了曾在运城师范上学三年，其余 20 年全在稷山，或童年玩耍，或上学，或工作。只是到了 1972 年才完全离开稷山，到北京上学和工作，迄今已经 41 年了。由于在故里生活过许多年，所以，对那里的民俗多少有所了解。但远离家乡之后，却看到同样的事情，北京暨外地的习俗与稷山区别很大，由此也就留心并关注这些习俗的差别及其原因。结果发现，稷山的一些民俗完全保留着中国古代的习惯，而北京等地的一些习俗则是后世才形成的。

先说举行婚礼的时间。婚姻乃人生大事之一，为全社会普遍看重。北京、天津这一带，当代人迎娶新娘，必须在中午 12 点前完成，取太阳上升，越走越高的意蕴；而日过中午便开始西沉，走下坡路了，不很吉利。所以必须在中午 12 点前将新娘迎入家中，以利家室兴旺，步步高升。可是，咱稷山人直到现在，婚礼也是在接近黄昏时才完成的。童年时农村娱乐活动很少，只要有一家举行婚礼，几乎就是全村人的节日。我们小孩子也就跟着去看热闹，婚礼都是在傍晚完成。主家在天擦黑前将新妇迎入家中，祭拜天地，举行婚礼仪式。新妇入洞房后，才开始大宴宾朋。可见，人们并不考虑是日渐上升，还是日渐西沉。如果照当代北京人的看法，这简直是不能容忍的。不过，稷山人的婚俗恰是从古而来。作为儒家经典十三经之一的《仪礼・士婚礼》说："士婚礼，凡行事，必用昏昕。"这里的"昏"指黄昏，"昕"指早晨。古代两姓结婚前有许多仪式，如纳吉、纳徵、请期等，在早晨（即"昕"）

进行，而最后举行婚礼仪式，则在黄昏。西汉人刘熙在《释名》中说："婚者，昏时成礼。"东汉大历史学家班固在《白虎通》里说："婚者，谓昏时行礼，故曰婚；姻者，妇人因夫故曰姻。""婚""姻"二字，原本各有其义："姻"即两姓结亲，故有"姻亲"之谓；"婚"乃谓此项仪式在黄昏正式举行，合为"婚姻"。最早时，"昏"字没有"女"旁，后来在手写文字中，因二字连用，"姻"字有"女"旁，于是也给"昏"字加上了女旁，"昏姻"变成了"婚姻"，就看不出婚礼在黄昏举行的本义了。这在文字学上叫作"类化增旁字"。与此类似的还有"媳妇"一词。"息"指儿子，古有"子息"一词，指儿子，"息妇"即儿子的老婆。后世也给"息"字加了"女"旁，变成了"媳妇"，这就看不出其原始意义了。中国南方一些老人在谈到儿媳时说"我媳妇如何如何"，是正确的说法；北京一些年轻人在谈到自己妻子时，也说"我媳妇如何如何"，这便是错误的说法了。

次说礼品的数量。人活在世上，总免不了人情往来，如参加婚丧嫁娶，拜亲访友，或多或少都要带一些礼品。那么，礼物是双数为吉呢？还是单数为吉？北京人是带双数，取"好事成双""成双成对"的意思。但我清楚地记得，在稷山人的习俗中，走亲戚所带礼品，哪怕是几个白馒头或饦饦子，只能是单数；只有上供、祭奠鬼神时才用双数，与北京习俗真是大相径庭。后来我在报刊上看到，日本人走亲访友所带礼品也是单数。这当然不是偶然的。大家知道，日本有许多早期文化是直接从中国照搬过去的。尤其是在唐代，日本曾派遣大批留学生到唐朝首都长安（今西安）学习，连他们的都城建筑、国家法令都是学习唐朝后才形成的。自然，这种民间礼品用单数的习俗，亦当源自中国。敦煌石室出土了一种唐前期的"书仪"，内中记载了唐人订婚时送礼品的数量，其中说道："玄三匹，皂色少浅，使如土紫赤黑色；纁三匹，绯。玄与纁各四十尺。""玄"是浅黑色布帛，"纁"本是浅红色布帛，这里规定其颜色为绯，是大红色。而且各为三匹。这自然是单数礼品。民间送礼，莫过于订婚之礼，唐人规定用单数，可见是以古礼为根据的。由此可见，就礼品是用单数或双数而言，稷山人和日本人都保留了中国古代的习俗。之所以会有人间送礼用单数、祭品用双数的安排，我推测，或许与古代阴阳文化有关。在阴阳家看来，单数属"阳"，双数归"阴"。活人生活在阳间，故用单数；鬼神和死者均在阴界，故用双数。

再说一日吃四餐的习惯。今天的城里人，一般来说，每天都是吃早、中、晚三餐饭。但我小时候在稷山农村生活，却是吃四餐饭。早晨起来，先要烧一锅开水，泡一碗馍，就点辣椒或小菜吃，叫“喝一口子”；上午九点吃早饭，叫“吃早起饭”；中午一点“吃晌午饭”；夏天在七八点，冬天在五六点吃晚饭，叫“吃黑了饭”。由于这种吃四餐饭的习惯我在别处从未见过，所以感到很特别。最近，我在拜读30多年前在中国科学院北京天文台（今为国家天文台）工作时的同事王立兴先生（工业万能尺的发明者），所写《纪时制度考》一文时，才知道王先生研究过古代的用餐时间问题。根据东汉班固《白虎通》记载，那时“王”吃四餐，分别叫作“朝食”“昼食”“晡食”和“暮食”。“朝食”又叫“平旦食”，即天亮吃饭，相当于稷山人的“喝一口子”。唐代文豪韩愈《县斋有怀诗》云：“朝食不盈肠，冬衣才掩骼。”说明唐人也有吃朝食的习惯。“昼食”也叫“禺食”。据宋人王辟之《渑水燕谈录》卷四记载，“昼”所指为“辰巳”之间。中古时代人们用十二辰纪时，即子、丑、寅、卯、辰、巳、午、未、申、酉、戌、亥。每“辰”相当于现在的两小时。“子”时在夜里11点到次日1点。依次下推，“辰”为上午7至9点，“巳”为9点至11点。“辰巳”之间不正好是上午9点么？这恰是稷山民间“吃早起饭”的时间。“晡”指下午3点至5点，看来今人是将中饭时间提前了。“暮”指晚上，“暮食”自然是指吃晚饭了。王立兴先生又说古代大夫（相当于普通官员）一日两餐，诸侯（相当于地方大官）一日三餐，王（天子之下的受分封者）才一日四餐。我不知王先生此说的根据。果然如此，咱稷山民间四餐制便是源自古代“王”的饮食习俗了。过去我在思考稷山民间四餐习惯时，总是想，之所以早起先“喝一口子”，恐怕是经过一夜休息，人体热量不足，农人又要立即下地干活，需要补充一些热量。看来事情并非这么简单，它所包含的文化内涵着实让我吃惊。

稷山县是中华民族农业始祖稷王的故里，也是古代黄河文明的发祥地之一，在民俗中保留一些古代习俗完全是顺理成章的。但是，随着社会的发展和文化交流的深入，生活习俗也会多少起变化。据老友裴孟纠告知，现在稷山民间婚礼也不坚持一定在黄昏进行，一般下午四五点就结束了；西边的河津市也已有在12点前将新妇迎入夫家的做法。所以，不是说习俗越老就越好，它本身也是随时代前进而变化着的。我这篇文章只是想解读这三种稷山民俗的古义。如果认为习俗越古越好，那就不是我写这篇小文的本意了。

2013 年元月 2 日于半亩园居

稷 山

——我的故乡

稷山是我的故乡，更是我的“血地”。

我虽然对写序这种事情缺乏积极性，但当稷山县政协领导为这本书向我索序时，我却不再迟疑，欣然应允了。这是因为：

后稷是华夏农耕文明的始祖，他的故里就在稷山。在五千年的中华文明史中，农耕文明始终占据着主导地位，全面进入工业经济时代也只是近几十年的事情。后稷恰是在稷山发现了“稷”这种粮食作物，教民稼穑，由此开启了华夏农耕文明篇章的书写。农耕文明的伴奏音——天文历法，也肇始于稷山，华夏上古天文官员羲、和二氏，同是稷山籍，以致稷山八景之一的“羲陵晚照”，能与“稷峰叠翠”一同在民间传诵，家喻户晓。“问渠哪得清如许？为有源头活水来。”（宋・朱熹《活水亭观书有感二首・其一》）这几位与华夏农耕文明开端密切相关的历史人物，全都出自稷山这块土地，自是稷山的光荣，也是稷山人的骄傲与自豪。

其后的历史舞台上，无论是在“共和”岁月，还是在帝制年代，稷山都出现过为数众多的良将能臣、干才俊彦。既有唐代著名宰相裴耀卿，也有元朝铁面御史姚天福，以及其他形形色色的稷山英才，都在中华青史上留下了浓墨重彩的一笔，熠熠生辉。尤其让我无限感怀的是，20 世纪三四十年代，面对那野兽般入侵、杀人放火、无恶不作的日本军队，稷山有不少青年义愤填膺，奋起抗争，浴血奋战，英勇捐躯，牺牲时才 20 岁上下！他们虽然活出了生命的宽度，烛照千古，但毕竟寿数太短，令人哀叹。所以，当你我今天过上幸福生活的时候，切莫忘记他们；当每年清明，你和你的家人手捧鲜花、箪食壶浆，去扫墓祭祖时，也在心里为他们上一炷香——心香泪酒祭先烈，酹酒煙祀慰英魂。

上面稷山这些历史名贤，无论是古代豪杰，还是近世英雄，他们的事迹和光辉形象，之所以能够重现在世人面前，完全仰赖于政协第十三届稷山县委员会和那些命笔成文的撰写者。如果没有他们的重视、擘画和操持，这些散见四处的文史资料，便无法在这本书里集中展示，更无从向后来人提供这样一部生动感人的历史教材。在这个意义上说，他们的工作是值得肯定和赞扬的，至少，我这个年届古稀的老人要向他们深深地鞠躬致敬。

虽然我已在京城学习、生活、工作了近半个世纪，但总觉得有一根无形的线将我和稷山牢牢牵系。几回回梦里回故乡：那老屋，那泉水，那柿子树，那曾在其中放过牛的斛律光寨（北齐华谷城）；又有多少次清夜辗转，叩问心门：眼前这个商业社会中，谁是我的“老板”？答曰：依然是浑身沾满泥土的中国黎民百姓，更是面色黧黑、胼手胝足的稷山父老乡亲。

是为序。

2018 年 9 月 8 日于北京半亩园居

宁翟

——民族融合的历史遗存

“宁翟”是山西省稷山县化峪镇的一个自然村名，位于化峪镇西北方向，北距吕梁山南沿约 3 公里。我自记事时起，便与这个村庄结下了不解之缘。因为我的“姥姨”（姨姥姥）和我二姨都在这里劳作生活了一生。小时候，母亲带我走亲戚，宁翟村便是我每年必去之地。

可是，让我感觉非常奇怪的是，这个村子为什么要叫这样一个名字呢?尤其是成为一个史学工作者后，深知汉民族是一个由许多民族混合而成的民族，我就更想问个究竟了。我思考这个村名的含义已经进行了几十年，现在终于可以动笔把我的看法写出来了。

我们知道，古代以黄河中游的山陕一带为中心，生息繁衍着后来被称作“汉”的民族，也就是今日被认为是我们中华民族主体民族的“汉族”。汉族四周同时生活着一些少数民族，东边的被称作“夷”，西边的被称作“戎”，南边的被称作“蛮”，北边的被称作“狄”。在汉民族的历史文献中，有时也将周边少数民族统称作“狄”。就西部与北部来说，两汉时最活跃的是匈奴族，北朝时活跃着“五胡”，即匈奴、鲜卑、羯、氐、羌。可是到了今日，除了羌族还单列为一个民族外，其他各族在现实生活中连名称也未能保存下来。那个曾经建立过北魏王朝，开凿过云冈、龙门两大佛教石窟群的鲜卑族去了哪里？据说大同市附近有一个以“元”姓为主的村庄，他们知道自己祖先是来自北方草原的鲜卑族，因为鲜卑汉化后曾经改姓为“元”，曾经活跃在洛阳周围的那些鲜卑人则恐怕全都融合进汉族之中了。浙江杭州有一个大户姓“茹”，自称来自古代的柔然族，因为柔然别名“茹茹”。但在民族归属上他们今天都算汉族，尽管姓这些姓氏的今人还知道他们原本来自北方的某个少数民族。至于魏晋南北朝时期的另一些少数民族如丁零、高车等，今日亦不见其名。或许如同鲜卑、柔然的后人那样，虽然他们也知道自己的原始族属，但今天也都归入汉族这个大民族了。

知道了古代民族融合的大致情况，我们再仔细追索一下“宁翟”这个村名的字义。“宁”字一是姓氏，读níng，是习见姓，并不陌生；二是安宁之“宁”，读 nìng 。“翟”字一是姓氏，读 zhái，也是习见姓；二是读 dí，古书上本义用指长尾巴的野鸡。可是据我表妹告知，宁翟村既无姓宁的，也无姓翟的。因此，将“宁翟”二字理解为两个姓氏是行不通的。我们必须考虑这两个字姓氏之外的意义。

“宁”字好理解，即安宁、宁静之意。就今天中国省一级的地名来讲，有宁夏，其中“夏”指古代党项人建立的“西夏国”；有辽宁，其中“辽”是指古代契丹人建立的“辽国”。就城市名称来讲，青海有西宁，广西有南宁；地方上还有海宁、宁波、集宁、宁古塔等等地名。所取名字都是期盼一方安宁、平静之意，尤其多用于少数民族聚居地。“宁翟”之“宁”也当是“安宁”之意，此外无从给予解释。

关键是这个“翟”（dí）字。古书上虽说其基本意思是指长尾巴的野鸡，但绝不仅仅以此为限。前已说过，古人多称北方少数民族为“狄”，也可用于少数民族的统称。清人段玉裁在为东汉文字学家许慎《说文解字·羽部》作注时说：“翟，狄人，字传多假翟为之。”即古书上多以“翟”代“狄”。《国语·周语上》：“我先王不窋，用失其官，而自窜于戎翟（狄）之间。”《周礼·秋官·序官》：“象胥每翟（狄）上士一人。”清人孙诒让为此语所作正义曰：“翟者，蛮夷闽貉戎狄之通称。”“翟”通“狄”，这在古代文献中可以找到许多例证，并非罕见。如此看来，“宁翟”二字或当读作“宁翟（dí）”了。这样，我们也就必须考虑这个村名是否同古代少数民族有关系，就像宁夏和辽宁的用法那样。

宁翟村没有宁、翟二姓，却有姚姓，而且是该村的大姓之一（另一大姓为程姓）。我姥姨家姓陈，可置不论；但我二姨家却姓姚。二姨年轻时丈夫

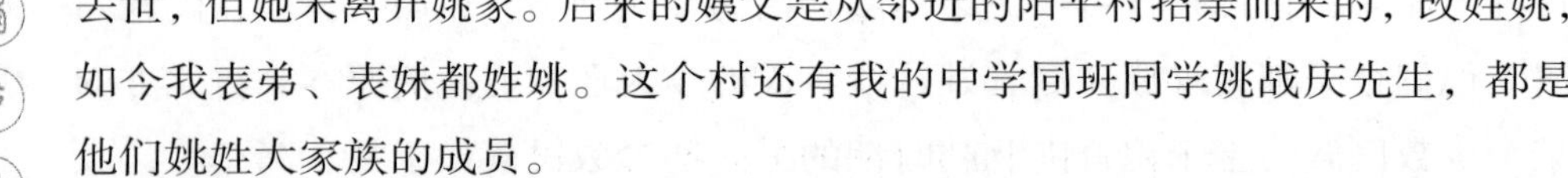

去世，但她未离开姚家。后来的姨父是从邻近的阳平村招亲而来的，改姓姚，如今我表弟、表妹都姓姚。这个村还有我的中学同班同学姚战庆先生，都是他们姚姓大家族的成员。

近年来，日本研究中国中古史的历史学家关尾史郎教授曾发表文章指出，今日中国汉人中的姚姓有一部分来自中国古代的羌族。但迄今我未见到关尾先生的文章。2010 年在浙江大学出席学术讨论会时，我曾与几位同仁私下议论过，记忆尤深。其实，羌族人姚姓在十六国时期建立过“后秦”政权，这是大家都知道的。此政权为姚苌所建，立都长安（今西安一带），他于公元 384—393 年在位；传子姚兴，公元 394—416 年在位；姚兴死，长子姚泓继位。但仅仅一年，后秦宗室就发生内乱，国力衰弱。东晋刘裕乘机北伐，于公元 417 年率军攻入潼关，逼至渭桥。关中郡县也多暗通晋师。姚泓无奈，只好从长安出降，被胁迫至建康（今南京），遭杀害，后秦亡国。羌族姚姓的后秦政权于公元 384 年建立，至公元 417 年灭亡，存在凡三世 33 年。

那么，宁翟村的姚姓居民是否就是后秦政权的后代呢？我没有根据，不能乱说。但根据村名“宁翟”的含义，推测这个村的姚姓来自古代的羌族，则不会有太大的问题。我估计，姚姓原本不住在这里，从外地（很可能是从西面）迁来后，聚族而居。当时当地的汉人政权知道他们是外来的少数民族，于是给了这个外来民族聚落一个名字“宁翟”（dí），希望他们安居乐业，在这里永久住下去，就像“宁夏”“辽宁”这些名字的含义那样。但后人不明其义，只知道翟字读 zhái，不知道在这里应当读 dí。代代相传，也就一直错了下来。虽然说今天已经都是汉人，但“宁翟”这个村名仍旧透露出它是古代民族融合的历史遗存。

汉民族血统比较混杂，这是不必讳言的历史事实。科学地说，少数民族与汉族通婚后，客观上促进了人种的改良与发展。历史学界的人大都知道，就民族融合而言，山西尤为典型。1976 年毛泽东去世时，由于我与一些同事在太原市出席“中国天文学史研讨会”，就便在太原参加了他的追悼会。那天数十万人聚在一起，黑压压一片。几个外地的朋友说，怎么这儿的人普遍个头都较高呢？其实，这就是民族融合的结果。大家又知道，河南开封市有一群犹太人的后代。他们除了知道自己祖先来自西亚，从外形上去看，已与汉人无异，再也看不出区别了。从生物学上说，远缘杂交有利于物种的进化，人类也不能例外。我的英文老师苏效庆教授（女，美国籍）体形高大。可我去她家时，看到她父亲（河南人，汉族，哈佛大学毕业）个子并不高，母亲则是一位犹太人，个子也不高。我问苏老师："为何您个子那么高呢？"原本以畜牧为专业的苏老师说："杂交产生新品种，你怎么连这个也不懂！"我只得莞尔一笑。

关于"宁翟"这个村名，我的看法大致如上所述。不管我们的祖先原本就是中原汉人，抑或是来自古代周边的少数民族，今天我们都是一个民族，是一家人。愿生活在同一个民族大家庭的人们安宁、和平、幸福。

2013 年元月 5 日于半亩园居

天涯何处是故乡

——京郊寻访“稷山营”

西部歌王王洛宾的歌唱的是：“在那遥远的地方，有位好姑娘”；而这里的人们听后却未免惆怅：“在那不算很远的地方，有我的故园和家乡，只是迄今还没有回去过一趟。”

金秋10月，我在老妻和女儿的陪同下，开始了京郊寻访“稷山营”的一日游。作为在首都北京生活了43年的稷山籍游子，自我知道顺义区有个稷山营村起，就一直惦着能去寻看一下这个以“稷山”命名的村庄。虽然说老妻原本就是顺义区东焦各庄的土著，年轻时我们也曾无数次地去那里看望过老人，但东焦各庄在顺义城的东南，而稷山营村却在顺义城区的西北，位置参商，每次又都是来去匆匆；更何况，那时我还不知道这里有一个以我的原籍山西省稷山县命名的村庄，自然也就未勾起我必去一看的情怀。

车子出顺义城金宝花园往北行，驶上了东西向的昌金路。西行约20分钟，便看到了“火寺路”的标识。左转向南约5分钟，蓝底白色的“稷山営村”标牌赫然入目。那一刻，我激动不已，浑身战栗。不为别的，只为这里也有我的“家乡人”。虽然说他们的祖先早在600年前就已离开了稷山，而我离开稷山也已43年，时间长短不同，但并不妨碍我们的“根”都在汾河岸边，吕梁山下。只有此刻，你才能体会到“本是同根生”的真切意义。

在“稷山营村”的标牌下照了几张相，权作纪念。几米开外有三位老者晒太阳并闲聊着。我凑了过去，向他们问好。当说到村名时，他们表示，从小就知道祖上来自山西，同来的有七十二营，八十二屯（村民读“屯”音为

"圈"）。但具体是如何来的便说不清了。告别了老人，又驱车向村子里，直到村委会门前。正在"顺义区赵全营镇稷山营村村民委员会"的木牌下照相，一位中年男士从里面走了出来，是村委会的工作人员，姓李。据这位告知，目前该村第一大姓是贯姓，其次便是邓姓，有 30 多户。这就让我更觉亲切了。这些来自稷山的邓氏，谁知道 600 年前与我的祖先是什么关系呢。也许我们原本就是一家，也许我们同姓但不同宗。但这都无关紧要。知道稷山营村住着邓姓这么多人，就足以让我感觉欣慰的了。

大约在村子的西南部，又看见在一个大门里有几位老年男女在打扑克，遂上去向他们问好。如同在村口见到的老者，他们知我原籍稷山，也都笑脸相迎，但对于自己的祖先却也是"说不清楚了"。

告别了稷山营村，沿着火寺路继续向南，穿越白马路，便到了夏县营村，后来又到了紧靠其西的河津营村，也都见到了这些村的村委会牌子。秋阳照耀之下，如同稷山营村一样，这两个村子也向我这个远方的邻居绽放出了笑容。稍稍有别的是，稷山营村属于赵全营镇，而夏县营村和河津营村属于高丽营镇。当然，他们全都在北京市顺义区的行政区划之内。

住在北京郊区，紧靠首都的我的这些"同乡们"，已然无法说清他们祖先的详细来历，那就让我这个史学工作者慢慢道来吧。因为这不仅是我所无法割舍的稷山情结，同样也是我的职业本分。

600 多年前，正是元末明初之际。由于元朝统治者出自游牧民族，不事农业，其末年又是战乱频仍；加以北方地区水旱不断，致使民生凋敝，饿殍遍野，千里人烟稀，夜闻鬼哭声，社会经济和民生都已极度衰败。朱元璋建立明朝后，为了发展经济，便开始实行移民政策：将一部分人口从窄乡（人多地少处）迁往宽乡（人少地多处）。明初大规模移民共进行了 18 次：朱元璋朝 10 次，永乐皇帝朱棣朝 8 次，历时近 50 年，涉及全国 18 个省区，近 500 县市，光山西一省迁出的人口就近 100 万。如果说，此前南北朝时期，北人为避战祸，曾有过大规模的向南迁徙；南宋时为避金兵入侵，北人再次南下，都属于百姓在不得已情况下的半自觉行为；那么，明朝政府用行政命令组织百姓大规模地迁移，在中国古代史上，就不能不算作唯一一次国家行为了。

说来皇帝私心不小。明朝第一次移民是在洪武六年（1373年），第二次在洪武九年（1376年）。被迁者来自山西真定。迁往何处？安徽凤阳也。因为那里是朱元璋的家乡，由此揭开了大移民的序幕。

洪武二十一年（1388年），户部尚书刘九皋给朱元璋上奏说："古者狭乡之民迁于宽乡，盖欲地不失利，民有恒业。今河北诸处，自兵后，田多荒芜，居民鲜少。山东、西人民自入国朝，生齿日繁，宜令分丁，徙居宽闲之地，开种田亩。如此则国赋增而民生遂矣。"洪武帝采纳了刘九皋的建议。不过他认为："山东地广，民不必迁；山西民众，宜如其言。"于是决定只从山西外迁民众，山东百姓则幸免矣。

朱元璋为何决定从山西外迁民众呢？据《明太祖实录》卷一四〇记载，洪武十四年（1381年），河南人口是189.1万，河北人口是189.3万，二省合计378.4万；而山西一省便有403.454万人。600年前的山西省的确如此，比山东、河北、河南等省经济繁荣，人口众多。直至今日，在我的老家稷山县那里，村与村间隔也就一两公里，而且都是大村，实在超过了土地的承载能力。足迹踏过欧美的我，常常为家乡人口过密而感叹不已。

话还得回到稷山营来。据《稷山县志》记载，明时稷山属于平阳府（今临汾市）绛州（治所在今新绛县）管辖。而在有关记载中，涉及平阳府移民的事件共有5次，大致如下：

洪武二十五年（1392年）。此次平阳"选民"是去大同等地屯田（《明太祖实录》卷二二三），可置不论。

洪武三十五年（1402年）。"徙山西民无田者实北平"（《明史·成祖本纪》）。此次所迁为无田者，不可能是按原籍有建制的行为，亦与稷山营无关。

永乐二年（1404年）、三年（1405年），各"徙山西太原、平阳、泽、潞、辽、汾、沁民万户实北平"（《明太宗实录》卷三十一、四十六）。这两次迁民共有二万户，值得注意。

永乐五年（1407年）。从山西平阳、泽、潞与山东登、莱等府州迁五千户"隶上林苑监，牧养栽种"（《明太宗实录》卷五十九）。这些移民人口进入的是皇家园林，显然也与稷山营无涉。

不难看出，与稷山营关系最为密切的是永乐二、三年的移民行动。这两年的移民来自太原、平阳二府，以及泽、潞、辽、汾、沁五州。太原府在今太原市，辖域当包括该市及其周围；平阳府管晋南，治所在今临汾市，绛州、解州都是其下一级行政单位。而当时稷山、河津两县隶属于绛州，夏县则隶属于解州，又统归于平阳府也。泽州在今晋城市，潞州在今长治市，辽州在今昔阳县，沁州在今沁源县，汾州在今汾阳市。由此可见，这次迁民所涉及的主要是太原暨周边和山西南部地区。知道了这些历史内容，现今北京市顺义区的东降（绛）州营村、西降（绛）州营村、稷山营村、河津营村、夏县营村、红铜（洪洞）营村、晋城营村、忻州营村等村名，还有大兴区的屯留营村、沁水营村、孝义营村、河津营村、霍州营村、潞城营村、黎城营村、长子营村、解州营村、蒲州营村、潞州营村、石州营村、大同营村、山西营村、包头营村等等，其来源不是一清二楚了吗?

那么，这两批移民为何又都出现在永乐初年呢？这既有洪武朝移民政策的意绪，也有永乐帝朱棣当时的政治需要。朱元璋在位时，曾立朱标为太子，朱棣封为燕王，驻北平。谁知朱标不寿而早死，于是他又立孙子朱允炆为皇太孙。洪武三十一年（1398 年）朱元璋病死，朱允炆继位（建文皇帝）。后来便发生了所谓的“靖难之役”。结果是朱棣打下南京，建文帝自杀（一说出逃为僧）。朱棣虽然夺得了政权，继续以南京为都，但北平（今北京）却是其老巢。他虽然人在南京坐天下，可心里却时刻惦记着他的发迹之地。在永乐十九年（1421 年）迁都北京之前，他早就在做迁都的准备工作：一是修北京城，二是迁民以充实北京的人口。于是乎，我那些 600 多年前的同乡，便踏上了北上的漫漫路程。

农耕时代，土地是农民的命根子，“重土难迁”是非常普遍的心理特征。所以，被迁民户绝非自愿。于是官方采取“抽丁”的办法定户定人。定下来后，便由稷山、河津、夏县、绛州等地，到平阳府下辖的洪洞县广济寺门口集中，办理手续，统一出发。广济寺门口有一棵大槐树，树上又有老鹳鸟（今为国家一级保护动物）筑的宽大鸟巢。由此，便向山西告别了，向家乡父老乡亲告别了。一步三回头，看到的只有大槐树和树上的老鹳窝。再见了，我的家乡！永诀了，我的亲人和祖坟！“问我祖先在何处，山西洪洞大槐树”“祖先故里叫什么，大槐树下老鹳窝”。天涯何处是故乡？大槐树和老鹳窝既是“根”的标志，也成了永不磨灭的记忆。

前面说过，这两次迁民，每次万户，共计 2 万户。自汉代以来，我国农村人口基本是每户 5 人。若此，这两次迁民就有约 10 万人去“实北平”。你可以想见，秋天的九月，夜间已是寒气袭人，凉风呼呼。十来万人从太原、平阳以及另外五州出发，拖儿带女，扶老携幼，肩挑手提，忍饥挨饿，是一幅怎样的惨景。为妨迁民逃跑，官方解差用绳索将人丁各捆一只手串起来，慢慢地行进着。那是何等地悲怆，又是多么地凄楚！它可不像今天一些电视烂剧在描述历史事件时以为那么地豪放和温情脉脉（那只能是伪历史，我决不看一眼）。毕竟，历史之剑是用血与火铸就的。作为历史学者，我迄今都能听到他们的哭泣声，以及看到他们眼泪流干后的恓惶、可怜与无奈。

但不管有多难，他们最终还是到达了目的地——京郊顺义、大兴、延庆等县，并且像树木一样地扎下根来，开始了新的生活。为了使移民同土著居民有所区别，官府将移民以区域“屯”分里甲，而当地乡民则以“社”分里甲。这种按“区域”组合的行政单位，自然就形成了以原籍为群体的村落。于是，“稷山营村”“河津营村”等村名也就诞生了。如果说在中原和内地，多数古老村庄的历史不那么容易描述，那么，“稷山营村”自明永乐二年（1404 年）或三年（1405 年）产生，至今年的 2014 年，就已有了 610 年或 609 年的历史，这是非常清楚的；而且，该村村民的祖先来自山西省稷山县，也是确凿无疑的。

那天在稷山营村只待了不到一小时，为时未免太短。回来后，老妻从网上搜索，发现稷山营村以生产“百种红枣”而出名，京城有不少人去采摘过。天哪！世间竟有这样的“巧合”。这里的人们可曾晓得，你们的故乡稷山县就是以出产板枣而驰名天下的！陶梁、姚村、胡家庄、南阳等村，全是枣木成林，并以此作为主要农业收入。上小学三年级时，我还去帮他们收获过红枣呢。莫非是，当年哪位稷山移民在出发时，曾经在衣服口袋里揣上了家乡的枣核，让它们在新家生根发芽并且长大？果真如此，你们便是世世代代都在品尝着故乡的甜枣，并以此寄托着对故园无尽的思念了。

写到这里，不禁使我想起一位山西历史工作者张青先生。长期以来，他都在搜集并研究明初山西移民史，编著有《洪洞大槐树移民志》一书（山西古籍出版社，2000年出版）。这本书对移民资料的搜罗之富，让我对他怀有深深的敬意。2002年7月下旬，我随北京大学中古史研究中心一行人马去晋南访古，曾到过洪洞大槐树底下，在那里顺手买下了这本书。此后忙于他事，未再翻阅。此番要写稷山营村，该书便成了必读之作。据作者统计，明初自洪洞大槐树下迁出的山西人口，后来分布在河南的有106县市；分布在山东的有92县市；分布在皖、苏、鄂、湘的有61县市；分布在陕、甘、宁的有51县市；在山西（晋中和晋北）、内蒙古和东三省的分别为34县市、8县市和16县市。最远的还有广西1个县市。但是，所有这些地区，均无法同京、津、冀地区的129县市相比。就是在京城及其周边，便有北京、昌平、延庆、怀柔、密云、平谷、通县、大兴和房山，或多或少，到处都有从山西迁来的民户，唯独没有列出的就是顺义。我想，这可能是在顺义落户的移民已经包含在“北京”中了。因为当年他们迁来的理由就是“实北平”，亦即充实北平的人口。不过，该书搜集的100余份地方志和家谱，在叙述祖先来源时，多记为“洪洞大槐树”。可是我们知道，当年大槐树下只是移民集中后的出发地，绝非多数人的祖籍。相较而言，稷山营、河津营、夏县营等村名直指他们的祖居之地，确凿无疑，就更是难得一见的历史活化石了。

岁月悠悠，流水亦难洗情思。十多年前，我曾从电视上看到，如今生活在云南的一支蒙古族后代，结伴而行，千里迢迢，到大草原上去寻根问祖。当他们脚踏草地，眼望蓝天，只见天高云淡，群雁南飞，不禁思念起700多年前的祖先，从而激动不已——他们的祖先是随蒙古军事统帅忽必烈去迂回进攻南宋的，其中的一支流落到云南而未归。此后便结婚生子，繁衍生息，一代一代传了下来。多年后，他们的后人终于踏上了寻访故园的旅程。我想对我的稷山营同乡也说一句，岁月虽然已经过去600多年，如果你到了稷山，也许一个人都不认识，但这没有关系，无论如何，那里都是我们华夏农业始祖稷王的诞生地，也是你的祖先世代生息的地方——那一方土地是你的“血地”，对你总是热的。还有，那红彤彤、脆生生的板枣，你不妨也去嚼它一口，看看与“稷山营”村的百枣是否都是同一个味道？

2014年10月8日于北京半亩园居

魁北克旧城

2000年8月底到9月初，我在加拿大蒙特利尔市参加完国际会议后，距转法国进行合作项目还有十多天余暇。昔日北京大学同室好友保罗·白瑞南（Paul Brenna）告诉我，魁北克旧城是北美唯一有城墙的城市，很值得一看。那日，晴朗的天空带给我一份好心情，我来到了闻名遐迩的魁北克城。

魁北克市是加拿大最古老的城市，濒临圣劳伦斯河，控扼新法兰西的水路入口，故有“美洲直布罗陀”之称。全市又由上城和下城两部分组成。上城亦即旧城，位于城市西部，建在钻石角的顶端，省、市行政机构设立于此，既是文化和艺术的中心，又是本市富裕阶层的居住区。下城处于城市东部和南部，建于峭壁角下，面积大，人口密集，由大商业中心、贫民区和工业区组成。

我从旧城江边的一条盘桓汽车道进入，独自于街中漫步。这个小城实在不大，城墙所在，东西400~500米，南北1500~2000米。其中，最具特色的是北城门及其附近的碉楼。

魁北克旧城城墙全部用条石垒砌而成，城门与碉楼也不例外，有尖锥形和方形碉楼。当然，有的碉楼也设计成圆柱形，与我在法国诺曼底看到的十分相似，这正是欧洲建筑的特色之一。

旧城最出名的地方是杜福林台阶。台阶筑在城墙南端外侧，其下便是静静流淌的圣劳伦斯河。在秋阳照射下，河水反射出湛蓝的“光焰”，其北侧便是旧城南墙。为了保护台阶不被游人过于踩损，当局在其上铺设了木板。

沿着台阶拾级而上，十几分钟后，我便来到城墙顶端，极目远眺，隔河可见奥尔良岛和来维高地。由于视野开阔，天空碧蓝，放眼望去，犹如画卷，无限风光，尽收眼底。又因此处位置最高，我甚至觉得脚下已高过城墙。俯视可见，这里的城墙很宽，中间有 5 米左右的通道，形似堑壕，汽车穿行其中。想当初建筑时，恐怕是为了从通道中转输物资，以及供守城者往来行走的。

我在城南逗留了个把小时后，又折回城内游览。城内商店鳞次栉比，十分繁荣，尤其是格外干净。时值午饭用餐时间，我看到不少饭店门口站着服务小姐招揽顾客，心中暗想："咱们到底是谁学了谁呢？"并随手拍下几张市井风貌照片。

魁北克旧城是由法国人尚普兰（Champlain，约 1567—1635.12.25）于 1608 年主持修建的。尚普兰一生颇具传奇色彩。他出身平民，是法国移民北美的先驱，曾任法属加拿大首任总督，被誉为"新法兰西之父"。此人极富冒险精神，早年曾参加过西印度群岛和中美洲的探险航行。1603 年，尚普兰应邀到加拿大河（今圣劳伦斯河）进行考察。他从塔杜萨克溯河而上，直达蒙特利尔。此后不久，他在法国发表了此行的考察报告，向国人介绍魁北克一带的实际情况，吸引移民。1604 年，他又随移民队前往芬迪湾畔的阿卡迪亚，在那里熬过了 3 个冬天。为了寻找到理想的居留地，他又沿大西洋海岸南下，远至马萨诸塞湾以南。1608 年，他再次带一支 32 人的队伍移民魁北克，并于此时修筑了魁北克旧城。早期移民为修建此城曾付出过巨大代价。至 1609 年春，仅尚普兰亲率的那支 32 人队伍，就只有 9 人尚存人间。为了巩固殖民地，尚普兰还和北方印第安人结成联盟，两次击退易洛魁人的进攻，发展了法国同印第安人间的毛皮贸易。1611 年，他出任新法兰西军事指挥官；1613 年，宣布法国在魁北克拥有无可争议的权力；到 1635 年去世时，尚普兰所建立的法国殖民地已经扩展到圣劳伦斯河的两岸。虽然殖民主义的历史是用血与火铸就的，在人类文明史上犯下过诸多罪恶，但尚普兰主持修筑的魁北克旧城，却不能不说是留给人类的一份珍贵遗产。

魁北克旧城 400 年的历史，也是同战争紧密相连的。历史上，英国殖民主义者和法国殖民主义者，曾对这块领地进行过殊死争夺。就在旧城东南角一块较低的平地上，迄今仍陈放着十几门当年为守卫这座城池而用过的巨型

大炮。

由于历史的原因，今天魁北克省的居民主要由英法两国移民的后代组成。在魁北克市，法裔人口占80%左右，许多人只讲法语。也正是由于这些法语居民的自信和不肯数典忘祖，魁北克城就被他们视作精神上的首都，而有别于政治首都渥太华。另一方面，尚普兰和他所带领的早期移民来自法国，其审美观念和建筑艺术无疑也是由老祖宗那里移植而来。迄至今日，魁北克旧城常被认为是美洲最具欧洲特点的城市，街道、建筑和市井气氛颇具法兰西遗风，亦是情理中事。

令我思索颇久的是，从文物保护的角度看，如何保护现代人仍旧生活在其中的历史名城，始终是一个令人头痛的问题。就我肤浅的印象，魁北克旧城在这方面堪称典范。小城人口十分稠密，但所到之处，城墙均未见损坏，城墙西段有些地方从民宅院落穿过，亦未受损。看来，既要有行政法规加以管理，也要努力提高公民的文物保护意识，二者不可偏废。由于魁北克旧城受到了妥善保护，远近闻名，这座不足百万人口的城市，每年都能吸引百万以上的游客，为繁荣经济展示了它独特的魅力。

我在魁北克旧城仅仅逗留了一天，为时甚短，但留在我脑际的，却是长久的记忆和无穷的回味。

2000年12月31日于北京麦子店家中

文明的辉煌与断裂

——吴哥古迹巡览

有人说，在地质学家的眼里，山里的石头会唱歌；而我却要说，在历史学家的心底，这里的石头会讲说。

这些正在讲说的石头，就是以成百上千亿吨石材构筑而成的世界文化遗产——柬埔寨吴哥古迹。

长久以来，我一直做着一个梦，要在有生之年尽可能地多看一些世界文化遗产，诸如埃及金字塔、中美洲的玛雅文明等等，当然也少不了柬埔寨的吴哥古迹。而半年以来，吴哥便成了我魂牵梦萦的所在。促成我首选吴哥的重要原因之一，是由于我供职的中国文物研究所担负着中国政府保护吴哥古迹的工程项目，自然我会得到某些便利。

当我第一眼看见吴哥建筑群整体面貌的外形时，你可知道，那是怎样的一种幸福？又是怎样的心旷神怡？不能说我此前没见过吴哥窟的照片，也不能说我不曾欣赏过这份文化遗产的电视画面。可是说真的，只有当我置身其中的时候，才真正感到它的气势宏大，光彩照人。它是全部由石头垒砌和雕刻而成的艺术，但是每块石头都有灵性，都会开口说话，都会震撼参观者的每个毛孔和每块肌肉。

在几天的旅程里，我们畅游了吴哥窟和大吴哥城以及其他一些建筑遗迹，参观了吴哥窟、巴肯山、巴戎寺、巴芳寺、斗象台、癞王台、周萨庙、拓玛诺寺、女王宫、巴提色玛寺、达布笼寺、圣剑寺、楼蕾寺、匹寇寺、巴孔寺等，共计10余处。这在全部45平方公里50余处景点中尚不及半，但可以说，

吴哥古迹的精华却已尽收眼底，饱存心底。这些文化遗产，除了巴戎寺属于典型的佛教文化，其余多是来自印度婆罗门教的文化遗迹。

当我置身于这些由砂岩和角砾岩雕造而成的文化遗迹中时，展现在眼前的多是断壁残垣。可我却在不断地想象它昔日完整时该是多么的辉煌！多么的荣光！以宗教信仰为支撑，在公元802—1432年的600余年间，历代高棉国王组织并完成了这么多巨大的建筑，又是一种怎样的气魄？它是宗教文化的辉煌，同时又是国力和财力的庞大消耗。动辄数吨一块的巨石，却是由那些身躯矮小的高棉先民用原始工具进行开采，并从几十公里外运至暹粒，再按照艺术要求进行加工并组合的。中国修筑万里长城的艰辛，使得历史为我们留下孟姜女和万杞良的凄美故事；吴哥建筑群的形成，岂能是仁政的产品？它的辉煌也必然伴随着监工皮鞭的抽打，被石头砸坏肢体的劳工的痛苦呻吟，以及不知多少鲜活生命的逝去……

夜深了，我躺在工作站的大床上久久不能入睡，脑子里全是白天看到的石头艺术，并且不由自主地将它们与其他人类文明进行比较。我在尚未目睹秦始皇陵兵马俑军阵时，曾多次用万里长城作为中华文明的光辉象征。及至我站在兵马俑军阵前时，它的气势浩大，栩栩如生，才真真地撼动了我的心扉。至于以研究“敦煌学”为主职的我，虽然不以研究敦煌壁画为主，但那四五万平方米壁画的丰富与光彩，却也使我神魂颠倒。我在想，哪一种文明更辉煌？反复思索却没有答案。因为它们都是文明的一种极致，互相不能取代。

当历史老人的脚步迈入13世纪时，这些婆罗门教的辉煌建筑艺术达到了它的巅峰。如同戏曲艺术有高峰，也有结尾与闭幕，吴哥艺术开始走下坡路了。内中文化的原因，是高棉人的宗教信仰由婆罗门教改变为新传入的佛教。婆罗门教和佛教都源自印度，但前者是以现世的种姓制度为依托，少数贵族的奢侈必以其他种姓的痛苦为基础。佛教则不然。它信奉众生平等，提倡悲悯与自利利他，从而赢得了众多高棉人的心——那种曾经为全社会认同的婆罗门教在多数信众心里已然无存，它还有生命力么？更在公元1431年前后，西北方的暹罗军队大举入侵过来，占领了这座高棉古城。无心也无力，高棉国王断然放弃了吴哥，迁都到现在的金边。吴哥文明，就像贝多芬的某

一曲交响乐突然打上了休止符——文明断裂了。

昔日的辉煌与繁闹变成了死寂。除了岁月沧桑的无情，风雨对它的自然剥蚀，再没有人为的外力加害于它，以致在几个世纪中吴哥沉睡在热带丛林中，几乎从人们的记忆中消失了。

我们真应该感谢中国元朝的周达观。他曾于公元1296至1297年随同元朝使节出访过柬埔寨，并在其作品《真腊风土记》中对吴哥的辉煌进行了描述。我们更应该感谢那位十分较真的法国博物学家亨利·穆奥（Hemi Mouhot），是他认真读了《真腊风土记》，并且按图索骥，在当地人的引领下，于1859年走进了沉睡在热带丛林中的吴哥古迹。要想知道这些古迹的震撼力，还是听听穆奥的日记吧："如此迷人的景象一下子浮现在眼前，我忘记了旅途的疲劳，内心充满了仰慕之情，使我犹如在荒凉的沙漠中，仿佛看到了一片绿洲。""在看到这些塔尖的一刹那，我感到心在战栗，此时，你除了能够怀着敬慕的心情默默地凝视外，你没有办法再组合一个词去赞美这建筑史上奇妙的景物了。""我观赏着在持续增长的心醉神迷的状态中，展现在我面前的也许是数个世纪建筑史上最好的建筑，在一个偏僻的丛林中，变成了一座废墟。而且，在荒凉的野地里，到处是人和野兽战斗后留下的痕迹。所有这些，都令人激动不已。"

穆奥激动过，所有步其后尘去过吴哥参观的当代人都激动不已。不然，它怎么能很早就被联合国教科文组织确定为世界文化遗产？更不然，教科文组织怎能站在人类文明的视觉高度，号召各国政府和文物工作者积极投入对吴哥古迹的保护和修复？

于是，法国吴哥保护工作队到来了。接着，德国、意大利、日本、印尼、印度、中国、瑞士、美国的相关组织和工作队全部自掏腰包，加入保护吴哥的行列。

在这些众多的吴哥保护工作队中，我自然更关心我们中国的工作队，更何况这项任务落在了我已工作了24年的中国文物研究所的肩上，它自然也是我的一份荣光。

10年前，当这项工程将要启动时，姜怀英先生已届退休之年。他即使真正地退而休之，也无人能说出什么。因为自1960年从北京建工学院毕业，他一直工作在古建保护的第一线。著名的拉萨布达拉宫维修工程、青海塔尔寺保护工程和云南大理三塔保护工程，姜工都是主要负责人之一。这些成就足可以使他心安理得，感到不负此生。但是，国家文物局主管部门再三考虑，眼睛并未从这位资深古建保护专家身上移去。于是，姜工退休后又被返聘，再次跨上骏马，奔赴热带的古建保护工地。

这是一次新的挑战，并不好玩。此前法国人已经在这里工作了近百年。10 年前的中国也还不富裕，国家只能给出 200 万美元开展工作。而法国仅在一个巴芳寺即投入 1000 万美元；日本更是财大气粗，带了 2000 万美元和全部现代器械来进行工作。一时间，吴哥似乎成了一个国际“竞技场”，八仙过海，各显神通。更有甚者，西洋人对中国的保护技术有所怀疑，认为中国人熟悉的是木构建筑，对石头建筑并不在行，没有五六年熟悉不了。这话倒也不假。财力不够我们就不做太大的项目，技术不熟可以虚心学习。总之，我们有足够的信心。

掂量的结果，中国政府吴哥保护工作队选择了大吴哥城东门（胜利门）之外胜利之路南侧的周萨神庙作为工作点。这座庙由 9 个单体建筑构成，彼此间有空隙，有工作面，总体布局小巧，也与我们的财力相适应。

9 年多来，姜怀英和他领导的工作队，在这座热带古建筑边度过了 3000 多个日日夜夜。原先已坍塌成堆的石塔和雕刻，在他们手里重新活了过来。2006 年年底，周萨神庙将举行竣工典礼，工作告一段落。联合国吴哥保护工作委员会（法国、意大利、日本各一人）认为中国的修复工作与原构十分和谐。而各国工作队也普遍认为中国项目用钱最少，时间最短（2000 年正式开始施工），质量上乘。

这样的评价，足以让姜工心安，也是对他辛勤付出的回报。要知道，他已年届 70，患有糖尿病，每晚睡前必须自己注射胰岛素以维持生命。我想，面对如此敬业的中国专家，你怎能不像对待吴哥古迹一样对他肃然起敬？

如果说吴哥古迹是当年婆罗门教宗教伟力的显现，那么，今天各国政府自己出资共同去对它加以保护，恐怕更是对人类文明的敬畏。毕竟人类只有一个吴哥，而且它是石构建筑艺术的极致。

作为一名文物工作者，我自然也很关心人们对吴哥古迹的爱护程度。虽然也有人在石头上刻记了一些不和谐的符号，但并不像八达岭长城的城砖被刻画得满目疮痍。在吴哥，我听到的是石头对文明辉煌与断裂的诉说，而在长城，我听到的是受伤高墙的呻吟与呼唤。

读者朋友，你听到的声音是什么？

2006 年 3 月 25 日于半亩园居